Laura Noll
Der Tod des Henkers

Laura Noll
Der Tod des Henkers

Roman

GMEINER

Personen und Handlung sind zu Teilen fiktional.

Im Ehnried 5, 88605 Meßkirch
Telefon 07575/2095-0
info@gmeiner-verlag.de

1. Auflage 2020

Lektorat: Daniel Abt
Herstellung: Mirjam Hecht
Umschlaggestaltung: U.O.R.G. Lutz Eberle, Stuttgart
unter Verwendung eines Fotos von: © ullstein bild – CTK
Druck: GGP Media GmbH, Pößneck
Printed in Germany
ISBN 978-3-8392-2700-8

Dieses Buch wurde gefördert durch ein Stipendium der Mörderischen Schwestern e.V.

1942, PRAG

Mittwoch, 27.5.1942, kurz nach 10.30 Uhr

Am Mittwochmorgen nach dem Pfingstfest lag die Kirchmayerstraße in Prag-Lieben in verträumter Stille da. Die Sonne stand am Himmel und ließ die Dächer der Stadt, die nur aus Türmen und Schornsteinen zu bestehen schien, in Goldtönen leuchten. Auf einer Freileitung saßen Vögel und zwitscherten. Hinter den Hecken, welche die Straße links begrenzten, schimmerte im Morgenlicht das rote Mansardendach des Bulovka-Krankenhauses im Norden Prags. Es hatte einen kleinen grünen Turm mit einem Glockenspiel, das gerade zu bimmeln begann. Unter dem Schild einer Haltestelle standen zwei Männer, einer mit Aktentasche, der andere mit einem Regenmantel über dem Arm. An einer Birke lehnte ein einsames Damenrad.

Nördlich der großen Schleife der Moldau wand sich die Kirchmayerstraße in engen Haarnadelkurven den Berg hinauf, man konnte von hier oben sogar die rote Fahne mit dem Hakenkreuz erkennen, die über der Prager Burg flatterte.

Irgendwo weiter unten an der Straße blitzte etwas auf, als spiegele sich ein Sonnenstrahl an einem glänzenden Gegenstand. Einer der Männer, die an der Haltestelle standen, nestelte am Verschluss seiner Aktentasche. Aus der Ferne hörte man den Motor eines Autos, das sich die Serpentinen nach oben kämpfte. Es war angenehm warm an diesem Morgen und niemand wunderte sich darüber, dass der schwarze Mercedes, der in diesem Moment um die Kurve kam, mit offenem Verdeck fuhr.

Wieder blitzte es unterhalb der Haltestelle, eine gleißende Reflexion, die so hell war, dass sie in den Augen schmerzte. Der Mann mit dem Regenmantel sah zu dem Auto hinüber. Der Mercedes, ein elegantes Fahrzeug mit dem Kennzeichen SS-3, näherte sich zügig der Haltestelle und bremste ab, um die nächste Kurve zu nehmen, die vermutlich die engste und steilste in ganz Prag war. Eine Straßenbahn mit rot-weißen Waggons kam aus der entgegengesetzten Richtung und ließ ihre Glocke läuten.

Der Wagen passierte die Haltestelle. Es saßen zwei Männer darin. Am Steuer ein wuchtiger Mann mit fliehender Stirn in der Uniform eines SS-Oberscharführers; auf der Rückbank, den Kopf in den Nacken gelegt, um die Sonne zu genießen, ein General, der seine Uniformjacke ausgezogen und auf den Platz neben sich gelegt hatte. Der General hatte eine Aktentasche aus glänzend poliertem Leder auf dem Schoß, den er mit seinen langen, schmalen Händen festhielt.

Der Mercedes bog mit Schrittgeschwindigkeit in die Kurve. Er war einen, vielleicht nur einen halben Meter vom Straßenrand entfernt, wo die Männer unter dem Haltestellenschild warteten. Der General auf der Rückbank öffnete die Augen, nahm eine Hand von der Tasche und winkte den beiden Männern zu. Sie standen in diesem Frühjahr jeden Morgen dort, wenn er von seinem Landgut zum Černín-Palast gefahren wurde, und grüßten ihn so ehrerbietig, wie der General es von *seinen* Tschechen im Protektorat erwartete. Der Slawe ordnete sich mit Freude unter, wenn er erst seinen Meister gefunden hatte, so war seine Natur, und der General sah mit Wohlgefallen, dass er mit dieser Überzeugung richtiglag.

Heute war er später dran als sonst, denn er hatte nach dem Frühstück mit seinen Kindern gespielt, vor allem mit der kleinen Silke, die er über alles liebte und die mit ihren drei Jahren bereits wusste, wie man einen Revolver lud. Er wunderte sich, dass die Straßenbahn nach Prag heute eine solche Verspätung hatte, dass die beiden Männer jetzt noch an der Haltestelle standen. Seit letztem Herbst fuhren die Bahnen in Böhmen und Mähren pünktlich.

Einer der beiden Männer hob den Arm, über dem ein Regenmantel hing. Der Mantel rutschte hinab und gab den Blick auf etwas frei, das in der friedvollen Ruhe dieses Morgens geradezu bizarr wirkte. Die Augen des Chauffeurs weiteten sich. Der Mann mit der Maschinenpistole unter dem Regenmantel drückte ab und die Insassen des Autos wären innerhalb von Sekunden von zweiunddreißig Kugeln durchsiebt worden, wenn nicht statt einer tödlichen Salve nur ein Klicken aus dem Lauf der Waffe gekommen wäre. Das Gesicht des Mannes verzerrte sich vor Entsetzen. Er warf sein nutzloses Gewehr auf den Boden und rannte davon.

»Ein Attentäter!«, rief der Chauffeur und wollte die Fahrt beschleunigen, so gut es in der engen Kurve ging, doch der General auf der Rückbank sagte scharf: »Anhalten, Johannes!« Seine Stimme war hoch, beinahe weibisch, und hätte in anderen Situationen vielleicht für Erheiterung gesorgt, jetzt aber nicht. Der Fahrer, hin- und hergerissen zwischen der Vorschrift, keinesfalls anzuhalten, und der Gewohnheit, seinem Herrn bedingungslos zu gehorchen, konnte sich weder für das eine noch das andere entscheiden und hielt weiterhin Schritttempo.

In dem Moment, als sich die Blicke des Generals und des zweiten Mannes an der Haltestelle trafen, öffnete dieser seine Aktentasche, holte einen birnengroßen Gegenstand heraus und schleuderte ihn gegen den hinteren Kotflügel des Mercedes.

Eine Explosion zerriss den letzten Rest morgendlicher Ruhe. Vögel flohen in wirbelnden Scharen von Leitungen und aus Baumkronen. Die Druckwelle zerschmetterte die Scheiben des Wartehäuschens und hob den Mercedes in die Luft. Die Seitenwand des Wagens wurde aufgerissen, Rosshaarpartikel aus der Polsterung der Rückbank stoben in die Luft und blieben dort als glitzernder, flimmernder Nebel hängen, Metallsplitter zischten wie wütende Insekten durch die Luft, der General krümmte sich vor Schmerzen. Blut durchtränkte sein Hemd und tropfte auf die Polster.

Der Mann mit der Aktentasche war gestürzt und rappelte sich mühsam hoch. Blut rann über sein Gesicht, sein linkes Auge hing schlaff aus der Höhle. Er ließ die Tasche fallen, aus der weitere Granaten herausrollten, und hielt auf das Damenrad zu, das an der Birke lehnte.

Die Straßenbahn aus der Gegenrichtung hielt an und Menschen quollen heraus, riefen durcheinander und stellten sich dem Mann in den Weg. Ein Invalide mit Gipsbein und Krücken kam von irgendwoher angehumpelt und versuchte, für Ruhe zu sorgen, indem er mit dröhnender Feldherrenstimme Befehle in tschechischer Sprache rief.

Der General konnte sich dieses Vorgehen natürlich nicht bieten lassen, sprang aus dem Wagen, zog eine Waffe aus blankem Stahl und schoss, doch statt eines Schusses war nur ein Klicken zu hören. Für einen hochdekorierten Sportschützen wie den General musste es wie eine Ohrfeige klingen.

Endlich kam Bewegung in den Chauffeur. Dem Beispiel seines Herrn folgend sprang er aus dem Wagen, zog seine Pistole und auch die dritte Waffe innerhalb weniger Augenblicke versagte. Der Fahrer hatte in der Aufregung versäumt, sie zu entsichern. Der General hatte den Attentäter mittlerweile von seinem Rad gerissen, doch nun brach er vor Schmerzen auf dem Gehweg zusammen.

»Jemand muss einen Arzt rufen!«, rief jemand hysterisch. »Der Mann verblutet!«

»Bringt ihn rüber ins Bulovka, macht schon, macht schon!«

Während sich an der Haltestelle der Kirchmayerstraße ein aufgeregter Chor panischer Stimmen erhob und die Menschen sich um den am Boden liegenden General drängten, schleuderte der Chauffeur, ein Mann von beinahe zwei Metern Größe und fast drei Zentnern Gewicht, seine Walther mit einem Grunzen zu Boden und verfolgte den verwundeten Angreifer. Der hatte sich wieder des Damenrades bemächtigt und floh bergab. Dabei musste er sich ständig mit einem Taschentuch das Blut aus seinem Auge wischen, sodass ihm der Chauffeur ohne Mühe bis zu einer belebten Einkaufsstraße folgen konnte.

Zur gleichen Zeit, als die Menschen an der Haltestelle untereinander die Frage aushandelten, wer um Himmels willen endlich den Arzt holen sollte, schoss der Mann, der die Granate geworfen hatte, dem Chauffeur durch das linke Knie und zwang ihn so zur Aufgabe.

Ein alter Kastenwagen keuchte die Kirchmayerstraße hinauf. Der Fahrer, ein stämmiger Tscheche um die fünfzig, sah das beschädigte Auto und die Menschenmenge, ahnte, dass etwas Schlimmes passiert sein musste, und versuchte, so unauffällig wie möglich an der Szenerie vorbeizufahren. Eine Frau löste sich aus der Traube um den Verletzten, sprang auf die Fahrbahn und hielt den Wagen an. Unter Anleitung des Mannes mit dem Gipsbein hievten der Fahrer und die Frau den General gemeinsam in den Kastenwagen, der nach zwei Seiten offen war. Der Verwundete hatte das Bewusstsein wiedererlangt und gab unaufhörlich Anweisungen, die zu befolgen keiner der Umstehenden in der Lage war.

Niemand an der Haltestelle bemerkte, dass weiter unten an der Straße ein blonder junger Mann einen Taschenspiegel in seinen Mantel gleiten ließ und sich eilig entfernte. So eilig, dass die alte Dame, an der er vorüberging, ihn beinahe nicht erkannt hatte. Die Dame hatte vor wenigen Tagen ihren siebzigsten Geburtstag gefeiert, aber ihre Augen funktionierten noch ebenso tadellos wie ihr Gedächtnis.

»Josef?«, fragte die alte Dame, doch der junge Mann blieb weder stehen noch sah er sich zu ihr um.

»Josef?«, wiederholte die Dame lauter, doch er entfernte sich mit schnellen Schritten.

»Der Josef kennt uns wohl nicht mehr«, sagte die alte Dame zu ihrem Pudel Tomáš. Tomáš wedelte verständnisvoll mit seinem Stummelschwanz und die beiden setzten ihren Spaziergang in der herrlichen Maisonne fort.

Indessen wendete der Kastenwagen auf der engen Kirchmayerstraße und fuhr zum Bulovka-Krankenhaus, während der blutende General auf der Ladefläche vor Schmerzen schrie und die Menschen dem Wagen folgten wie eine Schafherde ihrem Leithammel.

1945, LUBJANKA, MOSKAU

Freitag, 29.7.1945

Generalmajor Wassili Michailowitsch Blochin hat mich angewiesen, alles so detailliert wie möglich aufzuschreiben.

Mein Name ist Heinz Pannwitz, geboren am 28.7.1911 in Berlin. Gestern bin ich vierunddreißig Jahre alt geworden. Bis zu meiner Verhaftung im Mai war ich Mitglied der Gestapo. Am Morgen nach der deutschen Apokalypse hat mich die französische Militärpolizei in Paris festgenommen und mich auf meinen eigenen Wunsch hin den Sowjets übergeben.

Nun bin ich hier und dies ist meine Aussage zu allen Umständen der *Operation Anthropoid*, von denen ich Kenntnis erlangt habe.

Im schicksalhaften Sommer 1942 war ich der leitende Beamte des Sonderkommandos, das im Fall Reinhard Heydrich ermittelte. Als ich dies Generalmajor Blochin mitteilen ließ, erwachte sein Interesse an mir. Schließlich müssen die Sowjets in Prag, wie man hört, um ihren Einfluss ringen. Jetzt, da die Tschechoslowakei dabei ist, mit ihren alten Grenzen wiederaufzuerstehen, haben die prorussischen Parteien keinen guten Stand mehr. Man hört sogar, dass die Agenten der *Operation Anthropoid*, die im Winter 1941 von englischen Flugzeugen über ihrer tschechischen Heimat abgesetzt wurden, um Reinhard Heydrich zu töten, nicht gegen die deutschen Besatzer, sondern für die Wiederherstellung des kapitalistischen Systems in der Tschechoslowakei gekämpft hätten. Jedenfalls behauptet das einer Ihrer verbürgten Informanten, ein Mann namens Karl Jerhot. Die Welt ist wirklich so klein, wie man sagt, denn ich kenne Karl Jerhot besser, als Sie ahnen. Wussten Sie, dass er sich durch seine Gefälligkeit kompromittiert hat, mit uns Deutschen zusammenzuarbeiten und dafür zwanzig Millionen Kronen einzustreichen, und dass ihn das tschechische Volk von ganzem Herzen hasst?

Der russische Offizier, der in diesen Tagen als Befreier von Prag gefeiert wird, Vasily Nikolaevich Gordov, verlangt dringend nach umfänglichen Berichten über die *Operation Anthropoid* und die Geschehnisse in den Wochen nach Heydrichs Tod. Das ist nicht verwunderlich, denn als Militärkommandant von Prag hat er es in der Hand, wie es mit der Tschechoslowakei weitergehen wird. Die Menschen in Prag haben heute ebensolche Angst vor ihm, wie sie sie bisher vor uns Deutschen hatten. Haben Sie die Erklärung des tschechoslowakischen Präsidenten Edvard Beneš zur Kenntnis genommen, die er bei der ersten öffentlichen Rede nach Kriegsende abgab? Er muss zu dem Schluss gekommen sein, es wäre das Beste zu behaupten, er hätte gar nichts von dem Anschlag auf Heydrich und den Motiven der Agenten gewusst.

Ich sitze heute bei Wasser und Brot in der Lubjanka und folge nicht zahlreichen meiner Vorgesetzten auf den Rattenlinien nach Lateinamerika oder in den Vatikan, weil ich den Sowjets ein Angebot zu unterbreitet habe. Sie erfahren von mir die ganze Wahrheit über die *Operation Anthropoid*. Ich verlange dafür keine Begnadigung, keine Milde, was meine Bestrafung angeht. Wir Deutschen bekommen, was wir verdienen, darüber mache ich mir schon lange keine Illusionen mehr. Aber es gibt einen Mann in Prag, über dessen Schicksal Vasily Gordov in diesen Tagen entscheiden wird. Der Name dieses Mannes ist Ladislav Vaněk, er gehört zum nationalen tschechischen Widerstand und hat sein Leben für die Agenten aufs Spiel gesetzt, die ich bis zum bitteren Ende gejagt habe. Für Kommandant Gordov ist Ladislav Vaněk ein Bourgeois und Antikommunist. Dafür kommt er ins Straflager, soweit ich weiß. Vielleicht erwartet ihn auch Schlimmeres. Mein Angebot ist folgendes: Die Sowjets erhalten die Wahrheit über die Hintergründe der *Operation Anthropoid* und Ladislav Vaněk erhält die Freiheit.

1941, PRAG

Donnerstag, 16.10.1941, 19.30 Uhr

An jenem Abend fiel ein feiner, flüsternder Herbstregen. Ich stellte den Kragen meines Mantels auf und ging mit zügigen Schritten auf die Freitreppe des Rudolfinums zu. Die Nacht legte sich einer Decke gleich über Prag. Der gewaltige Bau schimmerte elfenbeinfarben im Licht vieler kleiner Laternen. Hier und da glühten Zigaretten wie Glühwürmchen im Dunkeln. Der Regen wurde stärker, die Feuchtigkeit drang durch den Stoff meiner Hose und ließ sie unangenehm an meinen Beinen kleben. Ein Windstoß wirbelte nasses Laub auf. Eine Dame im schwarzen Pelzmantel, die einige Schritte vor mir auf die erleuchteten Bögen am oberen Ende der Treppe zueilte, schrie leise auf, als der Wind an ihrem Schirm riss und ihn umstülpte. Von links und rechts strebten weitere Gäste mit gesenkten Köpfen auf den Eingang zu. Die Männer hielten ihre Offiziersmützen fest, die Damen ihre mit Federn geschmückten Filzhüte, die ihnen der Wind zu entreißen versuchte. Durch das Rascheln des Luftzugs in den ordentlich gestutzten Hecken drangen leise Klänge von Geigen und Hörnern.

An diesem Abend war ich erschöpft von den Strapazen der vergangenen Wochen und hinter meinen Schläfen pochte ein unangenehmer dumpfer Schmerz. Wenn es so weiterging, würde uns ein langer und mühseliger Winter bevorstehen. Ich erreichte die Freitreppe und verharrte trotz des Regens für einen Augenblick, um nach oben zu sehen. Der wuchtige Bau erhob sich drei Stockwerke hoch über den kleinen Park am Ufer der Moldau. Ein steinernes Geländer umgab eine ausladende Dachterrasse, von der riesige rote Fahnen hingen, die sich mit Regenwasser vollsaugten. In der Mitte der Fahnen prangte ein großes schwarzes Hakenkreuz auf weißem Grund. Oben auf der Dachterrasse waren schattenhafte Gestalten zu erkennen, überlebensgroße Statuen bedeutender Musiker. Zwanzig Jahre lang war dieses Gebäude als Abgeordnetenhaus der tschechoslowakischen Regierung in Prag zweckentfremdet worden, bis es an diesem Abend wieder seiner ursprünglichen, vom Schirmherrn Prinz Rudolf vorgesehenen Bestimmung zugeführt werden sollte. Der österreichische Kronprinz hatte nicht lange Freude an seinem Prachtbau gehabt, denn ein paar Jahre nach der Vollendung hatte er zuerst seiner minderjährigen Mätresse und dann sich selbst eine Kugel in den Kopf geschossen. Zwei weibliche Gottheiten aus Bronze flankierten den Eingang und führten mit ihren wuchtigen Leiern den Pragern vor Augen, wozu das imposante Gebäude wirklich erbaut worden war: als Musentempel und Kulturstätte, die einige der größten deutschen Komponisten der heutigen Zeit hervorgebracht hatte. Einer von ihnen war Anton Bruckner, dessen Adagio der siebten Sinfonie nach draußen drang und dessen steinernes Abbild auf der Dachterrasse hoch über meinem Kopf stand. Auf Anweisung des neuen Reichsprotektors, so erzählte man im Büro, hatte eine der Statuen dort oben entfernt werden sollen, denn der Komponist Mendelssohn, bekanntlich jüdischer Herkunft, störte den Reigen der arischen Musiker um ihn herum. Die Arbeiter hatten allerdings nicht die geringste Ahnung gehabt, wie Mendelssohn aussah, und so kurzerhand die Büste mit der größten Nase entfernt – verständlich, denn sie suchten schließlich einen Juden. Jedoch handelte es sich bei dem Komponisten mit der großen Nase um den Lieblingskomponisten des Führers, Richard Wagner, und die peinliche Verwechslung war erst in letzter Sekunde erkannt und berichtigt worden. Ich hatte allerdings meine Zweifel am Wahrheitsgehalt dieser burlesken Anekdote.

Beim Anblick des cremefarbenen Rudolfinums erklang ein fast vergessener Akkord in meinem Gedächtnis. Ich war damals zehn Jahre alt gewesen und der große Krieg war gerade zu Ende gegangen. Meine Mutter hatte am Küchentisch über die »Berliner Zeitung« gebeugt gesessen, die mageren Schultern verkrampft, Röte auf den sonst blassen Wangen. Ihre sehnigen Hände hatten das Tischtuch geknetet. Sie war Klavierlehrerin und brachte uns beide mit ihrem schmalen Lohn allein durch, einen Vater hatte ich nie gehabt. Zumindest keinen, den ich gekannt hätte. Ich schaute ihr über die Schulter und betrachtete die grobkörnige Schwarz-Weiß-Aufnahme eines Haufens von Trümmerholz. Meine Mutter deutete auf das Bild und seufzte mit einem Schmerz, der aus dem tiefsten Graben ihrer Seele zu kommen schien.

»Weißt du, was das ist?«

»Ein Haufen Brennholz, Mutter.«

Meine Mutter lachte auf, aber es war ein beunruhigender Laut. »Das ist es jetzt wohl.«

Sie hatte die Zeitung ordentlich zusammengefaltet, war aufgestanden und hatte das Zimmer verlassen. Ich hatte die Fotografie des Trümmerholzhaufens herausgesucht. Die Bildunterschrift hatte gelautet: »Bruckners Spieltisch im ehemaligen Rudolfinum mit Axt zertrümmert. Die historische Orgel muss Masaryk-Büste weichen.«

Kaum zwanzig Jahre lang hatte der neue tschechoslowakische Staat überlebt, Tomáš Masaryk, sein erster Präsident, war tot und sein Sohn und Nachfolger Jan saß bekanntlich in einem britischen Sanatorium für Geisteskranke. England, Frankreich und Italien hatten vier Jahre zuvor nicht nur das deutschsprachige Sudetenland, sondern den ganzen Rumpf der Tschechei an Deutschland verkauft. Die tschechische Regierung war zu den Verhandlungen über die Zukunft ihres Landes gar nicht erst eingeladen worden und konnte lediglich zusehen, wie auf der Prager Burg die Hakenkreuzfahne gehisst wurde. Nun hörte man aus dem Rudolfinum wieder die Klänge einer Bruckner-Sinfonie, während die Masaryk-Büste in einem Abstellraum verstaubte.

Der Regen legte erneut zu und stach mir mit eisigen Nadeln ins Gesicht. Ich sprang die Treppe hinauf, nahm immer zwei Stufen auf einmal und flüchtete mich in die hell erleuchtete Wärme des Konzerthauses.

Die Pracht der Eingangshalle verschlug mir den Atem. Die hellen stuckverzierten Wände strebten in schwindelerregende Höhen, wo sie in goldenen Fresken unter einem gläsernen Dach abschlossen. Zahllose Blendbögen und Ziersäulen verliehen dem wuchtigen Bau spielerische Leichtigkeit. Girlanden von Eichenlaub säumten das Marmorgeländer der Flügeltreppe, die hinauf zum Konzertsaal führte, und von der Galerie hing ein gewaltiger Wandteppich herab, auf dem ein gestickter Reichsadler das Hakenkreuz so fest in den Klauen hielt, als fürchte er, jemand könnte es ihm entreißen.

Unter dem Blick des Adlers flanierten zahlreiche Gäste durch die Eingangshalle oder standen in kleinen Gruppen beisammen, die Männer in eleganten zweireihigen Gesellschaftsuniformen und glänzend polierten schwarzen Stiefeln, die Frauen in knielangen, hochgeschlossenen Kostümen und federgeschmückten Hüten. Der Kriegsbeginn hatte es notwendig gemacht, die Stoffproduktion für Damenmode zu rationalisieren, sodass man bei offiziellen Anlässen keine Ballkleider mehr sah. Eine Sinfonie aus Stimmen und Gläserklirren erhob sich und bildete den Kontrapunkt zu Bruckners kühnen Harmonien, die aus dem Konzertsaal drangen.

Mir brach der Schweiß aus. Diensteifrige Hände halfen mir aus dem nassen Mantel, ein livrierter Ober bot ein Silbertablett mit schlanken Sektgläsern dar.

»Kommissar Pannwitz, welche Freude, Sie hier zu treffen«, sagte eine Stimme hinter mir mit wenig Begeisterung, »Heil Hitler!«

Ich drehte mich um und sah in das ausdruckslose Gesicht Dr. Hans-Ulrich Geschkes. Geschke war keine fünf Jahre älter als ich, aber bereits Oberregierungsrat und Leiter der Gestapo in Prag. Den Schädel hatte er an beiden Seiten rasiert, durch das dünne blonde Haar oben auf dem Kopf schimmerte blassrosa die Kopfhaut.

Ich deutete eine kurze Verbeugung an. »Heil Hitler, Standartenführer.«

Geschke sah mich mit seinen blassblauen Augen an. »Sie sind sich hoffentlich der Bedeutung dieses Abends bewusst. Er wird weit über die Grenzen des Protektorats als Markstein der Entwicklung deutschen Kulturlebens in die Geschichte eingehen.« Er machte eine sparsame Geste mit der rechten Hand. »Traurig, dass von Neurath heute nicht hier sein kann, finden Sie nicht?«

Ich machte eine unbestimmte Bewegung mit dem Kopf, um Zeit zu gewinnen. Eben hatte mir die Wärme in der Halle noch den Schweiß auf die Stirn getrieben, jetzt wurde mir unangenehm bewusst, wie klamm mir die Hose an den Beinen klebte. Mein Kopf begann wieder zu pochen.

Konstantin Freiherr von Neurath war der offizielle Reichsprotektor von Böhmen und Mähren, der im vergangenen Jahr den Rückbau des Rudolfinums zum Konzertsaal angeordnet hatte. Er war unter Hindenburg Außenminister gewesen und unterhielt als ehemaliger Diplomat des Deutschen Reiches in London hervorragende Beziehungen zur britischen Regierung. Vom Ministerposten hatte er 1938 zurücktreten müssen, weil er die Kriegspläne des Führers nicht mittragen wollte. Es hatte nichts genützt, der Krieg war gekommen und Neurath hatte sich bereits vorher unversehens als Reichsprotektor von Böhmen und Mähren wiedergefunden. Diese großzügige Geste Hitlers war notwendig gewesen, um es sich nicht völlig mit den Briten zu verderben. In meiner Funktion als Leiter des für Sabotagefälle zuständigen Referats der Prager Gestapo hatte ich keinen Grund zur Klage über Neuraths Politik. Der aktive Widerstand im Protektorat war kaum von Bedeutung gewesen. Von Sabotage, die den Verkehr, die Rüstungs- und andere Industrie, das öffentliche Leben oder die deutschen Kriegsinteressen getroffen hätte, war im Verhältnis zur Größe des Landes fast gar nichts zu spüren gewesen. Konstantin von Neurath war es gelungen, alle Ambitionen der tschechischen Exilregierung unter Edvard Beneš, die in London Unterschlupf gefunden hatte, mithilfe seiner alten britischen Freunde im Zaum zu halten. Im Protektorat wollte er die Bevölkerung durch Versöhnung und Mäßigung für die Sache des Deutschen Reiches gewinnen, eine Vorgehensweise, die mir ausgesprochen sachdienlich vorkam. Ich konnte es an den immer kleiner werdenden Stapeln auf meinem Schreibtisch ablesen und daran, wie selten mein Telefon klingelte. Zwei Jahre nach der Einrichtung des Protektorats war es völlig ruhig in

Böhmen und Mähren. Neurath war ein gewissenhafter Verwalter und Diplomat alter Schule, nur leider nicht besonders klug. Mit dem Beginn des Krieges gegen die Sowjetunion vor drei Monaten hatte sich die Lage erschreckend geändert. Ein regelrechtes Unwetter war mit aller Macht über Prag hereingebrochen. Seit diesem Tag stand mein Telefon nicht mehr still. Allein in der ersten Augustwoche hatte meine Abteilung einhundertachtzig Fälle von Sabotage an Brücken, Gleisanlagen, Hochspannungsleitungen und Werkstätten sowie Brandanschläge auf Getreidesilos und Holzlager aufgenommen. Angesichts der Vielzahl dieser Störfälle war an eine Bearbeitung gar nicht zu denken gewesen und wir begnügten uns lediglich mit ihrer Registrierung. Aufklärung blieb völlig dem Zufall überlassen. Es war klar gewesen, dass sich die Reichsführung ein solches Vorgehen nicht lange bieten lassen würde, aber wie die Angelegenheit schließlich gehandhabt worden war, war jenseits jeglichen Taktgefühls. Es wurde gemunkelt, dass sich auf dem Schreibtisch des Führers Klagen über Neuraths skandalöse Nachlässigkeit stapelten. Der Schwarzmarkt stehe in voller Blüte, die kriegswichtige Produktion sei rückläufig und es gebe Kontakte zwischen der Regierung in Prag und der illegalen Exilregierung unter Beneš. Ich selbst hatte keine Kenntnis über solche Kontakte, denn in Zeiten wie diesen hielt man sich als Kriminalist aus politischen Fragen lieber heraus. Doch es war allzu offensichtlich, dass all diese Beschwerden über Neurath von ein und demselben Schreibtisch kamen, und zwar von einem Schreibtisch im Prinz-Albrecht-Palais in Berlin. Dort nämlich befand sich das Hauptquartier des zu Kriegsbeginn gegründeten Reichssicherheitshauptamtes. Innerhalb kürzester Zeit hatte sich die neue Superbehörde zum Zentrum aller sicherheitspolitischen und nachrichtendienstlichen Maßnahmen entwickelt. Die Spezialität des RSHA waren die neuartigen Sondereinsatzgruppen, deren Aufgabe in der Reinerhaltung des deutschen Volkskörpers lag. Herz und Gehirn dieser Behörde war ein schneidiger blonder Karrierist, der mit beeindruckender Effizienz die Bekämpfung aller reichsfeindlichen Elemente betrieb. Diesem Mann, einem ehemaligen Marineoffizier und besonderen Günstling Heinrich Himmlers, sagte man eine einzigartige Verbindung von Dynamik und Skrupellosigkeit nach. Er galt als Mann der Moderne, der die neueste Technik im Kommunikationsbereich nutzte, mit Telefon, Fernschreiber und Funksprüchen arbeitete und Abstände in Raum und Zeit mittels schneller Autos und eigenem Dienstflugzeug verkürzte. Beschleunigung und Kontrolle hatten für ihn höchste Priorität. Kurz, er war das genaue Gegenteil Neuraths. So kam es, dass Neurath seinen Amtssitz in Prag hatte verlassen müssen, aus gesundheitlichen Gründen, wie es offiziell hieß. Nun kurierte er auf Befehl des Führers im Stammsitz seiner Familie in Vaihingen an der Enz sein Leiden aus. Das behandlungsbedürftige Gebrechen Neuraths bestand meiner Meinung nach in zu großer Milde gegenüber der tschechischen Bevölkerung und es war klar, dass er in absehbarer Zeit kaum davon genesen würde. Hitler hielt Männer wie Neurath für Weichlinge, und Weichlinge konnte der Führer ebenso wenig ausstehen wie Freiherren aus altem Adel oder Diplomaten, die mit den Briten schöntaten. Da sich in Neurath alle drei Eigenschaften vereinten, rechnete keiner mit seiner Rückkehr nach Prag. Sein Stellvertreter war noch am Tag von Neuraths Abreise im Protektorat eingetroffen und hatte sich mit Frau, drei Kindern und zwei Hunden im Schloss auf dem Landgut Jungfern

Breschan niedergelassen. Niemand war überrascht gewesen, dass der Nachfolger genau jener schneidige blonde Karrierist war, der Neuraths Politik beim Führer diskreditiert hatte. Wenige Tage zuvor hatte dieser Mann den fünften Rang bei den Deutschen Kriegsfechtmeisterschaften der Sonderklasse in Bad Kreuznach errungen. Mit Sicherheit war er kein Weichling.

»Obergruppenführer Heydrich soll auch ein großer Freund der schönen Künste sein«, antwortete ich ausweichend.

Geschke verzog seine farblosen Lippen zur Andeutung dessen, was er für ein Lächeln hielt. »Durchaus, Pannwitz. Er spielt hervorragend Geige, die Musik ist sein Leben, verstehen Sie? Sein *Leben*. Sein Vater war schließlich Komponist.« Er gab ein hustendes Geräusch von sich, möglicherweise ein Lachen, und fuhr fort: »Allerdings soll sein Vater der Meinung gewesen sein, dass es dem jungen Reinhard an Feingefühl für die Seele der Musik fehlen würde. Dieser Mangel wird sich nun als Vorteil erweisen. Eines kann ich Ihnen versichern, Pannwitz: Unter Reinhard Heydrich wird ein neuer Wind im Protektorat wehen. Ein ganz neuer Wind.«

Eine Gruppe lachender junger Damen mit schlanken Gläsern in den manikürten Händen zog an uns vorbei dem Konzertsaal entgegen. In wenigen Minuten würde Reinhard Heydrich die Eröffnungsrede halten und das Konzert zu Ehren der an der Ostfront verwundeten Wehrmachtssoldaten eröffnen, die an diesem Abend die vorderen Ränge besetzten. Es war noch wärmer im Foyer geworden, aber ich begann zu frösteln. Ich hatte den neuen Wind bereits gespürt. Am ersten Tag nach seiner Ankunft in Prag hatte der neue Reichsprotektor für zwei Wochen das Standrecht eingeführt, was bedeutete, dass den Tribunalen nur zwei Optionen blieben: Freispruch oder Todesstrafe, ganz egal, ob es sich um eine Anklage wegen Mordes, Sabotage oder wegen Hörens des falschen Rundfunksenders handelte. Seit Ende September hatte es fast eintausend Verhaftungen ohne Gerichtsbeschluss gegeben und etwa zweihundert Todesurteile waren ohne Verhandlung ausgesprochen worden – das Hundertfache im Vergleich zu einem gewöhnlichen Monat. Unter den Inhaftierten waren der ehemalige Ministerpräsident Eliáš und Prags Oberbürgermeister Klapka, denen vorgeworfen wurde, Kontakte zu Beneš' Leuten in London zu unterhalten. Am zweiten Tag nach Heydrichs Ankunft waren sämtliche Synagogen in der Josefstadt geschlossen worden. Geschke hatte Recht, es wehte ein neuer Wind im Protektorat, und dieser Wind brachte den Tod.

1942, PRAG

Sonntag, 24.5.1942, 6.30 Uhr

Drei Tage bevor die Katastrophe ihren Lauf nahm, am Pfingstsonntag 1942, wurde ich am frühen Morgen in die Prager Altstadt gerufen.

Als ich ankam, schwebte eine schicksalhafte Stille über der Bartholomäusgasse. Die Sonne war gerade aufgegangen und warf einige frühe Lichtstrahlen in die enge Gasse, die hier in die Bergsteinstraße mündete. Das Licht spiegelte sich abertausendfach in den winzigen Glassplittern, die wie achtlos aufs Pflaster geworfene Diamanten glitzerten. Eine Straßenbahn rumpelte irgendwo hinter den Häusern vorüber und ließ ihre Glocke ertönen, dann wieder Stille. Sogar zu dieser frühen Stunde leuchteten an den Fassaden der Häuser Neonschilder, die für Sliwowitz und Schuhe von Baťa warben. Ich konnte das Summen der Neonröhren wahrnehmen. Die ganze Stadt war mit Reklame gepflastert, obwohl es nicht mehr viel zu kaufen gab. Überall sah man zweisprachige Schilder, denn Zweisprachigkeit war Vorschrift im Protektorat. An einer Hauswand hing ein Plakat, das zur Prager Musikwoche einlud. Reichsprotektor Heydrich hatte eine Komposition seines Vaters eigens für dieses Ereignis arrangieren lassen.

An der Tür der Buchhandlung, deren Schaufensterscheibe sich in die unzähligen funkelnden Splitter zu meinen Füßen verwandelt hatte, hing ein Hinweis auf Deutsch und Tschechisch: »Unsere verehrte Kundschaft wird gebeten, in diesem Laden nicht über Politik zu sprechen.«

Die Glocken der Kirche Sv. Martina ve zdi – der St.-Martinskirche hinter der Buchhandlung – läuteten das

Pfingstfest ein. Der bronzene Ton der alten Glocke und der gedrungene Bau aus dunklem Mauerwerk waren mir seit Jahren vertraut. Hierher kam ich jeden Sonntag, um mit der deutschen evangelischen Gemeinde in Prag den Gottesdienst zu feiern.

Ich machte einen knirschenden Schritt auf die säuberlich geschnittene Hecke zu, mit der die Kreuzung Bartolomäusgasse-Bergsteinstraße begrünt war. In den zartgrünen Blättern klaffte ein hässliches verkohltes Loch mit ausgefransten Rändern aus verbrannten Ästchen und Zweigen. Es roch nach Schwarzpulver. Unter der Hecke lugten Teile eines rußigen Metallstücks, wahrscheinlich eines Rohrs, hervor. Die Wucht der Detonation hatte die Scheibe des Schaufensters bersten lassen. Ich winkte nach Kriminalassistent Wolfgang Kieser, ohne mich umzudrehen, und zog vorsichtig das Metallstück aus dem Laub. Kiesers Stiefel machten mahlende Geräusche, als er über das funkelnde Splitterfeld hinüberkam.

»Eine Bombe?«, fragte er. Er sah sehr jung aus, fast wie ein Kind. Unmöglich konnte er älter als zwanzig sein. Wolfgang Kieser war frisch von der Polizeiakademie aus Fürstenfeldbruck gekommen und kaum einen Monat bei der Gestapo in Prag.

Ich reichte ihm das Metallstück. »Verpacken Sie das gut. Ein verzinktes Stahlrohr, möglicherweise von einer Wasserleitung. Sehen Sie die schwarze Schicht auf der Innenseite?«

Kieser hob das Rohr vor sein Gesicht, betrachtete es wie einen seltenen Schmetterling und roch daran. »Schwarzpulver?«

»Ja. Ziemlich einfach herzustellen und mit großer Splitterwirkung. Das sind zwei gute Argumente für Saboteure, die nicht über vertiefte Kenntnisse verfügen. Man braucht nicht einmal richtigen Sprengstoff, um eine Rohrbombe zur Detonation zu bringen. Es reichen einfache Chemikalien und ein Zünder, wie man ihn sich überall beschaffen kann.«

Eine Frau in knielangem Bleistiftrock und flachen Schuhen kam vorbei. Sie versuchte, unter ihrem Filzhut hervor einen Blick auf die Szenerie zu erhaschen. Ich nickte ihr zu, sie wandte rasch die Augen ab und entfernte sich mit eiligen Schritten.

Kieser packte das Metallstück in einen Beutel aus Plastikfolie und ich öffnete die Tür der Buchhandlung. Eine magere rotgesichtige Tschechin in einem fliederfarbenen Morgenrock kam heraus und begann, leise, aber ohne Unterlass auf Kieser einzureden, was dieser jedoch völlig ignorierte. Ein Wachtmeister der tschechischen Polizei folgte der Frau und erstattete mir Bericht: »Frau Žilanova sagt, sie sei um etwa fünf Uhr von einem Knall und dem Zerbersten der Schaufensterscheibe geweckt worden. Sie hat sofort aus dem Fenster gesehen, aber niemanden entdeckt.«

Ich wandte mich an die Frau, die ihren Redefluss unterbrach und mich mit verkniffenem Gesicht anstarrte. »Könnte jemand ein Interesse daran haben, Ihrem Geschäft Schaden zuzufügen?«, fragte ich sie auf Tschechisch. Nicht, dass man in diesen Zeiten einen besonderen Grund brauchte, um Anschläge zu verüben. Die Frau antwortete nicht, sondern deutete mit einem knochigen Finger auf drei krakelige handtellergroße Buchstaben, die jemand mit blauer Farbe an die Wand geschmiert hatte: »B+M+M«.

Ich fühlte mich plötzlich sehr erschöpft. »Nehmen Sie das auf, Kieser.«

Die Gruppe *Drei Könige* – in Anspielung auf die Signatur, welche die Saboteure wie Sternsinger an den Tatorten hinterließen – zeichnete für mehrere Terroranschläge nicht nur in Prag, sondern auch in Berlin und Leipzig verantwortlich. Mutmaßlich steckten sie hinter einem Anschlag auf den Reichsführer SS im Frühjahr 1941 am Anhalter Bahnhof. Die Bombe hatte allerdings viel zu wenig Schlagkraft gehabt, um wie geplant die Deckenbalken über Himmlers privatem Waggon zum Einsturz zu bringen. Man munkelte, dass sich die *Drei Könige* einen Spaß daraus machten, die Gestapo vorzuführen. Sie hatten den Mantel Oskar Fleischers gestohlen, des Chefs der Spionageabwehr in Prag, was den Mann in große Rechtfertigungsnöte gebracht hatte. Mit dem Attentat auf Himmler waren sie allerdings zu weit gegangen. Unter großen Anstrengungen hatte der Sicherheitsdienst die Gruppe vor einem Jahr zerschlagen. Zwei der *Drei Könige*, Josef Balabán und Josef Mašin, waren gefasst und dem Verhörexperten Paul Soppa im Prager Gefängnis Pankrác übergeben worden. Soppa hatte eine Aufklärungsquote, von der die Polizei nur träumen konnte. Soppas Methoden hingegen verursachten mir eher Albträume. Für saubere kriminalistische Arbeit hatte er wenig übrig. Er war in den 1930ern wegen Gewalttätigkeit im Dienst aus der Polizei entlassen worden, doch die Gestapo konnte es sich nicht leisten, Soppas Naturtalent zu verschwenden. Als seine Spezialität galt die berüchtigte Wasserwippe. Aber an Balabán und Mašin drohte sogar Soppa sich die Zähne auszubeißen. Es hatte neun Monate gedauert, bis er die beiden dazu gebracht hatte, dem SD den entscheidenden Hinweis auf den Aufenthaltsort Václav Morávecks zu geben, den letzten flüchtigen Kopf der *Drei Könige*. Unter dem Kommando des Standartenführers Horst Böhme hatte ihn der SD im März nach einer Verfolgungsjagd durch Prag gestellt und beim misslungenen Versuch der Festnahme in der Straßenbahn erschossen. Eine kriminalistische Katastrophe. Mit dem Tod des letzten *Königs* würden niemals die Agenten auf deutscher Seite enttarnt werden können, welche die Saboteure mit geheimen Informationen versorgt hatten. Die Männer in den Einsatzkommandos des Sicherheitsdienstes durchliefen keine besondere kriminologische Ausbildung, bevor man sie auf Fälle ansetzte, deren Behandlung man der Polizei nicht zutraute, weil sie an gewisse Regeln gebunden war, die für den SD nicht galten. Die Einsatzgruppen des Sicherheitsdienstes interessierten sich mehr für die großen weltanschaulichen Fragen, ihre Aufgabe war Flurbereinigung im großen Stil, da hielt man sich nicht mit Details auf. Es sah so aus, als hätte Václav Morávek sein Leben vor allem deswegen vor den Augen der entsetzten Straßenbahnpassagiere in einer Lache aus eigenem Blut und Exkrementen beendet, weil er SS-Obergruppenführer Heinrich Müller, genannt »Gestapo-Müller«, in regelmäßigen Abständen spöttische Postkarten aus seinem jeweiligen Versteck zugesandt hatte, auf Tschechisch und Deutsch, wie es im Protektorat Vorschrift war.

»Wer bezahlt die Scheibe?«, keifte die Buchhändlerin. »Wer bezahlt mir die verdammte Scheibe? Sie vielleicht?«

»Das fällt nicht in unseren Zuständigkeitsbereich«, antwortete ich.

Der Anschlag auf die Buchhandlung war, nüchtern betrachtet, nicht von Bedeutung für die deutschen Belange im Protektorat. Es waren keine Deutschen und noch nicht einmal Tschechen zu Schaden gekommen. Die Bombe hätte ein Kind herstellen können, eine alte Wasserleitung mit Schwarzpulver darin. Vielleicht war es sogar der Nachbarsjunge gewesen, weil ihn die Buchhändlerin einmal zu oft am Ohr gezogen hatte. Dennoch begann ein kalter Finger am Ansatz meiner Wirbelsäule eine schnelle, hektische Melodie zu trommeln. Es war *zu* harmlos, ein kleiner Sabotageakt, der weniger Schaden anrichten, als Widerspruchsgeist zeigen sollte.

In den ersten acht Wochen nach dem Amtsantritt des neuen Reichsprotektors waren über sechstausend Menschen verhaftet worden, weil sie den Schwarzmarkt unterstützt oder britische Radiosender gehört hatten. Danach schienen die Tschechen verstanden zu haben, wer der neue Herr im Hause war. Im Protektorat herrschte eine Ruhe, die an Friedhofsstille erinnerte.

»Wenn er gewöhnt ist, dass der Herr sich nicht mit ihm gemeinmacht, will der Slawe selbst gar nicht, dass er gleichberechtigt behandelt wird«, hatte Reinhard Heydrich in seiner Antrittsrede auf der Prager Burg festgestellt. Seine hohe Stimme, die Erinnerungen an das Keifen einer zänkischen Waschfrau weckte, hatte manchem Zuhörer Grund zu leiser Erheiterung gegeben, die man allerdings besser hinter vorgehaltener Hand verbarg, wenn einem Rang, Leib und Leben etwas bedeuteten. Wenn ein Blick aus Heydrichs Augen jemanden auch nur beiläufig streifte, blieb demjenigen das Lachen ohnehin im Halse stecken. Die tödliche Furcht, die er verbreitete, war aber lediglich eines der Pfunde, mit denen er wuchern konnte. Darüber hinaus war ihm das Glanzstück gelungen, seine Peitschenhiebe gegen die Menschen im Protektorat mit Zuckerbrot zu versüßen. Nach Ablauf der ersten Standgerichtsperiode verhandelte er mit den Vertretern von Industrie, Landwirtschaft und Arbeitern. Er sei bereit, mit den Tschechen über alle ihre Nöte zu reden und ihnen zu helfen, wo immer es ihm möglich sei, wenn sie die deutschen Interessen nicht behinderten. Nachdem Heydrich die Tschechen zunächst zu Tode verängstigt hatte, gab er sich nun Mühe, sie zu satten, zufriedenen Helfern des deutschen Volkes zu machen. Uns Beamten gegenüber hatte er seinen Plan folgendermaßen formuliert: »Ich brauche Ruhe im Raum, damit der Arbeiter, der tschechische Arbeiter, für die deutsche Kriegsleistung hier vollgültig seine Arbeitskraft einsetzt. Dazu gehört, dass man den tschechischen Arbeitern natürlich das an Fressen geben muss, wenn ich es so deutlich sagen darf, dass er seine Arbeit erfüllen kann. Wir werden voraussichtlich zu einer Erhöhung der Fettrationen bei den tschechischen Arbeitern kommen, die etwa um vierhundert Gramm herum liegt. Das ist eine Summe, die sich sehen lassen kann.«

Die sichtbare Folge war, dass innerhalb weniger Monate überhaupt keine Störfälle mehr registriert wurden. Sabotageakte aus der bürgerlichen Widerstandsbewegung waren gar nicht zu verzeichnen, sodass ich meine Kollegen an manchen Nachmittagen bereits um drei Uhr nach Hause schickte und selbst bis Dienstschluss alte Akten durchging, weil sonst nichts zu tun war. Der Reichsprotektor hatte es sich daraufhin angewöhnt, ohne Eskorte und mit offenem Verdeck durch Prag zu fahren, nur in Begleitung seines hünenhaften Chauffeurs Klein. Heydrich, der Pilot, Athlet und Sportschütze war, hielt eine bewaffnete Eskorte schlicht für unsportlich. Weichlinge aus altem Adel wie Neurath mochten sich hinter einer Leibgarde verstecken. In meiner Funktion als Referatsleiter war es meine Pflicht, den Reichsprotektor in einer sachlichen Mitteilung darauf aufmerksam zu machen, dass der Führer die Begleitung durch eine bewaffnete Eskorte zwingend vorschrieb. Heydrichs Büro antwortete knapp, dass dies nach Meinung des Reichsprotektors das Ansehen Deutschlands schädige. Der Reichsprotektor stehe für den Freimut und die Großzügigkeit des deutschen Volkes. Ich hatte in dieser Sache nichts weiter tun können, als diese Stellungnahme aktenkundig zu machen und Mitteilung nach Berlin zu geben. Eine Reaktion darauf war nicht erfolgt.

Kriminalassistent Kieser und ich kehrten nach Abschluss der Untersuchungen am Tatort ins Büro zurück. Ich füllte die Formulare aus, ließ Kieser das Protokoll der Zeugenbefragung ins Reine schreiben, schickte ihn mit den sichergestellten Teilen der Rohrbombe hinüber zur kriminaltechnischen Abteilung III a und formulierte ein Gesuch nach der Akte Václav Moráveks, auch wenn die Chancen schlecht standen. Der SD ließ sich nicht gerne in die Karten schauen, schon gar nicht von uns Kriminalisten. Für unsere Kollegen in den schwarzen Uniformen waren wir lästige Querulanten in Zivil.

Dann legte ich meinen Füller beiseite. Draußen erreichte die Sonne an diesem Pfingstsonntag ihren höchsten Stand und zeichnete funkelnde Flammenzungen auf die goldenen Dächer der Stadt der hundert Türme.

Mittwoch, 27.5.1942, 12.00 Uhr

Ich saß an meinem Schreibtisch und füllte ein weiteres Formular zum jüngsten Vorfall am Pfingstsonntag aus. Die Bombe hatte sich, wie ich es vermutet hatte, als selbst gefertigte Rohrbombe mit Schwarzpulverfüllung erwiesen. Die Besitzerin der Buchhandlung hatte mich bereits dreimal angerufen und drängte auf eine Lösung in der Frage, wer die Scheibe zu ersetzen hatte. Das Telefon auf meinem Schreibtisch läutete abermals.

»Gestapo Prag, Referat II g.«

»Kriminalkommissar Pannwitz?«

»Am Apparat, ja.«

Ein Blumensamen schwebte wie eine Schneeflocke am Fenster vorbei.

»Friedrich Zenaty hier.«

Schweigen. Nur ein Knacken in der Leitung.

»Hauptmann Zenaty, sprechen Sie bitte«, sagte ich auf Tschechisch. Zenaty hatte seine Schwierigkeiten mit der deutschen Sprache.

»Herr Kommissar, ich rufe Sie in einer äußerst heiklen Angelegenheit an.«

Ich seufzte unhörbar. Das letzte Mal, dass Friedrich Zenaty, Verbindungsoffizier zwischen der deutschen und tschechischen Polizei, in einer äußerst heiklen Angelegenheit angerufen hatte, war schon eine Weile her. Die tschechische Polizei hatte damals einen Autofahrer angehalten, der mit seinem Sportwagen in irrsinniger Geschwindigkeit durch die engen Gassen der Prager Innenstadt gerast war. Der törichte junge Polizist hatte nicht erkannt, dass es sich bei dem Fahrer um SS-Standartenführer Horst Böhme handelte, den Befehlshaber des SD und Duzfreund des Reichprotektors. Der tschechische Polizist hatte Böhme tatsächlich einen Strafzettel verpasst. Es hatte sehr viel Mühe und wertvolle Arbeitszeit gekostet, die Angelegenheit so zu regeln, dass der Polizist mit einer Verwarnung davonkam.

»Bitte sprechen Sie, Hauptmann«, wiederholte ich.

»Ich habe Meldung erhalten, dass ein höherer SS-Offizier bei einem Bombenanschlag verletzt worden sein könnte.«

Wieder seufzte ich, diesmal so, dass Zenaty es hören konnte. Unbestimmte Meldungen dieser Art kamen in regelmäßigen Abständen herein und bisher war nie etwas daran gewesen, so dass meine Dienststelle geneigt war, nicht ernstlich darauf zu reagieren.

Zenaty fuhr fort: »Der Anschlag soll sich in Kobilis ereignet haben.«

»Können Sie mir das Polizeirevier nennen, das die Meldung ausgegeben hat?«

Das konnte er und ich fragte weiter: »Haben Sie Angaben zur Person des Verletzten?«

Es entstand eine kurze Pause, dann erwiderte Zenaty zögernd: »Wir wissen nichts Genaues.«

Ich kannte dieses Zögern und in diesem Moment machte ich mir zum ersten Mal Sorgen. Hauptmann Zenaty hatte Angst.

Eine Stunde später fuhr ich vor dem Bulovka-Krankenhaus vor. Kriminalassistent Kieser begleitete mich. Das Hospital war ein schöner Neubau aus hellbraunem Sandstein, erst wenige Jahre in Betrieb und mit modernster Technik ausgestattet. Das zuständige Polizeirevier hatte angegeben, der verwundete Offizier würde dort behandelt.

Der diensthabende tschechische Wachtmeister war ebenfalls ausgewichen, als ich Fragen zur Person des Opfers gestellt hatte. Nun machte ich mir *ernsthafte* Sorgen.

Kieser und ich betraten das Foyer des Krankenhauses. Der Pförtner eilte herbei und machte eine kleine Verbeugung. Wir wiesen uns aus und ich sagte auf Tschechisch: »Wir suchen nach einem Patienten, der vor etwa einer Stunde hier eingeliefert wurde. Ein Deutscher, möglicherweise SS-Angehöriger, mit Verletzungen durch ein Bombenattentat.«

Der Pförtner, ein hagerer kleiner Mann mit pockennarbigen Wangen, hob beide Hände in einer Geste, als wolle er den bösen Blick abwehren.

»Da muss ein Irrtum vorliegen. Es gab keine solche Einlieferung heute. Ich kann Ihnen nicht weiterhelfen.«

Kieser setzte an: »Ich muss Sie darauf hinweisen, dass eine Verweigerung der Kooperation mit den deutschen Behörden …«

Ich schnitt ihm mit einer Handbewegung das Wort ab.

»Lieber Herr …«, ich beugte mich vor, um den Namen auf dem Schild der Pförtneruniform zu entziffern, »… Herr Chvalkovský, es ist möglich, dass die Angelegenheit mit größter Vertraulichkeit behandelt worden ist. Bitte bringen Sie uns zur chirurgischen Abteilung.«

Der Pförtner zögerte. Pflichtgefühl und Furcht rangen in dem kleinen Mann miteinander. Ich kannte diesen Zwiespalt.

»Wir wären Ihnen wirklich sehr dankbar«, fügte ich hinzu.

Der Pförtner nickte. »Hier lang, bitte.«

Pförtner Chvalkovský wies einen Krankenpfleger an, mich und Kieser durch die ruhigen Gänge der Poliklinik bis in die chirurgische Abteilung zu führen. Wir begegneten niemandem, was meine Unruhe verstärkte.

»Wo haben Sie Tschechisch gelernt?«, fragte Kieser.

»Hier«, sagte ich. »In Prag.«

»Wie haben Sie das gemacht?«

»Ich habe mir ein Buch gekauft und mich mit den Leuten unterhalten.«

»Ich meine, wie war das möglich? Diese Sprache besteht doch nur aus Kehl- und Grunzlauten«, beharrte Kieser. »Kein menschlicher Gaumen kann diese Wörter aussprechen.«

»Hat man Ihnen das auf der Akademie in Fürstenfeldbruck beigebracht?«

Wir erreichten eine schwere Milchglastür, welche die Chirurgie von der poliklinischen Station abtrennte. Ich wies Kieser an, vor der Tür stehen zu bleiben und jede Person genau zu kontrollieren, die Zutritt zur Chirurgie wünschte, seien es Ärzte, Schwestern oder Pfleger. Ich mochte mir die Folgen für das Protektorat nicht ausmalen, wenn die Saboteure – wenn denn tatsächlich ein SS-Offizier Opfer eines Sabotageaktes geworden sein sollte – ihr Werk im Krankenhaus zu Ende bringen würden.

Ich folgte dem Gang bis zu einer Tür, auf der »OP – Vorbereitung« stand. Hinter der Tür waren Stimmen zu hören. Eine Frauenstimme, leise und beruhigend, und eine weitere Frauenstimme, herrisch und unangenehm. Meine Eingeweide schienen plötzlich mit kaltem Wasser gefüllt zu sein. Das durfte nicht sein. Wenn es so war, wie ich glaubte, war das Protektorat einen winzigen Schritt von der Katastrophe entfernt. Ich hielt einen Augenblick lang inne, den Allmächtigen darum zu bitten, es zurückzunehmen, es um der ganzen Menschheit willen ungeschehen zu machen.

Aber Gott scherte sich 1942 nicht mehr besonders um die Menschheit, wie es schien. Es war das erste Mal, dass ich im Dienst betete. Dann drückte ich die Klinke herunter und betrat den Vorbereitungsraum.

Mit dem Rücken zu mir, auf der Kante eines OP-Tisches saß ein hochgewachsener, langschädeliger Mann mit blondem Haar, dem eine Krankenschwester Eiskompressen an Schläfe und Stirn hielt und ihn mit sanfter Stimme zu beschwichtigen versuchte. Links und rechts neben der Wirbelsäule klebten Wundverbände, unter denen Blut hervorsickerte.

»Sorgen Sie umgehend dafür, dass …«, schnarrte der Mann mit der hohen Stimme.

Eine Faust krampfte sich um meinen Magen zusammen. Der Mann auf dem Tisch brach ab und drehte sich zu mir um. Sein Gesicht war leichenblass, fast gelblich, aber seine Augen waren völlig klar. Sein Blick stählern. Er runzelte die Stirn und verzog dann seine elegant geschwungenen Lippen zu einem Lächeln des Erkennens.

»Gott sei Dank, ein kompetenter Mann! Kommissar Pannwitz, wenn ich nicht irre? Heil Hitler!«

Ich brauchte einen Moment, bis ich die Sprache wiederfand.

»Jawohl, Obergruppenführer.«

SS-Obergruppenführer, Reichsprotektor und General der Polizei Reinhard Eugen Tristan Heydrich sah mich abwartend an.

»Heil Hitler«, sagte ich. Mein Mund war so trocken, dass sich die Worte wie Sägespäne anfühlten.

»Verschwenden Sie nicht unsere Zeit mit der Nennung von SS-Rängen, Pannwitz. Armeerang oder Familienname reichen.«

»Jawohl, General.«

Heydrich nickte befriedigt. »Schon besser.« In Berlin war er bekannt als »der Arier« – wegen seiner blonden Haare und seiner athletischen Statur –, »Himmlers heimliches Hirn« – wegen seiner einzigartigen kühlen Intelligenz, um derentwillen ihn Himmler mit der Frage nach der Endlösung betraut hatte – oder, was ihm sicher weniger gefiel, »die Ziege« – wenn er mit seiner hohen Stimme lachte, klang es wie ein Meckern. Nicht, dass ich ihn jemals lachen gehört hätte. Bei der tschechischen Bevölkerung hingegen war er besser bekannt als »der Henker von Prag« und »die blonde Bestie«.

Heydrichs Augen verengten sich. Einen Moment lang fühlte ich mich wie die Beute eines gefährlichen Raubtieres.

»Pannwitz, Sie müssen umgehend dafür sorgen, dass meine Aktentasche sichergestellt wird. Ich habe heute Nachmittag einen Termin beim Führer in Berlin und in meiner Tasche befinden sich Dokumente von allerhöchster Vertraulichkeit. Wenn diese Tasche in falsche Hände gerät, dann …«

Die Krankenschwester berührte mich am Arm. Mit starkem tschechischem Akzent murmelte sie: »Ein Mann kam vorhin her und hat eine Ledertasche gebracht. Er sagte, sie habe im Auto gelegen. Sie ist im Büro des Direktors.«

»Warum haben Sie das nicht gleich gesagt?«, fuhr Heydrich die Frau an, die erschrocken zurückwich.

Meine Gedanken überschlugen sich. Wir brauchten dringend Verstärkung. Es war jederzeit möglich, dass die Attentäter wieder zuschlugen. Offenbar war allgemein bekannt, wohin der verletzte Heydrich gebracht worden war.

Ein Arzt im weißen Kittel betrat den Raum.

»Ich bin Dr. Dick, der Leiter dieses Krankenhauses.

Wir werden den Herrn Reichsprotektor umgehend operieren«, sagte er. Trotz seines deutschen Namens sprach er mit tschechischem Akzent. »Es sind Metallsplitter in seinen Rücken eingedrungen, einer davon hat ihm eine Rippe gebrochen, ein anderer das Zwerchfell verletzt. Außerdem steckt irgendetwas in seiner Milz.«

»Sie sind doch kein Deutscher«, schnappte Heydrich. »Lassen Sie nicht zu, dass mich ein Tscheche operiert, Pannwitz! Das ist mein sicherer Tod.« Er erhob sich von seinem Tisch, sichtlich um Haltung bemüht, und ging auf die Tür zu.

»Ich habe eben mit Ihrem Arzt in Berlin telefoniert«, erwiderte Dr. Dick ruhig. »Professor Sauerbruch wird im Lauf des Tages anreisen. Er hat mich angewiesen, den Eingriff sofort durchzuführen.«

In Heydrichs Gesicht arbeitete es.

»General, ich bitte Sie«, sagte ich, »riskieren Sie nicht Ihr Leben.« Und das von Millionen Menschen im Protektorat, fügte ich in Gedanken hinzu.

Heydrich ließ sich wieder auf die Bahre sinken. Sein Mundwinkel zuckte dabei vor Schmerz, aber er gab keinen Laut von sich. Die Krankenschwester, den Blick auf den Boden gerichtet, schob ihn mitsamt dem Tisch in den nächsten Raum.

Dr. Dick machte Anstalten, Heydrich zu folgen, doch ich hielt ihn zurück.

»Wird er an seinen Verletzungen sterben?«

Dr. Dick schüttete den Kopf. »Nein, er ist zäh. Er wird es überstehen.«

»Wie geht es nun weiter?«

»Ich werde den Reichsprotektor mit einem leichten Betäubungsgas behandeln, um ihm die Schmerzen zu nehmen und ihn für die Operation ruhigzustellen. Anschließend entfernen wir die Splitter und beten für seine Genesung.«

Er nickte mir zu, verließ den Raum und schloss die Tür hinter sich. Ich musste mich einen Moment lang an die kühle, gekachelte Wand lehnen, bis der Schwindel nachließ. Reinhard Heydrich war nicht der Mann, den ich normalerweise in mein Gebet am Abend einschloss, aber in dieser Nacht würde ich bis zur Erschöpfung für das Leben des Reichsprotektors beten.

Mittwoch, 27.5.1942, 15.30 Uhr

»Was für eine Schweinerei. Der Führer hat befohlen, als Vergeltung für den Anschlag heute noch zehntausend Tschechen zu erschießen.«

Die Worte des Staatssekretärs Karl Hermann Frank füllten den ganzen Raum aus. Es war, als hätte er den Sicherungsbügel einer Handgranate aufschnappen lassen. Angesichts der Ungeheuerlichkeit dieser Worte hielt ich die Luft an. Ich stand auf einem Minenfeld, dessen war ich mir bewusst, und jeder Schritt konnte zu einer tödlichen Detonation führen.

Frank nippte an einer Tasse Tee. Er war ein knochiger Mann von dreiundvierzig Jahren, doch sein ausgezehrtes Gesicht mit den schweren Tränensäcken ließ ihn mindestens zehn Jahre älter erscheinen. Sein rechtes Auge war starr und folgte den Bewegungen des linken mit Verzögerung. Frank war ein gelernter Buchhändler aus dem Sudetenland und offensichtlich Kettenraucher, denn seine Finger, in denen er die Teetasse hielt, waren gelblich verfärbt. Er war nach Neuraths Absetzung einfach übergangen worden, was er mit bemerkenswerter Fassung getragen hatte. De facto wäre er der Stellvertreter des Reichsprotektors gewesen. Ich vermutete, dass Frank, nun da Reinhard Heydrich zwischen Leben und Tod schwebte, seine Stunde endlich gekommen sah. Er hielt die Slawen gemeinhin für Barbaren, deren Sprache er gerne mit Tierlauten verglich, aber er hatte sich gegen eine vollständige Evakuierung der sieben Millionen Tschechen in Böhmen und Mähren gewandt. Diese aberwitzige Forderung war von verschiedenen Seiten gestellt worden. Die Tschechen mochten für Frank Barbaren sein, doch sie waren *arbeitsame* Barbaren, die für die Kriegsproduktion unerlässlich waren. Ich hielt Frank für klug genug, um einzusehen, dass hysterische Vergeltungsmaßnahmen die Lage im Protektorat destabilisieren würden. Bei SS-Standartenführer Horst Böhme, dem dritten Mann im Raum, lag die Sache anders. Böhme war der Befehlshaber des SD in Prag, trug das goldene Parteiabzeichen auf der Brust und war in dieser Angelegenheit – in dieser »Schweinerei«, um mit Franks Worten zu sprechen – mein Vorgesetzter. Vor allem aber war er Heydrichs Bluthund und der gefürchtetste Mann im Protektorat. Ich wollte nicht dabei sein, wenn Böhme die Ärmel hochkrempelte, um zu bekommen, was er wollte. Eigentlich hielt ich nichts von der Auffassung, dass die Eigenschaften eines Menschen bereits in seiner Physiognomie erkennbar seien, obwohl die ganze zivilisierte Welt die Typenlehre als den bedeutendsten Meilenstein der Kriminalistik in den letzten fünfzig Jahren feierte. Allerdings musste ich zugeben, dass Horst Böhme der lebendige Beweis dieser Theorie zu sein schien. Er sah genauso aus, wie ich mir einen rücksichtslosen, brutalen und abgrundtief dummen Mann immer vorgestellt hatte. Aber sogar Böhme wirkte angesichts des ungeheuerlichen Befehls, den Frank gerade übermittelt hatte, ein wenig betroffen. Das war mehr, als ich von ihm erwartet hatte.

Ich wagte einen Schritt in das Minenfeld hinein: »Warum denn Tschechen, Gruppenführer? Nehmen Sie doch Deutsche!«

Frank verschluckte sich an seinem Tee. »Machen Sie keine dummen Scherze, Pannwitz.«

Ich legte den schwarzen Ordner mit der Dokumentation der Spuren behutsam auf Franks Schreibtisch. »Gruppenführer, das ist mein voller Ernst. Am Tatort ist einwandfrei festgestellt worden, dass die Täter eine Sten Gun, eine englische Maschinenpistole, verwendet haben. Außerdem englische Munition, englischen Sprengstoff, englische Zünder und sogar englisches Isolierband. Wer sagt Ihnen denn, dass es sich bei den Tätern um Tschechen handelt? Es können genauso gut deutsche Emigranten oder Engländer eines Kommandounternehmens gewesen sein.«

Frank zögerte, nahm den Aktenordner und blätterte die wenigen Seiten durch. »Sind diese Ergebnisse verlässlich?«, fragte er und fuhr sich mit einer fahrigen Bewegung durch sein dünnes farbloses Haar.

»Selbstverständlich«, erwiderte ich, »ich habe sie mit größter Sorgfalt …«

»Ich will damit sagen«, unterbrach mich Frank in schulmeisterlichem Ton, »dass ich mich vor dem Führer persönlich auf Sie berufen können muss, Pannwitz. Kann ich mich vor dem Führer auf Sie berufen?«

»Es sind zweifellos englische Waffen und es gibt bisher nicht den geringsten Hinweis auf die Nationalität der Attentäter.«

Frank rieb sich mit beiden Händen die eingefallenen Schläfen. Schließlich nickte er und griff zum Telefonhörer. Mit einer eindeutigen Geste wedelte er Böhme und mich hinaus.

Wir nahmen auf zwei unbequemen Sesseln im Vorzimmer des Büros Platz, unangenehmes Schweigen entstand zwischen uns. Böhme war etwa in meinem Alter und trug sein kurzes schwarzes Haar mit viel Brillantine an den

Schädel gekämmt. Ich wusste nicht viel über ihn und die Dinge, die ich über ihn gehört hatte, waren nicht geeignet, Thema eines kleinen Plauschs unter Kollegen zu werden. Da war zum einen die misslungene Verhaftung Václav Moráveks. Zum anderen war vor einigen Monaten eine Anzeige eines Prager Hoteliers gegen Böhme auf einem Schreibtisch der Kriminalpolizei gelandet. Wegen einer Antwort, die ihm nicht passte, hatte Böhme den Portier des Hauses mit dem Telefonhörer niedergeschlagen, und als ein Beamter einige Tage darauf die Aussage des Portiers einholen wollte, war der Mann bereits nach Theresienstadt gebracht worden und dort plötzlich und unerwartet verstorben.

Böhme räusperte sich. »Wir sollten unverzüglich das Standrecht ausrufen.«

»Wie bitte?«

»Wir können den Tschechen das nicht durchgehen lassen. Was glauben Sie, was hier los ist, wenn wir gar nichts tun?«

Ich rutschte in meinem Sessel zurecht. »Standartenführer, die Frage ist doch, ob wir ermitteln oder vergelten wollen.«

»Es gibt nichts zu ermitteln, wenn ein Anschlag auf den Reichsprotektor verübt wird. Die Sache liegt auf der Hand.«

»Die Beweislage …«

Böhme sprang auf und bewegte sich mit einer Schnelligkeit auf mich zu, die mich erschreckte. Er beugte sich hinab und bohrte mir den Zeigefinger in die Brust. Ich roch Brillantine und ein süßliches Aroma in seinem Atem.

»Verstehen Sie denn nicht? Es geht um die Zukunft des ganzen Protektorats. Wir müssen schnell und erbarmungslos zurückschlagen, sonst verlieren wir die Kontrolle über die Tschechen. Es wird Aufstände und weitere Anschläge geben, wenn wir jetzt Schwäche zeigen.«

Ich stand ebenfalls auf und strich mir das Hemd glatt. Es kostete mich einige Mühe, nicht vor Böhme zurückzuweichen. Ganz langsam und deutlich, als würde ich zu einem kleinen Kind sprechen, das sich in einem Trotzanfall auf dem Boden wälzte, sagte ich: »Sie verstehen nicht. Die Androhung der Erschießung ganzer Familien schafft nur Verzweiflungsstimmung. Unter Vergeltungsterror können wir keine kriminalistische Arbeit leisten.«

Böhme starrte mich an. Sein Gesicht war aschfahl geworden, nur über den Wangenknochen zeigte sich Röte. Dann fletschte er die Zähne – sie waren klein und grau und erweckten den unangenehmen Eindruck, zurechtgefeilt zu sein. »Wir werden ja sehen, was Himmler dazu sagt. Glauben Sie ernsthaft, die Reichsführung setzt in dieser Stunde auf einen erbärmlichen Bürokraten wie Frank?«

Ich schwieg. Es gab nichts mehr zu sagen. Zehn Minuten später teilte uns Frank mit, dass Hitler den Befehl zurückgenommen hatte. In Berlin wollte man nicht den Eindruck erwecken, dass es einen nennenswerten nationalen Widerstand gegen die Deutschen im Protektorat gebe. Die Attentäter seien nach Auffassung des Führers ausländische Einzeltäter.

Frank sah selbst erleichtert aus, was ich dem Umstand zuschrieb, dass eine Massenerschießung von zehntausend Männern keine gute Grundlage für seine Amtsübernahme gewesen wäre.

»Ich werde um fünf Uhr heute Nachmittag im Radio verlesen, dass eine Belohnung von zehn Millionen Kronen für Hinweise ausgesetzt wird, die zur Ergreifung der Täter führen, selbstverständlich auch für Tschechen.«

Offenbar war Frank klar, dass es keine Peitsche ohne Zuckerbrot geben konnte. Großzügig honorierte Denunziation brachte grundsätzlich die besseren Ergebnisse als Vergeltungsterror, das konnte ich aus Erfahrung sagen.

Zum Abschied reichte mir Böhme die Hand, die wie ein Stück glühende Kohle in meiner lag.

»Auf gute Zusammenarbeit, Kommissar Pannwitz.«

Mittwoch, 27.5.1942, 17:30 Uhr

Als ich Berlin zum ersten Mal in meinem Leben verlassen hatte, war ich sechs Jahre alt gewesen. Meine Mutter hatte mich zu einer Tante aufs Land geschickt, damit sich ihr blasser, kränklicher Sohn einen Sommer lang von den Strapazen des Stadtlebens erholen konnte. Berlin war 1917 kein guter Ort für Kinder gewesen, erste recht nicht für blasse, kränkliche. Vor den Läden bildeten sich »Polonäsen« – so nannten die Berliner die immer länger werdenden Schlangen vor Lebensmittelgeschäften. Meine Mutter stellte sich oft schon in der Nacht an, um ein Pfund mit Sägespänen gestrecktes Mehl oder ein Stück Butter zu ergattern. Es gab morgens, mittags und abends Steckrüben, wenn es überhaupt etwas gab. Steckrübensuppe, Steckrübenkuchen, Steckrübenkotelett. Nach dem Hungerwinter war ich noch blasser als gewöhnlich und wurde von einem rauen Husten gequält, der in der Brust brannte und den Hals wund zu reiben schien. Es kam oft vor, dass ich am frühen Morgen einen Mund voll Blut in die Waschschüssel spie. Meine Mutter hatte sich nicht anders zu helfen gewusst, als ihr einziges Kind in einen Zug nach Bad Frankenhausen zu setzen, wo die jüngste Schwester meiner Großmutter lebte. Großtante Betti hatte in der Familie Pannwitz den Ruf einer alten Jungfer, was sich im Krieg zu ihrem Vorteil wendete. Sie hatte eine bescheidene Summe geerbt und keine anderen Mäuler zu stopfen. In dem weitläufigen, aber schattigen und freudlosen Garten hinter dem hellblau getünchten Haus spielte ich an den Nachmittagen, die sich zäh dahinzogen. Es gab nur wenig, was einem Kind Freude bereiten konnte. Einige lehmige Beete brachten spärlich Lauch und Kohl hervor. Über dem mattgrünen Rasen und den verkrüppelten Obstbäumen, für deren wurmstichigen Jahresertrag kein vernünftiger Obsthändler mehr als eine Handvoll Münzen gezahlt hätte, schwebte eine Reihe Fenster, die sich jederzeit öffnen konnten. Aus ihnen wurde ich zurechtgewiesen, ich solle dieses und jenes nicht tun und mich um Gottes willen nicht nassregnen lassen.

Ein Erlebnis aus dieser Zeit war mir klar und deutlich in Erinnerung geblieben. Irgendwie hatte Tante Betti eine Gruppe älterer Jungen, Wandervögel oder Pfadfinder, dazu gebracht, mich mit in eine Höhle unter dem Kyffhäuser zu nehmen, in die der sagenhafte Stauferkaiser Barbarossa durch einen geheimnisvollen Zauber versetzt worden war. Dort saß er der Legende nach schlafend auf einem Stuhl aus Elfenbein an einem marmornen Tisch, den Kopf in die Hände gestützt, sein roter Bart wie ein Strom von Feuersglut, der durch den Tisch hindurch bis auf die Füße gewachsen war. Erwachen würde der verzauberte Kaiser erst, wenn sich ein stolzer Adler in die Lüfte emporschwang und die Raben vertrieb, die den Berg umkreisten. Dann endlich wäre die Stunde des mächtigen Staufers gekommen, er würde in seine Pfalz hinaufsteigen und überall Ordnung und Frieden schaffen. Barbarossa war letztlich doch nicht wiedergekehrt, aber ein anderer, der sich für einen Adler hielt, überzog Europa mit seiner Vorstellung von Ordnung und Frieden.

Mehr als diese Legende hatten mich die riesigen Gewölbe der unterirdischen Zauberwelt fasziniert, die sich hoch über die Köpfe der Besucher spannten. Bizarre Gebilde säumten den oberen Rand der Decke, die an die Kuppel eines Domes erinnerte und in einem ungeheuren, eigenwillig schönen Farbenspiel von hellgrauem und tiefschwarzem Gestein erschien. Vorsprünge von schimmerndem Elfenbeinweiß wuchsen aus Gräben hervor, die schwarz wie die lichtlosen Untiefen des Ozeans waren, wo augenlose Geschöpfe ihr Leben in ewiger Finsternis fristeten. Angesichts der Abermillionen Tonnen von grauem Gestein, die über mir hingen, hatte ich mich kleiner gefühlt, unbedeutend und winzig wie ein Staubkorn unter den Füßen Gottes.

Als ich fünfundzwanzig Jahre später in Prag aus dem Wagen stieg, der mich von meinem Büro in der Carl-Maria-von-Weber-Straße zum Hauptquartier der Gestapo brachte, und an der dunkelgrauen Fassade des Petschek-Palastes hinaufblickte, überkam mich dasselbe Gefühl wie damals. Alles an diesem Gebäude schien schwer zu sein, viele Tonnen dunklen Gesteins, die über jedem schwebten, der den Stadtpalast betrat. Den Petschek-Palast hatte einst ein jüdischer Bankier errichten lassen, doch sah er aus, als sei er eigens für die Gestapo erbaut worden. Durch das schmiedeeiserne Tor gelangte man in einen mit dunklem Holz getäfelten Vorraum, den ein gewaltiger Kristallleuchter erhellte. Eine kurze Kalksteintreppe führte hinauf zu einer Doppeltür aus Glas, über die ein Porträt des Führers wachte. In den labyrinthartigen, schlecht beleuchteten Korridoren hätte ich mich mit Sicherheit verirrt, wenn mich nicht zwei bewaffnete SS-Leute in mein neues Büro im dritten Stock geleitet hätten. Ich war erleichtert, dass man mich die Treppe hinaufführte und nicht hinunter, denn in dem Wirrwarr der unterirdischen Korridore des Petschek-Palastes war eine Reihe von Gefängniszellen eingerichtet worden, die niemand gerne von innen sehen wollte, nicht einmal ein Polizist.

Auf dem wuchtigen polierten Schreibtisch meines neuen Büros stand ein Radioapparat, aus dem blechern die Stimme Karl Hermann Franks ertönte. Zwei SS-Männer niederen Ranges räumten Akten in ein großes dunkles Holzregal.

»Am heutigen Vormittag wurde auf den Stellvertretenden Reichsprotektor, den SS-Obergruppenführer Reinhard Heydrich, ein Attentat verübt. Auf die Ergreifung der Täter wird eine Belohnung von zehn Millionen Kronen ausgesetzt.

Jeder, der den Tätern Unterkunft oder Hilfe gewährt, wird mit seiner ganzen Familie erschossen. Ebenso wird verfahren mit jedem, der Kenntnis von den Personen oder ihren Aufenthaltsorten hat und dies nicht zur Anzeige bringt.

Vermittels dieser Nachricht wird über den Bezirk von Prag der zivile Ausnahmezustand verhängt. Außerdem werden folgende Maßnahmen angeordnet: Von heute Abend, 21 Uhr, bis morgen früh, 6 Uhr, ist es der Zivilbevölkerung verboten, das Haus zu verlassen. Gastwirtschaften, Theater und ähnliche Vergnügungsstätten sind während dieser Zeit ebenfalls geschlossen zu halten. Der öffentliche Verkehr ist einzustellen. Weitere Maßnahmen bleiben vorbehalten und werden durch die Protektoratsregierung im Rundfunk bekannt gegeben.« Damit endete Franks Ansprache.

Ich stellte einen Karton mit Akten auf den Tisch und ließ mich auf den ledergepolsterten Stuhl sinken. Das Gefühl von Verantwortung lastete schwer auf meiner Brust, erdrückte mich wie der graue Stein des Petschek-Palastes. In den letzten zwei Stunden war alles sehr schnell gegangen. Die Wehrmacht hatte die ganze Stadt abgeriegelt, sodass es, zumindest offiziell, unmöglich war, das Stadtgebiet zu verlassen. Ich konnte nur hoffen, dass dadurch eine Flucht auf inoffiziellem Wege zumindest erschwert wurde. Der Zugbetrieb stadtauswärts war gänzlich zum Erliegen gekommen, in die Stadt hinein strömten über eintausend Beamte der Kriminal- und Ordnungspolizei aus Berlin, Leipzig und sogar Nürnberg, um Prag zu durchkämmen. Niemand hatte daran gedacht, dass diese Polizisten weder der tschechischen Sprache mächtig waren noch die Bedingungen kannten, unter denen man im Protektorat arbeiten musste, sodass sie bestenfalls als Hilfskräfte eingesetzt werden konnten. Hans-Ulrich Geschke hatte mich kurzerhand zum Kriminalrat befördert und zum Leiter dieses über eintausendzweihundertköpfigen Chaos bestellt.

Hauptmann Alois Šeda betrat das Büro. Er war von tschechischer Seite für die Koordination der geplanten Durchsuchungen bestellt worden, ein Mann um die vierzig mit buschigem Schnauzbart, dessen vorstehendes Kinn mit der kräftigen Unterlippe, die an die Habsburger erinnerte, beinahe die Intelligenz verbarg, die in seinen lebhaften Augen stand. Er hatte den kräftigen Körper eines Schwerathleten und eine dröhnende Stimme, die ohne Mühe ganze Regimenter an Ordnungspolizisten befehligen konnte. Es war nicht üblich, dass tschechische Polizisten im Petschek-Palast ein- und ausgingen, aber ich hatte darauf bestanden. Ohne eine enge Zusammenarbeit mit den tschechischen Sicherheitskräften waren die Aussichten auf Erfolg verschwindend gering.

Der Petschek-Palast summte von der betriebsamen Geschäftigkeit der zahllosen Gestapobeamten, mir kam es vor, als starrte ich auf einen Ameisenhaufen, dessen Bewohner ziellos von hier nach dort wuselten.

»Hauptmann, stammen Sie aus Prag?«, fragte ich den tschechischen Kollegen. Ein Einheimischer, der jeden Winkel der Stadt kannte, wäre von unschätzbarem Wert.

»Ich bin in Brünn geboren. Nach Prag bin ich erst letztes Jahr gekommen«, antwortete Alois Šeda. Er sprach hervorragendes Deutsch.

Ich tippte mit dem Zeigefinger auf die Karte, die ich auf dem Tisch ausgebreitet hatte.

»Bitte werfen Sie einen Blick auf diesen Stadtplan. Hier haben wir den Ort des Attentats …«, ich zeigte auf die Haarnadelkurve der Kirchmayerstraße, »… und hier hat einer der Attentäter den Chauffeur Klein niedergeschossen und ist nach Zeugenaussagen diese Straße hinuntergerannt.« Ich deutete auf die Einkaufsstraße. »Der Täter mit den Granaten in der Aktentasche ist im Gesicht verletzt und blutet. Der Schütze mit der Sten Gun ist vermutlich in diese Richtung geflüchtet. Eine zuverlässige Beschreibung gibt es leider noch nicht. Wir haben lediglich seinen Regenmantel sicherstellen können.«

Hauptmann Šeda zog ein Papier aus der Mappe unter seinem Arm und legte es mir auf den Tisch. »Das ist ein Steckbrief des zweiten Mannes, den der Sicherheitsdienst entworfen hat.«

Ich sah den Steckbrief an, dann Šeda. Das dringende Bedürfnis nach frischer Luft überkam mich. »Das kann doch nicht deren Ernst sein. Hauptmann, bitte sagen Sie mir, dass Sie einen schlechten Scherz mit mir treiben.«

Šeda schüttelte den Kopf und las die Textzeile vor, die unter einer nichtssagenden Strichzeichnung eines Allerweltsgesichtes stand: »Auffälligstes Merkmal: kein Regenmantel.«

Es würde eine lange Nacht werden.

Šeda fuhr fort, als wolle er mich ermutigen: »Alle siebentausend Ärzte des Protektorats sind angewiesen, sofort Meldung zu machen, wenn jemand mit entsprechender Gesichtsverletzung bei ihnen um Behandlung bittet oder bereits gebeten hat.«

»Danke«, antwortete ich. »Der Schlüssel zu unserer Aktion heute Abend ist das Fahrrad. Der verletzte Attentäter hat es hier, vor dem Schuhgeschäft Baťa, abgestellt ...«, ein Kreuz mit rotem Stift auf der Karte, »... von wo es laut Augenzeugenberichten nach einer knappen Viertelstunde ein etwa vierzehn- bis sechzehnjähriges Mädchen fortgeschoben hat. Wir rechnen damit, dass der Mann ein Gebäude betreten und das Mädchen beauftragt hat, sein Fahrrad abzuholen. Unsere Aktion wird sich also auf einen Umkreis von gut acht Gehminuten von dieser Stelle konzentrieren.« Ich umkreiste ein Gebiet auf der Karte mit rotem Stift. »Hier werden wir heute Abend gezielt einzelne Wohnungen durchsuchen. Und zwar auffällig.«

»Auffällig?«

»Natürlich. Ich rechne nicht mit einem Erfolg, aber der Bevölkerung muss unmissverständlich klargemacht werden, dass die Beherbergung der Täter ein Risiko darstellt. Daher ordne ich an, dass zwar die tschechische Polizei die Durchsuchungen durchführt, aber jeweils in Begleitung eines deutschen Beamten, um den Ernst der Lage zu unterstreichen.«

Ich reichte Šeda die Karte mit dem umkreisten Gebiet. »Und, Hauptmann ...«

»Ja bitte, Herr Kommissar?«

»Halten Sie die Schäden an Häusern und Bewohnern bitte gering, ja?«

Šeda musterte mich einen Moment lang misstrauisch

unter seinen dichten Augenbrauen hervor, als sei er nicht sicher, ob ich das ernst gemeint hatte.

In diesem Moment klingelte das Telefon auf meinem Schreibtisch. Ich nahm den Hörer ab, lauschte eine Weile und legte wieder auf. Ich fühlte, wie alle Kraft aus meinem Körper wich. Šeda sah mich fragend an.

»Sagt Ihnen der Name Daluege etwas, Hauptmann?«

Šedas Mundwinkel zuckten. Sein Gesicht verzerrte sich für einen so kurzen Moment zu einer Grimasse tiefer Abscheu, dass ich es beinahe nicht wahrgenommen hätte. Kurt Daluege, einer von nur vier Männern im gesamten Deutschen Reich, die bisher den Titel des SS-Oberst-Gruppenführer erlangt hatten, eilte sein Ruf voraus. Böhme hatte recht behalten: Hitler setzte in dieser Lage nicht auf einen Mann wie Karl Hermann Frank. Zweifellos führte Frank jeglichen Befehl ohne Widerstreben aus, aber ihm fehlte nicht nur die innere Freude am Vollstrecken der Anweisungen aus Berlin, sondern auch das, was einen Bürokraten wie ihn von der schillernden Gestalt eines Reinhard Heydrich unterschied: die Aura des Erschreckenden. Frank hatte das Aussehen eines Buchhändlers, dem es durch kluges Taktieren und geduldiges Abwarten gelungen war, einen der Plätze im oberen Drittel zu besetzen. Wenn Heydrich einen Raum betrat, schien die Temperatur zu sinken, sodass man fröstelte. Ein Blick aus seinen Augen reichte aus, um hochrangige Offiziere verstummen und erbleichen zu lassen. Hitler war sich zweifelsohne bewusst, was er an Heydrich hatte – obwohl ich glaube, dass sogar Hitler insgeheim schauderte, wenn er mit Heydrich an einem Tisch saß –, und das Attentat auf den besten seiner Männer würde die Tschechen teuer zu stehen kommen. Mit Frank konnte er ihnen kaum Angst einjagen. Es war sicher keine leichte Aufgabe, jemanden zu finden, dessen Schatten ähnlich bedrohlich auf das Protektorat fiel wie der Reinhard Heydrichs, denn alle bedeutenden SS-Führer, die an einer umfassenden Vergeltung in dem vom Führer gewünschten Maße hätten mitwirken können, befanden sich an der Ostfront. Fast alle.

»SS-Oberst-Gruppenführer Daluege unterzieht sich zur Zeit einer Kur im Umland von Prag«, sagte Šeda steif.

»Das ist richtig.« Ich war erstaunt, wie gut der tschechische Hauptmann informiert war. »Der Führer hat daher beschlossen, nicht Staatssekretär Frank zum Stellvertretenden Reichsprotektor zu machen, sondern Kurt Daluege als ranghöchsten Offizier vor Ort.«

Hauptmann Šeda wurde blass hinter seinem mächtigen Schnurrbart. Ich vermutete, dass Karl Hermann Frank auf ähnliche Weise auf diese neuste Entwicklung reagiert hatte. Aber es lag nicht in meinem Aufgabenbereich, die Personalentscheidungen des Führers zu beurteilen. Deshalb beugte ich mich wieder über die Karte und sagte: »Achten Sie bei den Durchsuchungen darauf, sich die Legitimationskarten zeigen zu lassen. Die Ausrüstung der Täter war ohne Ausnahme britisch, daher vermute ich, dass es sich um Fallschirmspringer handelt, die von London aus gesteuert werden.«

»Sie meinen, von Beneš?«, fragte Šeda.

»Das liegt zumindest nahe. Aus geheimdienstlichen Quellen wissen wir, dass Beneš und die Briten ihre Agenten mit Legitimationskarten ausstatten, die in Brünn ausgestellt wurden.«

Šeda schien noch etwas blasser zu werden.

In diesem Moment flog die Tür des Raumes mit solcher Bestimmtheit auf, dass die zwei Beamten, welche die

Akten in das Regal einräumten, in Erwartung einer wirklich bedeutenden Autorität in ihrer Arbeit verharrten. Es trat der Mann ein, dessen Besuch ich mir am wenigsten gewünscht hatte.

»So schnell sieht man sich wieder, Herr Kriminalrat. Heil Hitler«, bellte Horst Böhme, der Bluthund, über die Köpfe der Anwesenden hinweg. Um seine Lippen spielte ein Lächeln, das zynisch und selbstzufrieden wirkte.

Ich erhob mich und strich die Jacke glatt. Dass Böhmes Mangel an Bildung mit einem Mangel an Manieren Hand in Hand ging, überraschte mich nicht. Der Mann hatte es nie über die Volksschule hinausgeschafft. Vermutlich hatte er deshalb mit so großer Härte die *Sonderaktion Prag* durchgeführt – die Zerschlagung der tschechischen Hochschulen im November vor drei Jahren –, um den Talarträgern von der Universität und den hochnäsigen Studenten so richtig heimzuzahlen, dass sie etwas besaßen, was Horst Böhme nie besitzen würde. Zum ersten Mal fiel mir auf, dass Böhme beim Gehen kaum merklich das linke Bein nachzog. »Heil Hitler, Standartenführer«, sagte ich und bereitete mich auf das Schlimmste vor. Damit lag ich richtig.

»SS-Oberst-Gruppenführer Daluege hat die Verantwortung für die Durchsuchungen heute Abend dem SD übertragen«, sagte Böhme und trat an den Schreibtisch heran. »Er erwartet eine gewisse Härte gegenüber der Bevölkerung, welche die Polizei zu gewährleisten allein nicht im Stande ist.« Die beiden SS-Männer, die noch Akten in ihren Händen hielten, schienen mit Spannung zu erwarten, wie dieser Gedankenaustausch unter Kollegen sich entwickeln würde.

Ich nahm wieder Platz, ohne Böhme ebenfalls dazu aufzufordern. Böhme beugte sich vor und stützte sich mit beiden Händen auf die Schreibtischplatte, sodass ich den Totenkopfring an seinem rechten Ringfinger sehen konnte. Himmler selbst hatte den Ring gestaltet, den er als persönliche Auszeichnung an besonders verdiente Männer vergab. Auf der Stirnseite des Silberrings war ein großer grinsender Totenschädel mit gekreuzten Knochen zu sehen, wie ihn die Piraten des achtzehnten Jahrhunderts auf ihre Flaggen zu malen gepflegt hatten. Flankiert wurde der Totenkopf von Runenzeichen, welche die germanischen Eigenschaften des Trägers verstärken sollten. Ich hatte mich immer gefragt, wie sich erwachsene Männer mit solcherlei Tand ausstaffieren konnten, ohne Verlegenheit zu verspüren.

Böhme nickte mit dem Kinn in Richtung Šeda. »Ist der da drüben ein Tscheche?«

»Ist er«, bestätigte ich. »Das ist Hauptmann Šeda von der …«

Böhme machte eine Handbewegung, als wolle er eine lästige Fliege verscheuchen. »Der Tscheche soll draußen warten«, sagte er, ohne Šeda anzusehen.

Šeda warf mir einen Blick zu, aber ich schüttelte nur leicht den Kopf.

»Hauptmann Šeda ist unser Verbindungsmann zur tschechischen Kriminalpolizei. Es ist unabdingbar, dass die hiesigen Sicherheitskräfte unsere Aktion voll und ganz unterstützen«, sagte ich und faltete die Hände so andächtig vor der Brust, dass es an Sarkasmus grenzte.

Böhme schien dies nicht zu bemerken. »Also gut, wenn's sein muss, kann er bleiben«, erwiderte er und warf Šeda einen gönnerhaften Blick zu.

»Standartenführer, wenn Sie bitte einen Blick auf den von uns vorbereiteten Plan werfen möchten. Wir haben bereits …«

Böhme zeigte seine kleinen grauen Zähne, viel zu viele für einen einzigen Mund, und schnitt mir das Wort mit einer Geste ab. »Geben Sie mir den Rotstift«, forderte er mich auf.

»Das wird nicht nötig sein, wir haben, wie gesagt …«

Böhme nahm den Stift, umfasste ihn wie ein Kind mit der ganzen Faust und malte einen großen roten Kreis um das gesamte Stadtgebiet Prags.

»Das ist unser neuer Plan, Pannwitz«, sagte er. »Kripo und Gestapo werden den SD bei den Durchsuchungen unterstützen, aber den SD-Kommandos ist unbedingt Folge zu leisten. Wir haben drei Wehrmachtsbataillone zusammengezogen, welche die Außenbezirke durchkämmen werden.«

Ich spürte, dass der Blick von Hauptmann Šeda auf mir ruhte. Mir wurde heiß. Der silberne Totenschädel schien höhnisch zu grinsen. So ruhig, wie es mir in dieser Lage möglich war, sagte ich: »Hauptmann Šeda, sorgen Sie bitte dafür, dass den Einsatztruppen des SD genügend tschechische Polizisten zur Seite stehen, die übersetzen können.«

Böhme sah mich mit echter Verwirrung an. »Glauben Sie, wir hätten vor, mit denen zu *reden*?« Dann lachte er herzlich, als hätte ich einen besonders gelungen Scherz gemacht. Vielleicht glaubte er das tatsächlich.

Mittwoch, 27.5.1942, 21.30 Uhr

Ich stand auf dem Balkon, der das vierte Stockwerk des Petschek-Palastes direkt unterhalb des grünspanfarbenen Daches umgab, und hielt mich mit beiden Händen an der steinernen Brüstung fest. Es war kurz nach halb zehn. Die Nacht breitete sich über der Stadt aus wie dunkler Samt und eine gespannte Stille lag über den Dächern von Prag. Der Mond hing tief und aufgedunsen über dem Moldautal und tauchte die zahllosen Türme in fahles Licht. Die Straßenbahnen hatten den Betrieb eingestellt, die Kinos und Theater waren verbarrikadiert worden, die unzähligen Cafés und Gaststätten geschlossen geblieben. Obwohl ich nichts sehen konnte, stellte ich mir Tausende von uniformierten Gestalten vor, die im Dunkeln durch die Straßen schlichen und auf das Kommando Böhmes warteten wie Raubtiere kurz vor dem Sprung. Alle Zugangswege waren abgeriegelt, alle Verkehrsknotenpunkte blockiert, alle Straßen gesperrt worden.

Ich wartete. Fünf Minuten verstrichen, dann zehn. Es war so still, dass ich das Murmeln der Moldau zu hören glaubte. Ich sah zum Mond hinauf. Kein Gedanke konnte bei diesem fiebrigen Licht je zu etwas Gutem führen. Die Glocke der Karl-Borromäus-Kirche am Karlsplatz schlug zehn.

In der Stadt zu meinen Füßen brach die Hölle los.

Bewaffnete Männer sprangen aus Truppentransportern heraus, Stiefel trampelten über Kopfsteinpflaster. Ein infernalisches Konzert füllte die Straßen. Befehle, auf Deutsch gebrüllt, klapperndes Metall, Schreie von Menschen, die aus ihren Betten gerissen wurden, krachendes Holz und splitterndes Glas. Irgendwo läuteten unaufhörlich Glocken. Einzelne Schüsse sirrten durch die Luft, gefolgt von Klirren und weiteren Schreien. Vögel stoben von den Drähten der Telefonmasten auf, durch die atemlose Anrufe hin- und hergingen. Sirenengeheul, mehr Gebrüll. Immer mehr Schüsse. Das war nicht der zivile Ausnahmezustand, das war Krieg.

Ich wandte mich ab, ging zurück in den Palast und schloss die Fenster.

Die Stadt versank im Chaos.

Donnerstag, 28.5.1942, 9.30 Uhr

»Wir haben alles genauso gemacht, wie Sie es gesagt haben, Herr Kommissar«, sagte Pförtner Chvalkovský und machte eine kleine Verbeugung. »Ich habe die Fenster im zweiten Stock mit weißer Farbe gestrichen, wegen der Heckenschützen, und alle Kranken, die die Genesung des Herrn Reichsprotektor stören könnten, sind in andere Hospitäler verlegt worden. Überall im Gebäude sind Polizisten. Sie sehen, wir haben alles so gemacht, wie Sie es gesagt haben.«

»Gut«, sagte ich, »ich danke Ihnen.«

Ich gab Kriminalassistent Kieser, der mich begleitete, ein Zeichen und dieser zog einen zerknitterten Hundertkronenschein aus der Tasche seiner Jacke. Ich nahm den Schein, drückte Chvalkovský die Hand und reichte ihm die Banknote.

»Für Ihre Mühe, Herr Chvalkovský. Und ich hätte noch eine Bitte an Sie.«

»An mich?« Angst stahl sich in das hagere Gesicht des Mannes. Mit Bitten von Seiten der Deutschen schien er keine guten Erfahrungen gemacht zu haben.

»Nur eine Kleinigkeit. Sie sind doch den ganzen Tag hier und hören, was die Leute sagen.«

»Wenn ich etwas wüsste, hätte ich es sofort der Polizei gemeldet«, sagte der Pförtner schrill und hob die Hände, als wolle er sich eines Angriffs erwehren.

»Natürlich, natürlich. Sie sollen auch niemanden verraten. Ich möchte Sie darum bitten, dass Sie auf die Stimmung unter den Menschen achten. Keine Namen, verstehen Sie? Nur, was die Leute über diesen ganzen Schlamassel denken.«

»Keine Namen?«, fragte Chvalkovský und blinzelte. »Wirklich keine Namen?«

»Auf keinen Fall«, sagte ich. »Wenn Sie Namen kennen, die wir wissen müssten, können Sie sich die zehn Millionen Kronen bei der Polizei abholen. Nur die Stimmung. Schaffen Sie das?«

Chvalkovský sah mich einen Augenblick lang an, nicht sicher, ob er mir trauen konnte. Dann steckte er den Schein in die Tasche seiner Uniform. »Keine Namen«, nickte er. »Nur die Stimmung.«

Als wir im Treppenhaus des Krankenhauses angelangt waren und unsere Ausweise zwei Männern der SS präsentiert hatten, die mit Maschinenpistolen bewaffnet waren, fragte mich Kieser: »Sind wir dazu überhaupt befugt?«

»Wozu?«

»Ich meine die Sache mit dem Pförtner … wir können doch nicht am SD vorbei Informationen einholen.«

Ich sah Kieser ins Gesicht. Der junge Mann war ebenso nervös, wie Chvalkovský es gewesen war.

»Was wissen Sie über die Tschechen, Kieser?«

»In der Polizeischule hat man uns darauf hingewiesen, dass die Tschechen geschickte Taschendiebe sind, die den Deutschen im Protektorat gerne die Börsen leeren«, begann er.

Ich unterließ es, ihn darauf hinzuweisen, dass der Inhalt sämtlicher gestohlener deutscher Geldbeutel wohl kaum den Wert der Heimat aufwiegen würde, welche die Deutschen den Tschechen gestohlen hatten, wenn man es einmal von ihrer Warte aus betrachtete. Und genau das musste man tun, wenn man ein guter Ermittler sein wollte.

»In Prag ist besondere Vorsicht geboten«, fuhr Kieser fort, »hier kann es einem Deutschen immer passieren, dass er von einem Mob verrückt gewordener Hussiten aus einem Fenster gestürzt wird oder auf dem Weg zur Kirche den Schädel eingeschlagen bekommt.« Er gluckste über seinen Scherz und fuhr fort: »Was den Umgang mit der Bevölkerung betrifft, hat uns einer der Ausbilder, Hauptmann Illinger, gesagt, dass man die Slawen nur in den Griff bekommt, indem man sie behandelt wie ein Vater seine Kinder, wenn sie über die Stränge schlagen.« Er sah mich treuherzig an. »Sie wissen ja, Herr Kriminalrat, was aus Kindern wird, die zu nachgiebig erzogen werden. Das kann man in Deutschland überall auf den Straßen sehen: Müßiggänger und Kommunisten. Das steht sogar in der Bibel, hat Hauptmann Illinger gesagt.«

Ich empfand eine interessante Mischung aus Belustigung und Abscheu, als ich das hörte. Die Bibel gehörte nicht unbedingt zur bevorzugten Lektüre der Polizeiausbilder, ebenso wenig zu Hitlers, wohlgemerkt.

Ich bemühte mich um eine strenge Miene. »Kennen Sie die Geschichte des tschechischen Volkes?«

»Nein, aber …«, antwortete der junge Mann überrascht. Mit solchen Nebensächlichkeiten hielt man sich an der Polizei- und Offizierschule Fürstenfeldbruck nicht auf.

»Es könnte aber nützlich sein«, unterbrach ich ihn.

»Ja, natürlich, Herr Kommissar«, antwortete Kieser kleinlaut.

»Auf der Polizeischule mag es so ausgesehen haben, als wären Morde und ihre Aufklärung keine allzu komplizierte Angelegenheit«, sagte ich. »In der Regel stimmt das auch, aber wenn man gegen ein ganzes Protektorat ermitteln muss, ist ein Auge auf die Verfasstheit der Bevölkerung unerlässlich. Die Tschechoslowakei ist von Männern gegründet worden, die gezwungen waren, im letzten Krieg als Widerständler gegen die k.u.k.-Truppen zu kämpfen. Gerieten sie in Gefangenschaft der Österreicher, wurden sie ohne viel Federlesens als Landesverräter hingerichtet.«

»Das ist lange her, bei allem Respekt«, antwortete Kieser mit der Überzeugung eines jeden Menschen, der kaum zwanzig Jahre alt ist.

»Haben Sie in Fürstenfeldbruck etwas über die *Sokol-Bewegung* gehört?«, fragte ich weiter. Ich erwartete keine vertieften Kenntnisse, aber Kieser war auf Draht.

»Eine illegale Vereinigung, die die allgemeine Moral zersetzt«, antwortete er, als würde er aus einem Lehrbuch zitieren. Vermutlich traf genau das zu. Er war ohne Frage ein eifriger Schüler gewesen. »Die tschechische Regierung hat sie vor zwei Jahren verboten, weil sie … Sie wissen schon …« Kieser errötete ein wenig.

»Weil sie auch ehrbaren Frauen die körperliche Ertüchtigung nahelegt und sie öffentlich Sport treiben lässt«, beendete ich den Satz.

Kieser nickte beklommen, als hätte er Angst, ich könnte argwöhnen, dass er Gefallen an turnenden Damen fand.

»Der *Sokol* ist vor über siebzig Jahren hier in Prag entstanden und bedeutet für die Tschechen nicht nur Sport, sondern ein nationales Gemeinschaftsgefühl. Emil Hácha mag den *Sokol* zwar verboten haben, aber Neurath war davon überzeugt, dass diese Organisation bei Weitem nicht der schärfste Feind der Deutschen ist. Sie haben sich in den letzten drei Jahren mehr oder weniger mit Folklore zufriedengegeben.«

»Der Stellvertretende Reichsprotektor sah das anders«, erwiderte Kieser.

»Ist Ihnen bekannt, was nach Neuraths Ablösung mit dem Vermögen der Verbände geschehen ist?«

»Ich nehme an, es ist beschlagnahmt worden«, antwortete Kieser, offensichtlich verwundert ob dieser einfachen Frage.

»Richtig. Die Gestapo hat das Vermögen an sich genommen und die führenden Persönlichkeiten verhaftet. Sie werden als Geiseln gehalten, um Beneš im Notfall mit ihnen unter Druck setzen zu können.«

»Das scheint doch eine recht vernünftige Überlegung zu sein«, sagte Kieser.

»Finden Sie? Unter von Neurath hatten wir den *Sokol* gut im Blick, jetzt agieren die Anhänger im Verborgenen, und das mit wesentlich stärkerem antideutschen Akzent als früher. Diesen Gegner haben wir uns selbst erschaffen und wir müssen damit rechnen, dass er gewalttätige Saboteure vielleicht nicht aus den eigenen Reihen stellt, aber sie doch deckt und unterstützt.«

Kieser blinzelte. Er schien nicht zu wissen, welche Antwort ich von ihm erwartete.

»Heute Mittag wird Böhme den Bericht der gestrigen Aktion vor Daluege präsentieren«, fuhr ich fort. »Haben Sie den Eindruck, dass der Einsatz gestern Abend das Vertrauen der Bevölkerung zu den Deutschen gestärkt hat?«

»Das nicht, aber …«

»Um es kurz zu machen, ich rechne nicht mit einem Durchbruch«, sagte ich, »deshalb müssen wir andere Wege suchen. Männer wie der Pförtner sind keine offiziellen Denunzianten. Betrachten Sie sie einfach als Freunde.«

Kieser wich meinem Blick aus. Ihm war offensichtlich nicht wohl in seiner Haut.

Wir hatten mittlerweile den zweiten Stock erreicht und wiesen uns vor einer weiteren Gruppe SS-Männer aus, bevor wir in den leeren Korridor eintreten durften. Es roch nach Karbolseife und frischer Farbe. Die Fenster der Südseite waren weiß gestrichen worden, sodass sie förmlich mit der Wand verschmolzen. Es war ein sonniger Morgen, strahlend weißes Licht erfüllte den Gang. Winzige Staubkörnchen tanzten in diesem Licht, eine friedliche, gleichmäßige Bewegung, die in vollkommenem Gegensatz zur ernsten Lage stand. Irgendwo öffnete sich eine Tür und ein Mann in wehendem weißem Kittel trat aus einem der Krankenzimmer. In dem allumfassenden Weiß sah er aus wie eine Engelsgestalt. Er trug das gleiche runde Drahtbrillenmodell wie Heinrich Himmler und an seinem Kittel prangte das Abzeichen der SS. Er reichte mir die Hand. »Prof. Dr. Karl Gebhardt, ich bin aus Hohenlychen angereist, um die Genesung General Heydrichs zu überwachen. Mein guter Freund und Patient Heinrich hat mich gebeten, den Reichsprotektor zu versorgen.«

Damit meinte er natürlich Heinrich Himmler.

»Wir hatten die Information, dass Prof. Dr. Sauerbruch die Behandlung übernehmen würde.«

Gebhardt winkte ab. »Unnötig. Mein geschätzter Kollege hätte einen viel weiteren Weg aus Berlin zurücklegen müssen. Ich war gerade um die Ecke. Er hat angeboten, ebenfalls nach Prag zu kommen, genauso wie Dr. Morell, der Leibarzt des Führers, aber Sie wissen ja, viele Köche verderben den Brei. Ich werde die Kollegen selbstverständlich zu Rate ziehen, falls Komplikationen irgendwelcher Art auftreten sollten. Danach sieht es glücklicherweise nicht aus, aber auch Heydrich ist nur ein Mensch.«

»So weit würde ich nicht gehen«, murmelte ich.

Gebhardt lachte, als hätte ich einen gelungenen Scherz gemacht. »Herr Kommissar, ich weiß, dass man über den Reichsprotektor sagt, er sei der Mann mit dem eisernen

Herzen. Ich war bei der Operation dabei und glauben Sie mir, da drinnen ist alles aus Fleisch und Blut.«

In diesem Augenblick trat eine Frau in dunklem Kostüm aus dem Krankenzimmer. Sie hatte dunkelblondes Haar, das in zwei geflochtenen Zöpfen zu einem Knoten am Hinterkopf zusammengefasst war. Ihr Gesicht war glatt, aber bleich und müde, sie war unübersehbar schwanger. Hinter ihr lag bestimmt keine ruhige Nacht. Trotz ihrer offensichtlichen Erschöpfung hielt sie sich aufrecht wie eine Königin und das war sie auch. Die Königin von Prag, die in einem Schloss auf dem Gut Jungfern-Breschan residierte und vor der jeder das Knie beugte. In der Hand hielt Lina Heydrich einen länglichen Gegenstand aus Metall, den ich erst auf den zweiten Blick erkennen konnte: Es war eine Thermosflasche. Vielleicht hatte sie ihrem Gatten darin Hühnersuppe gebracht. Der Anblick ihrer schmalen Finger, mit denen sie die Flasche umkrampfte wie eine Ertrinkende ein Stück Treibholz, berührte mich.

»Frau Heydrich, mein aufrichtiges Mitgefühl«, setzte ich an.

Sie musterte mich mit dem kühlen Blick einer Regentin, den sie bestimmt viele Hundert Mal geübt hatte. Ihre Lider waren geschwollen, dunkle Ringe lagen unter ihren Augen. »Heil Hitler«, antwortete sie. Damit war alles gesagt.

»Heil Hitler«, murmelte Kieser aus dem Hintergrund.

Lina Heydrich sah durch ihn hindurch.

»Dr. Gebhardt, wir sind hier, um General Heydrich zu befragen. Er ist unser wichtigster Zeuge.«

Der Arzt zögerte, sah zu Lina hinüber und erwiderte: »Der Reichsprotektor hat die Operation gut überstanden, er ist allerdings noch sehr schwach.«

Lina gab ein leises Geräusch von sich, das ein Schluchzen sein mochte.

Der Arzt fuhr fort: »Ich muss Sie aus Rücksicht auf die Gesundheit des Herrn Reichsprotektors bitten, die Befragung noch einige Tage aufzuschieben.«

»Herr Doktor, es ist von höchster Bedeutung für die Sicherheit des Deutschen Reiches, dass wir ihn so schnell wie möglich vernehmen können. Oberst-Gruppenführer Daluege hat persönlich …«

Lina lachte auf, ein Laut, der schmerzvoll und höhnisch klang. »Wenn mein Mann erfährt, dass Daluege sein Stellvertreter ist, wird er sehr ungehalten sein, das kann ich Ihnen versichern. Dieser Mann ist doch ein Tölpel ohne Haltung und Format.« Sie sah mich herausfordernd an. Einem wie Daluege würde sich die Königin von Prag nicht beugen.

Obwohl ich ihre Meinung über Daluege in gewisser Weise teilte, ignorierte ich ihren Einwand und wandte mich wieder an den Arzt: »Bitte verstehen Sie die Dringlichkeit, die uns zwingt, den General sofort anzuhören.«

Dr. Gebhardt entfernte sich ein paar Schritte und winkte mich heran. Mit gesenkter Stimme sagte er: »Der Reichsprotektor hat große Schmerzen. Seine Milz musste entfernt werden. Er erträgt diese Qualen ohne Zweifel heldenhaft, aber wir sind gezwungen, ihn mit großen Mengen an Morphium zu behandeln. Ich habe sogar sämtliche Morphiumvorräte aus allen Prager Kliniken anliefern lassen, um eine umfassende Behandlung gewährleisten zu können.« Er sah mich an wie ein Hund, der ein Lob dafür erwartete, dass er seinem Herrn ein Stöckchen gebracht hatte.

Ich dachte an all die Kranken und Verletzten in den Prager Hospitälern, die heute auf ihr Morphium verzichten mussten.

Der Arzt fuhr fort: »Der tschechische Quacksalber, der mir bei der Operation assistiert hat, dieser Dr. Dick, wollte Heydrich mit Sulfonamiden behandeln, einer neumodischen Substanz, die angeblich gegen Wundinfektionen helfen und schädliche Keime abtöten soll. Natürlich ist nichts davon erwiesen. Ich habe ihn mit seinen Sulfonamiden zum Teufel gejagt. Die Morphiumgaben hingegen sind segensreich für die Gesundung, aber sie benebeln auch den Geist. Der Herr Reichsprotektor ist bei aller verständlichen Dringlichkeit gar nicht in dem Zustand, in dem er Fragen beantworten könnte.«

Ich nickte. Die Aussage eines von Morphium benebelten Schwerverletzten würde uns nicht weiterhelfen. Deshalb sagte ich: »Bitte geben Sie uns umgehend Bescheid, wenn eine Befragung möglich ist.«

»Selbstverständlich, Herr Kommissar. Wir rechnen damit, dass wir die Dosis in wenigen Tagen so weit senken können, dass der Herr Reichsprotektor ansprechbar ist. Er ist ja bekanntlich zäh. Kommen Sie am Dienstag wieder.«

Donnerstag, 28.5.1942, 11.30 Uhr

Hinter den hellen Sandsteinmauern des Černín-Palastes auf dem Hradschin herrschte düstere Stimmung. Kurt Daluege, der neue Stellvertretende Reichsprotektor von Böhmen und Mähren, saß auf einem der brokatbezogenen Stühle im Blauen Salon und hielt einige Blätter maschinenbeschriebenes Papier in der Hand. Hinter ihm prangte ein barocker Wandteppich, auf dem sich antike Helden im Kampf maßen. Daluege hatte die schweren Augenlider der Oberschlesier und eine hohe Stirn unter schütterem Haar. Er war gezeichnet von einem Herzleiden, das ihn seit Jahren beutelte. Die Krankheit hatte tiefe Furchen um seinen Mund und seine Augen gegraben und seiner Haut einen ungesunden aschgrauen Ton verliehen. Nun aber war sein Gesicht von gefährlicher Röte überzogen. Daluege sah auf, musterte Standartenführer Böhme, als ob er ein bizarres Insekt vor sich hätte, beugte sich vor, las weiter, während seine Kopfhaut noch tiefer errötete, sah wieder auf und sagte leise: »Das ist also Ihre Ausbeute.« Es war keine Frage, sondern eine Feststellung.

Auf dem Kaminsims an der Türseite des Salons tickte eine Uhr aus dunklem Holz. Lina und drei fröhliche blonde Kinder lächelten von Fotografien herab, die links und rechts der Uhr aufgestellt waren. Auf einem der Bilder sah man Reinhard Heydrich selbst, wie er das jüngste der Kinder, ein etwa dreijähriges Mädchen, auf dem Schoß hatte. Das Mädchen sah mit strahlenden Augen zu ihrem Vater auf und er lächelte zu ihr hinab. Irgendetwas an Heydrichs Gesicht auf der Fotografie irritierte mich. Ich brauchte einen Moment, um den fremdartigen Ausdruck zu deuten, der sich in der Miene des Reichsprotektors spiegelte. Es war Wärme.

Horst Böhme stand reglos vor dem Schreibtisch des Reichsprotektors, an dem vor wenigen Tagen noch Reinhard Heydrich gesessen und vermutlich an der Endlösung der Judenfrage gearbeitet oder an seine Kinder gedacht hatte. Vielleicht sogar beides zugleich. Böhme hatte keine Miene verzogen, seit er Daluege den Bericht über die Durchsuchungsaktion in der vergangenen Nacht übergeben hatte, aber ich hatte allen Grund zur Annahme, dass er sich sehr unbehaglich fühlen musste. Von über fünfhundert Verhafteten hatte man etwa vierhundert sofort wieder freigelassen, weitere einhundert Personen am frühen Morgen, nachdem sich keinerlei Hinweise auf irgendeine Beteiligung an dem Anschlag oder an sonst irgendeiner Straftat hatten finden lassen. Lediglich neun Personen blieben in Gewahrsam, aber nicht etwa, weil sie etwas mit dem Attentat zu tun gehabt hätten. Zwei der Inhaftierten waren Halbweltdamen, die ohne Genehmigung als Prostituierte gearbeitet hatten, einer war Apotheker, der seiner gut situierten Kundschaft Opium verkaufte. Vier Männer waren Stadtstreicher ohne festen Wohnsitz, einer von ihnen geistig verwirrt. Bei den beiden übrigen Verhafteten, zwei minderjährige Söhne einer Witwe, waren so große Mengen an Zigaretten sichergestellt worden, dass es sich ohne Frage um Diebesgut handeln musste.

Karl Hermann Frank war so bleich geworden, dass seine Haut über dem knochigen Schädel grünlich schimmerte. Er stützte sich mit beiden Händen auf einen der eleganten Stühle des Salons. »Wir haben also keinen einzigen brauchbaren Anhaltspunkt.«

Böhme bedachte ihn mit einem Blick, der einen Mann wie Frank in Todesangst hätte versetzen können, wenn er ihn bemerkt hätte. Doch Frank hatte keine Augen für Böhme. Er fixierte Daluege, den man ihm vor die Nase gesetzt hatte, obwohl dieser Mann keinerlei politische Erfahrung hatte, geschweige denn Prag auf der Landkarte finden würde. Die Qualifikation, die Daluege für dieses Amt besonders empfohlen hatte, war zweifellos die blutige Säuberung der preußischen Polizei von Sozialdemokraten, die er als Leiter der Ordnungspolizei im Deutschen Reich hatte vornehmen lassen.

»Ich habe mich bereits zu umfangreichen Präventivmaßnahmen entschlossen, um dem nationalen Widerstand den Nährboden zu entziehen«, sagte Daluege an Böhme und Frank gewandt. »Die Anhaltspunkte werden schon noch kommen, wenn wir mit ausreichender Härte vorgehen.«

Frank presste die Lippen aufeinander, bis sie zwei blutleere Striche waren. Böhme riskierte ein Nicken, damit lag man bei Vorgesetzten schließlich nie falsch.

Ich trat einen Schritt vor. »Oberst-Gruppenführer, wir haben durchaus Anhaltspunkte, die vielversprechend sind.«

Daluege hatte mich bis zu diesem Zeitpunkt überhaupt nicht wahrgenommen, zumindest hatte es kein sichtbares Zeichen irgendeiner Kenntnisnahme gegeben. Jetzt warf er mir einen Blick zu wie einem ungezogenen Kind, das eine Pfütze auf dem besten Teppich im Salon hinterlassen hatte. »Die da wären?«, fragte er ohne Interesse.

»Zuerst einmal gehen wir nicht von einem nennenswerten nationalen Widerstand aus. Die Aktion am gestrigen Abend hat überhaupt keine Hinweise darauf ergeben«, sagte ich und vermied es, Böhme anzusehen. »Aufgrund der Spuren und der Zeugenaussagen nehmen wir an, dass es sich um mindestens zwei Täter handelt, eher drei, denn der Chauffeur will kurz vor dem Attentat eine Lichtreflexion unterhalb des Tatortes gesehen haben. Die Täter sind aller Wahrscheinlichkeit nach Agenten der Beneš-Regierung in London, vermutlich Fallschirmspringer. Dr. Frantová, eine Augenärztin aus der Aujeststraße, hat erklärt, dass ein Mann, dessen Verletzungen zu denen des Attentäters passen, sich kurz nach Mittag von ihr behandeln ließ.«

»Lassen Sie die Frau verhaften«, befahlt Daluege Böhme.

Ich musste mir auf die Zunge beißen, um Daluege keine allzu scharfe Antwort zu geben. Langsam sagte ich: »Oberst-Gruppenführer, bei allem Respekt, die Dame ist eine Zeugin. Sie ist selbstverständlich bereits vom SD vernommen und wieder entlassen worden.«

Böhme schnaubte, aber Daluege gab mir ein Zeichen fortzufahren.

»Darüber hinaus haben wir mittlerweile brauchbare Personenbeschreibungen der beiden Attentäter. Hauptmann Šeda lässt in diesem Augenblick Flugblätter an jede tschechische Familie verteilen, auf denen alle am Tatort gefundenen Gegenstände abgebildet sind. Besonders das Fahrrad …«

Daluege unterbrach mich mit einer Handbewegung. »Sie wollen die Suche nach den Männern, die ein blutiges Attentat auf Heydrich und damit auf das ganze Deutsche Reich verübt haben, doch wohl nicht auf ein Damenfahrrad stützen, Herr Kriminalrat. Wir brauchen Ergebnisse und keine Flugblätter. Standartenführer …«, er wandte sich nun an Böhme, »… wir benötigen mehr Druck auf der Straße. Das Standrecht bleibt gültig. Lassen Sie die Ärztin verhaften. Und erschießen Sie jeden, der nicht kooperiert.«

Böhme nickte eifrig. Es fiel ihm sichtlich schwer, den Ausdruck der Genugtuung auf seinem Gesicht zu verbergen.

Ich ergriff noch einmal das Wort, obwohl ich wusste, dass das Eis dünn war. »Kriminalistische Arbeit ist immer eine Geduldsprobe, Oberst-Gruppenführer. Wir müssen nicht nur auf jedes Detail achten, sondern auch wissen, wen und was man ignorieren muss.«

Daluege wusste in diesem Moment offenbar genau, wen und was er zu ignorieren hatte. Er sah aus dem Fenster, das dem Schreibtisch gegenüberlag und einen atemberaubenden Blick auf den barocken Garten bot, der im warmen Frühsommer in prächtiger Blüte stand, als sei nichts geschehen. Der flaumige Samen einer Pappel schwebte am Fenster vorüber. Schließlich fuhr Daluege fort: »Standartenführer, wenn jemand nicht kooperiert, dann erschießen Sie dessen Familienangehörigen gleich mit.«

Was an dieser Stelle hätte getan und gesagt werden müssen, überschritt meine Kompetenzen. Ich konnte nichts anderes tun, als Karl Hermann Frank einen Blick zuzuwerfen und auf seine Vernunft zu hoffen. Das hagere Gesicht des Staatssekretärs zuckte. Ich nickte ihm beinahe unmerklich zu.

»Wir werden die Lage nicht durch Massenrepressalien weiter destabilisieren, Oberst-Gruppenführer. In der Öffentlichkeit darf nicht der Eindruck entstehen, dass es zu einer nationalen Revolte kommen könnte.«

Daluege erhob sich von seinem Stuhl. Er war ein großer, massiger Mann, der den knochigen Buchhändler Frank um Haupteslänge überragte. Er trat einen Schritt auf Frank zu. Es kostete Frank merklich Mühe, an seinem Platz zu verharren. Es war totenstill im Raum, nur eine Fliege, die sich in das Büro des Reichsprotektors verirrt hatte, prallte hirnlos gegen die Fensterscheibe, einmal, zweimal.

Böhme grinste bösartig und sagte halblaut, als spräche er zu sich selbst: »Dass der Herr Staatssekretär den Tschechen zugetan ist, ist ja allgemein bekannt. Oder besser: den Tschechinnen.«

Eine Sehne in Karl Hermann Franks Hals begann zu vibrieren, aber es gelang ihm, so zu tun, als hätte er Böhmes Bemerkung nicht gehört. Er sagte zu Daluege: »Was, glauben Sie, geschieht, wenn Heydrich genesen ist und sein Protektorat im Chaos versunken vorfindet? Die Produktion am Boden? Die tschechischen Arbeiter erschossen? Der nationale Widerstand mit Wind in den Segeln, den Sie ihm verschafft haben? Was wird er dann tun?«

Daluege war dunkelrot angelaufen. Er war ohne Frage der neue Herr im Protektorat, doch wenn der alte Herr zurückkehrte, wäre er bestimmt nicht in Versöhnungslaune. Böhme ließ Haltung vermissen und trat unbehaglich von einem Fuß auf den anderen. Ihm schien klar geworden zu sein, dass dieses Gespräch darauf hinauslief, seine Loyalität auf die Probe zu stellen. Der Mann war ein Bluthund, der mit Vergnügen Terror auf den Straßen verbreitete, aber er war seinem Herrn, Heydrich, treu ergeben. Er hatte einen Treueeid geschworen. Auf dem Koppelschloss seines Gürtels prangte: »Meine Ehre heißt Treue.« Diesen Wahlspruch hatte Himmler vor zehn Jahren für die SS eingeführt, und zwar zu Ehren von Kurt Daluege s »unbeirrbarer Loyalität« als Kommandeur der Berliner Schutzstaffel. Mit einigen Mitstreitern hatte er sich 1931 einem Mob aus SA-Männern entgegengestellt, der die Berliner Gauleitung stürmen wollte, und sprichwörtlich Prügel bezogen.

In dieser Situation erschien mir das wie eine kleine amüsante Ironie des Schicksals. Wenn ein Mann wie Böhme überhaupt Liebe verspüren konnte, dann die gefallsüchtige Art von Liebe, die ein Hund für seinen Herrn empfand.

Daluege stand mit tiefrotem Gesicht vor Frank und machte seinen Mund auf und zu wie ein Fisch auf dem Trockenen, doch er sagte nichts. Um ihm keine Gelegenheit zu geben, die richtigen Worte zu finden, fuhr Frank in geschäftsmäßigem Ton fort, als würde er Karten für die Oper reservieren: »Pannwitz, bitte begleiten Sie mich hinaus. Draußen wartet bereits eine Maschine auf mich, die mich nach Berlin bringen wird. Wir haben hier genug Zeit verschwendet. Der Führer erwartet mich um 15.00 Uhr zur Besprechung weiterer Maßnahmen.«

Ich bemühte mich, mir meine Überraschung nicht anmerken zu lassen, und folgte dem Staatssekretär aus dem Büro. Ich sah gerade noch, wie Dalueges Hautfarbe von dunkelrot zu einem besorgniserregenden Violettton wechselte, und befürchtete, der neue Reichsprotektor könnte einen weiteren Herzanfall erleiden, bevor sich die schwere Tür aus poliertem Holz hinter mir schloss.

Frank wandte sich um und sagte: »Ich habe bereits eine Aufstellung verschiedener Maßnahmen vorbereitet. Alles, was Uniform trägt, wird mobilisiert werden. Außerdem habe ich Verstärkung durch die schwere Panzer-Abteilung angefordert, die die Stadt besetzen soll.«

»Mit sinnlosem Terror erreichen wir nichts. Erwirken Sie in Berlin eine Generalamnestie. Die Tschechen müssen die Attentäter selbst ausliefern.«

Frank murmelte: »Versuchen Sie einmal, diesen Umstand dem Führer begreiflich zu machen.«

Es entstand eine kurze Pause und mir fiel auf, wie erschöpft Frank aussah. Tiefe Schatten lagen unter seinen Augen. Endlich sagte er: »Damit Sie sich keine falschen Vorstellungen machen, was Böhmes Bemerkung betrifft: Meine erste Frau hat mich verlassen und den Mann geheiratet, der mich auf der Karriereleiter überholt hat. Ich bin in zweiter Ehe verheiratet.« Er hüstelte. »Und zwar mit einer Tschechin. Sie heißt Karola.«

Ich riss mich zusammen, um Staatssekretär Frank nicht mit offenem Mund anzustarren. Der Mann, der die Slawen für einen stinkenden Mob grunzender Barbaren hielt, hatte also eine Tschechin geheiratet. Frank schien zu ahnen, was in mir vorging. Er entblößte nikotingelbe Zähne, als sich seine Lippen zur Andeutung eines verlegenen Lächelns verzogen. »Liefern Sie denen da drin Ergebnisse.«

Samstag, 30.5.1942, 4.30 Uhr

Für mich war der frühe Morgen schon immer die Nacht der Seele. Die Träume waren schlimm, aber noch schlimmer war es, in diesen Stunden begraben in bleischwerer Finsternis zu erwachen. Ich versuchte, unter den Erinnerungen hindurchzutauchen, um nicht aufzuwachen, doch sie bekamen mich zu fassen und zogen mich stetig aufwärts, bis ich die Oberfläche durchbrach und nach Luft ringend in die Wirklichkeit zurückkehrte. Eine Wirklichkeit, wie sie nur in den frühen Morgenstunden existierte. Vor meinen Augen stiegen beunruhigende Bilder auf, etwa die alte, tuberkulöse Nachbarin Gerlach, die im Kohlrübenwinter 1916 mit einem grässlich röchelnden letzten Atemzug starb, während ihr rechter Fuß zuckte. Oder das Büschel lockiger brauner Haare mit Fetzen blutiger Kopfhaut daran, das ich am Morgen des 10. Novembers 1938 in einer halbgefrorenen Pfütze am Wittenbergplatz hatte liegen sehen. All diese unangenehmen Erinnerungen bildeten nur die Fassung für das wahre Juwel der frühen Morgenstunden: Die Frage, ob meine Entscheidung damals die richtige gewesen war.

»In mir ist es finster, aber bei dir ist das Licht«, murmelte ich im kühlen Grab des Morgens, »ich bin einsam, aber du verlässt mich nicht. Ich bin kleinmütig, aber bei dir ist Hilfe. Ich bin unruhig, aber bei dir ist Friede. Ich verstehe deine Führung nicht, aber du weißt den Weg für mich.«

In diesen Zeiten war ich nicht sicher, ob es sich wirklich so verhielt, nichtsdestotrotz gaben mir diese Worte Kraft. In meiner Zeit an der Theologischen Fakultät der

Universität zu Berlin hatte mich ein junger Studentenpfarrer aus Breslau dieses Gebet gelehrt und ich hatte nie ein Wort davon vergessen.

Ich bemühte mich, wieder in den Schlaf zu finden, doch statt in der erhofften traumlosen Schwärze zu versinken, nahm ich wahr, wie das Zimmer um mich herum verschwamm. Ich sah mich in einem Garten, die untergehende Sonne warf ihre roten Strahlen träumerisch über das Mosaik aus saftig grünem Rasen und üppigen Blumenbeeten. Ich saß in einem Gartensessel auf der Terrasse des großzügigen weißgetünchten Landhauses in Finkenwalde, das zu meinem Lebensmittelpunkt geworden war, nachdem ich das Studium der Theologie abgeschlossen hatte. Hier sollte ich für den Dienst an der Gemeinde ausgebildet werden, hier lernte, betete, aß und schlief ich. Es war Spätsommer 1937. Mein schmales dunkelhaariges Ich, das auf der Terrasse saß, war nur fünf Jahre jünger, was sein Gesicht betraf, in seinem Inneren war es Äonen jünger als der Pannwitz, der sich jetzt rastlos und schwitzend in seinem Bett herumwälzte.

Es hatte sogar einen Brunnen im Garten des Predigerseminars gegeben, in dessen Mitte eine Knabengestalt aus Marmor gestanden hatte. Wasser war in das Muschelkalkbecken geplätschert. Dieser Ort hätte mein Paradies sein können. In diesem Moment trat ein Mann mit schmalen Schultern und schütterem Haar, das ihm ausging, obwohl er gerade erst dreißig geworden war, aus dem Gebäude. Seine Goldrandbrille vergrößerte seine Augen ins Riesenhafte. Er hatte weiche Züge und bekam langsam ein Doppelkinn, aber heute war der Ausdruck um seinen Mund hart.

»Wer sich von der Bekennenden Kirche abwendet, wendet sich vom Heil ab«, sagte er.

Ich spürte, wie sich meine Wangen vor Scham röteten, aber ich hatte meine Entscheidung getroffen.

»Dietrich, sie werden das Seminar schließen. Was soll ich denn sonst machen, als einen anderen Weg zu gehen?«

»Du wählst den Weg des geringsten Widerstandes, Heinz«, antwortete Dietrich. Seine Stimme, mit der er seinen jungen Vikaren sonst von Ghandi und der allumfassenden Liebe Jesu Christi erzählte, war schneidend scharf und zugleich von einer so verletzten Rechtschaffenheit, dass Zorn in mir aufwallte. Wieder schoss mir das Blut ins Gesicht. Teils, weil sich Dietrich das Recht herausnahm, meine wohlüberlegte Entscheidung anzuzweifeln, teils, weil er recht hatte. Ich hatte immer den einfachsten Weg gewählt, warum auch nicht? 1933 war ich der SA beigetreten. Nicht, weil ich viel für die Ansichten der Braunhemden übrighatte, sondern weil es alle in Berlin taten, die in derselben Lage waren. Ich war ein arbeitsloser Maschinenschlosser ohne Perspektive in diesem Beruf. Ich hatte gerade mein Abitur an der Abendschule nachgeholt, als über vierhunderttausend Männer der SA in einer klirrend kalten Nacht im Januar 1933 mit einem gewaltigen Fackelzug vom Großen Stern in Berlin durch das Brandenburger Tor zur Reichskanzlei zogen, um Hitlers Ernennung zum Reichskanzler zu feiern. Unmittelbar danach wurde die SA von Innenminister Hermann Göring in den Stand einer offiziellen Hilfspolizei erhoben und war damit von dem Makel befreit, eine nicht staatlich legitimierte Vereinigung zu sein. So hatte ich keine Bedenken gehabt, im Sommer 1933 meine Unterschrift unter das Aufnahmeformular zu setzen. Und es gefiel mir, für Ruhe und Ordnung auf den Straßen zu sorgen. Kaum ein Jahr später war es damit allerdings schon wieder vorbei gewesen, als der Anführer der SA, Ernst Röhm, einer gewissen widernatürlichen Neigung wegen liquidiert wurde. Dass Röhm die Mädchen links liegen ließ und eine Vorliebe für junge Männer hatte, war seit Jahren ein offenes Geheimnis gewesen, das nicht für mehr als ein paar geschmacklose Witzeleien taugte. Doch Hitler hatte in Ernst Röhm einen Rivalen gespürt und in sogenannter Staatsnotwehr zugeschlagen, bevor Röhm es hatte tun können. Dessen über Jahre geduldete, aber plötzlich als staatszersetzend angesehene Päderastie hatte selbstverständlich ausgereicht, um ihn ohne Prozess niederzustrecken. Damals fragten wir uns, wie Hitler erst reagieren würde, wenn er herausfand, dass Göring fett war oder Goebbels hinkte. Die SA versank nach Röhms Tod in der Bedeutungslosigkeit und so hatte ich immerhin Zeit, mein Studium an der Universität zu Berlin zu beginnen. Was ich bei der SA erlebt hatte, hatte allerdings einen tieferen Eindruck bei mir hinterlassen, als ich zuerst geglaubt hatte. Die Arbeit ermöglichte es mir, ordnend in das Durcheinander einzugreifen, in das die ganze Welt plötzlich verfallen zu sein schien. Und da man das Theologische Seminar in Finkenwalde nun schloss, hatte ich eine Entscheidung getroffen, die ich mir nicht ausreden lassen wollte, nicht einmal von Dietrich.

»Bei der Kriminalpolizei kann ich viel Gutes tun, Dietrich. Ich kann den Menschen helfen«, gab ich zurück und errötete noch tiefer, als ich bemerkte, wie lahm diese Worte aus meinem Mund klangen.

»In Deutschland heutzutage einen Einbruch aufzuklären, das ist doch, als würdest du die Kerze auf dem Geburtstagskuchen löschen, während rings um dich herum der ganze Raum in Flammen steht«, antwortete Dietrich. »Du kannst dich uns immer noch anschließen, Heinz. Sollen sie das Seminar doch schließen. Wir machen weiter.«

»Du willst weitermachen? Das ist unmöglich. Sie werden dich nach der ersten öffentlichen Vorlesung abholen und einsperren.«

»Sie werden es gar nicht erfahren. Wir agieren im Verborgenen. Ich habe ein Haus gefunden, in dem wir alle Platz haben. Wir alle und Gott.«

»Aber das ist illegal. Und es ist gefährlich. Willst du jeden Tag in Angst vor Entdeckung leben?«

Dietrich zuckte mit den Schultern. »Wenn ich überzeugt bin, das Richtige zu tun, dann nehme ich das in Kauf. Und du solltest das auch tun.«

Ich senkte den Kopf und betrachtete die Holzdielen der Terrasse. Wollte ich im Zwielicht der Illegalität leben, den Kopf halb in der Schlinge? War es das wert? Dietrich hatte den Vikaren immer wieder gepredigt, dass es in Zeiten wie diesen die oberste Pflicht der Christen sei, den Opfern beizustehen, die unters Rad gekommen waren, und nicht nur das. Auch dem Rad selbst in die Speichen zu fallen, wenn die Umstände es nötig machten. Ich dachte an das unbarmherzige Rad, das sich durch Deutschland wälzte und alles überfuhr, was sich ihm in den Weg stellte. Nein, *diesem* Rad wollte ich ganz bestimmt nicht in die Speichen geraten.

Am folgenden Tag hatte ich mich bei der Berliner Kriminalpolizei beworben und war in die Partei eingetreten. Dietrich hatte ich nie wiedergesehen, aber ich wusste, dass man ihm wegen seiner volkszersetzenden Tätigkeit ein umfassendes Rede- und Schreibverbot erteilt hatte. Ich hoffte inständig, dass er sich zu seinem eigenen Besten daran hielt.

Ich setzte mich im Dunkeln auf. An Schlaf war nicht mehr zu denken. Zu viele Gedanken, zu viele Fragen. »Ich verstehe deine Führung nicht, aber du weißt den Weg für mich«, wiederholte ich und stand auf. Es würde ein langer Tag werden.

Samstag, 30.5.1942, 8.00 Uhr

Auf dem Weg zum Petschek-Palast kaufte ich mir wie jeden Morgen eine Ausgabe des »Völkischen Beobachters« und eine Ausgabe der »Lidové noviny«, die ich für gewöhnlich in der Straßenbahn überflog. In beiden Zeitungen stand weitgehend dasselbe und nichts, was ich noch nicht wusste, aber Pepík, der alte Zeitungshändler, gehörte zu den Freunden, die mir wie Vögelchen die Stimmung auf der Straße sangen.

»Heute Morgen in aller Frühe hat die Polizei Hunderte von jungen Mädchen aus ihren Betten gezerrt«, sagte Pepík, als er mir die Zeitungen reichte. »Die Familien, die Freunde und Nachbarn gehen davon aus, dass sie in Gestapo-Bordelle verschleppt wurden.« Er nahm den Hundertkronenschein, den ich ihm überreichte, und gab mir achtlos eine Handvoll Kleingeld zurück.

»Danke, Pepík«, sagte ich und stieg in die Straßenbahn, die in diesem Moment rumpelnd heranfuhr. Ich würde heute mit Hauptmann Šeda reden müssen, was die Diskretion seines Vorgehens betraf.

Ich blätterte im »Völkischen Beobachter«. Neben der aufgeregten Berichterstattung über den Anschlag auf Reinhard Heydrich, die zu erwarten war, hatte man ein Interview mit Hans Frank abgedruckt. Hans Frank war deutscher Generalgouverneur von Polen, auch bekannt als der »König von Polen«, noch besser bekannt als der »Schlächter von Polen«. In dem Interview äußerte sich Hans Frank über die Zustände in Prag. Sieben Menschen waren im Zuge der Fahndung nach den Attentätern bereits erschossen worden. Nicht, weil sie etwas mit dem Anschlag zu tun gehabt hätten, sondern weil sie nicht kooperativ genug gewesen waren. Das hatte in Zeiten des Standrechts ausgereicht, um sie an Ort und Stelle zu liquidieren. Hans Frank, dessen Fotografie einen feisten Mann in den Vierzigern mit weichendem Haar zeigte, ließ sich angesichts der Aufregung unter den Tschechen zu einem Scherz hinreißen.

»In Prag sind also Plakate angeschlagen, auf denen zu lesen ist, dass sieben Tschechen erschossen worden sind? Wenn ich für je sieben erschossene Polen ein Plakat aushängen lassen wollte, dann würden die Wälder Polens nicht ausreichen, das Papier herzustellen für solche Plakate.«

Ich klappte die Zeitung zu und rollte sie zu einer Röhre, die ich zwischen die Sitze der Straßenbahn klemmte. Das Lesen in der fahrenden Bahn verursachte mir heute Übelkeit. Den Rest des Weges verbrachte ich damit, aus dem Fenster zu sehen.

Samstag, 30.5.1942, 10.00 Uhr

»Herr Kriminalrat, wir sind so weit fertig«, sagte Hauptmann Šeda. Er stand in tadelloser Haltung vor meinem Schreibtisch, aber sein Gesicht zeugte von der Erschöpfung, die er empfinden musste. Sein Haar war feucht von Schweiß, um seine Augen hatte sich ein Netz feiner Falten gebildet, er machte den Eindruck, als habe er schlimme Kopfschmerzen.

»Berichten Sie«, ermunterte ich ihn.

»Beamte der tschechischen Polizei haben heute Morgen dreihundertzwanzig Mädchen aus dem fraglichen Bezirk abgeholt, die etwa vierzehn Jahre alt sein dürften. Wir haben sie einzeln durch den großen Saal im ersten Stock gehen lassen, alle dreihundertzwanzig. Die beiden Zeuginnen haben die Mädchen durch Sehschlitze in der Wand beobachtet, ich war bei ihnen. Bis auf zwölf sind alle schon bei diesem ersten Gang ausgeschieden.«

»Bitte sorgen Sie dafür, dass diese Mädchen entschädigt werden, und denken Sie auch daran, ihnen die Kosten für die Heimfahrt zu erstatten.«

»Selbstverständlich, Herr Kriminalrat«, sagte Šeda, »das ist bereits geschehen.«

»Gut. Fahren Sie fort.«

»Die restlichen zwölf Mädchen mussten mehrmals ein Fahrrad an den Zeuginnen hinter der Wand vorüberschieben. Sieben konnten wir danach ausschließen und nach Hause schicken. Die übrigen fünf warten unten. Die Zeuginnen konnten sich nicht einigen«, schloss Šeda mit dem Missmut eines erfahrenen Polizisten darüber, dass sich die Zeugen im Grunde nie einig waren.

»Lassen Sie Fotografien von den Mädchen machen und schicken Sie sie bitte in das Besprechungszimmer hier im dritten Stock.«

»Natürlich«, antwortete Šeda. Er zögerte einen Moment, dann fragte er: »Was wird mit den Mädchen geschehen?«

»Nichts«, sagte ich knapp.

Šeda wagte nicht weiterzufragen. Er entfernte sich, um den Fotografen zu benachrichtigen.

Als ich eine Stunde später den holzgetäfelten Raum im dritten Stock betrat, saß eine Gruppe junger Mädchen in schlichten Röcken und Blusen auf den eleganten Stühlen. Sie verhielten sich völlig still. Angst stand in ihren Augen. Vielleicht waren ihnen die Gerüchte darüber, dass Polizisten junge Tschechinnen in deutsche Bordelle verschleppten, schon zu Ohren gekommen.

Ich musterte die Mädchen eingehend, woraufhin sie unbehaglich auf ihren Stühlen hin und her rutschten. Dann sagte ich auf Tschechisch: »Meine Damen, wir haben euch umsonst Zeit gestohlen. Leider ist uns eine Verwechselung passiert. Jede von euch kann sich am Eingang Geld für die Fahrt nach Hause abholen.«

Die Mädchen regten sich nicht, sondern starrten mich ungläubig an. Ein Mädchen mit kurzen braunen Locken erhob sich schließlich und fragte unsicher: »Wir dürfen also gehen, Herr Kommissar?«

»Selbstverständlich. Verzeiht die Umstände. Hier herrscht im Moment ein großes Durcheinander.«

Zwei Beamte erschienen in der Tür. Einer von ihnen hatte einen großen Korb voller Brötchen dabei, deren Duft in den Raum strömte.

»Bitte bedient euch. Die Beamten werden euch anschließend nach draußen begleiten.«

Unter den Mädchen brach leises Flüstern und Kichern aus. Sie umringten den Beamten mit dem Korb und griffen mit der unbekümmerten Gier junger Heranwachsender zu. Danach zog die Gruppe zwitschernd wie ein Schwarm Vögel den Korridor entlang.

In meinem Büro wartete Hauptmann Šeda mit den Akten und Fotografien der Mädchen. Er hatte auf einem Holzstuhl am Fenster Platz genommen. Das Sonnenlicht zeichnete ein Rillenmuster auf sein Gesicht, das von den Gittern vor der Scheibe stammte. Šeda betrachtete das Gemälde des heiligen Wenzel in voller Rüstung, mit Mantel und Fürstenkrone, in der Rechten eine Lanze mit Kohorte und auf der rechten Schulter ein Schild mit dem Wenzelsadler. Es hatte, höflich formuliert, Meinungsverschiedenheiten darüber gegeben, ob der Landespatron von Böhmen und Mähren weiterhin ein Anrecht darauf hatte, im Petschek-Palast zu hängen und mit kühlem Blick auf Deutsche und Tschechen gleichermaßen herabzusehen. Neurath hatte die Diskussion darüber einfach ausgesessen, aber Heydrich hatte den Schutzheiligen nicht nur verteidigt, sondern ihn gleich ganz in den Dienst der deutschen Sache gestellt. Wenzel war schließlich der erste Mann, der erkannt hatte, dass das tschechische Volk einzig im deutschen Raum leben und gedeihen konnte, ein leuchtendes Vorbild für alle gutrassigen und gutgesinnten Tschechen. Besonders eifrige Unterstützer auf tschechischer Seite erhielten für ihre Verdienste um das deutsche Volk den Wenzelsorden. Als der ehemalige tschechoslowakische Präsident und das »Oberhaupt der autonomen Verwaltung« Emil Hácha – kaum mehr als ein serviler Frühstücksdirektor, der, wie man sagte, die Prager Burg nur durch den Dienstboteneingang betreten durfte – Reinhard Heydrich in der Krönungskammer vier der sieben symbolischen Schlüssel der Stadt Prag überreichte, hatte sich Heydrich kurz die Wenzelskrone aufs Haupt gesetzt als Versprechen dafür, dass etwas von der großdeutschen Herrlichkeit auf die Tschechen abstrahlen würde. Zumindest dann, wenn sie bereit waren, ihre neuen Herren anzuerkennen.

Ich konnte beim besten Willen nicht sagen, was ein Mann wie Alois Šeda empfinden musste, wenn er seinen alten Wenzel im Hauptquartier der Gestapo sah, als Herr und Knecht zugleich.

Šeda wandte den Blick von dem Gemälde ab und sagte, als habe er meine Gedanken belauscht: »Kennen Sie die Legende, die sich um diese Krone rankt?«

Es gab unzählige Sagen, welche die prächtige Krone mit den byzantinischen Edelsteinen umgaben, doch ich wusste, worauf der Hauptmann anspielte. Wer sich die Krone des Heiligen zu Unrecht aufsetzte, sollte innerhalb eines Jahres eines gewaltsamen Todes sterben.

»Wir kümmern uns um Fakten, nicht um Legenden«, erwiderte ich harscher, als ich beabsichtigt hatte.

Šeda sah mich ausdruckslos an und trat einen Schritt von dem Gemälde zurück.

Es klopfte und Kriminalassistent Kieser trat ein. Er sah verunsichert von mir zu Šeda, als spürte er noch einen Hauch der Spannung, die zwischen uns entstanden war. Ich bat ihn, sich zu setzen. Ich hatte ihn für eine spezielle Aufgabe rufen lassen, die kein anderer so gut würde erfüllen können wie Wolfgang Kieser.

»Ich habe Anweisung gegeben, jede dieser fünf jungen Damen und deren Familien beobachten zu lassen. Hauptmann, bitte zeigen Sie uns die Fotografien.«

Šeda gehorchte und legte fünf Bilder auf den Schreibtisch, die jeweils eines der Mädchen zeigten.

Ich tippte mit dem Finger auf das mit den kurzen braunen Locken. »Wer ist das, Hauptmann?«

Šeda blätterte umständlich in der Akte. »Jindřiška Nováková, fünfzehn Jahre, aus Lieben«, sagte er schließlich.

»Die Familie muss rund um die Uhr überwacht werden. Fünf Männer pro Schicht. Kieser, Sie übernehmen die Observierung dieses Mädchens. Sie werden nichts anderes tun. Bleiben Sie ihr Tag und Nacht auf den Fersen.«

Kieser verzog das Gesicht. Die Beschattung eines fünfzehnjährigen Schulmädchens erschien ihm offenbar nicht besonders reizvoll. Ich übersah großzügig Kiesers unangemessenes Mienenspiel und blickte ihm abwartend ins Gesicht. Kieser errötete ein wenig und sagte artig: »Jawohl, Herr Kriminalrat.«

»Am besten, Sie beginnen sofort.«

Kieser beeilte sich, den Raum zu verlassen, aber ich rief ihn noch einmal zurück und reichte ihm ein in braunes Papier gewickeltes Päckchen, das ich in der Innentasche meines Mantels mitgebracht hatte.

»Was ist das?«, fragte Kieser und betrachtete das Päckchen misstrauisch.

»Sie haben doch kürzlich das Bild von einem Vater und seinen widerspenstigen Kindern bemüht«, sagte ich. »Es schadet bestimmt nicht, wenn der Vater versteht, was die Kinder über ihn sagen.«

Er sah mich verwirrt an, bedankte sich jedoch artig und verließ mein Büro.

Als die Tür hinter Wolfgang Kieser ins Schoss gefallen war, fragte Šeda: »Warum ausgerechnet dieses Mädchen, diese …«, er sah in die Akte, »… Jindřiška?«

»Ist Ihnen ihr Haar aufgefallen?«

»Ihr Haar?«

»Sie hat als Einzige einen frischen Haarschnitt. So frisch, als wäre er höchstens zwei oder drei Tage alt. Und dazu eine Dauerwelle. Es könnte natürlich ein Zufall sein«, schloss ich in einem Tonfall, der nahelegte, dass es genau das nicht war.

Hauptmann Šeda reichte mir einen weiteren Ordner.

»Das hier sind die Aussagen der Zeugen am Tatort, auf Deutsch und auf Tschechisch. Wir haben nahezu alle Anwesenden identifiziert.«

»Nahezu?«

»Einer der Zeugen konnte sich entfernen, bevor seine Personalien aufgenommen wurden.«

Ich blätterte in der Akte, las ein paar Seiten und stutzte. »Der Invalide?«

Eine Sehne an Šedas Hals zuckte. Er nickte peinlich berührt. »Ein Mann mit Gipsbein und Krücken konnte sich mühelos davonschleichen, ohne eine Aussage zu machen.«

»Das fällt in den Zuständigkeitsbereich der tschechischen Polizei. Sorgen Sie dafür, dass anhand der Beschreibungen der übrigen Zeugen ein Fahndungsbild erstellt wird.«

»Natürlich, Herr Kriminalrat.«

In diesem Moment klopfte es zaghaft an der Tür und ein dicker junger Mann in der schmucklosen Uniform eines Staffelbewerbers trat ein. Nervös sah er sich in dem weiträumigen Büro um.

Sein Blick blieb einen Moment lang an dem tiefroten Wandteppich mit dem gestickten Deutschen Adler darauf hängen. Seine feiste Hand umklammerte eine Mappe aus braunem Papier.

»Ja bitte?«

Der dicke Junge sah mich erschrocken an und verbeugte sich knapp. Er hielt die Mappe wie einen Schutzschild vor seine Brust.

»Herr Kriminalrat Pannwitz?«, flüsterte er.

»In Person.«

Der junge Mann überreichte mir die Mappe. Sie war versiegelt. Die Hände des dicken Staffelbewerbers hatten dunkle Flecken auf dem Papier hinterlassen.

»Von der Abteilung II«, sagte der Junge.

Ich besah mir die Mappe. In enger Maschinenschrift stand darauf: »Václav Morávek«.

Einen Moment lang war ich zu verblüfft, um etwas zu sagen. Ich hatte nicht damit gerechnet, dass der SD mein Gesuch überhaupt prüfen würde. Der Umzug in mein neues Büro schien auch neue Türen zu öffnen. Nun hielt ich tatsächlich die Akte des jüngst in der vollbesetzten Straßenbahn erschossenen letzten *Königs* in den Händen.

»Danke«, sagte ich, ohne von der Mappe aufzusehen. Der Staffelanwärter entfernte sich mit schnellen Schritten und zog die Tür hinter sich beinahe unhörbar ins Schloss.

Vielleicht war der Anschlag auf die Buchhandlung nur ein aus dem Ruder gelaufener Streich gewesen, vielleicht aber auch nicht. Dass Václav Morávek, dessen Leiche schon vor acht Wochen verbrannt, die Asche längst irgendwo verscharrt worden war, etwas mit der Bombe gegen die Fensterscheibe zu tun hatte, bezweifelte ich. Aber möglicherweise war es eine Spur.

Ich verstehe deine Führung nicht, aber du weißt den Weg für mich, dachte ich zusammenhangslos.

Ich wollte das Siegel erbrechen, als mir einfiel, dass ich nicht allein war. Ich sah zu Šeda hinüber, der den Blick mit unbewegter Miene erwiderte. Wenn es eine Spur war, konnte mir der tschechische Hauptmann unter Umständen weiterhelfen.

»Kennen Sie sich mit den lokalen Widerstandsgruppen aus?«

»Im Rahmen meiner polizeilichen Aufgaben«, antwortete er steif.

Ich wusste um den Zwiespalt, den jeder tschechische Polizist in diesem Punkt empfinden musste, und entschied mich, nicht tiefer zu schürfen.

»Dies ist die Akte Václav Moráveks. Drei Tage vor dem Attentat gab es einen Anschlag auf einen Buchladen in der Bartholomäusgasse. Der Täter hat ein bestimmtes Zeichen hinterlassen, das auf die *Drei Könige* hindeuten könnte.«

»B+M+M«, sagte Šeda.

»Es ist mehr Gefühl als Gewissheit, dass wir hier eine Spur finden könnten.«

Ich erbrach das Siegel, nahm einen dünnen Stapel Papier heraus und blätterte darin. Dabei fiel eine Fotografie aus der Mappe und segelte zu Boden. Ich bückte mich danach. Irgendetwas, das auf seine Gelegenheit gewartet hatte, bekam den äußersten Saum meines Bewusstseins zu fassen und schlug seine spitzen Zähnchen hinein. Das Bild zeigte einen blonden Mann Ende zwanzig, dessen hübsche glattrasierte Züge merkwürdig aufgedunsen wirkten. Er hatte wache hellblaue Augen und lächelte mit leicht geöffneten Lippen in die Kamera.

Ich sah in der Akte nach, was es mit dem Bild auf sich hatte. Es zeigte nicht Václav Morávek. Die Fotografie war in der Tasche des toten *Königs* gefunden worden, der Mann darauf war jedoch nie identifiziert worden.

Ich zeigte Šeda das Bild. Der Hauptmann schüttelte den Kopf.

Ich sah mir den blonden Mann noch einmal an. Er schien mir verschwörerisch zuzulächeln, als hätten wir ein gemeinsames, höchst amüsantes Geheimnis. Das Ding, das sich in meinem Kopf festgebissen hatte, begann zu toben.

»Das Gesicht dieses Mannes muss noch heute Abend überall in der Stadt zu sehen sein«, sagte ich.

»Aber wieso?«, fragte Šeda. »Dieser Mann ist doch gar nicht von Bedeutung für uns. Wir würden die Bevölkerung nur verwirren, wenn wir immer neue Gesichter ...«

Ich beachtete den Hauptmann nicht, sondern ging mit langen Schritten hinaus auf den Gang zum Fernschreiberbüro, um bei der kriminaltechnischen Abteilung den Druck von tausend Plakaten mit dem Bild des blonden Mannes in Auftrag zu geben.

»Ich verstehe deine Führung nicht, aber du weißt den Weg für mich«, murmelte ich vor mich hin, als ich an Šeda vorüberging. Sein Blick folgte mir aus dem Raum hinaus und ich spürte ihn in meinem Rücken, bis ich um die Ecke bog.

Sonntag, 31.5.1942, 10.00 Uhr

Unter dem Geläut der alten Bronzeglocke erhob sich im Längsschiff Ton um Ton, Klang um Klang das Präludium des Aufbruchs. Rascheln, Stühlerücken, vereinzeltes Murmeln, Kinderstimmen, leise zuerst, dann immer lauter. Die Gemeinde strebte aus der beinahe tausendjährigen St.-Martinskirche in den strahlenden Sommertag hinaus. Nur mit einer dreimonatlich zu erneuernden Ausnahmegenehmigung war es den Böhmischen Brüdern in Prag gestattet, in der alten Kirche evangelische Gottesdienste in deutscher Sprache zu feiern. Kirchenbesuche durch Personal der Gestapo waren auf beiden Seiten nicht gerne gesehen, sodass ich mich sonntags möglichst unauffällig und ohne jemanden anzusprechen zur Andacht begab.

Während die Orgel mit sanften Klängen den Auszug der Gemeinde durch das schmale, von zwei schlichten Säulen begrenzte Portal begleitete, blieb ich sitzen und betrachtete das Gewölbe über dem Chorraum. Dessen filigrane Rippen wuchsen aus fantastischen Sandsteinmasken hervor und überkreuzten sich wie Fäden eines Spinnennetzes. Zwei lorbeerumkränzte Wappen prangten an der Decke, der silberne Wolf der Familie Beneš und der dreispitzige Anker der Holecs. Es war kühl in der Kirche. Die Geräusche der ausziehenden Gemeinde verebbten, Glocke und Orgel verstummten, bald war völlige Stille eingekehrt. Die dicken Mauern aus grobem Stein sperrten den Lärm der Stadt aus. Ich dachte an den Garten in Finkenwalde, wo das Gras versonnen im Wind wogte, der von der Oder herанwehte, und Zikaden ihr Lied sangen. Es war dort so still, dass man das Herabfallen der Blütenblätter hören konnte. Ein brauner Vogel landete neben mir, legte den Kopf schief und sah mich aus unbewegten schwarzen Augen an, dann flog er in den weißen Himmel davon.

Der Klang schwerer Stiefelschritte riss mich zurück in die Wirklichkeit. Ich wollte mich nicht umdrehen, tat es aber doch.

Aus dem Dämmerlicht des Mittelschiffs schob sich eine massige Gestalt in Uniform auf mich zu. Horst Böhmes breites Gesicht schien im Wechselspiel von Licht und Schatten zu flackern. Unbehagen tröpfelte in meine Körperhöhlungen wie kaltes Wasser.

Das Auftauchen Böhmes an diesem Ort war nahe an der Gotteslästerung.

»Heil Hitler«, grüßte Böhme donnernd.

»Heil Hitler«, flüsterte ich. In der Stille der Kirche klangen diese Worte ebenfalls wie Blasphemie. Ich erhob mich von meinem Stuhl.

»Wir haben Sie weder zu Hause noch im Petschek-Palast angetroffen, Kriminalrat Pannwitz«, sagte Böhme in einem anklagenden Tonfall.

»Jetzt haben Sie mich ja gefunden, Standartenführer«, erwiderte ich und wandte mich dem Portal zu. Ich brauchte frische Luft. Böhme ging schweigend einen Schritt hinter mir, als müsse er auf der Hut sein, dass ich ihm nicht entwische. Als wir aus dem Dämmerlicht der Martinskirche in den grellen Sonnenschein traten, musste ich die Augen zusammenkneifen. Ich öffnete sie wieder und sah eine große schwarze Limousine in der engen Gasse vor der Kirche parken. Das Verdeck war geschlossen, in den Scheiben spiegelten sich Sonnenstrahlen. Böhme entblößte seine kleinen Zähne zu einem unangenehmen Lächeln.

»Sie werden bereits erwartet, Herr Kriminalrat«, sagte er.
»Von wem, wenn ich fragen darf?«

In diesem Moment öffnete sich die hintere Tür des Mercedes und aus dem Innenraum winkte uns eine Hand heran, die aus dem Ärmel einer SS-Uniformjacke ragte. Ich näherte mich dem Wagen und musste mich hinunterbeugen, um hineinzusehen. Hans-Ulrich Geschke, der Leiter der Prager Gestapo, blickte mit unbewegter Miene zurück. Sein Gesicht war völlig leer, aber das war nichts Außergewöhnliches.

»Steigen Sie ein«, sagte er grußlos.

Ich gehorchte und nahm auf der Rückbank Platz. Das Leder war kühl und gab leise knarzend nach, als ich mich auf das Polster sinken ließ. Böhme öffnete die vordere Tür und setzte sich auf den Sitz neben dem Chauffeur, sodass ich die obere Hälfte seines Gesichts im Außenspiegel sehen konnte.

Geschke kam gleich zur Sache. »Ich habe heute Morgen einen Anruf aus Berlin erhalten«, sagte er mit seiner ausdruckslosen Stimme, die keinen Schluss darauf zuließ, ob es sich um gute oder schlechte Nachrichten handelte. »Die Reichsführung ist mit der schleppenden Aufklärung des Verbrechens ausgesprochen unzufrieden.« Er sah mich eindringlich an und zum ersten Mal konnte ich einen Anflug von Gefühl im Gesicht meines Vorgesetzten ausmachen. Geschke hatte Angst.

»Vier Tage sind vergangen und wir stehen mit leeren Händen da. Eine Blamage für die Polizei«, fuhr er so gleichmütig fort, als verkünde er die Öffnungszeiten der Stadtverwaltung. »Frank hat den Führer nicht davon überzeugen können, das Standrecht außer Kraft zu setzen.«

Ich warf einen schnellen Blick in den Außenspiegel und sah, wie sich Böhmes Gesicht wieder zu einem Grinsen verzog.

»Standartenführer Geschke, Sie wissen ebenso gut wie ich, dass die Ermittlungen durch den Vergeltungsterror, den manche für angemessen halten …«, ich machte eine kurze Pause, damit Böhme den Moment voll auskosten konnte, »… nur schleppend verlaufen können. Es ist nicht richtig, dass wir mit leeren Händen dastehen. Wir haben vielversprechende Spuren, die …«

Geschke machte eine Geste, die mir das Wort abschnitt. »Die Reichsführung will keine Spuren, sie will die Täter. Ihre Art zu ermitteln, Kommissar Pannwitz, fällt letztlich auf mich zurück. Wenn wir die Attentäter nicht fassen, wird mein Kopf genauso rollen wie Ihrer, verstehen Sie?«

Ich verstand sehr gut. »Wenn wir die Saboteure nicht aufspüren, ist das allein meiner Unfähigkeit zuzuschreiben, Standartenführer. Ich gebe Ihnen mein Wort, dass ich für meine Fehler geradestehen werde, wenn sich herausstellt, dass von polizeilicher Seite überhaupt Fehler gemacht worden sind.« Ich zögerte einen Moment. Böhmes Augen im Außenspiegel fixierten mich. »Die Politik wirft uns Knüppel zwischen die Beine. Aber ich bin sicher, dass wir die Täter ergreifen, bevor der Reichsprotektor aus der Klinik entlassen wird. Das Wichtigste ist, dass wir das Vertrauen der Tschechen nicht weiter durch sinnlose Gewalt aufs Spiel setzen, die keinem etwas nützt.«

Böhmes Blick schien mich zu durchbohren. Dann trat ein höhnischer Ausdruck dazu, der mich verunsicherte. Geschke hatte mir offenbar nicht alles gesagt. Ich wartete schweigend, bis Geschke fortfuhr: »Reichskriminaldirektor Nebe trifft in diesen Minuten in Prag ein. Er hat den unbedingten Wunsch geäußert, die Arbeit Ihrer Sonderkommission zu prüfen.«

Draußen vor dem Autofenster wälzte die Moldau graues

schaumiges Wasser durch ihr Bett. Häuser und Bäume zogen an uns vorbei. Arthur Nebe war der Vorsitzende der gesamten deutschen Kriminalpolizei und angesichts seines brillanten Kopfes war das kein Wunder. Nebe galt als glühender Verfechter der Kriminalbiologie und hatte das Archiv des Rasse- und Siedlungshauptamtes um viele Regalmeter sippenkundlicher Erhebungen über Familien einzelner Strafgefangener mit Stammbäumen, Strafregisterauszügen und Leumundsaussagen erweitert, die man gemeinhin als »Nebes Zigeunerakten« bezeichnete. Außerdem hatte er zahlreiche Verwahrlager zur kriminalbiologischen und rassenhygienischen Beurteilung straffällig gewordener Jugendlicher einrichten lassen. Soweit ich wusste, wurden die Zöglinge in diesen Anstalten eingeteilt in »Dauerversager«, »Gelegenheitsversager«, »Störer« und »Untaugliche«, die man mit Essensentzug, Strafstehen und Schikanen aller Art auf den rechten Weg zurückzubringen suchte. Das waren im Übrigen die harmlosen Dinge, die ich über Nebe wusste. Die wirklich kühnen Pläne, die Nebe verfolgte, hatten völlig andere Dimensionen.

Geschke brach das unbehagliche Schweigen. »Der Kriminaldirektor erwartet Sie zu Mittag im Petschek-Palast zu einer Unterredung. Ihr Tscheche … wie heißt er doch gleich?«

»Wenn Sie Hauptmann Alois Šeda meinen …«, setzte ich an. Ich war drauf und dran, meinen Vorgesetzten darüber in Kenntnis zu setzen, dass sich Šeda nicht in meinem Besitz befand, aber Geschke unterbrach mich. »Ein sehr dienstbarer Mann, das muss man zugeben. Er hat Ihnen bereits die Akten zusammengestellt, die Sie Nebe präsentieren können.«

Ein Gefühl dumpfer Dankbarkeit wallte in mir auf. Ich traute Šeda zu, die Ergebnisse so aufbereitet zu haben, dass am Schluss weder Geschkes noch mein Kopf würde rollen müssen. Den Rest der Fahrt verbrachten wir schweigend und ich verspürte nicht die geringste Lust, erneut in den Außenspiegel zu sehen.

Der Mercedes fuhr vor dem Petschek-Palast vor. Zwei Beamte lösten sich von ihrer Position und eilten herbei, um die Türen der Limousine zu öffnen. Böhme schob seinen drallen Körper aus dem Auto, verabschiedete sich mit dem üblichen Gruß und stieg in den Fond des Fahrzeugs. Der Chauffeur würde ihn direkt zum Černín-Palast bringen, wo Reichsprotektor Daluege ihn erwartete.

Geschke und ich traten in den Schatten des düsteren Gebäudes.

»Die Kriminalpolizei darf sich vom Sicherheitsdienst nicht vorschreiben lassen, wie sie zu ermitteln hat, Standartenführer. Politik ist eine Sache, Polizeiarbeit eine andere. Ich bin mehr als zuversichtlich, dass wir die Täter ergreifen werden, wenn man uns nicht weiter Steine in den Weg legt. Wenn wir Kriminaldirektor Nebe davon überzeugen können, dass diese heikle Ermittlungsarbeit besonders sorgfältig durchgeführt werden muss, dann …«

»Wenn *Sie* ihn überzeugen können, Pannwitz. Nebe will ausschließlich mit Ihnen sprechen. Ich hoffe, ich muss es nicht bereuen, dass ich Sie zum Leiter der Sonderkommission berufen habe.«

Er gab mir die Hand – sein Händedruck war ohne Kraft – und ließ mich im Foyer stehen, wo ich ratlos verharrte. Ein dünner roter Faden der Angst verwob sich mit meinen Gedanken. Ich stieg die Treppen zu meinem Büro hinauf. Vor der schweren Doppeltür standen zwei bewaffnete SS-Männer. Seit dem Attentat hatte es der Führer hochrangigen Offizieren verboten, sich ohne Eskorte in der

Öffentlichkeit zu bewegen. Ich blieb einen Moment lang vor der Tür stehen. Der rote Faden wurde dicker, leuchtender, nahm immer mehr Raum ein. Die SS-Männer starrten mich wortlos an. Die Uhr der Karl-Borromäus-Kirche schlug zwölfmal. Ich überlegte, ob ich anklopfen sollte, bevor ich mein eigenes Büro betrat, entschied mich aber dagegen. Mit dem letzten Glockenschlag öffnete ich die Tür und trat ein.

Reichskriminaldirektor Arthur Nebe stand an einem der Fenster und sah hinaus auf die Stadt der hundert Türme. Er hatte mir den Rücken zugewandt und die Hände verschränkt. Wie lange braucht ein Mann, sich umzudrehen? Zwei, höchstens drei Augenblicke. Mir kam es so vor, als würde sich Nebe ewig umdrehen und dabei immer mehr von sich zeigen wie der zunehmende Mond. Die Sonne beschien ihn von der Seite und ihre Strahlen hoben seine scharfen Züge grell hervor.

Mit einem Mal fielen mir die übrigen Dinge ein – die, die sich in ganz anderen Sphären bewegten als die Einrichtung von Jugendstraflagern. Nebe galt als brillanter Kriminalist, aber als noch brillanterer Tüftler. Heinrich Himmler hatte, so sagte man, im vergangenen Sommer an einer Massenexekution jüdischer Saboteure in Minsk teilgenommen. Nachdem ihm die Hinrichtung zu lange gedauert hatte und zu unappetitlich verlaufen war – es waren immer zehn Mann an eine mit einer Matratze gepolsterten Wand gestellt und von zehn SS-Leuten erschossen worden, ein blutiger Vorgang, der sich über Stunden hinzog – hatte er Nebe dazu aufgefordert, eine effizientere Methode zu entwickeln. Nebe hatte daraufhin eine Gruppe russischer Geisteskranker in einen Holzunterstand gesperrt, an dem Sprengladungen angebracht wurden. Die Hälfte der Opfer hatte diese erste Sprengung überlebt, auch wenn sie danach nicht mehr als blutige, schreiende Klumpen waren, sodass eine zweite Sprengung mit mehr Dynamit durchgeführt werden musste. Nebe verwarf daraufhin diese Art der Tötung als unwägbar. In seinem genialen Gehirn war eine unerhörte Idee aufgeflammt wie eine Glühbirne in einem dunklen Raum. Noch kein Mensch hatte sich je so etwas ausgedacht, nicht einmal Reinhard Heydrich. Die Gruppe um Nebe fuhr also weiter in ein kleines weißrussisches Nest, wo er anordnete, den Laborraum einer Heilanstalt durch Zumauern der Fenster zu einer luftdichten Kammer umzubauen. In diesen hermetisch verschlossenen Raum wurde eine Handvoll Schwachsinniger gesperrt. Anschließend leitete Nebe über verzinkte Rohre die Abgase eines Pkws ein. Dies zeigte allerdings keine Wirkung, außer der, dass sich die armen Irren ohne Unterlass erbrachen. Auf Anordnung Nebes hatten die SS-Männer über einen Schlauch zusätzlich den Auspuff ihres Lastwagens angeschlossen. Die Motoren waren gelaufen, bis die Männer im Labor tot waren. Manche behaupteten sogar, dass Nebe im Feuereifer eigenhändig den Schlauch angelegt hatte. Seitdem forschte er im Geheimen an einer Hinrichtungsmethode mit Gasen, die um ein Vielfaches effizienter und belastungsärmer für die Henker sein sollte. Ich spürte, wie sich die Haare an meinen Unterarmen aufstellten. Natürlich stand es nicht mehr frei, öffentlich daran zu zweifeln, ob Geisteskranke tatsächlich die Volksgesundheit in so hohem Maße gefährdeten und ihre Versorgung wirklich eine so ruinöse Belastung darstellte, dass Deutschland sie sich in Kriegszeiten kaum leisten konnte, aber in einem finsteren Raum zu ersticken war nichts, was man irgendeinem Menschen wünschte, nicht einmal einem Schwachsinnigen.

Nebe hatte sich endlich zu mir umgedreht und sah mich an. Mit kristallener Klarheit wurde mir bewusst, dass jedes einzelne Wort, das ich über Nebe gehört hatte, der Wahrheit entsprechen musste. Ich unterdrückte eine leichte Übelkeit, straffte die Schultern und sagte: »Heil Hitler, General.«

»Heil Hitler«, erwiderte Nebe und bedeutete mir, an meinem Schreibtisch Platz zu nehmen. Auf der richtigen Seite, wie ich überrascht feststellte. Nebe selbst setzte sich auf den Besucherstuhl mir gegenüber. Auf dem Tisch lagen vier ordentliche Stapel grauer Mappen. Der Kriminaldirektor nickte mir zu. Ich öffnete die Akten und beeilte mich, Nebe den bisherigen Verlauf der Ermittlungen zu schildern. Šeda hatte die wichtigsten Ergebnisse in einer Liste zusammengefasst, anhand derer ich die Entwicklungen der vergangenen Tage leicht nachzeichnen konnte.

»Eine unserer wichtigsten Spuren ist das Fahrrad, oder vielmehr das Mädchen, das das Fahrrad abgeholt hat. Die Familie wird rund um die Uhr observiert. Es handelt sich dabei um eine Familie namens Novák im Stadtteil Lieben. Wir verzichten vorerst auf Repressalien gegen die Familie, weil wir glauben, dass sie uns, falls sie tatsächlich Kontakt zu den Attentätern haben sollte, letztlich zu ihnen führen wird.«

Nebe nickte. »Was haben Sie noch?«

»Eine Augenärztin, die einen Mann behandelt hat, der mit an Sicherheit grenzender Wahrscheinlichkeit einer der Täter war. Sie wird morgen erneut verhört, von mir selbst. Möglicherweise kann sie sich dann an mehr Einzelheiten erinnern als beim Verhör durch den Sicherheitsdienst.«

»Nun gut, aber ich bräuchte greifbarere Resultate, die ich in Berlin vorlegen kann.«

Ich blätterte in einer hellgrauen Mappe der kriminaltechnischen Abteilung. Sie enthielt ein Fernschreiben aus Berlin, das auf zwanzig maschinengeschriebenen Seiten die Untersuchung der Aktentasche dokumentierte, die der Attentäter mit der Bombe hatte fallen lassen.

»Die Tasche ist handgefertigt und in der Vergangenheit zum Sammeln von Kaninchenfutter verwendet worden. Daraus schließen wir, dass sich die Täter bereits wochen- oder sogar monatelang am Hradschin aufhielten, vorgeblich, um dort Löwenzahn zu pflücken, wie es viele Tschechen tun. Tatsächlich haben sie den Reichsprotektor und seine täglichen Gewohnheiten beobachtet. Außerdem weist die Tasche Spuren von Perlmutt auf. Wir überprüfen im Augenblick alle einschlägigen Werkstätten, die diesen Stoff verarbeiten.«

Als ich von dem Schreiben aus Berlin aufblickte, sah ich Nebe lächeln. Seine hellgrünen Augen strahlten vor Vergnügen wie die eines Kindes, dessen Mutter vergessen hatte, die Streichhölzer zu verstecken, bevor sie aus dem Haus ging. »Faszinierend, wozu die moderne Kriminaltechnik in der Lage ist, nicht wahr? Mikroskopisch kleine Partikel, für das menschliche Auge unsichtbar, enthüllen jedes noch so gut verborgene Geheimnis. Es ist ein Geschenk, in dieser Zeit leben zu dürfen, in der die Natur dem menschlichen Erfindergeist keine Grenzen mehr setzen kann, finden Sie nicht auch?«

Ich dachte an schwarze Gummischläuche, die Kohlenmonoxid in eine Kammer voller Geisteskranker leiteten, und erschauderte, aber ich hielt es für klüger, Nebe nicht zu widersprechen.

»Ich schätze Ihre Gründlichkeit, Herr Kriminalrat, das sage ich Ihnen ganz offen. Dennoch werden Sie auf diese

Weise sehr viel mehr Zeit zur Aufklärung brauchen, als die Reichsführung erübrigen kann. Auf Grundlage dieser Ergebnisse kann ich den Führer kaum überzeugen, von weiteren Maßnahmen abzusehen.«

In diesem Moment klopfte jemand an die Tür des Büros. Einer der bewaffneten SS-Männer trat ein.

»Verzeihen Sie, Gruppenführer«, begann er.

»Was ist denn?«, unterbrach Nebe unwillig. »Wir führen eine wichtige Besprechung.«

»Dieser Tscheche hier sagt, er müsse dringend mit Kriminalrat Pannwitz sprechen.«

Alois Šeda erschien hinter dem SS-Mann in der Tür. Er machte eine höfliche Verbeugung vor Nebe und bat um Verzeihung für die Störung.

»Vor wenigen Minuten hat eine Dame bei mir vorgesprochen. Sie hat den blonden Mann auf dem Fahndungsplakat erkannt.«

Ich wäre fast von meinem Stuhl aufgesprungen, doch ich riss mich zusammen.

»Den Mann, dessen Bild bei Václav Morávek gefunden wurde?«

Ich verstehe deine Führung nicht, aber du weißt den Weg für mich, dachte ich.

Šeda nickte. Seine Miene blieb dabei ausdruckslos. Vielleicht fürchtete er die Konsequenzen für die tschechische Bevölkerung, wenn sich herausstellen sollte, dass der blonde Mann dem nationalen Widerstand angehörte.

Nebe sah Šeda interessiert an. »Berichten Sie, Hauptmann.«

Šeda warf mir einen unbehaglichen Blick zu und gehorchte Nebes Befehl. »Die Dame ist siebzig Jahre alt und heißt Anna Schieblová, geborene Baťová«, begann er.

»Aus der Schuh-Baťa-Familie?«, fragte Nebe.

Der Hauptmann nickte. »Die Dame hat bis 1939 die Buchhaltung für ihren Bruder und ihren Neffen geführt, bis die Firma gezwungen war …« Šeda verstummte. Ich ahnte, welche Worte ihm auf der Zunge lagen. Jan Antonin Baťa, der Halbbruder der Firmengründerin Anna und heutiger Geschäftsführer, war nach der Zerschlagung der Tschechoslowakei mit seiner Produktion nach Amerika emigriert, im vorigen Jahr jedoch zurückgekehrt. Er hatte sich mit den Achsenmächten gutgestellt. Bei den Tschechen wurde dies als Landesverrat gehandelt und ich war mir sicher, dass dies eines Tages auf Baťa zurückfallen würde, wenn … Ich verbot mir, den Gedanken weiterzudenken. Es war völlig ausgeschlossen, dass Deutschland in diesem Krieg unterlag. Dr. Goebbels versicherte bei jeder Gelegenheit, dass die große Schlacht im Osten so gut wie gewonnen war. Falls sich Dr. Goebbels in diesem Punkt jedoch irren sollte, würde man dem Fabrikanten Baťa hoffentlich zugutehalten, dass er alle seine jüdischen Angestellten an Standorte außerhalb Europas versetzt hatte.

Šeda hatte den Faden wiedergefunden und fuhr fort: »Bis 1939 jedenfalls hat Anna Schieblová ihre Hand fest auf der Buchhaltung der Fabriken in Böhmen und Mähren gehabt. Sie sagt, der junge Mann auf dem Plakat sei einer ihrer Gerber gewesen, und zwar von 1932 bis 1939, als er plötzlich und ohne Entschuldigung nicht mehr zur Arbeit erschien. Sein Name ist Josef Valčík, geboren 1914. Er ist nach der Volksschule im Zliner Stammwerk in die Lehre gegangen. Frau Schieblová hat ihn dort beinahe jeden Tag gesehen, deshalb ist sie sich so sicher.«

Nebe sah mich mit hochgezogenen Brauen an. »Schön und gut, der gesuchte Mann ist also ein mährischer Schuhgerber. Aber die Frage ist doch, was dieser Valčík mit dem Attentat zu tun hat?«

»Seine Fotografie wurde bei dem Terroristen Václav Morávek gefunden. Der SD ist diesem Hinweis damals nicht weiter nachgegangen«, antwortete ich steif.

Šeda fuhr fort: »Die Dame Schieblová hat sich mittlerweile in den Ruhestand begeben und bewohnt ein Haus in Kobilis. Am vergangenen Mittwoch jedoch will sie eben diesen Valčík in der Kirchmayerstraße gesehen haben, keine fünfzig Meter vom Tatort entfernt.«

Mir wurde schwindelig. Wenn Josef Valčík 1939 ohne ein Wort verschwunden war, konnte das bedeuten, dass er sich, wie zahlreiche Tschechen, ins Ausland geflüchtet und zu Beneš' Leuten nach England durchgeschlagen hatte. Möglicherweise stand er mit den *Drei Königen* und anderen Sabotagegruppen in Verbindung und war von Beneš beauftragt worden, das Attentat zu koordinieren.

Ich sah zu Nebe, dem offenbar dasselbe durch den Kopf ging.

Jetzt oder nie, dachte ich.

»Gruppenführer, angesichts dieser Entwicklung bitte ich Sie dringend, bei Hitler für uns zu sprechen. Wir werden im gesamten Protektorat nach Valčík fahnden, aber wir müssen dies mit dem Wohlwollen und Vertrauen der Bevölkerung tun, sonst werden wir nichts erreichen.«

Nebe erhob sich und strich seine Jacke glatt. Er war kein großer Mann und von schmächtiger Statur, dennoch schien er den Raum ganz zu füllen, als er sagte: »Kriminalrat Pannwitz, ich bin mit der geleisteten Arbeit sehr zufrieden.« Er lächelte auf eine Art, die so einnehmend und kameradschaftlich war, dass ich nicht anders konnte, als ihm zu vertrauen. »Ich werde die Standartenführer Böhme und Geschke heute Nachmittag zu einem Gespräch bitten, ebenso Oberst-Gruppenführer Daluege. Als Reichskriminaldirektor bin ich dafür verantwortlich, dass die Belange der Kriminalpolizei nicht missachtet werden.« Er hielt inne, sah aus dem Fenster und ließ seinen Blick über die goldene Pracht der Dächer schweifen. »Meine Herren, das sage ich Ihnen nun ganz inoffiziell: Hitler hat Hácha angedroht, die ganze Stadt von den Deutschen evakuieren zu lassen und mit der Luftwaffe zu bombardieren. Das ist doch Irrsinn! Die Gewalt wird eskalieren, es wird sinnlose Blutopfer auf beiden Seiten geben. Die Politik verrennt sich immer weiter in Chaos und Unvernunft, während wir …«, er machte eine Geste, mit der er alle drei Anwesenden im Raum einschloss, »… jeden Tag hart daran arbeiten, die Probleme des deutschen Volkes auf saubere Art zu lösen. Wem nützt es, wenn diese wundervolle Stadt in Schutt und Asche liegt? Wissen Sie, was zurzeit an der Ostfront geschieht?«

»Die Umsiedelung der jüdischen Bevölkerung aus den Gebieten, die für Deutschstämmige vorgesehen sind«, antwortete ich. So zumindest war die offizielle Sprechweise. Ich hatte allerdings die Vermutung, mit »Umsiedelung« könnten drastischere Maßnahmen gemeint sein, als dass ein paar Kavaliere von der SS einem russisch-jüdischen Großmütterchen auf einen Planwagen halfen. Nebe stieß ein trockenes Lachen aus, was meinen Verdacht bestätigte. »Umsiedelung, ja, so nennt man es. Unsere Männer in der Wehrmacht und der SS sind dort entsetzlichen Belastungen ausgesetzt. Viele können dieser Aufgabe nicht standhalten. Sie verlieren einfach den Verstand. Manche kehren als Trinker von der Front zurück, manche sind opiumsüchtig und wieder andere verbringen ihre Tage damit, Zeitungspapier in dünne Streifen zu reißen. Wir haben von Fällen gehört, in denen Soldaten ihre Frauen oder ihre Kinder erschossen haben, einfach weil ihnen kein Grund mehr einfiel, es nicht zu tun. Sie sind so tief verfangen in ihren Erinnerungen, dass sie kaum zugänglich für Therapien sind. Ich sage Ihnen, meine Herren, drüben an der Ostfront waten die Männer in Strömen von Blut. Wir dürfen nicht zulassen, dass so etwas auch hier geschieht.«

Nebe machte eine Pause. In seinem Gesicht spiegelte sich aufrichtiges Bedauern. Ich musste mich in Nebe getäuscht haben. Dieser vernünftige Mann konnte unmöglich die Bestie sein, als die ihn die Gerüchte darstellten. Er ließ seinen Blick ein letztes Mal über die Dächer schweifen und sagte gedankenverloren, als würde er zu sich selbst sprechen: »Unsere Männer sind *Menschen*, meine Herren. Ihrer Leidensfähigkeit sind Grenzen gesetzt. Wenn sie nach ihrem Einsatz nicht mehr verwendbar und auch nicht mehr therapierbar sind, müssen sie entsorgt werden. Ist das nicht eine furchtbare Verschwendung von deutschem Leben? Das Juden- und Zigeunerproblem müssen wir auf andere Weise lösen. Auf sehr viel effizientere Weise, ohne all dieses sinnlose Blutvergießen.«

Niemand widersprach.

Nebe schüttelte uns die Hand, auch dem tschechischen Hauptmann, lobte unsere Arbeit noch einmal und verließ das Büro.

Trotz des zivilen Ausnahmezustands fand heute das Abschlusskonzert der Prager Musikwoche statt. Im Schlossgarten der Prager Burg würden deutsche Polizeikapellen für die gesamte Öffentlichkeit spielen. Das durfte sich Arthur Nebe als Direktor der Kriminalpolizei nicht entgehen lassen.

Ich reichte Šeda ebenfalls die Hand. »Ich danke Ihnen für Ihre Mitarbeit. Geben Sie die Fahndung nach Josef Valčík heraus. Belohnung von 100.000 Kronen, keinerlei Androhung von Strafe oder Repressalien.«

Šedas Kinn zuckte. Einen Moment lang sah es so aus, als wolle er etwas sagen, dann lächelte er, dass sich seine wachen Augen fast in dem Netz aus Fältchen unter den dichten Brauen verloren. Er griff nach seiner Tasche. Dabei stieß er mit der Hüfte gegen den Tisch, die Tasche kippte um, einige Bleistifte und Büroklammern prasselten auf den Boden, drei oder vier Blatt Papier segelten wie verfrühtes Herbstlaub herab. Šeda kniete sich hin, um die Gegenstände einzusammeln. Ich bückte mich, um ihm zu helfen, doch der Hauptmann wies mich zurück. »Herr Kriminalrat, ich bitte Sie, das müssen Sie nicht tun.«

Ich hatte nach all der Hilfe, die Šeda mir heute geleistet hatte, nicht das Bedürfnis, den Mann zu beschämen. Also ließ ich von meinem Vorhaben ab, während der Hauptmann mit raschen Griffen Stifte, Klammern und Blätter in die Tasche stopfte. Er erhob sich, nickte mir zu und machte sich auf den Weg, die Anordnungen auszuführen.

Als ich allein war, trat ich ans Fenster und sah hinaus. Mit den Augen folgte ich den Gleisen, die in unzähligen Verästelungen zum Hauptbahnhof führten.

Ich verstehe deine Führung nicht, aber du weißt den Weg für mich.

Ich setzte mich zurück an meinen Schreibtisch. Morgen würde ich die Augenärztin vernehmen. Mein Fuß trat unter dem Schreibtisch auf raschelndes Papier. Ich bückte mich und sah unter den Tisch. Ein zerknittertes Blatt lag dort. Hauptmann Šeda musste es übersehen haben. Ich hob es auf und betrachtete es. Auf dem Papier waren in tschechischer Sprache Aussagen von Augenzeugen am Tatort abgedruckt. Ich überflog den Text. Es handelte sich um die Beschreibung des Mannes mit dem Gipsbein, um die ich Šeda gebeten hatte. Vielleicht war das Erscheinen Arthur Nebes für den Hauptmann so verstörend gewesen, dass er vergessen hatte, mir diese Aussage weiterzugeben. Ich betrachtete das Papier genauer. Es war, anders als die übrigen Unterlagen, mehrfach zusammengefaltet worden, als habe es jemand in die Hosen- oder Jackentasche gesteckt. Das war ungewöhnlich, denn Šedas Umgang mit den Dokumenten war stets vorbildlich, keine Knicke, keine Flecken.

Ich las die Personenbeschreibung des Invaliden ein weiteres Mal durch. Wie so oft konnten sich die Zeugen in erster Linie an das eingegipste Bein und die Krücken erinnern, alles Weitere wurde von diesem aufsehenerregenden Merkmal überstrahlt. Worin die Zeugen sich einig waren, war der Umstand, dass der Mann Tscheche war. Er war mittelgroß und muskulös, die Haare vermutlich dunkel, aber das war nicht sicher. Ein Zeuge beschrieb das Gesicht als breit, mit kräftigem Kiefer und dem landestypischen breiten Schnauzbart. Der gesuchte Mann entsprach in seiner Grunderscheinung dem dunklen, gedrungenen und grobknochigen Typus von Mensch, wie er in Mähren öfter anzutreffen war und dem auch Hauptmann Šeda angehörte. Viel mehr brauchbare Einzelheiten konnte man den Aussagen nicht entnehmen. Wenn ein Mann einen auffälligen Hut trug oder an einem gut sichtbaren Gebrechen litt, das den Menschen sofort ins Auge stach, sah niemand genauer hin. Dennoch beschloss ich, eine Zeichnung nach den dürftigen Vorgaben anfertigen zu lassen, und gab die Personenbeschreibung in die Rohrpost, von wo aus sie mit gewaltigem pneumatischem Druck der kriminaltechnischen Abteilung entgegenschoss.

Montag, 1.6.1942, 13.00 Uhr

Die Fahndung nach dem Invaliden war im Lauf des Montagmorgens auf den Weg gebracht worden. Er wurde nicht als Verdächtiger gesucht, sondern als Zeuge, sodass tatsächlich Chancen bestanden, ihn ausfindig zu machen. Bis zum Mittag ging ich einigen vereinzelten Hinweisen nach, die mir zugetragen worden waren, aber sie führten allesamt ins Leere. Lange würde ich meine Katabasis in die Welt unter dem Petschek-Palast nicht mehr aufschieben können. Es waren nur wenige Treppen, die diese ganz speziellen Räumlichkeiten von den Büros und Besprechungszimmern trennten, aber ich war mir sicher, dass jedes fühlende Wesen zumindest einen Anflug von Grauen verspürte, wenn es in diese lichtlosen Tiefen hinabstieg.

Ich beschloss, zunächst zu Mittag zu essen. Ich hatte gerade eine karge Mahlzeit in einem Café in der Heinrichsgasse eingenommen – Kartoffeln und Fleisch mussten kriegsbedingt durch Steckrüben ersetzt werden, was unangenehme Erinnerungen an einen gewissen Winter in Berlin weckte – und einen Kaffee aus Zichorienwurzeln getrunken, als sich Kriminalassistent Kieser wie vereinbart zu mir gesellte. Seine Frühschicht war zu Ende und nun saß er mir gegenüber und schaufelte den faden Rübeneintopf mit jugendlichem Hunger in sich hinein. Jindřiška Nováková hatte das Haus am Samstag nicht mehr verlassen, seit sie aus dem Petschek-Palast heimgekehrt war, und auch den Sonntag hatte die ganze Familie Novák trotz des herrlichen Wetters in ihrer Wohnung verbracht. Kieser hatte heute in aller Frühe wieder die Observierung des Mädchens begonnen, denn die Schule begann zeitig im Protektorat. Weder von Jindřiška noch von ihren Eltern gab es irgendetwas Auffälliges zu berichten.

»Danke für das Buch, das Sie mir vorgestern mitgegeben haben«, sagte Wolfgang Kieser zwischen zwei Löffeln Eintopf. »Ich habe sogar schon hineingeschaut.«

Er zog eine in gelbes Leinen gebundene und schon ein wenig zerlesene Ausgabe des »Tschechisch-deutschen Gesprächsbuchs« von einem gewissen Professor Emil Smetánka aus der Tasche und legte sie neben seinen Teller auf den Tisch. Das Buch war schon vor über zwanzig Jahren erschienen, aber mir hatte es sehr geholfen. Es beinhaltete allgemeine Fragen und Redewendungen für den täglichen Gebrauch auf Tschechisch und Deutsch.

»Die Observierung des Mädchens lässt Ihnen also genug Zeit für den Spracherwerb?«

Kieser sah mich betroffen an. »Herr Kriminalrat, irgendwo da draußen halten sich mindestens drei gefährliche und tollkühne Terroristen versteckt und ich überwache ein Schulmädchen, das sich kaum auf der Straße blicken lässt. Irgendetwas muss ich ja tun, während ich mich in der Gegend herumtreibe. Ich komme mir schon vor wie einer von diesen arbeitslosen Nichtsnutzen und Drückebergern.«

Ich konnte den jungen Mann sogar verstehen. Er war erst seit wenigen Wochen beim Sabotagereferat in Prag, aber in Fürstenfeldbruck war er der Beste seines Jahrgangs gewesen und hatte hervorragende Referenzen erhalten. Er wollte der Welt, die nur auf ihn gewartet hatte, beweisen, was in ihm steckte.

»Ich kann Ihnen versichern, dass Sie nützliche Arbeit leisten«, sagte ich und versuchte, aufmunternd zu klingen.

Wes das Herz voll ist, des gehet der Mund über, hatte Jesus einmal gesagt, und bei Kieser hatte der Heiland damit ins Schwarze getroffen.

»Und erst die Langeweile, Herr Kriminalrat. Ich stehe den ganzen Tag herum und tue so, als würde ich Schaufenster betrachten, dabei gibt es überhaupt nichts Interessantes darin zu sehen.«

Ich nickte. Die politische Lage verhinderte, dass irgendetwas anderes hergestellt wurde als kriegswichtige Produkte.

»Vorhin stand ich in der Stránskéhostraße, wo die Familie Novák lebt, ganz in der Nähe vom Liebener Bahnhof. Da habe ich eine ganze Stunde lang damit verbracht, mir die Auslage von ›Františeks Anglerbedarf‹ anzusehen, dabei gab es da nur ein paar Angelschnüre, Haken und einen dieser altmodischen Schwimmer mit zerzausten Federn. Nicht zu vergessen einen staubigen ausgestopften Fisch, dem eines seiner Glasaugen fehlt.«

Ich musste wider Willen schmunzeln. Kriminalassistent Kiesers Verhalten war selbstverständlich unbotmäßig, aber mir gefiel seine Ehrlichkeit. Das war eine Eigenschaft, der man nicht mehr allzu häufig bei der Polizei begegnete. Ich glaube nicht, dass die Menschen im Sommer 1942 größere Freude am Lügen hatten als zu sonst irgendeiner Zeit, doch die ständige Kontrolle von allen Seiten brachte sie entweder zum Verstummen oder verführte sie zur Unaufrichtigkeit.

»Wenn ich wenigstens den Vater Novák observieren könnte«, seufzte Kieser.

»Es tut mir leid, Kieser, das erledigen bereits zwei Agenten des SD.« Ich lächelte wieder und deutete auf das Buch. »Vertreiben Sie sich die Wartezeit mit Professor Smetánka.«

Kieser sah mich an wie ein Kind seinen Vater, der es zu

Unrecht bestraft, wagte jedoch nicht zu widersprechen. Dienst war schließlich Dienst.

Ich verabschiedete mich und kehrte in den Petschek-Palast zurück. Diesmal ging ich nicht die drei Treppen hinauf in mein Büro, sondern zwang meine Beine, sich am Eingang nach links zu wenden. Sie trugen mich widerwillig einen holzgetäfelten Korridor entlang, an dessen Ende sich eine Tür befand. Dahinter lag ein weiterer, vom gedämpften Licht zweier Lampen erhellter Gang, der auf eine Treppe zulief. Die Treppe führte hinab in die Kellergewölbe des einstigen Bankhauses. Der Erbauer des Palasts, Julius Petschek, hatte die Mehrheit der böhmischen Kohleminen besessen. Als der alte Julius noch durch die Gänge seines Palastes geschlendert war, hatte ihn der dunkelgraue Granit, mit dem die Stahlbetonkonstruktion des Gebäudes verkleidet war, wahrscheinlich an all die Kohle erinnert, die der Ursprung seines Reichtums war. Jedem anderen Menschen musste der düstere Stein Schauer über den Rücken jagen. Ich blickte nach oben. Während die Decken im oberen Teil des Palastes hoch und stuckverziert waren, hatte man sie hier unten niedrig angelegt. Das Gebäude war in den letzten Jahren mit hochmoderner Technik ausgestattet worden, Rohrpost, Telefonanlage, Druckerei. Zahllose Rohre und Kabel liefen an der Decke entlang. Eine schmückende Verschalung wie in den Obergeschossen hatte man sich im Keller gespart. Türen mit Ornamentglasscheiben säumten den Weg. Jede von ihnen war mit einem ordentlichen Schild versehen. »Akten und Abschriften«, »Registratur«.

Linker Hand teilte sich ein weiterer Gang vom Hauptkorridor ab. Ich folgte ihm und kam an weiteren Verwaltungsräumen vorbei. »Schriftgutkataloge«. »Entsorgung«.

Der Gang endete vor einer Tür, die mit »Biographie« beschriftet war. Im Bauch des Palastes gab es elf ehemalige Tresorräume, die in das stabile Betonmauerwerk eingebaut waren. Julius Petscheks Kunden konnten dort wertvolle, aber sperrige Objekte einlagern und völlig darauf vertrauen, dass nichts und niemand das Souterrain ohne Befugnis verlassen würde. Jeder dieser begehbaren Tresore war zwei mal zwei Meter groß. Hinter der Tür mit der Aufschrift »Biographie« befand sich ein kleiner Raum ohne Fenster, der einzig mit zwei Holzstühlen und einem schlichten Schreibtisch möbliert war. Von anderen Tischen unterschied sich der Schreibtisch dadurch, dass Befestigungsbolzen für Handschellen wie stählerne Fingerknöchel aus seiner Platte herausragten. Der Tisch war leer bis auf einen ordentlich zusammengelegten Stapel Kleider und ein Paar Schuhe. Der Boden war mit kleinen hellen und dunklen Fliesen so gekachelt, dass ein vielsagendes Gittermuster vor den Augen des Betrachters entstand. Ein kalter Hauch strich über den Ansatz meiner Wirbelsäule. Am anderen Ende des Verhörzimmers befand sich ein Gang, von dem aus man die elf Tresorräume erreichte. Ein Schild warnte in großen roten Buchstaben: »Achtung! Pozor!« Darunter, in beiden Sprachen, der Text: »Häftlinge, die sich in diesem Raum unerlaubt unterhalten, werden mit 3-tägigem Essensentzug und 3 Tagen Stehen bestraft.« Die Drei war jeweils in unmissverständlichem Rot hervorgehoben worden.

Ich klopfte an die Tür des dritten Tresorraumes, was im Grunde sinnlos war, da man die Tür natürlich nicht von innen öffnen konnte. Ich betrachtete es als einen Akt der Höflichkeit. Dann holte ich den entsprechenden Schlüssel aus der Tasche und schloss auf. Der winzige Raum hinter der Tür bot gerade so viel Platz, dass eine schmale hölzerne Liege hineinpasste. Die Wände waren kahl und von schmierigem Grau. Eine nackte Glühbirne erhellte die fensterlose Zelle. Auf dem Rand der Liege saß die Besitzerin des Kleiderstapels. Sie trug einen grauen Gefängniskittel und Filzschuhe, doch ihre Haltung war ganz und gar nicht die einer Gefangenen. Dr. Milada Frantová erhob sich von ihrer Pritsche und sah mich durchdringend an. Sie war einige Jahre älter als ich, klein und ein wenig stämmig. Ihr kastanienbraunes lockiges Haar war zu einem schlichten Knoten am Hinterkopf zusammengefasst, ihre Haut erschien fein wie Seidenpapier. Sie sagte kein Wort, aber ihre hellgrauen Augen schienen Funken zu sprühen.

»Frau Dr. Frantová, würden Sie mir bitte folgen«, sagte ich so geschäftsmäßig wie möglich, als sei es etwas ganz Alltägliches, dass man sich in einer engen Gefängniszelle gegenüberstand. Sie trat aus der Zelle in das Zimmer mit dem Schreibtisch, auf dem ihre Kleider lagen.

»Nehmen Sie doch Platz«, sagte ich und wies auf einen der Holzstühle. Ich selbst setzte mich auf den Stuhl auf der anderen Seite des Schreibtisches. »Ich bin Kriminalrat Heinz Pannwitz.« In der schmalen Akte der Augenärztin hatte ich gelesen, dass sie vor vier Jahren über Veränderungen der Netzhaut und des Sehnervs bei verschiedenen Formen von Hypertonie promoviert hatte. Ihre Arbeit galt als richtungsweisend. Sie hatte eine moderne chirurgische Praxis in der Prager Kleinseite, die auch von Deutschen besucht wurde. Es war mir nicht nur zutiefst unangenehm, diese Frau in Häftlingskleidung zu sehen. Es war mir schlicht unmöglich. Ich erhob mich wieder und sagte: »Bitte kleiden Sie sich um. Sobald Sie so weit sind, folgen Sie mir hinaus. Ich warte im Gang auf Sie.«

Ich spürte ihren überraschten Blick im Rücken, als ich das Verhörzimmer verließ. Ich trug den Zeitpunkt ihrer Entlassung in die Liste ein, setzte meine Unterschrift darunter und informierte den diensthabenden Beamten, der die Aufsicht über die Tresorräume hatte. Nach einigen Minuten trat Milada Frantová auf den Gang. Sie trug nun ein helles, durchgeknöpftes Blusenkleid mit eingewebten Streifen und eine zierliche Damenuhr am Handgelenk. Um den Kopf hatte sie ein schmales hellgelbes Seidentuch gebunden, das in den Haarknoten verflochten war und die einzelnen Locken zurückhielt, die sich gelöst hatten. Trotz ihrer fünfunddreißig Jahre sah sie damit aus wie ein junges Mädchen.

»Ich bin so weit«, sagte sie und zog die Tür hinter sich geräuschvoll ins Schloss. Sie versuchte, möglichst forsch aufzutreten, aber ich nahm ein leichtes Zittern ihrer Stimme wahr. »Wohin bringen Sie mich?«

Milada Frantová war gebürtige Schlesierin und sprach hervorragendes Deutsch, obwohl ihre Muttersprache Polnisch war. Sie war mit einem tschechischen Professor für Augenheilkunde verheiratet, der an der Universität von Königgrätz lehrte und wegen seiner Nähe zur *Sokol-Bewegung* und einer nicht näher bestimmten Mitarbeit im sogenannten *Petitionsausschuss Wir bleiben treu* seit April im Theresienstädter Polizeigefängnis saß. Dieser Petitionsausschuss galt als subversive Organisation, die möglicherweise mit der Beneš-Regierung in Kontakt stand und illegale Schriften herausgab.

»Ich möchte Sie bitten, mich in mein Büro zu begleiten. Sie sind eine Zeugin, deren Aussage ich aufnehmen will.«

Sie zeigte mir ein so hartes Lächeln, dass ich fast vor ihr zurückgewichen wäre. »Sperren Sie Ihre Zeugen immer in diese Kammer, bevor Sie sie vernehmen?«

»Nein«, sagte ich knapp und ging den Korridor zur Treppe entlang. Sie folgte mir schweigend, bis wir in meinem Büro angelangt waren.

Milada Frantová blieb auf der Schwelle des weitläufigen Raumes stehen. Die Größe und die üppige Dekoration des Büros schienen sie zu verunsichern. Ich winkte sie zu mir und bedeutete ihr, Platz zu nehmen.

»Ich möchte mich bei Ihnen für die Unannehmlichkeiten entschuldigen.«

»Es war in der Tat sehr unangenehm, als mich die SS aus meiner eigenen Praxis abgeführt und in diese Zelle gesteckt hat«, sagte sie. »Haben Sie diese Pritsche jemals ausprobiert? Ich würde sie Ihnen jedenfalls nicht empfehlen.«

Ich musste mir Mühe geben, ein Lächeln zu unterdrücken. Dr. Frantová nahm kein Blatt vor den Mund. Ich ging jedoch nicht auf ihre Bemerkung ein, sondern zog einige Papiere aus einer Mappe.

»Erzählen Sie mir von dem Mann, den Sie am vergangenen Mittwoch behandelt haben.«

»Darf ich bitte rauchen.« Es war weniger eine Frage als eine Feststellung, sie wartete meine Antwort nicht ab, sondern zog ein silbernes Zigarettenetui aus ihrer Brusttasche. Seit 1938 war das Rauchen in öffentlichen Gebäuden, insbesondere für Frauen, untersagt. Deutsche Ärzte hatten einen Zusammenhang zwischen Tabakkonsum und Herz- sowie Lungenkrankheiten zweifelsfrei nachweisen können. Sogar in den Prager Straßenbahnen hatte die Reichsführung das Rauchen verboten, um die jungen tschechischen Schaffnerinnen vor den Auswirkungen der Gifte zu schützen. Der Führer selbst hielt den Tabak für die Rache der Rothäute am weißen Mann und für den Sargnagel der Volksgesundheit.

»Natürlich.«

Ich holte ein mit blauer Emaille verkleidetes Feuerzeug aus der Schreibtischschublade und gab ihr Feuer. Sie sog den Rauch tief ein und stieß ihn wieder aus.

»Ich habe bereits alles, was ich weiß, den Herren vom Sicherheitsdienst erzählt«, sagte Milada Frantová, »und in der Folge haben mich dieselben Herren vor den Augen meiner Patienten verhaftet. Ich habe meiner Aussage nichts hinzuzufügen.« Sie presste kurz die Lippen zusammen und bemühte sich, trotzig auszusehen. Ich hatte durchaus Verständnis für ihre Reaktion. Hier ging es allerdings um Wichtigeres als den persönlichen Stolz einer Zeugin, die ein paar unangenehme Nächte verbracht hatte.

»Sie müssen auch nichts hinzufügen. Berichten Sie mir einfach von dem Mann mit der Augenverletzung. Danach steht es Ihnen frei, nach Hause zu gehen. Wenn Sie allerdings Bedenkzeit brauchen, lasse ich Sie gerne in die Zelle zurückbegleiten.«

Ich war nie ein besonders guter Lügner gewesen, aber für Milada Frantová, die an diesem Nachmittag mit Sicherheit noch die harten Holzbretter der Pritsche im Rücken spürte, reichte es aus. Sie bedachte mich mit einem Blick, halb prüfend, halb verächtlich, der mich noch lange verfolgen würde.

»Am vergangenen Mittwoch, es muss kurz nach eins gewesen sein, kam ein Mann in meine Praxis. Ein Notfall. Er hielt sich ein Taschentuch vor sein Auge. Meine Helferinnen sahen das Blut und brachten den Mann sofort zu mir. Er sagte, er sei Eisenbahner und habe einen Unfall mit einem explodierenden Dampfkessel gehabt. Die Augeninnenstruktur war beschädigt und die Augenwand angeschnitten. Einen Teil des Glaskörpers musste ich entfernen. In der Wunde waren Metallsplitter und Rußpartikel, die ich beseitigt habe. Danach habe ich die Wunde mit Jodtinktur behandelt und ihm Bettruhe verordnet. Er hat eine Bescheinigung über einen Dienstunfall erhalten und ist gegangen.«

»Auf welchen Namen?«

»Ludvik Cupal«, sagte sie für meinen Geschmack etwas zu schnell.

»Für welchen Dienstherren haben Sie die Bescheinigung ausgestellt?«

Mit dieser Frage schien ich sie überrascht zu haben. Sie zog einen zierlichen Aschenbecher aus ihrer Tasche, klappte ihn auf und drückte ihre Zigarette darin aus. Auf dem Deckel war ein in Pastellfarben gemaltes Idyll zu sehen, auf dem zwei junge Mädchen vor einer sonnenbeschienenen Landschaft mit weißen Zicklein spielten.

»Herr Cupal gab an, dass er bei der Protektoratsbahn Böhmen und Mähren angestellt sei.«

»Konnte er das in irgendeiner Form nachweisen? Hatte er einen Ausweis oder Ähnliches bei sich?« Aus dem Protokoll der ersten Befragung durch den Sicherheitsdienst war nichts von einem Ausweis zu ersehen und ich fragte mich, ob sich eine kluge Frau wie Milada Frantová wirklich so einfach hinters Licht führen ließ.

Milada Frantová sagte so nachsichtig, als würde sie mit einem kleinen Kind sprechen: »Angesichts seiner blutigen Eisenbahnerkleidung und den rußbeschmierten Händen hielt ich es für erwiesen genug, dass es sich um einen Beschäftigten der Bahngesellschaft handelte, der dringend Hilfe benötigte.«

»Er trug Eisenbahnerkleidung?« Ich war verblüfft. Davon stand nichts im Protokoll. »Wieso haben Sie das nicht bei der ersten Vernehmung gesagt?«

»Mich hat niemand danach gefragt, wie er aussah oder welche Kleidung er trug.«

Ich brauchte einen Augenblick, um meine Fassungslosigkeit zu überwinden. Der verwundete Attentäter hatte sich, nachdem er das Fahrrad vor dem Schuhgeschäft Baťa abgestellt hatte, in einem der Häuser im allernächsten Umkreis eine Verkleidung besorgt, bevor er Dr. Frantovás Praxis auf der Kleinseite besucht hatte.

Milada Frantová zog eine weitere Zigarette aus dem Etui und ließ sich Feuer geben. Tabak war knapp und streng rationiert. Ihre Nerven mussten sehr angespannt sein, wenn sie gleich zwei Zigaretten auf einmal rauchte. Sie beantwortete noch einige Fragen, was keine neuen Erkenntnisse brachte, setzte ihre Unterschrift unter das Protokoll und wollte gerade aufstehen, als ich fragte: »Wie stehen Sie persönlich zu dem Attentat?«

Milada Frantová erstarrte in der Bewegung. »Wie bitte?«

»Wie stehen Sie persönlich zu dem Attentat?«, wiederholte ich. Sie ließ sich zurück auf den Stuhl sinken und seufzte leise, als wollte sie ausdrücken, dass sie von Anfang an gewusst hatte, dass dieses Gespräch eine Falle war.

»Ihr Ehemann ist im Gefängnis, weil er dem *Sokol* nahesteht und in einer Sabotagegruppe mitgewirkt hat. Sie müssen doch eine Meinung dazu haben.«

»Hören Sie, Herr Kriminalrat Pannwitz«, begann sie, »dieses Attentat hat unübersehbare Folgen für uns alle. Es wird nicht nur Hunderte von Menschenleben kosten, sondern es gefährdet die politischen Häftlinge, die man als Geiseln hält.« Sie rang sichtlich um Fassung, bis sie fortfahren konnte: »Häftlinge wie meinen Mann.« Sie gab ein ersticktes Geräusch von sich und presste eine kleine weiße Hand auf ihren Mund.

»Ich werde Sie nach unten begleiten«, sagte ich nach einer Weile und reichte ihr ein Papiertaschentuch.

Sie nickte, nahm das Taschentuch und knetete es in ihren Händen. Sie war nervös. Vielleicht glaubte sie immer noch an eine Falle, aber ich hatte nicht vor, sie wieder in eine Zelle zu sperren. Dass sie mit den Attentätern gemeinsame Sache gemacht hatte, erschien mir unwahrscheinlich. Für sie stand zu viel auf dem Spiel. Ich legte ihr ein weiteres Formular vor, mit dem sie den Erhalt ihrer persönlichen Gegenstände quittierte und half ihr aufzustehen. Sie sah mich an und die Andeutung eines Lächelns spielte um ihre Mundwinkel, bevor sie es verhindern konnte. Wir verließen das Büro und stiegen die Treppen hinab zum Haupteingang. Unter dem Kristallleuchter, der an der dunklen Holzdecke im Foyer schwebte, streckte ich ihr die Hand entgegen.

»Frau Dr. Frantová, bitte halten Sie sich für weitere Befragungen zur Verfügung.«

Ihre Augen leuchteten belustigt auf und auf einmal waren mir diese hölzernen Worte ein wenig peinlich. Sie schien meine Verlegenheit zu bemerken, ergriff meine Hand und drückte sie kurz.

»Auf Wiedersehen, Herr Kriminalrat«, sagte sie und wandte sich zum Gehen.

Ich sah ihr nach, wie sie die Bredauer Gasse entlangging und in die Heinrichsgasse abbog, wo sie aus meinem Blickfeld verschwand. Ich würde eine Observierung Frantovás anordnen, glaubte aber nicht, dass diese zu neuen Erkenntnissen führen würde. Falls sie mit den Attentätern in Kontakt stehen sollte, würde sie jetzt kein Risiko mehr eingehen.

In meinem Büro füllte ich den Rest des Tages verschiedene Formulare aus, dann schloss ich die Tür ab und tauschte die Einsamkeit des Petschek-Palastes mit der Einsamkeit meiner Wohnung in der Kopenhagener Straße.

Dienstag, 2.6.1942, 10.00 Uhr

Dr. Gebhardt trat unbehaglich von einem Fuß auf den anderen. Auf seiner Stirn glänzte Schweiß und unter seinen Augen hingen schwere Tränensäcke. Er sah aus, als hätte er keine gute Nacht gehabt. Er hatte sogar sein Hemd unter dem Kittel schief zugeknöpft. Ich versuchte, nicht allzu auffällig hinzusehen. Heute begleitete mich Hauptmann Šeda ins Bulovka-Krankenhaus. Der Pförtner Chvalkovský hatte mich am Morgen angerufen und berichtet, dass die deutschen Ärzte auf der chirurgischen Station sehr besorgt aussahen. Damit hatte Chvalkovský eindeutig recht.

Dr. Gebhardt fuhr sich durch das spärliche Haar. »Spricht der da Deutsch?«, fragte er und machte mit dem Kinn eine Bewegung in Šedas Richtung, der taktvoll etwas abseits an der Tür der Chirurgie stand.

»Sogar hervorragend.«

»Er soll draußen warten«, sagte Gebhardt. »Diese Abteilung ist momentan nur für Deutsche zugänglich.«

»Der Hauptmann ist mein Kollege«, gab ich zurück. »Befürchten Sie, er könnte eine Gefahr für General Heydrich darstellen?«

»So sind nun mal die Vorschriften«, sagte Gebhardt. »Ich habe sie nicht gemacht. Außerdem ...«, er senkte die Stimme, sodass nur ich ihn hören konnte, »... sind diese Informationen nicht für seine Ohren oder die irgendeines Tschechen bestimmt.«

Es war nutzlos, mich an dieser Front aufzureiben. Ich wandte mich an Šeda: »Würden Sie uns wohl einen Augenblick entschuldigen?«

Der Hauptmann bedachte mich mit einem Blick, der ziemlich nahe an Geringschätzung herankam, befolgte aber die Anweisung.

Gebhardt wartete, bis sich die Milchglastür der Chirurgie hinter Šeda geschlossen hatte, und sagte: »Der Zustand des Reichsprotektors hat sich heute früh plötzlich verschlechtert.«

Eine kalte Faust legte sich um meinen Magen und drückte zu.

»Wie sehr verschlechtert?«

»Erheblich verschlechtert. Er hat wieder Fieber bekommen. Gestern ging es ihm den Umständen entsprechend gut. Wir haben uns sogar über klassische Musik unterhalten. Wussten Sie, dass er mit der Gattin von General Canaris Geige gespielt hat? Eine ganz bezaubernde Dame. Heinrich, der nicht nur mein Patient, sondern im Übrigen auch ein sehr enger Freund ist, hat sie mir vorgestellt.« Ich antwortete nicht und Gebhard fuhr fort: »Heute Morgen jedoch stieg die Temperatur des Reichsprotektors besorgniserregend an. Ich habe die Befürchtung, dass eine Entzündung im Bauchraum entstanden sein könnte, ein sogenanntes ›Gangrän‹.«

»Was bedeutet das, Herr Professor?«

»Für Laien gesprochen könnte man sagen, dass es sich um eine Art Wundbrand handelt«, sagte Gebhardt. »In seiner Wunde waren unzählige winzige Haare. Tierhaare, wie es scheint.«

Ich dachte an den Schleier aus Rosshaarstaub aus der Polsterung, den ich am Tatort auf Heydrichs Auto bemerkt hatte.

»Wie behandeln Sie diese Komplikation für gewöhnlich?«

»Üblicherweise sind die Extremitäten von Gangränen betroffen, also Hände, Füße oder Ohren. Ich hatte auch schon mal eine Nase, die …«

»Herr Professor, bitte beantworten Sie die Frage.«

Gebhardt hob die Augenbrauen. Er war es offensichtlich nicht gewöhnt, von unbedeutenden Beamten unterbrochen zu werden.

»Also gut. Im Regelfall behandeln wir Wundbrand mit Resektion, also Entfernung des betroffenen Gewebes, oder Amputation, wenn die Erkrankung zu weit fortgeschritten ist.«

»Im Bauchraum?«, fragte ich langsam.

»Im Bauchraum ist eine Amputation natürlich nicht möglich«, sagte Gebhardt unbehaglich.

»Was tun Sie denn jetzt in diesem Moment gegen die Entzündung?«

Gebhardt presste die Lippen zu blutleeren Strichen zusammen. Diese Fragerei schien für ihn an Majestätsbeleidigung zu grenzen.

»Momentan können wir gar nichts anderes tun, als auf die Kraft und Zähigkeit des Reichsprotektors zu vertrauen. Möglicherweise kann ein Aderlass …«

Ich musste mich zusammenreißen, um den Arzt nicht am Kragen seines Kittels zu packen und so zu schütteln, dass ihm die kleine goldene Drahtbrille von der Nase fiel.

»Was ist mit Dr. Dicks Mittel? Diese Substanz, die gegen Entzündungen helfen soll?«

Gebhardt sah mich entrüstet an. »Hören Sie mal, Sie Zivilist«, schnappte er, als sei das eine Beleidigung, »bleiben Sie mal schön bei Ihren Leisten. Ich habe mich immer gegen den Einsatz von Therapeutika ausgesprochen, die den Zustand des Patienten bestenfalls verschleiern. Diese

Sulfonamide sind nicht ausreichend erforscht und ihre Wirkung nicht zweifelsfrei belegt. Der Reichsprotektor ist doch kein Versuchskaninchen für obskure chemische Substanzen, die vielleicht mehr Schaden anrichten als Nutzen bringen. Heinrich hat für Ende des Jahres eine Versuchsreihe an polnischen Häftlingen angeordnet. Bis dahin werde ich den General auf die konservative Art und Weise behandeln.«

»Sie tun also nichts«, fasste ich zusammen, »Sie warten einfach ab, ob er überlebt oder nicht. Haben Sie denn noch keinen Gedanken an die Folgen verschwendet, falls Heydrich stirbt?«

»Der Reichsprotektor ist zäh wie Leder, Herr Kriminalrat. Er ist mehrfach mit dem Flugzeug abgestürzt und hat jedes Mal überlebt. Heinrich hat allerdings richtigerweise bemerkt, dass ein Mann, der wie Erzherzog Franz Ferdinand mit offenem Verdeck durch eine von verrückten Slawen bevölkerte Stadt fährt, möglicherweise auch wie Franz Ferdinand zu Tode kommt.«

»Der Anschlag von Sarajevo hat den verheerendsten Krieg der Menschheitsgeschichte ausgelöst, Dr. Gebhardt. Vielleicht sollten Sie diesen Umstand in ihre Überlegungen miteinbeziehen.«

Gebhardt rümpfte die Nase, als hätte ich ihm einen zutiefst anstößigen Vorschlag unterbreitet. »Die Politik sollte weder Sie noch mich kümmern, Herr Kommissar. Sie fangen die Attentäter, ich versorge den General. Ich bin davon überzeugt, dass jeder von uns dabei sein Bestes gibt.«

Sein Gesichtsausdruck ließ keinen Zweifel daran, dass er zumindest in meinem Fall tatsächlich überzeugt war. Vom Gegenteil.

Ich verschwendete kein weiteres Wort an Gebhardt, ging

an ihm vorbei auf das Krankenzimmer des Reichsprotektors zu, überhörte das Keifen des Arztes und blieb erst stehen, als ich die bewaffneten SS-Männer erreichte, die vor Heydrichs Zimmer standen. Ich wies mich aus und zeigte ihnen ein von Staatssekretär Frank unterzeichnetes Dokument, das mich berechtigte, jede Tür im Protektorat zu öffnen. Dr. Gebhardt war mir zeternd gefolgt.

»Bitte, Herr Doktor, warten Sie einen Moment hier draußen, ich muss eine dringende Befragung durchführen.«

»Sie können doch nicht einfach …«, setzte Gebhardt an, aber ich hatte die Hand bereits auf der Klinke des Krankenzimmers. »Heinrich, mein Patient und alter Freund, hat seinen Besuch für heute angekündigt und er wird sehr ungehalten sein, wenn der General durch Ihre Befragung zu erschöpft für eine Unterredung ist.«

»Ich verspreche Ihnen, den General nicht mehr als unbedingt nötig zu beanspruchen. Sie lassen mich meine Arbeit tun und ich lasse Sie, ohne weitere Widerworte, die Ihre erledigen.«

Gebhardt gab sich geschlagen. »In genau fünf Minuten werde ich Sie aus dem Krankenzimmer entfernen lassen«, sagte er grimmig und wandte sich ab. Mit wehenden Kittelschößen, die seine ganze Empörung ausdrückten, schritt er den Gang hinunter. Ich trat ein und zog die Tür leise hinter mir zu.

Das Krankenzimmer war vollkommen in Weiß gehalten. Weiße Vorhänge bauschten sich vor dem übermalten Fenster. Ein schmaler Streifen unbemaltes Glas ließ Sonnenlicht hereinfallen, in dem Staubkörnchen tanzten. Auf dem mit weißen Laken überzogenen Bett lag ausgestreckt der lange Körper Heydrichs. Er war mit einem durchgeschwitzten Leintuch zugedeckt. Sein Gesicht war kalkweiß bis auf zwei fiebrige rote Stellen auf den Wangen, die Augen geschlossen, der Mund unter Schmerzen angespannt. Als ich vorsichtig neben das Bett trat und überlegte, wie ich den General auf angemessene Weise wecken sollte, öffnete der Reichsprotektor die Augen.

»Pannwitz, ich hoffe, Sie sind hier, um mir mitzuteilen, dass Sie die Kerle erwischt haben«, sagte Heydrich. Seine Stimme klang dünn und brüchig.

»General, es tut mir leid, wir …«, begann ich, doch Heydrich unterbrach mich.

»Das war ein Scherz, Pannwitz. Glauben Sie etwa, ich wäre nicht der Erste, der davon erfahren würde?«

»Selbstverständlich, General«, antwortete ich. Heydrich galt als der bestinformierte Mann im ganzen Reich und es hätte mich nicht verwundert, wenn er die Attentäter sogar vom Krankenbett aus zur Strecke gebracht hätte, wenn er in einem besseren Zustand gewesen wäre. Jedoch hielten das Morphium und das Fieber den Reichsprotektor in unerbittlicher Umklammerung.

»Ich habe eine Blutvergiftung, Pannwitz. Die Engländer haben ein Mittel dagegen, das aus Schimmelpilzen hergestellt wird. Sie benutzen es in ihren Lazaretten. Jeder Deutsche würde lieber sterben, als sich Moder und Schimmel einzuverleiben.«

Ich war mir darüber nicht allzu sicher, wenn ich an die Menschen dachte, die sich mit eitrigen Stümpfen auf besudelten Laken wälzten und vor Schmerzen schrien, bis ihnen die Stimme versagte und die winzigen Blutgefäße im Augapfel platzten, während sie bei lebendigem Leib von Bazillen verdaut wurden. Dennoch nickte ich und Heydrich fuhr fort: »Abgesehen davon, dass ich so etwas nicht einnehmen würde, würden es uns die Engländer wohl kaum zur Verfügung stellen. Neurath hätten sie es bestimmt mit einer Schleife drumherum geschenkt, aber mir?«

»Vermutlich nicht, General.«

»Ich werde sterben, oder?«, fragte Heydrich.

Ich schwieg. Mir fiel nichts ein, was ich sagen konnte. Ein Mensch wie Heydrich musste sich für unsterblich halten.

»Ich werde wirklich sterben«, wiederholte Heydrich mit ungläubigem Staunen. Traurigkeit legte sich über sein Gesicht. Ohne ihn konnte sich die Welt nicht weiterdrehen. In seinem tiefsten Inneren musste er überzeugt davon sein, dass Gott das Universum für ihn, Heydrich, erschaffen hatte und dass es nun mit ihm zugrunde gehen musste. Alle anderen – ich, Lina, die Attentäter und sogar Hitler – waren nur Statisten und die Traurigkeit, die Heydrich empfand, galt weniger ihm selbst als der gesamten Realität, die aufhören würde zu existieren.

»Ich hätte sie alle auslöschen sollen«, sagte Heydrich gedankenverloren, als spräche er zu sich selbst.

»General, sprechen Sie mit mir über den Tag des Attentats. Jeder Hinweis von Ihnen könnte von höchster Bedeutung sein.«

»Es war so ein schöner Morgen«, sagte Heydrich so leise, dass ich mich zu ihm hinunterbeugen musste. Seine Augen hatten einen glasigen Ausdruck angenommen. Das Fieber stieg offenbar weiter an. »Ich wusste, dass es passieren würde, aber warum musste es ausgerechnet an diesem Morgen sein? Meine kleine Silke … sie hat meinen Revolver geladen, wussten Sie das? Vielleicht hat er deswegen versagt. Sie ist so ein begabtes Mädchen, aber gerade erst drei Jahre alt geworden.«

»Sie wussten, dass es passieren würde? Wie meinen Sie das?« Meine Nerven spannten sich an und begannen zu summen.

»Der Sicherheitsdienst hat vor zwei Wochen eine Übertragung abgefangen. Hat Böhme darüber berichtet?«

»Mit keinem Wort, General. Was für eine Übertragung?«

Heydrich schloss die Augen und atmete flach. Ich war kurz davor, den Reichsprotektor unbotmäßig am Arm zu rütteln, um ihn aufzuwecken, doch Heydrich sprach mit geschlossenen Augen weiter. Die Haut seiner Lider war wächsern und beinahe durchsichtig, sodass man die winzigen Blutgefäße darunter erkennen konnte.

»Gut. Ich hatte Böhme untersagt, irgendwem darüber Meldung zu machen. Es war ein Funkspruch an Beneš' Leute aus dem Bezirk Chrudim bei Königgrätz. Irgendwo dort haben die Tschechen einen Sender versteckt. Die Nachricht stammte von einem Mann mit dem Decknamen Jindra. Darin warnt er Beneš vor einem Attentat auf einen gewissen ›H‹.« Heydrich gab ein keuchendes Lachen von sich, das in ein qualvolles Husten überging. »Mit ›H‹ dürfte ich gemeint sein, das ist nun erwiesen.«

Ich musste mich am Bettgestell festhalten. Der Raum um mich herum schwankte.

»Wer weiß noch von diesem Funkspruch?«

»Nur Böhme und eine Handvoll seiner Leute, alles kleine Lichter«, murmelte Heydrich. Er war kurz davor, das Bewusstsein zu verlieren. »Hitler sollte es auf keinen Fall erfahren, sonst hätte ich das Verdeck geschlossen halten müssen, verstehen Sie?«

Ich verstand sehr gut. Dieser Mann hatte sein Leben riskiert, um im Auto die Frühsommersonne genießen zu können. Das war ihm unbenommen. Dass er damit gedankenlos das Leben Tausender Menschen im Protektorat verspielt hatte, ließ mich vor Zorn erblassen. Heydrich öffnete die Augen ein wenig. Um seine Lippen spielte ein Lächeln von einer solchen Bösartigkeit, dass ich zurückwich. Heydrich hatte gewusst, dass es früher oder später geschehen würde. Er hatte es geradezu herausgefordert, indem er sich ohne Schutz durch das Protektorat bewegte. Es war ganz sicher nicht Gedankenlosigkeit gewesen, wie ich eine Sekunde zuvor geglaubt hatte. Es war sein Spiel und er gewann am Ende immer, selbst wenn er dabei umkam. Das Blutopfer der Tschechen würde von so gewaltigem Ausmaß sein, dass sie sich wünschen würden, er wäre noch am Leben.

Heydrich kicherte tonlos. »Ich sehe, Sie verstehen.«

Dann schloss er die Augen und fiel in einen Schlaf, der ihn irgendwo auf die fadendünne Grenze zwischen Leben und Tod entführte, während das berühmte eiserne Herz in seiner Brust das schwärende Gift durch das Netz der Adern pumpte und in jede einzelne Faser seines Körpers presste. Ich befürchtete, dass dem General bald ein paar unangenehme Einsichten kommen würden, was seine Unsterblichkeit betraf. Einsichten, die eigentlich auf der Hand liegen sollten.

»General, wissen Sie mehr über diesen Jindra?«, fragte ich, obwohl ich wusste, dass Heydrich nicht antworten würde. Ich blieb eine Weile am Bett stehen und betrachtete das lange blasse Gesicht und den Brustkorb des Reichsprotektors, der sich unter dem feuchten Laken krampfhaft hob und senkte. Gott musste sich zweifellos in einem Dilemma befinden. Er konnte weder zulassen, dass ein Mensch wie Heydrich lebte, noch, dass er starb. Beide Möglichkeiten würden für immer mehr Blutvergießen sorgen.

Dienstag, 2.6.1942, 15.00 Uhr

Ich saß allein in meinem Büro und starrte auf die Stapel von Papieren, die auf der glänzenden Platte des wuchtigen Tisches lagen. Von seinem Gemälde aus blickte der heilige Wenzel gleichmütig auf das Treiben der Sterblichen hernieder. Ab und zu las ich eine Zeile und versuchte, mich auf ihren Inhalt zu konzentrieren, doch es gelang mir nicht. Ich hatte immer geglaubt, dass meine beste Eigenschaft darin bestand, warten zu können und den Überblick zu behalten. Wenn ich den Überblick hatte, verlieh dies der Welt den Anschein von Ordnung. Nun aber begannen die Dinge, an den Rändern unscharf zu werden, sie fransten aus und alles wurde fadenscheinig. Wenn man den Überblick verlor, wurden aus dem Wald, den man sah, nur Bäume, oder schlimmer, ein Gewirr aus Ästen, Zweigen und Blättern, die wild durcheinanderwuchsen. Wenn Heydrich tatsächlich starb, würde es zu einer Katastrophe kommen, so viel war klar. Die Ermittlungen traten auf der Stelle. Das Attentat war vor sechs Tagen verübt worden. Die Observierung der Mädchen, die möglicherweise das Damenfahrrad weggeschoben hatten, sowie ihrer Familien hatte bislang nichts ergeben. Der blonde Mann auf dem Foto, das man bei Morávek gefunden hatte, war zwar dem Namen nach bekannt, jedoch nicht aufgespürt worden. Ich war mir beinahe sicher, dass es sich bei Josef Valčík um einen dritten Attentäter handelte. Heydrichs Chauffeur Klein hatte ausgesagt, unmittelbar vor dem Anschlag Lichtreflexionen bemerkt zu haben, wie von einem Taschenspiegel oder dem Glas einer Uhr, und zwar etwa an der Stelle, an der die alte Dame, Anna Schieblová, ihren ehemaligen Gerber gesehen hatte. Die Spur des verletzten Attentäters mit den Granaten in der Aktentasche verlor sich, nachdem er sich von Milada Frantová hatte behandeln lassen. Die Verwaltung der Protektoratsbahn wusste nichts von einem Mitarbeiter, der am Mittwoch einen entsprechenden Dienstunfall erlitten hatte. Wohin der Terrorist mit der Sten Gun geflüchtet war, mochte Gott allein wissen, ich wusste es nicht. Mit Sicherheit gab es einen geheimen Unterschlupf irgendwo in der Stadt, in dem die Attentäter saßen und abwarteten. Ich glaubte nicht, dass sie damit gerechnet hatten, nach dem Anschlag überhaupt noch am Leben zu sein. Es war ein Selbstmordkommando gewesen, geboren aus Tollkühnheit und Verzweiflung. Nun warteten sie auf die unverhoffte Gelegenheit, der Polizei doch noch zu entkommen. Ich hätte dasselbe getan. Auf das Gutheißen des Attentats stand mittlerweile die Todesstrafe, aber ich konnte nicht umhin, die Männer für ihren Mut und ihre Nervenstärke zu bewundern. Sie hatten gewusst, dass die Reise von England nach Prag ihre letzte sein würde, und dennoch hatten sie nicht gezögert, ihr Leben zu opfern. In dieser Hinsicht erinnerten sie mich an Dietrich.

Was die übrigen Spuren betraf, war die Polizei nicht weitergekommen. Der Invalide mit dem Gipsbein, der vielleicht nähere Angaben zu den Attentätern hätte machen können, schien wie vom Erdboden verschluckt zu sein. Die Überprüfung der Prager Kunsthandwerker, die Perlmutt verarbeiteten, war ebenso ergebnislos verlaufen wie die der wenigen Hinweise, die aus der Bevölkerung eingegangen waren. Bei einer Belohnung dieser Größenordnung wären in Berlin um die einhunderttausend Meldungen gemacht worden. Das tschechische Volk hingegen war bis ins Kleinste informiert und zur Mithilfe aufgefordert, aber es hatte bisher größtenteils geschwiegen. Meine speziellen Freunde wie Pepík, der Zeitungshändler, bestätigten meine Befürchtung, dass die Menschen im Protektorat zutiefst verängstigt waren von der höllischen Begleitmusik, welche die Verhängung des Standrechtes darstellte. Wer würde es mehrere Tage nach dem Attentat wagen, sich bei der Polizei zu melden? Jeder, der jetzt noch etwas über die Attentäter zu sagen hatte, würde sich schneller in der *Biographie* wiederfinden, als er »Heil Hitler« sagen konnte.

Ich strich mir mit der Hand über die Wange. Sie fühlte sich rau an. Das Schlimmste an diesem Nachmittag jedoch war, dass Standartenführer Horst Böhme weder im Hauptquartier von SS und SD in der Nürnberger Straße noch im Černín-Palast erreichbar war. Ich hatte jeweils Nachrichten mit der dringenden Bitte um Rückmeldung hinterlassen, aber Böhme würde sich genau dann melden, wenn es ihm selbst passte. Ich zögerte, Frank oder Daluege über die abgefangene Übertragung in Kenntnis zu setzen, bevor ich nicht mehr darüber wusste. Selbstverständlich würde Böhme alles abstreiten, allerdings war ich mir sicher, dass er sich durch seine Reaktion in irgendeiner Weise verraten würde. Böhme war nicht besonders klug und auch nicht besonders vorsichtig – jedenfalls glaubte ich das damals. Wenn die Reichsführung von dem Funkspruch über das geplante Attentat erfuhr, würden nicht nur tschechische, sondern auch eine Menge deutsche Köpfe rollen, allen voran Horst Böhmes. Der Agent mit dem Decknamen Jindra hatte sich gegen Beneš' Plan gestellt, sich aber nicht durchsetzen können. Wenn es mir gelang, Jindra aufzuspüren und ihn zum Reden zu bringen, könnte er die gesamte Operation von der Planung bis zur Ausführung aufklären.

Es wäre die einzige Chance, zu verhindern, dass die Polizei im Protektorat bald bis zu den Knien in Blut waten würde. Ich beschloss, selbst in der Nürnberger Straße vorstellig zu werden. Es war sehr viel schwieriger, mich in Person abzuwimmeln als am Telefon. Die meisten der rangniederen SS-Männer knickten ein, wenn man ihnen scharf in die Augen sah, dazu wurden sie schließlich ausgebildet.

Außerdem wollte ich noch einmal Dr. Frantová befragen. Sie war die einzige Zeugin, die unmittelbaren Kontakt zu einem der Attentäter gehabt hatte. Womöglich würde der Mann sie ein weiteres Mal aufsuchen oder sie um Hilfe bitten, falls sich sein Zustand verschlechtern sollte, und das war wahrscheinlich. Die Terroristen hatten sich irgendwo in einer dunklen Ecke verkrochen, wo sie bestimmt keinen Zugang zu Medikamenten oder Verbandsmaterial hatten. Natürlich wurde die Augenärztin rund um die Uhr überwacht, jedoch gab es bisher keinen Hinweis auf irgendeine Kontaktaufnahme. Ich betrachtete noch einmal die Karte von Prag, auf der die wichtigsten Orte in Zusammenhang mit dem Attentat rot markiert waren. Der Anschlag war in der Kirchmayerstraße verübt worden, im äußersten Nordosten des Prager Stadtgebietes, wo die Moldau ihre gewaltige Schleife zog. In Lieben hatte der verletzte Täter sein Fahrrad abgestellt. Dann musste er sich an der Moldauschleife entlang von Wohnung zu Wohnung gehangelt und sich auf diesem kilometerlangen Weg Eisenbahnerkleidung beschafft haben, bevor er den Fluss überquerte und Dr. Frantová aufsuchte, deren Praxis sich auf der Kleinseite befand, ganz im Westen der Stadt. Hatte er sie zufällig ausgewählt? Das konnte ich mir nicht vorstellen. Auch wenn ich nicht glaubte, dass Milada Frantová wissentlich in das Attentat verwickelt war, musste der Täter sie zumindest vom Namen her gekannt haben. Ich öffnete die Akte Frantová und las sie noch einmal durch. Ein Foto der Ärztin war mit einer Büroklammer an einem der Papierbögen befestigt worden. Sie sah mit einem kleinen Lächeln leicht an der Kamera vorbei, was ihr einen verträumten Ausdruck verlieh. Mein Blick verharrte etwas länger als nötig auf Dr. Frantovás Gesicht, und als ich mir dessen bewusst wurde, hätte ich die Akte vor Verlegenheit beinahe zugeschlagen, wenn mir nicht ein Wort ins Auge gesprungen wäre: »Königgrätz«.

Es war ein sonniger Tag, wie jeder Tag seit dem Attentat so strahlend schön gewesen war, als hätte sich der Himmel auf die Seite der Saboteure geschlagen und hieße ihre Tat mit seiner klaren, ungetrübten Herrlichkeit gut. Ich verließ die bedrückenden Mauern des Petschek-Palastes, trat hinaus auf die Bredauer Gasse, in die selbst am sonnigsten Tag kaum je ein Lichtstrahl fiel, und bog in die Heinrichsgasse ein. Prag zeigte sich mit seinen zahlreichen engen Gassen hier wie eine Kleinstadt, während nur wenige Meter weiter auf dem Wenzelsplatz das Großstadtleben förmlich pulsierte. Der Verkehr brauste um die gewaltige Reiterstatue des heiligen Wenzel herum, Passanten tummelten sich auf dem Platz, der vielmehr eine breite Einkaufsstraße war. Überall hing Reklame für Brazilka-Röstkaffee, den es nicht mehr zu kaufen gab, und für italienische Nudeln, die man vergeblich in den Geschäften suchte. Es gehörte zum Konzept der Protektoratsführung, der Bevölkerung vor Augen zu führen, dass sie eigentlich im Überfluss lebte. Eine momentane Knappheit einzelner Produkte war besser zu verkraften als die Einsicht, dass ein langer, harter Hungerwinter bevorstehen könnte. Rote Hinweisschilder an den Geschäften erinnerten daran, dass die Annahme und Abgabe von Speisen ohne gültige Lebensmittelkarte aus organisatorischen Gründen nicht möglich waren und ein Zuwiderhandeln bestraft wurde. Blaue Plakate warben für das Operndrama »Amen« von Bruno Heydrich, das anlässlich der Prager Musikwoche uraufgeführt worden war. Baťa hatte ein mehrstöckiges Schuhgeschäft auf dem Wenzelsplatz eröffnet. In den Schaufenstern waren Lederschuhe ausgestellt, Damenschuhe und Sportschuhe, nur in einem Fenster nicht. Dort waren in Originalgröße Bilder der Aktentasche, des Damenfahrrades, des Regenmantels und der Sten Gun aufgestellt worden. Ich konnte diese Gegenstände mittlerweile mit geschlossenen Augen beschreiben, jede Falte des Mantels, die unregelmäßige Oberfläche des dürren Laufs der Sten, sogar den Winkel, in dem das Fahrrad an dem Laternenpfahl lehnte. Es war, als hätten sich die Bilder für immer in meine Netzhäute eingebrannt. Ich verließ den Wenzelsplatz in Richtung Norden und gelangte in die Georg-Melantrich-Gasse, wo der Lärm der lebhaften Betriebsamkeit so schlagartig endete, als hätte man einem Radio den Saft abgestellt. Auf der rechten Seite gab es ein Porzellanwarengeschäft namens Leander, in dessen Schaufenster eierschalendünne, mit Goldfarbe verzierte Tassen und Zuckerdosen angeboten wurden. Ein Kristallleuchter übergoss das Porzellan mit silbernem Licht und ließ sie aussehen wie aus Eis. Dieselben Tassen hatten dort schon vor Monaten gestanden. Es war keine gute Zeit für Luxusartikel, doch die Ladenbesitzer erhielten bescheidene Prämien dafür, wenn sie Gegenstände ausstellten, die sich kein Mensch in Prag mehr leisten konnte. So trugen sie zur Verbesserung der allgemeinen Moral bei. Ich konnte bereits die Spitzen des mächtigen gotischen Turmes sehen, der zum Altstädter Rathaus gehörte, als mein

Blick auf die Auslage der Schneiderei Svatoš fiel, die sich im Erdgeschoss eines eleganten hellen Stadtpalais befand. Eine kopflose Schaufensterpuppe stand inmitten eines Meers von schimmerndem Samtstoff. Sie trug ein Kleid aus nachtblauer Seide, auf dem winzige glitzernde Partikel funkelten wie Sterne am Firmament, so unwirklich schön, dass man sich ein wenig benommen fühlte, wenn man lange hinsah.

Ich sah hin, lange.

Dann öffnete ich die Tür und betrat die Schneiderei. Ein Glöckchen erklang, um den Kunden anzukündigen, und eine Frau kam aus der Werkstatt in den Verkaufsraum. Sie bewegte sich ruhig und fließend wie dunkler Honig. Ihr Haar war zu einem Knoten zusammengefasst, was ihre scharf geschnittenen Züge betonte.

»Guten Tag«, begrüßte sie mich und hob ein wenig die Augenbrauen. Mein Äußeres gab kein leuchtendes Beispiel für die Erhabenheit der arischen Herrenrasse ab, was mir allerdings den Vorteil verschaffte, überall zumindest neutral empfangen zu werden.

»Guten Tag«, erwiderte ich auf Tschechisch, natürlich verriet mich mein Akzent.

Die Frau kniff kurz die Mundwinkel zusammen, als sie mich als Deutschen erkannte, und fragte: »Kann ich Ihnen helfen?«

Mein Blick fiel auf einige Puppenköpfe, deren falsches Haar mit farbigen Samt- und bestickten Seidenbändern umwickelt war. Viele Frauen im Protektorat, die sich keine Seidenkleider mehr leisten konnten, schmückten sich mit diesen erschwinglicheren Bändern. Ich dachte an Milada Frantová, die ebenfalls ein solches Band im Haar getragen hatte und sagte: »Ich suche ein Haarband für meine Verlobte.«

Die Schneiderin, vermutlich Frau Svatoš, lächelte. Sicherlich hatte sie viele Kunden, die ihrer Angebeteten gerne ein Seidenkleid geschenkt hätten, es aber bei einem Haarband belassen mussten.

»Welche Haarfarbe hat die Dame denn? Für blondes Haar werden gerne dunkelblaue Samtbänder genommen.«

»Nein, sie hat braunes Haar. Kastanienbraun sagt man wahrscheinlich dazu.«

»In diesem Fall würde ich ein Band aus heller Seide empfehlen. Vielleicht mit einer dezenten Stickerei, je nachdem, für welche Gelegenheit es gedacht ist.«

Ich betrachtete die Bänder genauer. Eines war mit ähnlichen funkelnden Applikationen verziert wie das Kleid im Schaufenster. »Das hier ist wirklich sehr schön. Diese Glitzerpartikel, woraus bestehen sie?«

»Das sind winzige Splitter aus Glas und Perlmutt. Wenn auch nur ein Funken Licht darauf fällt, erzeugen sie diesen einzigartigen schimmernden Effekt. Diese Art der Verzierung ist im Moment sehr beliebt, aber natürlich kostspieliger als Stickerei, wie Sie sicher verstehen.«

»Natürlich. Ich wüsste nur zu gerne, wie es Ihnen gelungen ist, diese Splitter auf den Stoff aufzutragen. Das ist doch sicher sehr kompliziert und schwierig.«

»Oh, da haben Sie recht. Ich habe dafür eigens eine besondere Spritztechnik entwickelt.«

»Ich hätte gerne das hellgraue Band mit den Perlmuttsplittern. Das passt sehr gut zur Augenfarbe meiner Verlobten.«

»Sehr gerne, der Herr«, sagte Frau Svatoš und nahm das Band mit einer routinierten Bewegung von dem gesichtslosen Puppenkopf. Sogar im spärlichen Licht der Schneiderei funkelte es, als wäre es mit Diamantstaub überzogen. Ohne es zu wollen, überlegte ich, wie es wohl in Dr. Frantovás Haaren aussehen mochte. Frau Svatoš schlug es gerade sorgfältig in Seidenpapier ein, als ich hörte, wie die astronomische Uhr auf dem Rathausplatz viermal schlug. Tief im Inneren des Uhrwerks griffen auf geheimnisvolle Weise Räder ineinander, die dem staunenden Publikum, das sich zu jeder vollen Stunde auf dem Platz einfand, mechanische Abbilder der Apostel präsentierten. Zum Abschluss des Schauspiels drehte der automatische Sensenmann mit bedeutungsvoller Geste sein Stundenglas.

Während Frau Svatoš das Haarband in einen schmalen Karton legte, den sie mit einem rosa Band umwickelte, begriff ich, mit welch ausgeklügelter Präzision gerade ein Zahnrad ins andere gegriffen hatte. Die komplizierten Mechanismen in den Eingeweiden des Uhrenturms, geschmiedet von längst zu Staub zerfallenen böhmischen Uhrmachern, hatten sich in Gang gesetzt, wie sie es seit über fünfhundert Jahren getan hatten, und das genau in dem Moment, als die grundlegenden, zufälligen Mechanismen des Lebens eine kristallklare Erkenntnis in meinem Kopf hatten entstehen lassen.

Ich nahm das Päckchen entgegen und bezahlte eine stattliche Summe, die ich niemals für ein Stück Stoff ausgegeben hätte, wenn es nicht um die versuchte Ermordung des Reichsprotektors gegangen wäre. Als ich mich zum Gehen wandte, fragte ich beiläufig: »Stellen Sie eigentlich auch Herrenartikel her? Vielleicht etwas aus Leder? Aktentaschen möglicherweise? Ich brauche nämlich auch noch ein Geschenk für meinen Vorgesetzten.«

Das Lächeln auf Frau Svatoš' Gesicht gefror. »Im Moment nicht«, sagte sie eisig. »Kommen Sie bitte ein andermal wieder.« Sie ging an mir vorbei und öffnete die Tür, damit ich die Schneiderei verlassen konnte.

»Kommen Sie manchmal am Schuhgeschäft Baťa vorbei, Frau Svatoš?«

Die Tür entglitt ihrer Hand und fiel unter dem leisen Bimmeln des Glöckchens ins Schloss. Sie war blass geworden.

»Ich weiß nicht, was Sie von mir wollen.«

»Die Aktentasche, die dort im Schaufenster ausgestellt ist. Kommt sie Ihnen nicht bekannt vor?«

Ich zog meinen Ausweis aus der Manteltasche und hielt ihn ihr vors Gesicht.

»Ich habe nichts damit zu tun, das müssen Sie mir glauben«, flüsterte sie.

»Dann erzählen Sie mir, was Sie über diese Tasche wissen. Vielleicht haben Sie ja wirklich nichts damit zu tun.«

Sie nickte, was so mechanisch aussah wie bei den Figuren der astronomischen Uhr.

»Als ich das Plakat sah, dachte ich, dass ich einmal so eine ähnliche Tasche besessen hatte. Aber ich habe sie vor etwa drei Monaten weggegeben. Ich weiß nicht, ob es genau diese Tasche ist.«

»Aber Sie hatten eine ähnliche?«

Frau Svatoš nickte wieder. Sie fuhr sich mit der Zunge über die Lippen, die plötzlich trocken zu sein schienen. »Ich habe eine ähnliche Tasche benutzt, um die mit dem Glitzer besprühten Stoffbahnen zu transportieren. Aber das Schulterband hatte sich gelöst und die Tasche war an allen Ecken ziemlich abgestoßen. Ich wollte sie umarbeiten, aber dann wurde sie mir von einem Mann abgekauft, der sie durch das Schaufenster gesehen hatte.«

»Kannten Sie diesen Mann?«

»Ich habe ihn noch nie zuvor gesehen«, sagte sie steif. »Er hatte Schwierigkeiten mit dem Sprechen.«

»Sie meinen, er war Ausländer?«

»Nein, das nicht. Er hatte große Mühe, die Wörter herauszubekommen, so als säßen sie in seinem Mund fest.«

»Ein Stotterer?«

Sie nickte. »Ich glaube, so nennt man das.«

»Frau Svatoš, verfügen Sie über einen Telefonanschluss?«

Sie führte mich zu einem schwarzen pyramidenförmigen Ungeheuer mit Wählscheibe. Ich machte zwei Anrufe und wandte mich wieder an die Schneiderin, die ein Stofftaschentuch zwischen ihren hageren Händen knitterte.

»Sie haben sicher Verständnis dafür, dass ich Ihr Haus durchsuchen lassen muss. Meine Kollegen werden gleich hier sein und Sie zum Verhör mitnehmen. Wenn Sie kooperieren, dürfen Sie danach nach Hause gehen.«

Sie sah mich mit blankem Entsetzen an, sodass ich lieber darauf verzichtete, ihr zu schildern, was mit ihr geschehen würde, wenn sie *nicht* kooperierte. Es war nicht professionell, Mitleid mit Verdächtigen zu haben, aber die Angst in ihrem Blick sorgte dafür, dass ich mich ausgesprochen unbehaglich fühlte. Warum hatte sie sich nicht einfach gemeldet, als sie das Foto der Aktentasche zum ersten Mal gesehen hatte? Die Antwort lag leider auf der Hand.

Kurz darauf betrat eine Gruppe von vier Polizisten die Schneiderei und begann, die Werkstatt zu durchwühlen. Mein Bedarf an Chaos war allerdings gedeckt. Ich befahl den Polizisten, mir den Bericht der Durchsuchung unverzüglich auf den Schreibtisch legen zu lassen und – was mir noch wichtiger war – Frau Svatoš ausschließlich an Hauptmann Šeda persönlich zu übergeben. Wenn sie mehr über den Stotterer wusste, der die Tasche an sich genommen hatte, würde Šeda es ihr entlocken, ohne dass sie hinterher keine Fingernägel mehr hatte.

Vom Rathausplatz gelangte ich in die Nürnberger Straße, an deren Ende sich das Hauptquartier von SS und SD befand. Dieser Umstand war insofern pikant, als die Straße mitten durch die ehemalige Josefstadt führte, die bis vor wenigen Jahrzehnten das jüdische Zentrum Prags gewesen war. Heute war sie schlicht Stadtteil V, weil die Juden um 1900 erreicht hatten, dass sie sich überall in der Stadt niederlassen durften, und sich das Gesicht der Josefstadt dadurch grundlegend gewandelt hatte. Doch auch wenn die Häuser und Straßen neu verputzt und aufpoliert worden waren, zeigte sich Stadtteil V verhangen und düster. Rätselhafte Spuren alten jüdischen Lebens blitzten hier und da noch auf. Dort, wo die Josefstädter Gasse von der Nürnberger Straße abzweigte, war in das Pflaster ein schlichtes Mosaik eingelassen. Kleine Quadrate aus weißem Stein umrissen eine massige nachtschwarze Gestalt, in deren Kopf ein einzelnes, weißes Auge saß. Der starre Blick der Gestalt schien mich zu durchbohren. Jeder, der an dieser Figur vorbeikam, musste sich des fast unwiderstehlichen Bedürfnisses erwehren, auf die Knie zu fallen und dem Dämon auf dem Pflaster seine Sünden zu gestehen. Das Wesen stellte den Golem dar, einen von Rabbi Löw aus Staub und Erde erschaffenen Diener, dem der Rabbi selbst, wie Gott, den Lebensatem eingehaucht hatte. Dieser irdene Diener, den Löw mit dem Namen Josef benannte, sollte die Juden von Prag vor ihren Feinden beschützen. Ich erschauderte unwillkürlich, als mein Fuß die Mosaiksteine berührte, und beeilte mich, die düstere Gestalt des Golems hinter mir zu lassen, bevor er auf die Idee kam, Rabbi Löws Befehl auszuführen. Rasch schritt ich die Nürnberger Straße weiter entlang in Richtung der Moldau. Linker Hand befanden sich ehemalige Synagogen, deren Eingänge mit Brettern vernagelt waren. Hinter der neugotischen Fassade der Maisel-Synagoge wurde jüdisches Eigentum zwischengelagert, bis es zur Arisierung weitergeleitet werden konnte. Arisierung, ein seltsames Wort für die schlichte Versteigerung an den Meistbietenden. Im Angesicht des Golems empfand ich eine offiziell völlig unangebrachte Scham über diese kaum verschleierte Form des Diebstahls. Aber es lag nicht in meinem Kompetenzbereich, über die Bearbeitung der Judenfrage zu urteilen. Aus kriminalistischer Sicht hatte ich im Grunde nichts gegen die Juden einzuwenden, denn sie handelten ihre Auseinandersetzungen oft unter sich aus und fielen selten als Straftäter auf, jedenfalls nicht häufiger als Deutsche. Ich war mir nicht sicher, inwiefern die Umsiedelung der Juden unsere deutschen Probleme lösen würde, doch es war nun mal beschlossene Sache. Ich hatte keinen Einfluss darauf. Niemand konnte mit Sicherheit sagen, wo genau die Juden neu angesiedelt wurden, die seit Anfang des Jahres weggebracht wurden, meistens in den frühen Morgenstunden, aber wir fragten auch nicht nach. Im Sommer 1942 wussten wir nicht alles, jedoch wussten wir genug, um zu wissen, dass wir es nicht genauer wissen wollten.

Wo sich die Nürnberger Straße und das Dvořák-Ufer nahe der Mendelbrücke trafen, erhob sich der massive fünfstöckige Bau der Juristischen Fakultät der Karlsuniversität, der vor gut zwanzig Jahren erbaut worden war. Seit Ende 1939 lehrten hier allerdings keine Professoren mehr. Schmucklos und grau lag der Palast oberhalb der Moldau. Die Fassade war streng geometrisch gestaltet und wurde von einem Dreieck dominiert, das den tschechischen Löwen sowie zwei allegorische Figuren zeigte, einen Mann und eine Frau, die Gerechtigkeit und deren Durchsetzung symbolisierten. Bei der Erfüllung ihrer Aufgabe war ihnen ähnlich viel Erfolg beschieden wie dem Golem von Prag. Die Fenster der Juristischen Fakultät waren mit weißen Gittern versehen und gaben dem Gebäude den Anschein eines Gefängnisses. Die SS hatte hier ihre Standortkommandantur eingerichtet und Böhmes Sicherheitsdienst leistete den Verwaltern der Schutzstaffel dort so lange Gesellschaft, bis ihr neues Quartier in der Kastanienallee fertiggestellt war. Ähnlich wie beim Hauptquartier der Gestapo hatte man eine geschickte Hand bei der Auswahl des Gebäudes bewiesen. Die Juristische Fakultät strahlte eine ebenso beklemmende Düsternis aus wie der Petschek-Palast, als ob die Erbauer schon damals gewusst hätten, wer eines Tages darin Einzug halten würde.

Am Eingang erfuhr ich, dass Standartenführer Böhme das Hauptquartier bereits am Vormittag verlassen hatte – etwa zu der Zeit, als ich im Bulovka-Krankenhaus mit Heydrich gesprochen hatte – und bisher nicht zurückgekehrt war. Ich wollte keine weitere Nachricht hinterlassen, sondern ließ mich von einem widerwilligen, aber mutlosen SS-Mann in Böhmes Büro führen, um dort auf ihn zu warten. Ich nahm in einem der beiden wuchtigen Sessel Platz, die sich wie zwei massige Schachspieler am Rauchtisch unbeweglich gegenüberstanden.

»Wohin ist Standartenführer Böhme denn gefahren?«, begann ich das Gespräch mit dem mürrisch dreinblickenden SS-Mann.

»Das entzieht sich meiner Kenntnis«, gab er zurück, womit klar war, dass er kein Interesse an einer Unterhaltung hatte.

»Sie haben bestimmt zu tun. Ich möchte Sie nicht aufhalten.«

Der Mann sah mich scharf an. Es widerstrebte ihm offensichtlich, mich in Böhmes Büro allein zu lassen, doch es gab keinen Grund, es nicht zu tun, zumindest keinen, den der Mann angemessen hätte formulieren können, ohne mich als Dieb oder Spion darzustellen. Er bedachte mich mit einem Blick, der die deutliche Warnung beinhaltete, mich nicht vom Fleck zu rühren, und bezog wieder seinen Posten, wobei er die Bürotür demonstrativ weit geöffnet ließ.

Ich wartete eine Weile in dem schmucklosen Raum und betrachtete durch das vergitterte Fenster die Moldau, die sich wie eine riesige urzeitliche Schlange durch die Stadt wälzte. Der Schreibtisch sah unaufgeräumt aus, ein halb beschriebenes Blatt lag auf der Tischplatte. Hatte Böhme das Büro sehr abrupt verlassen oder war es einfach seine Art, nicht nur Chaos auf den Straßen Prags zu verbreiten, sondern auch auf seinem Schreibtisch? Nach einer Weile des Wartens hörte ich ein leises Rattern vom Gang her, dann das Quietschen von kleinen Rädern auf Holzboden. In der Öffnung der Tür erschien ein sehr junger Mann mit einem Rollwagen, auf dem sich Briefe und Dokumente stapelten. Der Bürobote sah aus wie ein mageres Frettchen. Ich nickte ihm zu, worauf das Gesicht des Jungen vor Anspannung noch spitzer wurde. Es war wohl nicht üblich, dass sich ein Fremder, dazu ein Zivilist, im Büro des Standartenführers aufhielt. Der Bote schien sich allerdings nicht in der Position zu fühlen, mich nach dem Grund meiner Anwesenheit zu fragen, schlich wortlos in den Raum und legte einen kleinen Stapel Post ab.

Bevor er ebenso leise wieder verschwinden konnte, fragte ich: »Der Standartenführer sollte doch längst wieder zurück sein, nicht wahr?«

Der Bürobote sah auf die Uhr an der Wand hinter dem Schreibtisch. Es war kurz nach halb fünf. Er sagte: »Nach Kladno ist es zwar nicht sehr weit, aber der Standartenführer kennt den dortigen Leiter der Gestapo von früher. Sie waren gemeinsam auf der Offiziersschule, glaube ich.«

Ich nickte, als wüsste ich darüber bestens Bescheid. »Und da schwelgen die alten Herren bestimmt gerne in glücklichen Erinnerungen.«

Der Junge mit dem Frettchengesicht verzog die Mundwinkel zu einem nervösen Lächeln. Böhme und ich waren derselbe Jahrgang, 1911, und für den Büroboten waren wir zweifelsohne beide alte Herren.

Ich wagte einen Schuss ins Blaue: »Standartenführer Böhme hat mir gar nichts von seinem Termin in Kladno erzählt, dabei habe ich ihn erst vorgestern gesprochen.« Zu meinem eigenen Erstaunen stellte ich fest, dass das vollkommen der Wahrheit entsprach.

»Hat die Sekretärin Sie nicht benachrichtigt? Standartenführer Böhme konnte Ihnen vorgestern noch gar nicht davon erzählen. Hauptsturmführer Wiesmann hat erst heute in der Früh angerufen. Da habe ich gerade meine Morgenrunde gemacht. Als ich dem Standartenführer die Post brachte, sprach er am Telefon.« Seine schmalen Wangen erröteten ein wenig. »Sie denken hoffentlich nicht, dass ich lausche?«

»Aber nein, natürlich nicht. Ich denke nur, dass Sie bei Ihrer Arbeit eine ganze Menge mitbekommen. Woher wussten Sie, dass der Standartenführer mit dem Stapoleiter in Kladno telefonierte?«

»Er nannte den Anrufer Harald. Der Standartenführer spricht nur sehr wenige Leute mit ihrem Vornamen an. Dienstlich, meine ich. Als ich die Post ablieferte, sagte er gerade: ›Ich fahre gleich los, Harald. In einer Stunde bin ich da.‹ Danach hat er die Sekretärin in der Zentrale angerufen und befohlen, alle Termine für heute abzusagen. Ich stand so lange in der Tür und habe abgewartet, ob er mir etwas für die Hauspost mitgibt. Heute hatte er wohl nichts, denn er hat mich einfach zur Seite geschoben und ist aus dem Zimmer gestürmt. Es wundert mich, dass die Sekretärin Ihren Termin nicht abgesagt hat.«

»Das kommt vor. Danke für die Auskunft. Sie haben mir sehr weitergeholfen.«

Der junge Mann sah mich verwirrt an. Auf seinem Frettchengesicht zeichnete sich langsam die Erkenntnis ab, dass er mit seiner Indiskretion womöglich einen Fehler gemacht hatte, aber ich verließ das Büro, bevor der Junge auf die Idee kam, seinerseits Fragen zu stellen.

Als ich auf den Johannesplatz vor der Juristischen Fakultät trat, schloss ich für einen Moment die Augen, um meine Gedanken zu ordnen. Kladno war ein Verwaltungsbezirk etwa fünfundzwanzig Kilometer westlich von Prag, von dem ich nur wusste, dass es dort eine Stahlmühle und eine Taschenlampenfabrik gab. Mit dem abgefangenen Funkspruch hatte dieser plötzliche Termin in Kladno vermutlich nichts zu tun, denn die Übertragung war aus Chrudim gekommen, das über hundertzwanzig Kilometer entfernt im Osten lag. Dennoch spürte ich wieder das seltsame Gefühl in meinem Hinterkopf, als ob sich hinter dem Gedanken an Kladno ein gutes Dutzend weiterer Gedanken aufgereiht hätten, die noch gedacht werden mussten, sich mir aber entzogen wie Nebelfetzen, wenn ich danach griff. Ich würde mit Šeda darüber sprechen, wenn ich ihn heute noch einmal zu Gesicht bekam.

Es war inzwischen nach fünf, sodass ich beschloss, in die Straßenbahn zu steigen und über die Mánes-Brücke zur

Kleinseite zu fahren, wo Dr. Frantová praktizierte. Die Straßenbahn rumpelte die Salnitergasse hinab durch die Josefstadt, bis sie nach rechts abbog und Kurs auf die Brücke nahm. Sie war im wuchtigen Stil des Kubismus gestaltet worden, mit flachen, breiten Betonbögen und erhöhter Fahrbahn. Von hier aus konnte ich das prächtige Rudolfinum mit seinen Statuen auf dem Dach sehen, das ich anlässlich seiner Eröffnung besucht hatte, und die berühmte Karlsbrücke mit ihren zahlreichen barocken Skulpturen, die Heilige im Moment ihrer Verklärung oder ihres schmerzhaften Todes darstellten, mitunter beides zusammen. Ich hatte von einem schwäbischen Wissenschaftler gehört, der zwar ein brillanter Physiker, aber Volljude war, weswegen er sich vor zehn Jahren hatte ausbürgern lassen. Dieser Mann mit dem verräterischen Nachnamen Einstein hatte einmal gesagt, dass der Weg zum Mond über die Karlsbrücke führe und man dann beim Kleinseitner Brückenturm nach links abbiegen müsse. Genau das tat die Straßenbahn und fuhr die Magdeburger Straße entlang bis zum Kleinseitner Ring, wo die Kuppel der Nikolauskirche über die Dächer der Häuser hinauswuchs wie ein gewaltiger grüner Pilz. Dort bog die Straßenbahn nach Süden ab und passierte den Seminargarten mit der Drahtseilbahn, die zu dem berühmten Aussichtsturm auf dem Laurenziusberg hinauffuhr. Der Turm war ein skelettartiger Stahlbau, der den Pariser Eiffelturm nachahmte und einen Ausblick über das ganze Moldautal bot. Der Turm sah wie ein mahnender Zeigefinger aus, der sich in den Himmel bohrte. Die Bahn hielt an der Haltestelle Aujeststraße und ich stieg aus, bevor die Waggons ihre Reise zum Mond fortsetzen. Die letzten Meter ging ich zu Fuß.

Als ich die Praxis betrat, verstummten die murmelnd geführten Gespräche im Wartezimmer auf einen Schlag.

Einige der Patienten schienen förmlich mit den Wänden zu verschmelzen. Offenbar war bekannt, dass Dr. Frantová von der deutschen Polizei beobachtet wurde, denn ein Blick in die Gesichter der Wartenden ließ keinen Zweifel daran, dass sie genau wussten, wer ich war – oder besser, *was* ich war. Eine der Sprechstundenhilfen verschwand lautlos im Behandlungszimmer. Keine zehn Sekunden später flog die Tür auf und Milada Frantová stand vor mir. Sie war eine kleine Frau, die mir kaum bis zur Schulter reichte, doch in ihrem Zorn sah sie beinahe furchterregend aus. Ihre Wangen waren gerötet und einige Locken hatten sich aus ihrer Frisur mit dem hellgelben Seidenband gelöst, sodass sie wie Schlangen eines Medusenhauptes von ihrem Kopf abstanden. Ihre Augen waren vor Verärgerung dunkel geworden und erinnerten an die eines Raubvogels, der im nächsten Moment auf seine Beute niederfahren würde. Es hätte mich nicht gewundert, wenn sich Dr. Frantová auf mich gestürzt und mir die Nägel in meine Wangen getrieben hätte, aber sie beherrschte sich.

»Was kann ich für Sie tun, Herr Pannwitz? Reicht es nicht, dass Sie mein Haus Tag und Nacht überwachen?« Ihre Stimme zitterte vor mühsam unterdrückter Wut.

»Ich möchte mich nur mit Ihnen unterhalten, Frau Dr. Frantová.«

»Und zuvor über Nacht in eine Zelle sperren?«

Ich spürte, wie mir ebenfalls das Blut ins Gesicht schoss. Es war dieselbe Mischung aus Zorn und Scham wie damals im Garten des Finkenwerder Seminars. Bevor ich etwas sagen konnte, fasste sie mich am Handgelenk und sagte: »Ist schon gut. Kommen Sie, wir gehen in das Behandlungszimmer dort hinten.« Sie wies den in hellen Farben gehaltenen Korridor entlang und zog mich hinter sich her.

Ich war zu verwirrt, um mich gegen diese unangemessene Behandlung zur Wehr zu setzen. Zumindest waren die Patienten pietätvoll genug, nicht zu lachen, als ihre Augenärztin den deutschen Polizisten wie einen Tanzbären an der Kette durch die Praxis führte. Oder sie hatten zumindest genug Angst um die eigene Haut.

Milada Frantová öffnete die Tür des Zimmers am Ende des Ganges und ließ mich eintreten. »Dieses Sprechzimmer war eigentlich für meinen Mann bestimmt«, sagte sie mit einem schmalen Lächeln. »Im Augenblick praktiziert er jedoch nicht, wie Sie wissen.«

Ich fühlte mich ein wenig benommen und sah mich nach einem Stuhl um, auf dem ich Platz nehmen konnte. Sie setzte sich mir gegenüber und sah mich abwartend an. Ihr Blick hatte etwas an sich, das mich noch mehr verwirrte, also betrachtete ich lieber den Kunstdruck, der die Wand neben einer mit weißen Laken bezogenen Liege schmückte. Es war eine ziemlich wirre Szenerie in Weiß- und Grautönen vor schwarzem Hintergrund, mit scharfen Kanten und Winkeln, wie es heutzutage modern ist. Das Bild war lang wie das Triptychon eines Altars, doch dort, wo man den Gekreuzigten vermuten würde, stand ein Pferd, das in schlimmsten Qualen schrie. Über ihm schwebte etwas Helles, Strahlendes, das auf den ersten Blick wie das Auge Gottes aussah, sich bei näherem Hinsehen jedoch als eine Art Deckenlampe mit grell leuchtender Glühbirne entpuppte. Die restlichen Figuren schienen in wildem Durcheinander um die zentrale Gestalt des Pferdes herumzuwimmeln, doch wenn man sie länger betrachtete, ergaben sie eine pyramidenartige Konstruktion, wie man sie von den Giebeln antiker Tempel kannte. Ich fragte mich, ob das Bild nicht einfach eine dreiste Gotteslästerung darstellte, doch der Schmerz in den Gesichtern der Menschen und Tiere war genauso entsetzlich wie der auf dem Antlitz des Gekreuzigten, den man sonst auf Gemälden dieser Art sah. Vielleicht sogar noch schlimmer, denn Jesus wusste, dass sein Leiden ein Ende und sein Tod einen Sinn haben würde. Die Figuren auf dem Bild sahen nicht aus, als hätten sie jemals Erlösung zu erwarten. Da das Gemälde mindestens so verwirrend war wie Dr. Frantovás Blick, konnte ich mich ebenso gut wieder der Zeugin zuwenden.

»Das Bild zeigt die Bombardierung von Guernica im Spanischen Bürgerkrieg«, sagte sie, wobei sie offenließ, ob sie die Vernichtung der baskischen Stadt mir zum persönlichen Vorwurf machte. Dazu hätte sie gute Gründe, denn schließlich war es die deutsche *Legion Condor* gewesen, die den blutigen Putsch Francos gegen die spanische Republik mit ihrer Luftwaffe unterstützt hatte. Selbstverständlich ohne die offiziellen deutschen Uniformen und Hoheitszeichen, denn 1936 hatte man unschöne Angelegenheiten wie das Auslöschen ganzer Städte lieber diskret gehandhabt. Das Gemälde war keine Gotteslästerung, sondern das Abbild einer Welt, die verraten und verkauft worden war. Ich hoffte, dass der Künstler, wer immer er sein mochte, nicht als Nächstes die Bombardierung von Prag in ähnlicher Weise darzustellen hatte. Um nicht weiter darüber nachdenken zu müssen, fragte ich: »Hat sich der mutmaßliche Attentäter noch einmal mit Ihnen in Verbindung gesetzt? Angesichts der Schwere seiner Verletzung ist er doch sicherlich auf weitere Versorgung angewiesen.«

»Ich habe ihn letzte Woche gebeten, am Freitag noch einmal zu kommen. Da wusste ich natürlich noch nicht, dass der Mann ein *Terrorist* ist.« Sie betonte das Wort Terrorist so, dass auf der Hand lag, dass sie den Mann, der versucht hatte, den Reichsprotektor zu töten, für alles andere als einen Terroristen hielt. »Ob er gekommen ist, kann ich Ihnen allerdings nicht sagen, denn ich war ja auf Kurzurlaub, wie Sie wissen. Die Unterkunft jedoch war nicht besonders gut, ganz zu schweigen von der Verpflegung.«

Ich ging nicht darauf ein. Was sie da sagte, würde für mehr als einen weiteren Kurzurlaub in der *Biographie* reichen, aber ich musste mir eingestehen, dass ihre Art sehr erfrischend war. Besonders, wenn man sich die Tatsache bewusst machte, dass es im Deutschen Reich üblich war, alles auf beschönigenden Halbwahrheiten aufzubauen.

»Seither jedenfalls habe ich den Mann nicht mehr gesehen«, fuhr sie fort und ich glaubte ihr.

»Ich frage mich, wie der Mann gerade auf Sie gekommen ist. Der Ort des Attentats ist acht Kilometer von ihrer Praxis entfernt. Ein langer Weg für einen Mann mit so einer schweren Verletzung. Gibt es im Osten Prags keine fähigen Augenärzte?«

»Natürlich gibt es dort welche. Ich weiß nicht, warum er ausgerechnet zu mir gekommen ist. Ich habe nichts mit dem Attentat zu tun.«

»Was ist mit Ihrem Mann? Er ist letztes Jahr in Königgrätz verhaftet worden, weil er mutmaßlich dem *Petitionsausschuss* angehörte.«

»Mutmaßlich, Sie sagen es. Er hat auch nichts mit dem Anschlag zu tun. Wie Sie richtig bemerkt haben, ist er seit Ende letzten Jahres in Haft.« Die letzten Worte klirrten wie Eiswürfel.

»Dem *Petitionsausschuss* werden meines Wissens keine Gewalttaten vorgeworfen. Vielmehr werden die Mitglieder verdächtigt, über geheime Funksprüche in Kontakt zu Beneš zu stehen.«

Milada Frantová zuckte mit den Schultern. »Darüber weiß ich nichts. Wenn mein Mann etwas darüber weiß, hat er es mit Sicherheit bereits zu Protokoll gegeben.«

»Er bestreitet jeden Kontakt zu Beneš' Leuten in London«, sagte ich. »Ich habe mich in Theresienstadt erkundigt.«

»Wenn Ihre Verhörspezialisten nichts herausgefunden haben«, antwortete sie kühl, »dann können Sie davon ausgehen, dass er nichts weiß.«

»Vielleicht würde ihm doch noch etwas einfallen, wenn er wüsste, dass er damit den Tod Tausender Menschen verhindern könnte?«

Milada wurde blass. »Was meinen Sie damit? Wollen Sie mir drohen?«

»Im Gegenteil. Ich habe erfahren, dass sich in der Gegend um Königgrätz ein Sender befindet. Ein Agent hat Beneš von dort aus davor gewarnt, ein Attentat auf den Reichsprotektor zu begehen. Wenn wir diesen Agenten finden könnten und er bereit wäre, mit uns zu kooperieren, würde den Tschechen vielleicht eine Katastrophe wie diese da erspart bleiben.« Ich zeigte auf das Gemälde der Stadt Guernica.

Dr. Frantovás Gesicht hatte mittlerweile jegliche Farbe verloren. Ihre Augen sahen in dem blassen Oval sehr groß und dunkel aus.

»Sagt Ihnen der Name Jindra etwas?«

Sie zuckte zusammen, als hätte ich sie geschlagen. »Nein«, flüsterte sie, aber ich wusste es besser. »Ich muss mich jetzt um meine Patienten kümmern. Ich bringe Sie noch hinaus.« Sie verließ das Sprechzimmer und begleitete mich durch den Korridor zur Tür.

»Es tut mir sehr leid, dass ich Ihnen nicht weiterhelfen konnte«, sagte sie so laut und deutlich, dass die wartenden Patienten verstohlen zu uns hinübersahen. Dann öffnete sie die Tür und trat mit mir hinaus ins Treppenhaus. Sie stellte sich auf die Zehenspitzen und ich dachte einen verrückten Augenblick lang, sie wolle mich küssen, aber stattdessen hauchte sie mir ins Ohr: »Treffen Sie mich heute Abend um zehn im Kinsky-Garten, ganz oben.« Ihr Haar streifte dabei meine Wange und hinterließ ein merkwürdiges Kribbeln. Ich wollte etwas erwidern, doch im nächsten Moment war sie in ihrer Praxis verschwunden und zog geräuschvoll von innen die Tür zu.

Dienstag, 2.6.1942, 19.00 Uhr

Nach meiner Rückkehr in den Petschek-Palast, ließ ich als Erstes die Observierung der Augenärztin einstellen. Zum einen, weil sie offenbar stümperhaft ausgeführt wurde und ihren Zweck so völlig verfehlte. Zum anderen wollte ich ungebetenes Publikum im Kinsky-Garten vermeiden. Inoffizielle Unterredungen mit Informanten waren zwar nicht grundsätzlich verboten, aber ich wollte mir erst anhören, was die Ärztin zu sagen hatte. Auf meinem Schreibtisch wartete bereits das Vernehmungsprotokoll von Frau Svatoš, unterzeichnet von Hauptmann Alois Šeda. Die Schneiderin war bei der Behauptung geblieben, dass ihr ein unbekannter Mann von etwa dreißig Jahren die Tasche im Februar abgekauft hatte und sie sie auf den Fotos aufgrund der starken Abnutzungsspuren nicht mehr als die ihre erkannt hätte. Das bedeutete, dass die Fallschirmspringer mit hoher Wahrscheinlichkeit seit längerer Zeit im Land waren. Nach Aussage der tschechischen Arbeiter, die jeden Tag mit der Straßenbahn von Kobilis nach Prag fuhren, waren seit März beinahe täglich Männer mit einer Aktentasche an der Kirchmayerstraße gesehen worden, die dort vorgeblich Löwenzahn für Kaninchen und Stallhasen sammelten. In Wirklichkeit hatten sie die Strecke des Reichsprotektors ausgekundschaftet und seine Gewohnheiten studiert. Die weitere Durchsuchung der Schneiderei hatte ergeben, dass dort Glitzerpartikel verwendet wurden, die denen in der Tasche sehr ähnlich waren. Zur Untersuchung mussten die Proben nach Berlin geschickt werden. Ich war jedoch sicher, dass sie übereinstimmen würden. Die Schneiderin hatte den Mann beschrieben und war wieder entlassen worden. Selbstverständlich wurde sie observiert und der unbekannte Stotterer zur Fahndung ausgeschrieben. Ich machte mir wenig Hoffnungen darauf, den Mann in absehbarer Zeit aufzuspüren. Die Tschechen waren durch das Vorgehen der Sicherheitskräfte mittlerweile so verunsichert, dass sie nicht wussten, ob sie nach einer Aussage bei der Gestapo in einen Koffer voller Banknoten oder in die ölige Schwärze einer Pistolenmündung blicken würden.

Kurz darauf erschien Alois Šeda in meinem Büro. Ich erzählte ihm von Böhmes merkwürdigem Ausflug nach Kladno.

»In der Nähe von Kladno hat die tschechische Gendarmerie Anfang April einen slowakischen Fallschirmspringer festgenommen, der von einem britischen Flugzeug aus abgesprungen ist«, sagte Alois Šeda und rieb sich mit einer seiner gewaltigen Hände das Kinn. »Sein Name ist Viliam Gerik. Wachtmeister Vybíral aus Kladno hat ihn verhaftet und sofort der Gestapo übergeben. Vybíral ist ein vertrauenswürdiger Mann. Er war Reservist und schon auf der Offiziersschule ein guter Freund von …«

Šeda brach ab.

»Von wem?«, fragte ich, mehr aus Höflichkeit denn aus Interesse. Die Freundschaftsverhältnisse unter tschechischen Reservisten taten nicht viel zur Sache.

»Von einem alten Bekannten von mir«, sagte Šeda.

»Wie schön, aber berichten Sie, wie es in der Sache Gerik weiterging.«

Šeda half meinem Gedächtnis auf die Sprünge. Wieder einmal musste ich mit Bewunderung feststellen, dass der Hauptmann umfassend informiert war. Der junge Slowake Gerik hatte sich einige Zeit nach seinem Absprung selbst der tschechischen Polizei gestellt. Die übergab ihn, statt ihn in seine Heimat abzuschieben, wie es das übliche Vorgehen gewesen wäre, dem Sachbearbeiter Schultze bei der Gestapo. Gerik war unbewaffnet, übermüdet und hungrig, sodass er sich nach einer Unterredung mit dem Abwehrchef Oskar Fleischer dazu bereit erklärte, mit dem deutschen Nachrichtendienst zu kooperieren. Er konnte allerdings keine Anhaltspunkte für einen geplanten Anschlag liefern, also hatte ich nie offiziell mit dem Fall Gerik zu tun. Schultze hätte mir Bericht erstattet, wenn Gerik irgendetwas im Zusammenhang mit dem Attentat auf Heydrich ausgesagt hätte. Gerik hatte keinen Grund, etwas zu verschweigen. Er hatte sich selbst gestellt und durch seine Zusammenarbeit mit den deutschen Behörden Immunität erreicht, seine Familie lebte in der Slowakei und war damit vor möglichen Repressalien in Sicherheit. Wenn Gerik etwas wüsste, hätte er es längst verraten. Sein Wert für die Deutschen bestand schließlich darin, dass er ihnen Informationen lieferte. Sobald Gerik sein Pulver verschossen hatte, war es durchaus möglich, dass er in die Slowakei abgeschoben wurde – wenn es sein Glückstag war. An jedem anderen Tag würde ihm wahrscheinlich ein bedauerlicher Unfall zustoßen. Vielleicht fiel er eine Treppe herunter oder bekam einen Herzanfall. Wieso ein Sturz oder ein Herzanfall ein Einschussloch in seiner Stirn hinterlassen hatte, würden die Angehörigen nicht zu fragen wagen. Gerik musste sich unentbehrlich machen, wenn ihm sein Leben lieb war.

»Gibt es sonst noch etwas, das Ihnen zu Kladno einfällt?«, fragte ich.

»In Schlan gibt es eine Taschenlampenfabrik«, sagte Šeda. »Der Besitzer dieser Fabrik heißt Jaroslav Pála und hatte in der Vergangenheit hin und wieder Ärger mit der tschechischen Polizei, weil sich einige seiner Angestellten über ihn beklagt haben. Einige seiner *weiblichen* Angestellten. Wachtmeister Vybíral hat mir das vor Kurzem erzählt. Die meisten Arbeiter der Fabrik leben in dem Dorf Liditz, das zum Bezirk Kladno gehört.«

»Könnten Sie bei Vybíral nachhören, ob in Kladno etwas vorgefallen ist, das Böhmes Anwesenheit dort rechtfertigt?«

Šeda sah unbehaglich drein. Vermutlich wollte er seinen Bekannten nicht in eine unangenehme Situation bringen. Ich fuhr fort: »Ganz inoffiziell natürlich. Ich kann selbst nicht sagen, ob es etwas mit unserem Fall zu tun hat. Weder Ihrer noch Vybírals Name wird in dieser Sache jemals erwähnt werden, das verspreche ich Ihnen. Es wäre nur ein Anruf unter Freunden.«

Šeda zog ein Notizbuch aus der Tasche und blätterte darin herum. Dann griff er nach dem Telefonhörer und begann, die Nummer der Gendarmerie in Kladno zu wählen. Ich wollte ihm die Gelegenheit geben, offen mit Vybíral zu sprechen, also verließ ich den Raum und lief auf dem holzvertäfelten Gang auf und ab. Es blieben gut anderthalb Stunden, bis die Abenddämmerung die Dächer von Prag ein letztes Mal an diesem Tag in feurigem Gold aufflammen lassen würde, doch innerhalb der schwarzen Mauern des Petschek-Palastes war es schon fast dunkel. Ich fühlte mich todmüde. Es schienen Ewigkeiten vergangen zu sein, seit ich mit dem sterbenden Reichsprotektor über den angeblichen Funkspruch des Agenten Jindra gesprochen hatte. Ich würde Šeda nach Jindra fragen müssen, wenn sich die Gelegenheit ergab. Der Gedanke an Jindra führte mich zu Dr. Frantová, die ich nach Einbruch der Nacht im Kinsky-Garten treffen würde. Sie kannte Jindra, vielleicht nur dem Namen nach, aber wenn ich Glück hatte, konnte sie mir einen Hinweis darauf geben, wie ich ihn finden konnte. Jindra mochte es nicht wissen, doch von ihm hingen möglicherweise Wohl und Wehe eines ganzen Volkes ab. Wie Milada Frantová wohl im Mondschein aussah?

Bevor ich diesen Gedanken weiterverfolgen konnte, öffnete Alois Šeda die Tür.

»Wachtmeister Vybíral hat den Standartenführer Böhme heute tatsächlich in Kladno gesehen«, sagte er. »Die Gestapo hat sich im Obergeschoss der Kladner Gendarmerie eingerichtet. Es ist eine sehr kleine Vertretung, bestehend aus Hauptsturmführer Wiesmann und zwei niederrangigen Gestapomännern.«

»Gab es denn irgendeinen erkennbaren Anlass für diesen hohen Besuch?«

»Vybíral ist sich nicht sicher. Gestern allerdings kam Jaroslav Pála, der Besitzer der Taschenlampenfabrik, zu ihm. Er hatte einen Brief bei sich, den er einer seiner Angestellten abgenommen hatte. Laut Vybíral handelte es sich um eine Nachricht ihres Geliebten. Er kann sich an den genauen Wortlaut nicht erinnern, weil er den Brief aus Schamgefühl, wie er sagt, nur überflogen hat, aber er konnte nichts Verdächtiges feststellen, wenn man von der sittenwidrigen außerehelichen Verbindung absieht. Pála jedoch …«, Šeda rollte mit den Augen, »… scheint in den letzten Monaten etwas seltsam geworden zu sein. Er sieht überall Verschwörungen. Pála ist überzeugt, dass zwischen den Zeilen zu lesen ist, im Bezirk Kladno würden merkwürdige Dinge vor sich gehen. Dinge, die in Zusammenhang mit dem Attentat stehen könnten. Vybíral hat den alten Mann abgewimmelt, aber anstatt dem armen Mädchen den Brief ihres Geliebten zurückzugeben, hat er ihn offenbar noch am selben Tag dem Hauptsturmführer Wiesmann übergeben.«

Ich war einen Moment lang sprachlos. Wäre der Brief auch nur im Mindesten von Belang für die Aufklärung des Attentats, hätte Wiesmann selbstverständlich dem Leiter der Sonderkommission, also mir, Meldung machen müssen. Stattdessen hatte er Böhme angerufen, der sofort nach Kladno geeilt war, ebenfalls ohne mich zu verständigen. Man konnte mir kaum deutlicher zeigen, was ich für Böhme war: ein Feigenblatt, das für die Öffentlichkeit saubere, aber wirkungslose Ermittlungsarbeit leistete, während hinter den Kulissen der Sicherheitsdienst die Strippen zog. Auf den Straßen von Berlin nannte man Männer wie Böhme »Goebbels Rabauken«, weil sie brutal und gewissenlos waren und – was im ehemaligen Preußen ein noch schlimmeres Vergehen gegen die Moral war – sich schamlos über alle Vorschriften hinwegsetzten. Ich hätte Böhme am liebsten zur Rede gestellt, gleichzeitig wusste ich, dass es sinnlos war. Nicht nur, weil er mein Vorgesetzter war und ich auf sein Wohlwollen mit Sicherheit noch angewiesen sein würde; in erster Linie lag es daran, dass ich vor mir sah, wie er einfach mit den Schultern zucken und grinsen würde, wenn ich meine Vorwürfe vorbrachte. Ich wusste nicht, ob ich das ertragen konnte.

Šeda sah mir meine Verärgerung an. Er schlug vor, morgen in aller Frühe nach Kladno zu fahren und dem Taschenlampenfabrikanten auf den Zahn zu fühlen. Ich hielt das für eine gute Idee, aber im Nachhinein bin ich mir da nicht mehr sicher. Wir fuhren auf dem Weg nach Schlan durch das Dorf Liditz. Es wäre leichter für mich, wenn ich es nie gesehen hätte.

Dienstag, 2.6.1942, 20.00 Uhr

Ich verließ den Petschek-Palast und schlang mir den Mantel eng um den Körper. Es war ein herrlicher Frühsommerabend, aber ich war müde und fröstelte. An meine letzte Mahlzeit konnte ich mich kaum noch erinnern. Ich kehrte in einem Gasthof am Ufer der Moldau ein, gelegen in einer Straße, die im Laufe desselben Jahres in *Reinhard-Heydrich-Ufer* umbenannt werden würde. Hier gab es zumindest anständige Mehlspeisen, die kaum nach Sägespänen schmeckten und tatsächlich satt machten. Obwohl ich Alkohol normalerweise mied – als Kriminalist konnte ich es mir nicht leisten, mir die Sinne zu vernebeln –, bestellte ich mir an diesem Abend ein tschechisches Bier. Ich erhoffte mir Abhilfe gegen die innere Unruhe und Rastlosigkeit, die mich ergriffen hatten. Hitler war ebenfalls überzeugter Antialkoholiker, doch bei Bier drückte auch er ein Auge zu. Ich hatte gehört, dass er während seiner Zeit in der Festungshaftanstalt Landsberg, zwischen 1923 und 1924, jeden Tag mindestens eine Flasche verkonsumiert hatte – unzählige Abschriften der Gefängnisakten des Führers waren unter Kriminalpolizisten weit verbreitet und wurden bei geselligen Anlässen immer wieder zur allgemeinen Erheiterung zitiert. Unter dem Einfluss des bayerischen Bieres hatte Hitler auf einer alten Reiseschreibmaschine das legendäre 25-Punkte-Programm der NSDAP formuliert sowie einen kühnen Gegenentwurf zum Marxismus, die er später zusammen unter dem Titel »Mein Kampf« veröffentlicht hatte, um die Anwaltskosten bezahlen zu können. Als Postkartenmaler hatte er in jungen Jahren verständlicherweise kein Vermögen anhäufen können.

Ich trank das Bier in langsamen Schlucken und blätterte in einer Zeitung, die, in eine blaue Holzleiste geklemmt, den Gästen zur Verfügung stand. Bleiche, aber gefasste Frauen vor staubigen Trümmerhaufen waren zu sehen: Die Royal Airforce hatte Ziele in Duisburg, Essen und Oberhausen bombardiert. *Lieber Tommy, fliege weiter, wir sind doch nur Bergarbeiter. Fliege weiter nach Berlin, da ham sie alle »Ja!« geschrien*, dachte ich. Zu diesem Reim sprangen kleine Mädchen im Ruhrgebiet Seil.

»Räder müssen rollen für den Sieg!« Unter diesem Motto startete die Reichsbahn eine Kampagne zur Einschränkung des privaten Reiseverkehrs zugunsten von Rüstungstransporten. Bei Charkow hatte die Wehrmacht einen entscheidenden Sieg gegen die Sowjets errungen, sodass man davon ausgehen konnte, dass sich das Blatt schon bald für uns wenden würde. Nicht bevor Göring in Goebbels Hosen passt, würden die Berliner sagen.

In Treblinka, einem kleinen Ort nordöstlich von Warschau, waren die Bauarbeiten für ein gigantisches Auffanglager begonnen worden, in dem man ausgesiedelte polnische Juden und Zigeuner auf ihr neues Leben vorbereiten wollte. Arthur Nebe selbst gab ein Interview zu diesem kühnen Projekt. Die Anlage war nach den modernsten wissenschaftlichen Standards konzipiert worden, mit fortschrittlichen Desinfektionsanlagen zur Verhinderung von Seuchen, einer sicheren Lagermöglichkeit für die persönlichen Wertgegenstände der Ausgesiedelten sowie großzügigen Duschräumen zur Verbesserung der allgemeinen Hygiene. Eine Fotografie zeigte ein kleines Wachhaus im Stil eines gemütlichen Tiroler Bauernhauses, an dem ein Schild angebracht war: »SS-Sonderkommando Treblinka«.

Im Kulturteil wurden die neusten Werke einer britischen Kriminalromancière verrissen.

Endlich schlug es draußen halb zehn. Ich bezahlte, hängte den »Völkischen Beobachter« zurück an einen der Haken und verließ das Gasthaus. Die nächtliche Dunkelheit wurde von zahllosen Neonreklamen aus den Prager Gassen vertrieben. Ich überquerte die Moldau über die Smetana-Brücke und stieß direkt auf die Aujeststraße. Von dort aus schlängelten sich gepflasterte Wege zwischen gepflegten Rasenflächen und Blumenbeeten den Laurenziusberg hinauf. Hier gab es keine Reklametafeln und nur vereinzelt zeichneten Laternen einen matten Lichtfleck auf den Boden. Eine sternenklare Nacht war heraufgezogen. Tausende von kleinen Lichtpunkten überzogen den Himmel, wie achtlos auf schwarzen Samt gestreute Brillanten. Von Osten her wehte ein leichter Wind durch das Moldautal. Im Mondlicht wogten die Bäume des Kinsky-Gartens sanft hin und her, während ich den Hang hinaufstieg. Das Rauschen der Blätter erfüllte die Luft. Der Wind trug den Duft verschiedenster Blüten mit sich, deren Namen ich weder auf Deutsch noch auf Tschechisch kannte. Hin und wieder begegneten mir späte Spaziergänger im Dunkeln – immer paarweise –, die sich leise murmelnd unterhielten und verstummten, wenn sie an mir vorübergingen. Ich erreichte eine winzige Kirche in russisch-orthodoxer Bauweise, die nur aus einem absurd hohen Schindeldach mit drei Zwiebeltürmchen zu bestehen schien. In der Dunkelheit glomm eine Zigarette.

»Dr. Frantová?«, fragte ich in die Dunkelheit hinein.

Ich hörte Schritte über den Rasen auf mich zukommen, dann spürte ich eine kleine Hand auf meinem Oberarm.

»Kommen Sie«, zischte Milada Frantová und zog mich unter das Vordach der Kirche. Eine schmale hölzerne Veranda umgab das gesamte Gebäude. Wir gingen schweigend auf die Rückseite der Kirche, wo Milada eine Tür öffnete und ihre Zigarette auf das spärliche Gras warf, wo sie in der Dunkelheit weiterglomm. Wir betraten den winzigen Innenraum der Kirche, wo das Licht unzähliger Kerzen dicke rote Teppiche und goldene Heiligenikonen beschien. Die Luft war schwer von Weihrauch und Kerzendampf. Milada setzte sich auf eine der niedrigen Bänke und nickte mir zu. Ich setzte mich in gebührendem Abstand neben sie. Sie trug ein hellblaues Kleid unter ihrer Jacke und hatte ihr Haar zu einem Zopf geflochten, der am Hinterkopf zusammengesteckt war. Überrascht stellte ich fest, dass sie Parfüm aufgetragen hatte. Ihr Gesicht war sehr blass.

»Was tue ich hier bloß?«, fragte sie leise.

»Sie helfen dem tschechischen Volk«, antwortete ich wahrheitsgemäß.

»Ich helfe der Gestapo, die meinen Mann gefangen hält, um Beneš zu erpressen«, sagte sie mit plötzlich aufflammender Wut. Womit sie natürlich recht hatte.

»Ich werde alles, was Sie mir sagen, absolut vertraulich behandeln, Frau Dr. Frantová. Niemand wird erfahren, dass Sie mit der Gestapo über Jindra gesprochen haben. Bitte vertrauen Sie mir.«

Schon bei der Erwähnung des Namens Jindra zuckte sie zusammen – oder war es bei der Erwähnung des Wortes Vertrauen?

»Ich möchte nur, dass nicht noch mehr Menschen zu Schaden kommen«, sagte sie eisig. »Ich habe keinerlei Sympathie für Sie oder Ihre Sache übrig, das sage ich Ihnen in aller Deutlichkeit.«

Jetzt war ich es, der zusammenzuckte. Für wen die Augenärztin Sympathien hegte, war im Grunde völlig gleichgültig, wenn sie die Ermittlungen voranbrachte. Dennoch traf mich ihre Feindseligkeit.

»Sie haben den Namen Jindra schon einmal gehört, nicht wahr?«, begann ich wieder.

Sie nickte langsam. »Ich kenne den Mann nicht persönlich, aber ich habe seinen Namen am Rande einer Versammlung in Königgrätz gehört. Eine Veranstaltung, die rein sportlicher Natur war, das will ich betonen. Es muss im Frühjahr letzten Jahres gewesen sein, als diese Veranstaltungen noch erlaubt waren. Es war schon ziemlich spät am Abend und ich zog mich gerade in der Damenkabine um, als zwei Männer draußen am Fenster vorbeikamen. Das Fenster schloss nicht richtig, wahrscheinlich tut es das immer noch nicht, es wird ja nichts mehr repariert heutzutage. Die beiden Männer, deren Namen ich nicht kenne, blieben stehen, um eine Zigarette zu rauchen. Ich weiß noch, dass der Rauch durchs Fenster in die Kabine zog, was mir eine unbändige Gier verursachte.« Sie lachte verlegen und zog ihr Zigarettenetui aus der Tasche. Plötzlich schien ihr bewusst zu werden, dass wir in einer Kirche saßen, und sie steckte es wieder ein. »Ich musste also unfreiwillig mit anhören, wie die beiden vor dem Fenster darüber sprachen, dass ein Mann, den sie Jindra nannten, gezwungen sei, in den Untergrund abzutauchen, weil man nach ihm fahndete.«

»Wollten ihm die Männer dabei ihre Hilfe anbieten?«

»Im Gegenteil. Sie schienen froh darüber zu sein, Jindra loszuwerden. Sie nannten ihn einen Antikommunisten und

Bourgeois, der sich nach der Verschacherung Prags durch die Alliierten gegen die Mobilmachung der Tschechen ausgesprochen hatte. Aus irgendwelchen Gründen stand dieser Jindra in Kontakt mit Beneš, worüber sich die Männer vor dem Fenster empörten. Sie waren der Meinung, dass nur ein Partisanenkrieg gegen Deutschland den Tschechen die Freiheit bringen könnte, und Jindra hatte sich dem entgegengestellt. Das Schlimmste daran war, dass Beneš einiges auf Jindras Meinung zu geben schien.«

Mein Mund war trocken geworden. »Haben Sie mitbekommen, wohin Jindra verschwunden sein könnte?«

Milada schüttelte den Kopf. »Darüber haben sie nichts gesagt. Nur, dass Jindra den Plan hegte, die Identität eines befreundeten Offiziers anzunehmen, der sich unbemerkt nach England abgesetzt hatte.«

Meine Gedanken überschlugen sich. Jindra hatte sich mit Sicherheit nicht ins Ausland abgesetzt, wenn er vor ein paar Wochen einen Funkspruch nach London getätigt hatte. Gewiss hielt er sich nicht mehr in Königgrätz auf, denn dort wäre seine Tarnung schnell aufgeflogen. Er war im Protektorat geblieben, wahrscheinlich in einer größeren Stadt, wo er leicht untertauchen und von wo aus er ohne großen Aufwand nach Chrudim reisen konnte, wenn er die Exilregierung in London kontaktieren wollte. Das zumindest hätte ich an seiner Stelle getan.

»Mein Gott«, murmelte ich, »vielleicht ist er sogar hier in Prag.«

Milada zuckte mit den Schultern. »Das weiß ich nicht. Ich habe Jiří nach Jindra gefragt, aber er wollte an diesem Abend nicht mehr über Politik reden. Am nächsten Abend auch nicht und irgendwann habe ich Jindra einfach vergessen.«

Ich nickte abwesend. Was Jiří Franta über Jindra wusste oder nicht, würde sich herausstellen. Wichtiger war, dass ich am nächsten Tag die Kleinanzeigen aller in Prag und anderen großen Städten erhältlichen Tageszeitungen auf den Namen Jindra untersuchen lassen würde, vom Frühjahr 1941 bis heute. Das war unter Agenten eine beliebte Möglichkeit, miteinander verschlüsselt zu kommunizieren. Ohne zu überlegen, was ich tat, ergriff ich Miladas Hände und drückte sie.

»Sie haben mir sehr geholfen, Frau Dr. Frantová«, sagte ich, »Sie haben allen Menschen im Protektorat geholfen.«

Sie blickte hinunter auf ihre Hände, die ich umfasst hielt, und entwand sie meinem Griff.

»Das habe ich vor allem für meinen Mann getan«, sagte sie und stand auf. »Ich hoffe, dass meine Kooperation ihm nützen wird.«

»Ich werde sehen, was ich tun kann«, erwiderte ich und verspürte einen Anflug von Scham, weil ich genau wusste, was ich für ihn tun konnte. Nämlich nichts. Das Gefängnis in der *Kleinen Festung* von Theresienstadt war zwar dem Namen nach ein Gestapogefängnis, doch die Leitung oblag der SS. Immerhin hatte ich den Akten entnehmen können, dass Dr. Franta im Polizeigefängnis eine Vorzugsbehandlung genoss und dort sogar praktizierte. Unvermittelt kam mir ein entsetzlicher Gedanke: Würde es Dr. Frantas Erinnerungen auffrischen, wenn man ihm den abgetrennten Ringfinger seiner Frau ins Gefängnis schicken würde, noch mit dem Ehering daran und vielleicht verpackt in das elegante Kästchen, in dem mir Schneiderin Svatoš das seidene Haarband mitgegeben hatte? Bei der Vorstellung überkam mich ein Anflug von Übelkeit und ich musste mich an der Lehne der Kirchenbank festhalten, um nicht zu schwanken. Als die Übelkeit verebbte, blieb die Scham darüber, zu einem solchen Gedanken fähig zu sein. Ich tastete nach dem Kästchen, das sich in meiner Manteltasche befand. In der Werkstatt der Schneiderin waren genügend Spuren des Glitzers sichergestellt worden, sodass das Haarband als Beweismittel nicht benötigt wurde. Milada Frantová und ich verließen die Kirche durch die Hintertür. Milada ließ sich von mir Feuer geben. Im Kinsky-Garten war es so still geworden, dass ich das Knistern des verbrennenden Papiers hören konnte, als ich ihre Zigarette anzündete. Sie sog den Rauch tief ein und stieß ihn wieder aus. Im Mondlicht stiegen die Rauchwolken wie Nebelschleier empor. Wir blieben eine Weile schweigend nebeneinander stehen, bis sie den Rest ihrer Zigarette auf das dürre Gras vor der Holzveranda warf. Ich fischte das Kästchen der Schneiderin aus meiner Tasche und hielt es ihr wortlos entgegen. Ich weiß nicht genau, warum ich das tat. Es schien mir einfach naheliegend zu sein. Ich selbst konnte nichts damit anfangen und die angebliche Verlobte, für die ich es gekauft hatte, hatte ich ohnehin nach dem Vorbild Miladas erfunden. Sie sah mich ebenso misstrauisch an, wie Wolfgang Kieser ein paar Tage zuvor, als ich ihm das braune Päckchen überreicht hatte. Offenbar war ich nicht besonders überzeugend, wenn ich Geschenke machte.

»Was ist das?«

»Packen Sie es aus«, erwiderte ich.

»Glauben Sie bloß nicht, Sie könnten mit Geschenken irgendetwas bei mir erreichen«, sagte Milada, aber ich hörte im Dunkeln ein kleines Lächeln in ihrer Stimme.

Sie packte das Geschenk mit beinahe kindlichem Vergnügen aus, gab einen Laut der Überraschung von sich und zog das seidene Band aus der Verpackung. Sie hielt es so, dass sich das Mondlicht in der Glitzerapplikation brach. Die winzigen Glaspartikel funkelten wie Edelsteine. Milada schob sich das Seidenband über den Kopf und drehte sich ein wenig, als wäre sie ein Fotomodell. Dann sah sie zu mir empor.

»Und?«, fragte sie und klang dabei ein wenig kokett.

»Sehr hübsch«, sagte ich und ließ offen, ob ich das Band oder seine Trägerin meinte.

Bevor ich irgendetwas tun konnte, legte sie mir ihre Hand an den Hinterkopf, zog mein Gesicht zu sich hinunter und küsste mich. Es konnte höchstens zwei Sekunden gedauert haben, aber mir erschien dieser Moment sehr lang. Sie löste sich von mir und sagte: »Sie brauchen mich nicht nach Hause zu begleiten.«

Ich wollte etwas sagen, aber bevor mir die passenden Worte einfielen, war sie in der Dunkelheit verschwunden. Ich lauschte ihren Schritten, die sich rasch entfernten, bis sie nicht mehr zu hören waren. Ich bemerkte, dass ich mit meinen Fingerspitzen die Stelle berührte, wo Milada mich geküsst hatte. Schnell steckte ich die Hände in die Manteltaschen und trat den Heimweg in die Kopenhagener Straße an, die ich irgendwann gegen Mittnacht erreichte. Nach der allernötigsten Abendhygiene fiel ich in mein Bett, doch ich fand lange keinen Schlaf.

Mittwoch, 3.6.1942, 8.00 Uhr

Am frühen Morgen hatte mich ein Anruf des Pförtners Chvalkovský auf meinem Privatanschluss geweckt. Das war eines der Privilegien, die man als Gestapobeamter hatte, denn so wurde die ständige Erreichbarkeit durch den Vorgesetzten auch außerhalb des Dienstes gewährleistet. Der Pförtner teilte mir hastig mit, dass der Reichsführer SS Heinrich Himmler mit sorgenvoller Miene den Flur des Bulovka-Krankenhauses auf- und abwandele und Lina Heydrich mit erstarrtem Gesicht auf einer der Besucherbänke vor der Klinik sitze, und das trotz der morgendlichen Kühle. Chvalkovský zog daraus genau die richtigen Schlüsse.

»Das arme Mädchen, so kurz vor der Niederkunft«, sagte er mit einem Bedauern in der Stimme, das ganz und gar aufrichtig klang. Noch gab es keine offizielle Mitteilung über den Zustand des Reichsprotektors, aber es war das Schlimmste zu erwarten. Ich rief im Petschek-Palast an, um die Suche nach Kleinanzeigen, die den Namen Jindra enthielten, auf den Weg zu bringen, und verließ meine Wohnung, um Hauptmann Šeda zu treffen. Ich wollte nicht, dass unser kleiner Ausflug ins Hinterland im Petschek-Palast oder beim SD bekannt wurde, deshalb hatten wir vereinbart, mit einem Wagen der tschechischen Polizei nach Kladno zu fahren.

Alois Šeda saß am Steuer, als wir Prag in Richtung Nordwesten hinter uns ließen.

»Gibt's etwas Neues bei der Fahndung nach Valčík oder dem Invaliden?«, fragte ich.

Šeda verneinte und ich berichtete ihm vom Anruf des Pförtners Chvalkovský, woraufhin sich seine Miene verfinsterte. Die Augen unter den dichten Brauen wurden vor Zorn noch dunkler.

»Wenn Beneš schon das dringende Bedürfnis hat, ein Attentat zu begehen, hätte ich ihm lieber unseren tschechischen Quisling empfohlen«, knurrte er. Vidkun Quisling, der Norwegen vor zwei Jahren mit Freuden in den deutschen Herrschaftsbereich überführt hatte, stand in ganz Europa für Verrat und Kollaboration. Abgesehen von Deutschland natürlich, dort galt er als treuer Freund, der den Titel »Fører« tragen durfte.

Ich sah ihn überrascht an. »Sie meinen Emil Hácha?«

»Ich meine diesen verdammten Moravec«, erwiderte Šeda.

General Emanuel Moravec war Minister für Volksaufklärung. Bis zur Zerschlagung der Rest-Tschechei war er als glühender Patriot aufgetreten und hatte die militärische Verteidigung des Landes gegen jegliche Besatzer beschworen. Nach einer ausführlichen Unterredung mit Karl Hermann Frank jedoch hatte Moravec begriffen, dass nicht die Deutschen, sondern die tschechischen Intellektuellen den Niedergang der Nation verursacht hatten, und war seitdem gerne an der Seite Heydrichs aufgetreten, in einer selbstentworfenen schwarzen Uniform, die denen der SS in puncto Schneidigkeit in nichts nachstand.

»Was ist an Moravec denn schlimmer als an Hácha?«

»Hácha war schon immer schwach«, antwortete Šeda. »Er ist so schwach, dass man im Volksmund sagt, jemand werde *háchaisiert*, wenn man ihn durch leichten Druck zum Umkippen bringt.«

Damit hatte Šeda Recht. Hitler selbst hatte den Ausdruck als Erster verwendet, nachdem er Staatspräsident

Emil Hácha nach der Unabhängigkeitserklärung der Slowakei in einer einzigen Verhandlungsnacht in einen Schwächeanfall getrieben hatte, der ärztlich behandelt werden musste. »Wenn der Reichsprotektor stirbt, dann wird Beneš von seinem sicheren Nest in London aus zusehen können, wie ihr blutige Rache an den politischen Geiseln nehmt.«

»Hauptmann Šeda, ich hoffe, Sie wissen, dass ich mein Möglichstes tue, genau das zu verhindern«, sagte ich. Šedas Vorwurf hatte mich tiefer gekränkt, als ich es vermutet hätte.

»Weil Sie der Meinung sind, dass ein Gemetzel an Zehntausend Unschuldigen ein Verbrechen ist, oder weil es Sie bei Ihrer Arbeit behindern würde?«

Ich wusste nicht, womit ich mir an diesem Morgen seine Feindseligkeit zugezogen hatte, aber nun war ich wirklich verärgert. Vor allem, weil beide Punkte zutrafen. Massenerschießungen waren für mich nicht lediglich eine menschliche Katastrophe, sondern auch eine kriminalistische. Ich schwieg und sah durch das Fenster zu, wie einzigartig trübselige Bauernhöfe an uns vorüberzogen.

»Neulich haben Sie gebetet«, sagte Šeda unvermittelt in das Schweigen zwischen uns.

»Wie bitte?«

»Als Sie das Bild von Josef Valčík gefunden haben, da haben Sie eine Art Gebet gesprochen.«

»Ich verstehe deine Führung nicht, aber du weißt den Weg für mich«, sagte ich. Meine Lippen fühlten sich bei diesen Worten taub an. »Hin und wieder bitte ich den Allmächtigen um Beistand.«

»Sind Sie ein gläubiger Mann, Herr Kriminalrat?«

»Ja«, sagte ich schlicht.

»Warum machen Sie dann bei diesen Dingen mit?«

»Wie meinen Sie das, Hauptmann?«

Šeda wusste genau, dass er sich auf sehr dünnem Eis bewegte, das konnte ich in seinem Gesicht sehen.

Nichtsdestotrotz war es eine berechtige Frage. Ich weiß nicht, wie viele Leute heute behaupten, von *diesen Dingen*, wie Šeda es ausgedrückt hatte, nichts gewusst zu haben. Richtiger wäre es zu sagen, dass wir es nicht hatten wissen wollen, aus berechtigtem Grauen vor uns selbst und vor dem unaussprechlichen Hass derjenigen, denen wir *diese Dinge* antaten. Dieser Hass würde eines Tages über unseren Köpfen zusammenschlagen, wenn wir nicht achtgaben, und deshalb mussten wir alles tun, um diesen irrwitzigen Krieg gegen die ganze Welt zu gewinnen. Wir hatten eine vage Ahnung, dass *diese Dinge* uns Deutsche in geheimnisvoller Weise auf ewig aneinanderketteten und uns allesamt in den Abgrund reißen würden, wenn wir den Krieg verlören. Mit *diesen Dingen* wider besseres Wissen und Gefühl fortzufahren, schien damals unsere einzige Möglichkeit zu sein, überhaupt zu überleben. An der so genannten Umsiedelung der Ostjuden waren wir alle in irgendeiner Weise beteiligt, indem wir *diese Dinge* zwar zur Kenntnis nahmen, aber so schnell ad acta legten, dass sie uns nicht aus der Apathie zu reißen vermochten, in die wir verfielen, um uns nicht damit auseinandersetzen zu müssen. Ich kann Ihnen sagen, wir hätten alles wissen können, wenn wir gewollt und die Kraft gefunden hätten, es zu ertragen. Aber wer hatte in diesen Tagen schon die Kraft dazu? Wir mussten uns darauf konzentrieren, den Krieg zu gewinnen, weil alles andere unsere Vernichtung bedeutet hätte. Jeden Tag sagte man uns, dass der Jude mit seinem unendlichen Hass hinter diesem Vernichtungsgedanken stand, aber wir dachten lieber nicht darüber nach, was diesen Hass herausgefordert hatte. Hunderttausende, vielleicht Millionen von Toten könnten ein einleuchtender Grund sein. Und nun waren wir dabei, das tschechische Volk ebenso an uns zu ketten, dass es mit uns untergehen musste, wenn der Krieg verloren ging. Mir kam in diesem Moment zum ersten Mal der Gedanke, dass Reinhard Heydrich gar nicht angegriffen worden war wegen seiner Grausamkeit den Tschechen gegenüber, sondern vielmehr deshalb, weil er auf dem besten Wege gewesen war, sie zu einem Volk satter, zufriedener Mitläufer und Helfer zu machen, die in denselben stumpfen Schlaf versanken wie wir Deutschen. Diese Einsicht machte mich sprachlos.

Šeda sagte irgendetwas, das ich nicht verstand. Aber es reichte aus, um mich aus meinen Gedanken zu reißen.

»Wie bitte?«

»Die Erschießungen durch die Gestapo. Wie kann ein gläubiger Mann das gutheißen?«

»Ich heiße Erschießungen niemals gut. Sie sind eine hässliche Notwendigkeit. Ich habe mich im Übrigen gegen das Standrecht ausgesprochen, aber es hat nichts genützt.«

»Wenn ein Informant aus dem tschechischen Volk an Sie heranträte, mit entscheidenden Hinweisen, was würden Sie tun?«

»Das fragen Sie noch? Ich würde die Täter festnehmen und sie der Gerechtigkeit zuführen.«

»Natürlich. Und was wäre mit den Familien, die den Attentätern Obdach und Hilfe geboten haben? Mit den Frauen und Kindern?«

Die Richtung, in die sich das Gespräch entwickelte, gefiel mir nicht. »Wenn es nach mir ginge, gäbe es eine Generalamnestie«, sagte ich, »doch aufgrund der aktuellen Rechtslage müssten alle beteiligten Personen verhaftet und verurteilt werden, auch die Frauen und sogar die Kinder, sofern sie über vierzehn sind.«

Šeda nickte, als hätte er diese Antwort erwartet. »Und wenn es umgekehrt wäre? Wenn Sie der Informant wären?«

Ich dachte eine Weile über diese Frage nach. »Ich würde die Attentäter verraten«, sagte ich schließlich. »Nicht wegen der zehn Millionen Kronen. Ich würde es tun, weil es das Richtige wäre und weil ich dem ganzen Vergeltungswahnsinn damit ein Ende setzen könnte.«

»Auch um den Preis, dass Sie alle möglichen Mitwisser ans Messer liefern würden? Die eigene Familie?«

Mir kam der Mann mit dem Decknamen Jindra in den Sinn, der in diesem Moment vielleicht über dieselbe Frage nachdachte.

»Lassen wir es gut sein, Hauptmann«, sagte ich. Ich hätte ihn gern über seine Einschätzung der Angelegenheit um den geheimnisvollen Agenten befragt, aber in diesem Moment schnürte mir ein allumfassender Ärger die Kehle zu. Ich wusste nicht einmal, wem er am meisten galt. Alois Šeda, weil er die Angewohnheit entwickelte, mir persönliche Fragen zu stellen, die ins Schwarze trafen? Karl Hermann Frank, der bei Hitler keine Generalamnestie hatte bewirken können, weil er nicht in der Lage war, sich gegen Daluege durchzusetzen? Oder mir selbst, weil ich mich mit solchen Fragen wie denen des Hauptmanns lieber nicht beschäftigen wollte?

Die nächsten Minuten verbrachten wir schweigend. Dann erreichten wir das Dorf Liditz, das aus einer hübschen Sandsteinkirche, einer Schule und einer Handvoll Häusern bestand. Die Glocke der Kirche, die dem heiligen Martin geweiht war, läutete behäbig und aus dem winzigen Schulgebäude strömte eine Schar von Kindern, die sofort begannen, fröhlich auf der Wiese herumzutollen. Als unser Auto langsam an dem Weidezaun vorüberfuhr, der das Schulgelände von der Straße trennte, kamen die Kinder herbei und winkten uns ausgelassen zu. Ich hob ebenfalls die Hand zum Gruß. Ein Lehrer erschien im Fensterrahmen und rief seinen Schützlingen etwas zu, das ich nicht verstand. Daraufhin wandten sie sich von uns ab und trotteten zum Schulgebäude zurück. Eines der Kinder, ein blondes Mädchen mit einem merkwürdig in sich gekehrten Gesicht und aufgeschürften Knien unter dem Trägerrock, drehte sich noch einmal um und sah mich an. Manche hätten das Mädchen vielleicht als zurückgeblieben oder schwachsinnig bezeichnet, denn man sah ihr an, dass sie nicht wie die anderen war. Sie sah gleichzeitig klug und verwirrt aus, so als wüsste sie nichts mit dieser verrückten Welt um sie herum anzufangen. Heute bin ich mir sicher, dass das Mädchen Věnceslava Puchmeltrová war, die ich einige Zeit später auf einem Bild wiedererkennen sollte, das mir Nebe zuschickte. Damals war sie einfach nur ein Mädchen aus Liditz, das mit Interesse betrachtete, wie sich das Licht der Junisonne auf der polierten Karosserie des Polizeiautos brach.

Wir fuhren an der Fleischerei Houbová und einem Bauernhof vorbei und gelangten über eine Landstraße nach Kladno. Schon von Weitem sahen wir die Schornsteine der Stahlmühle.

»Das da drüben ist die Gendarmerie«, sagte Šeda und deutete auf ein hübsches hellgelbes Gebäude. »Die Kladner Gestapo hat ihre Vertretung im ersten Stock.«

Die Kleinstadt Schlan lag im Nordwesten des Bezirks Kladno. Eine Salzquelle hatte ihr ihren Namen gegeben und

Wenzel II. hatte sie vor gut achthundert Jahren zur Königsstadt gemacht. Die Fabrik Palaba befand sich außerhalb des historischen Stadtkerns auf einer ehemaligen Weidefläche. Jaroslav Pála hatte sie nach dem großen Krieg gegründet und produzierte seitdem erfolgreich Taschenlampen und Batterien. Von einem Turm wehten die deutsche und die tschechische Flagge. Wir stiegen aus und betraten das hufeisenförmig angelegte Fabrikgelände. Hauptmann Šeda würde zunächst das Reden übernehmen, hatten wir abgemacht. Jaroslav Pála hatte unsere Ankunft bereits bemerkt, denn kaum hatten wir einen Fuß in den Hof der Fabrikanlage gesetzt, kam er aus dem Verwaltungsgebäude auf uns zu. Er war ein elegant gekleideter Mann von etwa sechzig Jahren mit einem imposanten weißen Schnurrbart und einem Zug von so schmerzlicher Traurigkeit um den Mund, als hätte er in seinem Leben schon so manche Niederträchtigkeit erlebt. Ich dachte an die Beschwerden seiner weiblichen Angestellten und fragte mich im Stillen, wie sich solch ein Mann das Recht herausnehmen konnte, so bekümmert über die Verderbtheit der Welt zu sein.

»Meine Herren, kommen Sie doch herein«, rief Pála und führte uns in sein Büro, wo er Cognac in bauchige Schwenker eingoss.

»Haben Sie schon etwas herausfinden können?«, fragte er und nahm einen Schluck Branntwein.

Šeda warf mir einen Blick zu. Ich nickte, um ihm zu signalisieren, dass er freie Hand hatte.

»Das ist Kriminalrat Pannwitz von der Prager Gestapo«, sagte Šeda in einem Ton, in dem man einen König ankündigte.

Pála setzte eine so ehrfurchtsvolle Miene auf, als hätte Šeda genau das getan. »Aha!«, rief er aus. »Ich dachte mir doch, dass sich die Gestapo für diese Informationen interessieren würde. Hat Obersturmführer Wiesmann Ihnen den Brief übergeben?«

Ich machte eine unbestimmte Bewegung mit dem Kopf, die alles bedeuten konnte, und sagte auf Tschechisch: »Herr Pála, bitte schildern Sie mir doch noch einmal ganz genau die Umstände, unter denen Sie an dieses Schriftstück gelangt sind.«

»Natürlich, Herr Kriminalrat. In meiner Fabrik beschäftige ich zahlreiche Arbeiterinnen aus der Umgebung. Ich verstehe mich nicht nur als Arbeitgeber, sondern verspüre auch eine Art väterliche Pflicht, ein Auge auf das sittliche Verhalten der jungen Damen zu haben, besonders in Zeiten wie diesen, wo Mädchen rauchen und sogar Alkohol trinken.« Er nahm einen Schluck Cognac und schüttelte betrübt sein ergrautes Haupt. »Vorgestern wurde ein Brief mit der Nachmittagspost zugestellt, für Fräulein Anna Maruščáková, die sich für diesen Tag krankgemeldet hatte. Als Absender stand nur der Name Milan auf dem Umschlag, was mir natürlich gleich verdächtig vorkam. Ich sah mich also verpflichtet, den Brief umgehend zu öffnen, um Unheil von der Fabrik Palaba und natürlich von Fräulein Maruščáková abzuwenden. Nachdem ich das Schreiben gelesen hatte, war mir sofort klar, dass es sich um eine Angelegenheit für die Gestapo handeln musste. Ich bin ausgesprochen froh, dass ich so umsichtig und geistesgegenwärtig war, den Brief an Obersturmführer Wiesmann weiterzugeben. Stellen Sie sich vor, Herr Kriminalrat, der Wachtmeister in Kladno, dieser Vybíral, wollte mich einfach abwimmeln wie eine lästige Fliege.« Er beugte sich vor und senkte die Stimme zu einem Flüstern: »Vielleicht ist Vybíral in diese Verschwörung verwickelt, ich würde es ihm zutrauen.«

Šeda überhörte diese Bemerkung und sagte: »Was genau am Inhalt des Briefes hat Sie dazu bewogen, die Polizei einzuschalten?«

»Aber das habe ich doch schon dem Obersturmführer dargelegt.«

»Der Herr Kriminalrat würde es gerne noch einmal von Ihnen selbst hören«, sagte Šeda.

»Natürlich, ich verstehe«, erwiderte Pála würdevoll. »Selbstverständlich habe ich mir eine Abschrift für die Mitarbeiterakte von Fräulein Maruščáková angefertigt. Daran kann ich Ihnen am besten darlegen, weshalb ich sofort Verdacht geschöpft habe.«

Er zog einen Schlüsselbund aus der Tasche und öffnete einen gewaltigen Aktenschrank aus dunklem Holz, in dem Hunderte von Ordnern aufgereiht waren. Jeder Ordnerrücken war sorgfältig mit winzigen gestochen scharfen Buchstaben beschriftet. Pála zog zielsicher einen der Ordner heraus, verschloss den Schrank gewissenhaft und öffnete die Akte, die er über seine Angestellte führte. Eine Menge Papier und einige Fotos waren sorgfältig darin eingeheftet. Pála bemerkte meinen Blick auf die Fotos der jungen Frau, entnahm die Abschrift des Briefes und klappte den Ordner rasch zu.

»Sehen Sie selbst«, sagte er mit einer gewissen Befriedigung in der Stimme. »Ich habe schon immer gewusst, dass Fräulein Maruščáková nicht so unschuldig ist, wie sie aussieht.«

»Hat Ihnen Anna Maruščáková denn schon einmal Anlass zur Sorge gegeben?«, fragte ich.

Pálas fahle Wangen röteten sich. »Fräulein Maruščáková ist dafür bekannt, dass sie Männern gern schöne Augen macht. Wenn man sich ihr jedoch in völlig unschuldiger

Absicht und väterlicher Sorge nähert, veranstaltet sie ein großes Geschrei.«

Ich nahm den Brief und las:

»Liebe Anni! Entschuldige, dass ich Dir so spät schreibe, und vielleicht begreifst Du mich, denn Du weißt, dass ich viel Arbeit und Sorgen habe. Was ich tun wollte, das habe ich getan. An jenem Schicksalstag schlief ich irgendwo bei Čabárna. Ich bin gesund. Auf Wiedersehen diese Woche, dann sehen wir uns nicht mehr. Milan«

Ich übergab das Schreiben an Šeda. Vielleicht sah er etwas, das mir entging, weil Tschechisch nicht meine Muttersprache war.

»Dieser Mann ist ganz offenkundig einer der Terroristen, die unseren Reichsprotektor angegriffen haben«, ereiferte sich Pála. »Er hat getan, was er tun wollte! Schicksalstag! Und dann dieser Abschied! Gut, dass dieser Verbrecher nun hinter Schloss und Riegel sitzt.«

Šeda und ich wechselten einen Blick.

»Wir würden gerne mit Fräulein Maruščáková sprechen. Ist sie heute zur Arbeit erschienen?«

Pála sah mich verwirrt an. »Selbstverständlich nicht. Der Sicherheitsdienst hat sie doch gestern gleich zum Verhör mitgenommen. Und falls sie dort wieder entlassen wird, was ich mir kaum vorstellen kann, braucht sie hier jedenfalls nicht mehr zu erscheinen. Ich habe ihrer Mutter bereits die fristlose Kündigung zustellen lassen. Bei Palaba wollen wir keine Verbrecherliebchen, das verstehen Sie doch.«

Ich ließ mir von Jaroslav Pála die Adresse der Mutter Maruščáková in Holousy geben, einem winzigen Dorf bei Schlan, das nur aus etwa zehn Häusern bestand.

Im Auto sagte Šeda: »Böhme hat Sie mit keinem Wort darüber informiert.«

»Ich werde mich offiziell über das Vorgehen von Horst Böhme beschweren«, antwortete ich. Die Schwierigkeit daran war, eine Stelle zu finden, bei der ich meine Beschwerde einreichen konnte. Auf die höherrangigen Offiziere Daluege und Frank konnte ich nicht zählen. Hans-Ulrich Geschke, der Prager Gestapoleiter, war als Standartenführer immerhin gleichrangig. Außerdem konnte er es nicht ausstehen, wenn man den Dienstweg umging und sich über Vorschriften hinwegsetzte. Ich hatte allerdings meine Zweifel, dass er Böhme eine Rüge erteilen würde, denn Böhme hatte die mächtigeren Gönner. Böhme war von Heydrich als Mann fürs Grobe ausgebildet worden und hatte in dieser Funktion mehr oder weniger freie Hand.

Šeda nickte: »Ja, tun Sie das, wenn nötig beim Führer persönlich.«

Ich sah ihn überrascht an. »Vielleicht tue ich genau das.«

Daraufhin mussten wir beide lachen. Es war das erste Mal, dass wir gemeinsam lachten. Ich war froh, dass die Spannung zwischen uns überwunden war.

In Holousy erwartete uns eine verzweifelte Mutter Maruščáková, die als Witwe mit ihrer Tochter Anna in ärmlichsten Verhältnissen lebte. Die Festnahme ihrer Tochter durch den Sicherheitsdienst bereitete ihr nicht nur Schmerz und Angst um das Leben ihres einzigen Kindes, sondern bedrohte ihre gesamte Existenz. Mutter und Tochter lebten mehr schlecht als recht von Annas Gehalt bei Palaba. Leider konnte uns die Frau nur wenige Hinweise auf den geheimnisvollen Absender des Briefes geben. Sie wusste lediglich, dass Milan in Wirklichkeit einen anderen Namen trug und verheiratet war.

»Erst hat er mein Mädchen ausgenutzt und jetzt hat er sie auch noch ins Verderben gerissen«, schluchzte sie. Wir konnten nicht mehr für sie tun, als ihr zu versichern, dass Anna vom Sicherheitsdienst bestimmt gut behandelt und bald entlassen würde, wenn sie kooperierte.

Auf der Rückfahrt in die Stadt befragte ich Šeda nach seiner Meinung zu dem Brief an Anna.

»Ich glaube, dieser Milan ist ein Aufschneider«, sagte der Hauptmann. »Er macht einige vage Andeutungen, um sich als Widerständler aufzuspielen, aber er nennt keinen einzigen konkreten Punkt, an dem er irgendwie mitgewirkt hätte. Wissen Sie, was ich glaube?«

Ich sah ihn fragend an.

»Ich glaube, Milan wollte seine Geliebte loswerden. Vielleicht hat die Ehefrau etwas über die Liebschaft herausgefunden und ihn unter Druck gesetzt. Vielleicht wurde sie ihm auch einfach lästig. Um vor Anna nicht allzu schäbig dazustehen, schiebt er politische Gründe vor, als wolle er sie nicht Gefahr bringen und deshalb heldenmütig auf die Erfüllung seiner Sehnsucht verzichten.« Šeda schien ein wahrer Menschenkenner zu sein.

»Das klingt plausibel. Dennoch ist es ein Hinweis, dem wir nachgehen müssen. Wie ich Böhme einschätze, hat er den wirklichen Namen des treulosen Milan bereits herausbekommen.«

Ich musste unwillkürlich an Paul Soppa denken, der mit seinen speziellen Verhörmethoden den Namen des dritten *Königs*, Václav Morávek, aus seinen beiden Gefangenen herausbekommen hatte. Ich hoffte, dass es Anna besser ergangen war, denn nüchtern betrachtet traf sie keinerlei Schuld, selbst wenn ihr Geliebter in das Attentat verwickelt sein sollte. Im Nachhinein war das natürlich eine völlig überflüssige Betrachtung. Anna, Milan und auch das Mädchen, von dem ich glaube, dass es Věnceslava hieß – sie alle traf keinerlei Schuld.

Mittwoch, 3.6.1942, 15.00 Uhr

Kriminalrat Schultze war ein kleiner, schmaler Mensch mit dünnem farblosem Haar in einer zu großen Jacke. Er hatte den misstrauischen Blick und die verteidigende Haltung eines Mannes, der Ablehnung gewöhnt war. Ich hatte einige Male mit ihm zusammengearbeitet und wusste, dass er zu dem Typus Mensch gehörte, der über das Mittelmaß hinaus begabt war, den der Mangel an Selbstsicherheit aber zum Versager machte.

»Ich habe gestern Morgen einen Anruf aus Kladno erhalten«, gab er zu. »Wenn ich gewusst hätte, dass man Sie nicht verständigt hat, hätte ich das umgehend getan, aber nur, um Ihnen zu sagen, dass diese Spur kalt ist.«

Ich nickte. Genau das hatte ich erwartet.

»Eine Beteiligung von Viliam Gerik können Sie also ausschließen?«, fragte ich sicherheitshalber.

»Er kommt auf keinen Fall als Mitwisser oder Drahtzieher in Frage. Er war stets kooperativ und von dem Attentat ebenso überrascht wie wir alle. Natürlich wusste er, dass Beneš gegen uns arbeitet und das System unterminieren will. Aber das wissen wir alle, nicht wahr? Von einem Absprung bei Kladno, der sich bereits Anfang des Jahres oder früher ereignet hat, weiß er nichts. Auch die Anlaufstelle, die ihm genannt wurde, war weder in Liditz noch Holousy oder Schlan, sondern in Prag. Sie hätten Gerik sehen sollen, als wir ihn aufgegriffen haben. Völlig ausgehungert und durchgefroren. Der Mann wurde mit Sicherheit nicht versorgt.«

»Es gibt also keinen Hinweis darauf, dass sich der Schreiber des Briefes mit seinen Andeutungen tatsächlich auf das Attentat bezieht oder sogar darin verwickelt ist?«

»Nicht den geringsten. Das habe ich Wiesmann auch mitgeteilt. Hätte ich den kleinsten Verdacht, dass ein Zusammenhang bestehen könnte, wäre selbstverständlich eine Meldung an die Sonderkommission ergangen.«

Er sah mich so betroffen an, als hätte ich ihm den Vorwurf der groben Pflichtverletzung gemacht.

»Ich wollte es nur noch einmal aus Ihrem Munde hören, Herr Schultze. Ihr Urteil in dieser Sache ist schließlich das entscheidende.«

Kriminalrat Schultze sah mich aufrichtig erfreut an. »Sie können sich ganz auf mich verlassen, Herr Pannwitz.«

Mit dieser Versicherung des zuständigen Experten machte ich mich auf den Weg zu Böhme. Ich kündigte mich nicht telefonisch an, um ihm keine Zeit zu geben, sich irgendeine Geschichte zurechtzulegen, die er mir auftischen konnte.

Als ich die Juristische Fakultät in der Nürnberger Straße betrat, wies ich mich aus und ließ mich von einem verdrossen dreinblickenden Scharführer zu Böhmes Büro geleiten. Auf dem Gang kam mir der Bote mit dem Frettchengesicht entgegen, der, als er mich erkannte, so scharf in irgendeinen Gang abbog, dass ein Bündel Briefe von seinem Wagen rutschte und über den Boden schlitterte.

Standartenführer Horst Böhme wartete in der Tür seines Büros auf mich. Der Mann am Empfang hatte ihn telefonisch über meine Anwesenheit informiert. Sein schwarzes Haar war sorgfältig mit Pomade nach hinten gekämmt, sodass er kaum wie dreißig aussah. Seine Uniformjacke spannte über seinem Bauch, als hätte er in den letzten Monaten allzu gerne dem tschechischen Bier zugesprochen.

»Herr Kriminalrat, waren Sie zufällig in der Gegend oder halten Sie es nicht für nötig, sich vorher anzukündigen?«

»Heil Hitler, Standartenführer«, erwiderte ich und musste beinahe lächeln, als ich sah, wie die Wut über diese Zurechtweisung meinerseits in seinem Gesicht aufflackerte. Nur beinahe, weil Horst Böhme in seiner Wut zugegebenermaßen furchteinflößend war.

»Heil Hitler«, knurrte er. »Was wollen Sie von mir?«

»Es gibt zwei Angelegenheiten, über die ich dringend mit Ihnen sprechen muss«, sagte ich. »Ich habe Sie bereits gestern zu erreichen versucht, aber Sie waren ja in Kladno.«

Böhme funkelte mich an. Damit hatte er offenbar nicht gerechnet.

»Wollen wir nicht hineingehen?«, fragte ich und wies auf die offene Tür des Büros, in deren Rahmen er stand.

Wortlos tat er einen Schritt zur Seite und ließ mich eintreten. Ich setzte mich auf einen der wuchtigen Sessel, die um den Rauchtisch standen, und wartete, bis Böhme die Tür geschlossen und ebenfalls Platz genommen hatte.

»Ich habe von Kriminalrat Schultze erfahren, dass Sie eine Spur nach Kladno verfolgt haben«, begann ich. »Da wollte ich mich erkundigen, ob sich etwas ergeben hat, das für mich als Leiter der Sonderkommission von Interesse ist.«

»Wenn sich etwas von Interesse ergibt, werde ich Sie informieren«, sagte Böhme und bemühte sich, gleichmütig zu klingen. Er griff nach einem Glas, das auf dem Rauchtisch stand und nippte daran. Mir bot er nichts an.

»Was hat denn das Fäulein aus Holousy, Anna Maruščáková, zu Protokoll gegeben?«, fragte ich.

Böhmes Gesicht verfärbte sich dunkel. »Spionieren Sie mir nach, Pannwitz?«

»Ich gehe Hinweisen nach, die zur Aufklärung des Attentats beitragen könnten«, antwortete ich. »Als Leiter der Sonderkommission …«

»Ihre Sonderkommission ist lächerlich«, schnappte Böhme. »Sie haben überhaupt nichts. Tölpel wie Frank und Geschke können Sie vielleicht mit ihrer sogenannten Ermittlungsarbeit hinhalten, aber in Wirklichkeit stehen Sie doch mit völlig leeren Händen da.«

Ich verschwendete keine Zeit damit, Böhme die Erfolge meiner Arbeit aufzuzählen. »Standartenführer, General Nebe hat Sie gebeten, mit der Sonderkommission kameradschaftlich zusammenzuarbeiten. Ich ersuche Sie, sich daran zu halten.«

»Kommen Sie mir nicht mit Nebe«, sagte Böhme. »Nebe wird bald ganz andere Sorgen haben.«

»Was meinen Sie?«

Böhme grinste. »Sie wissen überhaupt nichts, Pannwitz. Soll Nebe ruhig weiter an Zigeunermischlingen über die Trinkbarkeit von Meerwasser forschen, solange wir ihn lassen.«

»Ich verstehe nicht«, begann ich.

»Wir wissen *Dinge* über unsere Leute, Pannwitz. Manchmal sehr hässliche Dinge. Besonders über Nebe. Heydrich führt eine Akte über jeden einzelnen, der irgendeine Bedeutung hat. Wussten Sie das nicht?«

Ich hatte davon gehört, dass Reinhard Heydrich über alles und jeden Bescheid wusste, aber ich hielt diese Behauptung für eine Legende, die er selbst gestrickt hatte, um sich Respekt zu verschaffen. Bei dem Gedanken, dass irgendwo in Heydrichs gewaltigem Giftschrank eine Akte über mich lag, wurde mir kalt. Böhme schien meine Gedanken zu erraten. »Ich weiß auch Dinge über

Sie, Pannwitz. Sie hatten enge Kontakte zu Männern, die wir heute als Feinde betrachten müssen. Sie waren schlau genug, sich rechtzeitig von diesem weichlichem Pfaffenabschaum zu distanzieren, aber irgendetwas bleibt immer hängen, nicht wahr?« Er nahm einen Schluck aus seinem Glas und sah mich an.

»Und ich weiß Dinge über *Sie*, Standartenführer.«

Die Worte, die meine Lippen scheinbar ohne mein Zutun verlassen hatten, hingen im Raum. Mein Mund war plötzlich sehr trocken.

Böhme erhob sich langsam von seinem Sessel. Eben war sein Gesicht zornesrot gewesen, jetzt war es aschfahl. »Wollen Sie damit irgendetwas andeuten, Pannwitz?«

»Ich weiß von der abgefangenen Übertragung aus Chrudim«, sagte ich leise. Die Übertragung, die Böhme den Kopf kosten konnte.

»Es gab keine Übertragung«, sagte Böhme tonlos.

Ich vermutete, dass Böhme jeden Fetzen Papier, auf dem etwas von dem geplanten Anschlag auf Heydrich stand, noch am Abend des Attentats eigenhändig verbrannt hatte.

»Wer ist Jindra?«, fragte ich, um ihm klarzumachen, dass ich Bescheid wusste.

»Ich habe keine Ahnung, wer Jindra ist«, blaffte Böhme. »Wenn Sie damit zu Frank oder Daluege gehen, werden die Sie auslachen, Pannwitz. Vielleicht hält man Sie auch für einen dieser Geisteskranken, die überall Verschwörungen wittern.«

»Sie meinen, einen wie Jaroslav Pála?«

Böhmes Hand verkrampfte sich um sein Glas, sodass es in der Umklammerung zersprang. Ich starrte auf die Splitter, die in einer Pfütze von Wasser und Blut funkelten. Böhme ließ sich nicht anmerken, ob er überhaupt wahrnahm, dass Blut aus vielen kleinen Schnittwunden an seiner Hand sickerte.

»Was wollen Sie?«, fragte er.

»Ich verlange die Vernehmungsprotokolle von Anna Maruščáková und ihrem Liebhaber. Den haben Sie doch bestimmt schon aufgespürt.«

Böhme grinste wieder, während unaufhörlich Blut auf die Tischplatte tropfte. »Das Fräulein wurde sehr schnell redselig, nachdem ich mir die Ärmel hochgekrempelt hatte. Der Übersetzer kam kaum nach.«

»Ist der Mann schon verhört worden?«, fragte ich und unterdrückte die aufkeimende Übelkeit.

»Natürlich. Ein Arbeiter der Stahlmühle in Kladno. Diese Arbeit wird natürlich erheblich schwerer zu erledigen sein, wenn man keine Fingernägel mehr hat. Zum Glück hat er das etwa auf halbem Wege eingesehen.«

»Was hat er gesagt? Weiß er etwas über die Attentäter?«

Böhme rieb sich das Kinn. Offenbar hatte er die Verletzung an seiner Hand nicht bemerkt oder sie wieder vergessen, sodass die blasse Haut an seinem Unterkiefer mit rostigen Schlieren überzogen war. Es sah aus, als hätte er die Fingernägel des unglücklichen Milan mit seinen eigenen Zähnen herausgerissen.

»Dieser Idiot konnte uns nichts Brauchbares liefern«, sagte Böhme. »Nur den Namen eines Liditzers, der sich 39 oder 40 nach England abgesetzt hat. Horák, oder so ähnlich.«

»Wir werden die betreffende Familie befragen«, sagte ich.

Böhme schnaubte. »Das können Sie sich sparen. Der SD wird sich zu gegebener Zeit darum kümmern.«

»Was geschieht jetzt mit dem Mädchen und ihrem Liebhaber?«

»Die beiden bleiben vorerst in Haft«, sagte Böhme knapp.

»Standartenführer, ich möchte Sie in aller Form daran erinnern, dass ich als Leiter der Sonderkommission in Zukunft über alles informiert werden muss, was in Zusammenhang mit dem Anschlag steht.«

Damit lehnte ich mich weit aus dem Fenster, denn Böhme gegenüber war ich nicht weisungsbefugt. Vielmehr war es umgekehrt. Böhme sah mich an und begann zu lächeln wie jemand, der sich gerade eine wundervolle Erinnerung ins Gedächtnis rief. Er beugte sich zu mir herüber, bis sein blasses, blutverschmiertes Gesicht ganz nah an meinem war. Ich konnte den Eisengeruch des gerinnenden Blutes und einen Hauch der Pomade in seinem Haar riechen. Seine Augen waren sehr dunkel und es war, als würde ich in einen tiefen Brunnen sehen, in dem nichts als Leere war.

»Wissen Sie, dass ich in Prag schon mal einen Menschen getötet habe?«

Böhme hatte zweifellos mehr als einen Menschen in Prag auf dem Gewissen. Er erriet meine Gedanken und fuhr fort: »Ich meine keine Juden, Tschechen oder Zigeuner. Einen richtigen Menschen, einen Deutschen.«

Ich nickte beklommen. Er sprach von dem Ingenieur Rudolf Formis, der mit Hitlers Konkurrenten Otto Strasser von Prag aus Stimmung gegen den Führer gemacht hatte und den er bei der Aushebung des Senders ermordet haben soll.

»Lassen Sie es nicht so weit kommen, Pannwitz. Kein Deutscher vergießt gern das Blut eines Landsmannes, wenn es sich nicht gerade um einen Kommunisten handelt.«

Ich fragte lieber nicht nach, wie er diese Worte meinte. Für Böhme ging es um alles oder nichts. Wenn sein Protektor Heydrich starb, stünde er allein und verloren da, in dem Wissen, sich in der Vergangenheit nur Feinde gemacht zu haben. Ich hatte keine Ahnung, wie zielsicher Horst Böhme das Heft des Handelns an sich zu reißen verstand. Er starrte mich an wie ein Berglöwe seine Beute kurz vor dem Sprung, mit diesen unheimlichen Augen, bodenlosen Abgründen gleich.

In diesem Augenblick klingelte das klobige Telefon auf Böhmes Schreibtisch. Einmal, zweimal, dreimal schrillte es durch das Schweigen zwischen uns. Endlich wandte Böhme seinen Blick von mir ab und ging hinüber zu dem Apparat. Er kehrte mir den Rücken und nahm den Hörer ab.

»Böhme«, bellte er, dann sagte er eine ganze Weile lang nichts. Schließlich legt er wortlos auf und drehte sich zu mir um. Sein Gesicht war so bleich, dass die Blutspuren wie Brandmale auf seiner Haut leuchteten. Oder Kainsmale. Seine dunklen Pupillen sahen unnatürlich geweitet aus und glänzten.

»Verschwinden Sie, Pannwitz«, sagte er tonlos und wedelte mit der Hand, als wolle er ein aufdringliches Insekt verscheuchen. »Ich muss gehen.«

»Standartenführer, was ist geschehen?«

»Himmler hat gerade angerufen.«

»Geht es um General Heydrich?«, fragte ich und konnte die Antwort in Böhmes Blick lesen. All die Gebete, umsonst.

Mittwoch, 3.6.1942, 21.30 Uhr

Als Frank und ich im Bulovka-Krankenhaus eintrafen, wurde es gerade dunkel. Im Foyer trafen wir auf Heinrich Himmler, der uns mitteilte, dass Heydrich zwar am Leben war, die Nacht jedoch vermutlich nicht überstehen würde. Sein pausbackiges Gesicht lag in tiefen Kummerfalten.

»Wie soll ich das bloß Hitler erklären?«, wandte er sich an Staatssekretär Frank und fuhr sich mit einer zittrigen Hand über die rasierten Schläfen. »Was wird der Führer nur dazu sagen? Dabei sah es doch vor ein paar Tagen so aus, als würde es Heydrich besser gehen.« Er zog ein Taschentuch aus seiner Uniformjacke und tupfte sich die Stirn. Auf dem Tuch war mit hellblauem Garn ein Monogramm eingestickt, zwei Hs, die ineinander verschlungen waren. Ich fragte mich, ob ihm seine strenge Gattin Margarethe oder seine hübsche junge Sekretärin Hedwig diese Handarbeit verehrt hatte. Himmler lebte als bekennender Bigamist mit Margarethe und Hedwig in einer Dreiecksbeziehung und hatte mit beiden Damen jeweils ein Kind, weitere waren unterwegs. Dem Vernehmen nach hatte er Hitler sogar davon überzeugt, nach dem Endsieg die Vielehe zu gestatten, die seiner Meinung nach bei den freien Germanen verbreitet und erst durch das zweitausendjährige Diktat der Kirche in widernatürlicher Weise unterdrückt worden war. Man munkelte, dass sich Heinrich Himmler so sehr in den Gedanken verrannt hatte, eine Wiedergeburt des gleichnamigen Sachsenfürsten aus dem elften Jahrhundert zu sein, dass er in Deutschland wieder urgermanische Zustände etablieren wollte, wenn Russland besiegt war. Jedes seiner größeren Projekte benannte er nach Heinrich I. Angeblich musste ihn seine Zweitfrau mit »König Heinrich« ansprechen. Wenn man Heinrich Himmler so sah, wie er sich an diesem späten Juniabend 1942 im Foyer des Bulovka-Krankenhauses mit einem bestickten Tüchlein den Angstschweiß abtupfte, den ihm die drohende Unterredung mit dem Führer auf die Stirn trieb, wie sein schlaffes Doppelkinn vibrierte und wie er immer wieder seine Brille auf dem Nasenrücken zurechtrückte, obwohl sie gar nicht hinuntergerutscht war, erinnerte nichts an den heldenhaften Sachsenkönig.

Horst Böhme kam die Treppe herunter und bedachte Frank mit einem tödlichen Blick. Als er mich erkannte, blieb er stehen und öffnete den Mund, um etwas zu sagen, doch dann überlegte er es sich anders. Er sah mich mit seinen dunklen Augen an, wandte sich ab und geleitete den schlotternden Reichsführer SS Heinrich Himmler aus der Klinik, wo bereits eine Limousine wartete. Ich war froh, nicht an seiner Stelle zu sein. Es war schwer zu sagen, wie Himmler selbst zu Heydrichs nahendem Tod stand. Der außergewöhnliche Ehrgeiz seines Zöglings, dessen durchschlagende Effizienz und nie enden wollender Ideenreichtum mussten ihm irgendwann unheimlich geworden sein. Er würde mit Heydrich seinen größten Trumpf verlieren – und gleichzeitig den schärfsten Rivalen, wenn es um die Gunst des Führers ging.

Frank und ich stiegen die Treppen zur Chirurgie hinauf, wo Reichsprotektor Daluege leise mit Dr. Gebhardt sprach, während Lina Heydrich, hochschwanger und mit fahlem Gesicht, starr wie eine Puppe auf einem Stuhl saß. Niemand der drei schenkte uns Beachtung. Wir setzten uns ebenfalls auf die Klappstühle, die man für die Wartenden in den zweiten Stock hinaufgeschafft hatte. Dr. Gebhardt hatte sein Gespräch mit Daluege beendet und führte Lina in das Krankenzimmer ihres Mannes. Vor der Tür zögerte sie einen Augenblick, als hätte sie Angst, ein schlafendes Raubtier zu wecken, bevor sie auf Zehenspitzen hineinschlich. Auf dem Gang herrschte Totenstille. Die Minuten und Stunden verrannen wie Sand. Als es draußen leise Mitternacht schlug, kehrte Horst Böhme zurück und begann seine endlose Wanderung durch den Gang, immer auf und ab, ohne ein Wort zu sagen. Ich sah, wie Frank die Augen zuzufallen drohten. Sein Blick war glasig, er wirkte zu Tode erschöpft – oder zu Tode gelangweilt. Daluege stand hin und wieder von seinem Stuhl auf und stellte sich vor das Fenster, als ob er hinaussehen wollte, was wegen der weißen Farbe auf dem Glas jedoch unmöglich war. Er konnte nur hoffen, dass es schnell ging. Es wäre von Vorteil, wenn er am frühen Morgen nicht mehr nur der Stellvertreter des Stellvertretenden Reichprotektors wäre.

Irgendwann öffnete sich die Tür zu Heydrichs Krankenzimmer. Frank und Daluege schreckten auf, als wäre ein Pistolenschuss gefallen. Dr. Gebhardt trat auf den Gang und bat uns einzutreten. Keiner wagte es, in diesem schicksalhaften Moment das leiseste Geräusch von sich zu geben. Wir schlichen in das Krankenzimmer, das nun eine Grabkammer war. Lina saß mit kalkweißem und so andächtigem Gesicht neben dem Bett, als hätte sie gerade die Seele ihres Mannes in den Himmel auffahren sehen. Das bleiche Antlitz Reinhard Heydrichs glich einer Totenmaske. Seine Augen waren geschlossen, alle Muskeln erschlafft, sodass sein Gesicht den Ausdruck energischer Spannkraft, der für ihn so bezeichnend war, völlig verloren hatte. Ein Fremder lag auf dem Totenbett, der Heydrich entfernt ähnelte.

Dr. Gebhardt brach das ehrfürchtige Schweigen. »Todeszeitpunkt um 4.30 Uhr, als Todesursache kann eine Sepsis angenommen werden.«

Donnerstag, 4.6.1942, 13.00 Uhr

Ich hatte erwartet, dass nach dem Tod Reinhard Heydrichs die Hölle ausbrechen würde. Doch es schien, als hätte sich die Nachricht über das ganze Protektorat gelegt wie eine dicht gewebte Decke des Entsetzens und des Schocks, die alles erstickte, was darunter lag. Im Petschek-Palast stand die Bestürzung allen ins Gesicht geschrieben. Heydrich war nicht der Einzige, der sich für unsterblich gehalten hatte – alle hatten ihn dafür gehalten. Ich erkundigte mich nach Alois Šeda, doch er war nicht im Gestapo-Hauptquartier. Ich hätte gerne mit ihm gesprochen, ohne dass ich genau wusste, worüber. Ich dachte darüber nach, Milada Frantová zu kontaktieren, aber auch hierfür fehlte mir ein triftiger Grund. Am liebsten wäre ich in meine Wohnung in der Kopenhagener Straße gefahren, um ein paar Stunden zu schlafen, aber das war an einem Tag wie diesem natürlich undenkbar. Im Radio verkündete Kurt Daluege den Tod des Reichsprotektors Reinhard Heydrich und lobte mit salbungsvollen Worten dessen großzügige und gerechte Aufbauarbeit im Protektorat, in der sich selbst der geringste Rest guten Willens in einer Atmosphäre des Vertrauens entfalten konnte. Dieser freien und offenen Weise des Umgangs habe sein ganzes persönliches Verhalten entsprochen. Umso tragischer, dass ihm ausgerechnet sein zwangloses, menschenfreundliches Verhalten gegenüber den Tschechen das Verderben gebracht hatte.

Ich drehte das Radio ab. Daluege war vermutlich der einzige Mensch auf der Welt, der dazu fähig war, Reinhard Heydrich übergroße Menschlichkeit vorzuwerfen. Wenn ich gedacht hatte, dass der Wind, den Heydrich mit ins Protektorat brachte, ein eisiger war, dann mussten wir uns jetzt alle auf den schlimmsten Winter aller Zeiten einstellen.

Für den Nachmittag war eine Kundgebung auf dem Wenzelsplatz geplant, zu der sich alle Prager Bürger einzufinden hatten, um ihrer von Herzen kommenden Solidarität mit ihren deutschen Herren Ausdruck zu verleihen. Ein Nichterscheinen ohne gewichtige Gründe war undenkbar und stand selbstverständlich unter Strafe. Die Kondolenzpflicht galt auch für die deutschen Staatsbürger in Prag. Von meinem Fenster aus konnte ich sehen, wie sich Menschen in den engen Gassen sammelten, sich zu kleineren und größeren Gruppen zusammenfanden und schließlich auf den Plätzen der Altstadt zu einer unüberschaubaren Menschenmenge verschmolzen, die trotz ihres gewaltigen Ausmaßes merkwürdig still und unbeteiligt wirkte. Es flogen keine Flaschen oder Steine, man hörte weder Geschrei noch Lieder und kaum einer hatte eine Kerze dabei, die für Heydrichs Seele brannte.

Sonntag, 7.6.1942, 01.00 Uhr

Am Samstag um elf Uhr nachts wurde ich auf dem Hradschin erwartet. Daluege hatte sich ein besonderes Spektakel zu Ehren seines verschiedenen Amtsvorgängers ausgedacht. Bereits am Donnerstagmittag war der Leichnam Heydrichs von den Professoren Hamperl und Weyrich, Koryphäen auf dem Gebiet der Pathologie, in aller Eile obduziert worden. Die genauen Ergebnisse erfuhr die Sonderkommission nie. Tot ist tot, dachte man wohl. Am Samstagnachmittag wurde der Reichsprotektor für seine letzte feierliche Fahrt zur Prager Burg vorbereitet. Man zog ihm seine beste Uniform an und unterzog ihn einer aufwendigen Leichentoilette, um die Spuren zu verwischen, die das Fieber hinterlassen hatte. Punkt Mitternacht wurde sein fahnengeschmückter Sarg mit einem Fackelzug nie gekannten Ausmaßes auf den Hradschin geleitet. Hunderte von bewaffneten Soldaten und SS-Männern eskortierten den Leichnam Heydrichs, weitere tausend standen am Straßenrand stramm. Es hätte mich nicht gewundert, wenn er sich noch einmal von der Totenbahre erhoben und sich diesen Tumult verbeten hätte, aber nichts dergleichen geschah. Als Toter musste Heydrich diese Unsportlichkeit hinnehmen. Über eine Stunde dauerte die geisterhafte Prozession im flackernden Licht unzähliger Fackeln, die sich langsam den Berg hinaufschob. Keinem der Bürger von Prag war es gestattet, an diesem Abend einen Fuß vor die Tür zu setzen, ein Verbot, das mit einer gewissen Erleichterung seitens der Bevölkerung hingenommen wurde. Am nächsten Morgen würde der Sarg des Reichsprotektors vor dem Matthiastor der trauernden Öffentlichkeit zugänglich gemacht werden. Hier wiederum war die Anwesenheit aller Prager zwingend erforderlich. Man rechnete damit, dass sich die tränenreiche Verabschiedung durch die tschechische Bevölkerung und die Regierung Emil Háchas bis in die frühen Abendstunden hinziehen würde. Am Sonntagmorgen sollte Heydrich nach Berlin gebracht werden, das Staatsbegräbnis war für den Dienstagmorgen terminiert.

Staatssekretär Karl Hermann Frank stand im Kampfanzug neben mir auf dem Vorplatz der Prager Burg und rauchte eine von zahllosen Zigaretten in dieser Nacht, als wir den Fackelzug herannahen hörten. Daluege, Böhme und Nebe bildeten die Ehrenwache links und rechts des Sarges. Frank sollte Heydrich vor dem geschmiedeten Tor der Burg feierlich empfangen und ihn zum letzten Mal hineingeleiten. Der Leichenzug kam näher. Das tiefe Brummen schwerer Halbkettenfahrzeuge, die leisen, seelenwunden Klänge verhaltener Blasmusik, Stiefelschritte. Ein dämonischer Schein ging dem Zug voraus und wir sahen unheimliche, verzerrte Schatten auf dem Pflaster und den Mauern der Burg, bevor die Prozession um die letzte Kurve bog.

»Werden Sie Lina Heydrich zur Beisetzung in Berlin begleiten?«, fragte ich Frank.

»Lina ist nicht in der Lage, eine solche Reise anzutreten. Ihr Zustand verbietet es.« Frank deutete mit der Hand eine Wölbung vor seinem eigenen mageren Bauch an. »Sie wird mit der kleinen Silke auf Jungfern Breschan bleiben. Ich werde mit Klaus und Heider nach Berlin fahren. Klaus wird nächste Woche neun Jahre alt, Heider ist sieben.« Er warf seine Zigarette aufs Pflaster und trat sie aus. »Was für eine Schweinerei«, sagte er und schüttelte sein knochiges Haupt.

»Bitte reden Sie mit Hitler«, sagte ich eilig, bevor der Fackelzug alles andere zur Seite drängen würde. »Machen Sie ihm klar, dass wir eine Generalamnestie brauchen, um die Täter dingfest zu machen. Es ist das Letzte, was er für Heydrich tun kann.«

»Ich werde sehen, was ich erreichen kann«, sagte Frank mutlos. »Während Oberst-Gruppenführer Daluege und ich in Berlin sind, wird Standartenführer Böhme der starke Mann im Protektorat sein. Bitte versuchen Sie, nicht wieder mit ihm aneinanderzugeraten.«

Ich hatte nach meinem Gespräch mit Böhme am Mittwoch eine formlose Beschwerde über das Vorgehen des Standartenführers bei Frank eingereicht. Natürlich würde Frank nichts in diese Richtung unternehmen, denn meine Klage unterlag der alten und ewig gültigen Regel der drei F: formlos, fristlos, fruchtlos. Es war meine erste Beschwerde über Böhme, das Fundament des beachtlichen Stapels, der folgen sollte.

In diesem Augenblick erreichte die Prozession die Kurve und hielt direkt auf uns zu. Ich bemühte mich, mit den Schatten der Mauervorsprünge zu verschmelzen, als die ersten Militärfahrzeuge auf den Vorplatz rollten. Frank schritt würdevoll hinüber zum Tor und salutierte, um den toten Reichsprotektor in der Burg der toten böhmischen Könige willkommen zu heißen.

Sonntag, 7.6.1942, 12.00 Uhr

Seit dem frühen Morgen strömten Zehntausende von Deutschen und Tschechen über die mit Hakenkreuzfahnen geschmückten Brücken über die Moldau und den Hradschin hinauf. Ich fragte mich, ob Milada Frantová an der Prozession teilnahm. Alles, was Beine hatte, nahm im strahlenden Sonnenschein Abschied von Reinhard Heydrich. Ich sah sogar Menschen im Rollstuhl, die man den steilen Berg hinaufschob, damit sie ihrer letzten traurigen Pflicht ihrem Protektor gegenüber nachkommen konnten. Männer in mährischen Trachten legten gewaltige Kränze und Blumengebinde vor dem Sarg nieder, Tausende von Armen reckten sich stramm in den Himmel, während beständig düstere Musik über den Burghof schallte.

An diesem Mittag war ich mit Wolfgang Kieser verabredet, auch wenn ich mir von der Observierung der Familie Novák nicht viel versprach. Im Grunde war ich mir sicher, dass Jindřiška das Mädchen war, das das Fahrrad vor dem Schuhgeschäft Baťa abgeholt hatte. Es war etwa zur Mittagsstunde gewesen, als die Schule endete, und vielleicht hatte ihr einer der Verschwörer auf der Straße ein paar Kronen dafür gegeben, diesen Dienst zu erledigen. Es machte mich wütend, dass er ein unschuldiges Kind damit in solche Gefahr brachte. Natürlich war es ihr und ihrer Familie nicht mehr möglich, irgendetwas darüber auszusagen – der einzige Zeitpunkt dafür wäre unmittelbar am Tag des Attentats gewesen und selbst dann hätte die ganze Familie mit der Verhaftung rechnen müssen, wie es auch Milada passiert war, obwohl sie sofort Meldung über den verletzten Attentäter gemacht hatte. Selbstverständlich lief die Observierung weiter. Sogar heute folgte eine Handvoll Männer der Familie Novák zur Prager Burg hinauf.

Ich traf Kieser wieder in dem Café, dessen Spezialität der fade Steckrübeneintopf war. Wir löffelten unsere Suppe schweigend. Der junge Mann wirkte sehr betroffen und wagte kaum, mich anzusehen. Ob ihm der Tod des Reichprotektors so naheging?

»Gibt es etwas Neues von Jindřiška?«, wollte ich wissen, worauf er endlich seinen Blick hob und mich betreten ansah.

»Stimmt etwas nicht?«

Kieser schluckte. »Ich habe einen Fehler gemacht«, sagte er fast unhörbar.

»Was ist denn passiert?«

»Bitte, Herr Kriminalrat, Sie sind der Einzige, dem ich davon erzähle. Keiner der Kollegen hat es bemerkt.«

Er sah aus wie ein eingeschüchterter Schüler, der seinem strengen Rektor eine Missetat gestand.

»Ich werde versuchen, es vertraulich zu behandeln«, sagte ich vage. »Sie sind jung und eine Panne kann jedem passieren.«

Dass Pannen, die jungen Männern unterliefen, heutzutage noch erbarmungsloser geahndet wurden als die, die man sich in den höheren Rängen leistete, erwähnte ich lieber nicht.

Kieser schien ein wenig Vertrauen zu fassen.

»Sie hat mich gesehen«, flüsterte er.

»Wer? Jindřiška?«

Kieser nickte. Seine Wangen hatten sich rosa gefärbt.

»Hat sie Sie als Polizisten erkannt?«, fragte ich. Das wäre in der Tat eine größere Panne gewesen, als ich hätte vertuschen dürfen.

»Himmel, nein«, rief Kieser aus. »Natürlich nicht.«

Ich entspannte mich ein wenig. »Dann erzählen Sie mal.«

Kieser wand sich auf seinem Stuhl und hätte beinahe seinen Suppenteller vom Tisch gestoßen.

»Es war am Mittwochnachmittag. Jindřiška war bereits nach Hause gekommen und ich saß wie immer auf einer Bank schräg gegenüber der Novák-Wohnung. Da gibt es einen kleinen Park, oder eher einen Grünstreifen, mit einem großen Baum und ein bisschen Rasen. Ich nehme dort immer mein Mittagessen zu mir. Die Leute sollen mich ja für irgendeinen Angestellten aus der Gegend halten, der dort seine Pause verbringt. An dem Baum hängt übrigens das Bild des Mannes mit dem Gipsbein, nach dem wir suchen. Ich finde es nett, beim Essen ein wenig Gesellschaft zu haben, auch wenn diese Gesellschaft nur aus Papier besteht.«

Ich nickte, um ihm Mut zu machen.

»Ich sitze jedenfalls auf dieser Bank und nehme den Smetánka zur Hand, um ein bisschen zu üben. Es hat sich nämlich herausgestellt, dass es gar nicht so unpraktisch ist, ein paar Sätze zu können, wissen Sie?«

»Tatsächlich«, sagte ich und gab mir Mühe, überrascht dreinzublicken.

»Während ich also in meinem Gesprächsbuch lese und davon ausgehe, dass Jindřiška gerade ihr Mittagessen zu Hause einnimmt, wie sie es jeden Tag nach der Schule zu tun pflegt, höre ich plötzlich Schritte und ein Schatten fällt auf die Seiten. Ich sehe hoch und …«

»… Jindřiška steht vor Ihnen«, vollendete ich den Satz.

Kieser errötete. »Ja«, flüstere er.

»Fahren Sie fort«, ermunterte ich ihn.

Mit einem verdrossenen Achselzucken sprach er weiter. »Sie hatte eine Blechkanne in der Hand, weil sie Milch holen gehen sollte. Die Mutter hatte es an diesem Tag versäumt. Ich sah zu ihr hoch und musste ausgesehen haben, als hätte ich ein Gespenst gesehen, denn sie lachte und fragte auf Deutsch, ob sie so furchterregend sei.«

Ich musste mich bemühen, nicht laut zu lachen. Kieser hatte großes Glück, dass er niemandem außer mir davon erzählt hatte, sonst hätte er am nächsten Tag nicht einmal mehr Strafzettel verteilen dürfen. »Was haben Sie Jindřiška darauf geantwortet?«, fragte ich ehrlich interessiert.

»Ich glaube, nichts besonders Geistreiches, Herr Kriminalrat«, antwortete Kieser missmutig. »Jindřiška zeigte auf mein Buch und sagte, dass sie aus eben diesem Smetánka ihre ersten deutschen Sätze gelernt hatte. Dann setzte sie sich neben mich und …« Kieser verstummte. Er lief so rot an, dass sein Kopf zu glühen schien.

»Jindřiška hat mit Ihnen geübt?«

Er sah auf seine Hände und nickte. »Ich habe nur mitgemacht, weil ich verhindern wollte, dass sie mich als Polizisten erkennt«, sagte er schnell.

»Natürlich.«

»Aber keine fünf Minuten später kam ihre Mutter aus dem Haus. Sie muss Jindřiška und mich vom Fenster aus gesehen haben. Sie war nicht gerade erfreut, dass ihre Tochter mit einem Fremden redete, der dazu auch noch Deutscher war.« Er zog an seinen kurzen blonden Haaren. »Sie hat auf Jindřiška eingeredet und ich glaube, das waren Worte, die niemals in den Smetánka aufgenommen würden. Als ihre Mutter sie von mir fortriss, warf sie mir über die Schulter noch diese bestimmte Art von Lächeln zu. Als wollte sie sich dafür entschuldigen, dass sie mit einer solchen Mutter gestraft ist.«

»Sie verstehen, dass ich Sie nun nicht weiter für die Observierung Jindřiška Novákovás einsetzen kann?«

»Natürlich«, antwortete Kieser, er klang ein wenig enttäuscht.

Ich sagte es ihm selbstverständlich nicht, aber ich war zufrieden mit ihm. Wirklich zufrieden.

Sonntag, 7.6.1942, 18.00 Uhr

Dass die Sonderkommission in diesen Tagen mit den Ermittlungen nicht weiterkam, lag auf der Hand. Mich überkam der Verdacht, dass niemand mehr von uns erwartete, dass wir überhaupt noch nach den Attentätern suchten. Das Protektorat war in eine Art Lähmung verfallen, wie sie eine Feldmaus überkommt, wenn der Schatten des Habichts auf sie fällt. Um etwas zu tun, fühlte sich der Sicherheitsdienst am Sonntagmorgen bemüßigt zu behaupten, dass die drei Attentäter, von denen wir ausgingen, mit einem Sonderzug geflohen wären, der am Abend des 27. Mai die Stadt mit einer Ausnahmegenehmigung des Arbeitsministeriums Richtung Berlin verlassen hatte. Sie sollten sich unter den Sitzbänken versteckt haben. Ich konnte darüber nur den Kopf schütteln. Es war kaum vorstellbar, dass die Attentäter ausgerechnet nach Berlin fliehen würden. Am Nachmittag musste die Behauptung, die Attentäter seien nach Deutschland ausgereist, wieder zurückgezogen werden. Der Zug hatte Prag tatsächlich am Abend des Attentats verlassen, allerdings mit der Genehmigung von Minister Göring persönlich, zudem hatte die Gestapo die Ausreise bewilligt und autorisiert. Angesichts dieser Verantwortungslage sah man lieber davon ab, weiter in dieser Richtung zu ermitteln. Am Sonntagnachmittag war Heydrichs letzte Reise fortgesetzt worden. Ich erinnere mich gut an die Fotografien, die ich am nächsten Tag in allen Zeitungen sah. Die gesamte Protektoratsregierung unter Emil Hácha, in schwarzen Anzügen, schritt dem Zug voraus, der den Leichnam des Reichsprotektors zum Hauptbahnhof geleitete. Zahllose uniformierte Soldaten flankierten die Prozession, die von der Burg über den Černín-Palast den Hradschin hinunterwanderte, über die Karlsbrücke zog, wo sich die steinernen Heiligen vor dem Sarg zu verneigen schienen. Überall sah man alte Damen, die sich mit spitzenbesetzten Taschentüchern die Augen tupften. Es war ein Schauspiel von solchen Dimensionen und von so perfekt ausgeklügelter Choreografie, dass ich mich fragte, ob die Pläne für diese Prozession nicht von Reinhard Heydrich selbst stammten, der seinen Tod so vorausgesehen hatte, wie er immer alles vorausgesehen hatte.

Am frühen Abend wurden die sterblichen Überreste des Reichsprotektors auf einen Sonderzug verladen, vielleicht sogar auf *Heinrich*, Himmlers Privatzug. Vom Bahnhof aus rollte der Zug in den Abend hinein nach Berlin, wo man ihn mit großen Ehren empfangen würde. Ich fragte mich, wie der Allmächtige auf Heydrichs Seele reagieren mochte, wenn sie bei ihm ankam. Oder der Erzengel Michael, dessen Aufgabe es war, die Seelen der Verstorbenen zu wiegen. Reinhard Heydrich war schließlich katholisch erzogen worden und kannte die Worte, die Gott mit Flammenschrift auf Belsazars Wand geschrieben hatte: *Gewogen und für zu leicht befunden.* Oder war er auf dem Weg ins Reich der germanischen Helden? War es von Bedeutung für die Seele, was ein Mensch zu Lebzeiten glaubte?

An diesem Abend machte ich einen ausgedehnten Spaziergang durch Prag, um meine Gedanken zu ordnen. Niemand wusste, wie es im Protektorat weitergehen würde. Durch Heydrichs Tod war ein Vakuum entstanden, das ein schwer kranker Mann wie Daluege nicht auszufüllen vermochte.

Irgendein Gefühl – vielleicht der Instinkt, der mich zum Kriminalisten machte, vielleicht eine Vorahnung, deren Ausmaß ich an jenem Abend noch nicht begreifen konnte, oder vielleicht das Bedürfnis, meinen Feind im Auge zu behalten, lenkte meine Schritte die Nürnberger Straße hinunter zum Dvořák-Ufer, wo sich das Hauptquartier der SS und des SD befand. Als ich die Juristische Fakultät passierte, fuhren zwei Lastwagen der Wehrmacht vor. Angesichts der Tausenden von Soldaten in Prag war das nichts Ungewöhnliches, aber ich blieb stehen und sah zu, wie uniformierte Männer aus dem Führerhaus sprangen und eifrig begannen, Gegenstände von den Laderampen zum Portal der Juristischen Fakultät zu transportieren. Es handelte sich größtenteils um Kisten, in denen alles Mögliche hätte sein können, aber auch um ein paar Dinge, die mir merkwürdig vorkamen. Zwei Soldaten trugen lange Stative zur Tür hinein, andere große Scheinwerfer, wie man sie für Filmaufnahmen verwendete. Mit Sicherheit waren sie für die Fernsehaufnahmen des Leichenzugs verwendet worden, ich fragte mich, zu welchem Zweck sie nun zum Hauptquartier der SS und des SD gebracht wurden. Horst Böhme trat aus dem Gebäude, als ich kurz davor war, hinüberzugehen und einen der Soldaten anzusprechen. Der Standartenführer beaufsichtigte das Geschehen. Aus einem beschämenden Fluchtreflex heraus ging ich hinter einer Litfaßsäule in Deckung. Ich war zu weit entfernt, um es mit Bestimmtheit sagen zu können, aber ich hatte den Eindruck, dass sich in Böhmes Gesicht etwas Dunkles, Hässliches spiegelte. Irgendetwas ging vor sich, von dem ich keine Ahnung hatte. Böhme bellte ein paar Befehle, dann sprangen die Soldaten auf die Lastwagen und fuhren davon. Keine fünf Minuten, nachdem sie angekommen waren, sah der kleine Platz am Dvořák-Ufer aus, als wären die Transporter nie da gewesen. Böhme blickte in meine Richtung. Ich befürchtete, er könnte mich gesehen haben, doch er verschwand so schnell wieder in der Juristischen Fakultät, dass ich mich einen Moment lang fragte, ob ich mir das alles nur eingebildet hatte.

Montag, 8.6.1942, 15.00 Uhr

Der Montag verfloss ebenso ereignislos wie die Tage zuvor. Das Entsetzen, der Schock und die Angst betäubten Böhmen und Mähren. Es war beinahe gespenstisch ruhig im Protektorat.

Alois Šeda war den Vormittag über einigen Hinweisen nachgegangen, die uns von einer Handvoll deutscher Staatsbürger in Prag zugegangen waren. Nichts davon brachte uns einen Schritt weiter. Es war, als würde man in sumpfigem Gebiet auf der Stelle treten. Je mehr wir strampelten, desto tiefer versanken wir im Morast und kamen umso weniger voran. Hauptmann Šeda war an diesem Tag beinahe beängstigend still und missmutig. Er sprach kaum ein Wort mit mir, aber ich hatte nicht den Eindruck, dass er Groll gegen mich hegte. Er wirkte vielmehr, als hätte er etwas auf dem Herzen, das er auf keinen Fall preisgeben wollte – und gleichzeitig kaum zurückhalten konnte. Als ich ihn darauf ansprach, brummte er nur unfreundlich und blätterte demonstrativ in einer Mappe. Ich beschloss, ihn in Frieden zu lassen. Männer wie Šeda konnte man nicht unter Druck setzen, es war klüger abzuwarten, bis sie von selbst kamen.

Während wir also schweigend die Akten zu allem und jedem noch einmal durchgingen, klingelte das Telefon auf meinem Schreibtisch. Am anderen Ende der Leitung war Hauptmann Zenaty, der Verbindungsmann zwischen der tschechischen und deutschen Polizei, der mich mit unüberhörbarer Scheu in der Stimme fragte, ob Hauptmann Šeda im Petschek-Palast sei. Als ich das bejahte, bat er mich darum, Šeda selbst sprechen zu dürfen. Es schien ihm äußerst unangenehm zu sein, mich wie einen Sekretär zu behandeln.

Šeda nahm den Hörer und lauschte den Worten Zenatys, dann bedankte er sich knapp und legte auf. »Wachtmeister Vybíral hat sich in meiner Dienststelle gemeldet und bittet um Rückruf«, sagte er. Er sah verdrossen auf den Berg von Papieren, der vor ihm lag. Es handelte sich um eine mehrseitige geologische Auswertung der Erdspuren, die wir an dem Fahrrad sichergestellt hatten. »Ich werde das alles ordnen und ihn später von meinem Büro aus zurückrufen.«

Nach einem quälend langen Nachmittag, der keine neuen Erkenntnisse lieferte und den wir größtenteils in unbehaglichem Schweigen verbrachten, verabschiedete sich Šeda und machte sich auf den Weg zurück zu seiner Dienststelle.

Eine halbe Stunde später rief er mich an und berichtete mir etwas Merkwürdiges.

»Wachtmeister Vybíral hat mir erzählt, dass heute Mittag zwei Lastfahrzeuge der SS nach Kladno gekommen sind und nun vor der Gendarmerie parken.«

»Kennt Vybíral den Grund dafür?«

»Nein, aber …«, Šeda senkte die Stimme ein wenig, »… er hat einen Blick unter die Planen geworfen, mit denen die Ladung abgedeckt war. Bitte drehen Sie ihm keinen Strick daraus. Er misstraut der SS seit der Sache mit dem Brief an Anna Maruščáková.«

»Die Neugier ist der Katze Tod«, murmelte ich.

»Wie bitte?«

»Nichts von Belang. Was hat Vybíral denn unter der Plane entdeckt?«

»Das ist ja das Merkwürdige. Eine Menge Kisten, Scheinwerfer, Stative und etwas, das er für eine Filmkamera hält.«

Warum um Himmels willen hatte Böhme die Filmausrüstung nach Kladno bringen lassen? Ich konnte mir keinen Reim darauf machen. Morgen würde das gesamte Protektorat vor den Volksempfängern sitzen und dem Staatsbegräbnis Reinhard Heydrichs beiwohnen. Jeder, dem ein Fernseher zugänglich war, konnte die Beisetzung in Bild und Ton verfolgen. Wozu waren also die Kameras nötig, und noch dazu in einem so unbedeutenden Ort wie Kladno, wo sicher niemals Weltgeschichte geschrieben würde? Ich nahm mir vor, Böhme in den nächsten Tagen im Auge zu behalten, und bat Alois Šeda, seinen Freund Vybíral anzuweisen, uns über jegliche Regung in Kladno seitens der SS zu informieren. Hätte ich damals schon ahnen können, was Böhme vorhatte? Kein Mensch hätte eine solche Entwicklung auch nur im Geringsten vorhersehen können, sagte ich mir im Nachhinein. Aber dann sehe ich Böhmes Gesicht vor mir, kalkweiß, mit gerinnenden Blutspuren am Kinn und mit Augen, in denen diese Leere stand. Ich hätte es ahnen müssen.

Dienstag, 9.6.1942, 10.00 Uhr

Am Dienstagmorgen schien die ganze Welt den Atem anzuhalten und nach Berlin zu schauen.

»Vor der Doppelrune der SS, die die Marmorwand im Mosaiksaal der Reichskanzlei schmückt, ist der Sarg mit den sterblichen Überresten des für Deutschland gefallenen SS-Obergruppenführers Heydrich in dem Mosaiksaal der Reichskanzlei aufgebahrt. Die Spitzen Deutschlands sind hier in dieser Stunde versammelt, um dem seinen Wunden erlegenen Stellvertretenden Reichsprotektor von Böhmen und Mähren die letzte Ehre zu erweisen«, tönte es aus dem Radio, unterlegt mit pathetischer Musik.

Ich setzte mich an meinen Schreibtisch und öffnete die Akte mit der Aufschrift »Jindra«, doch es gelang mir nicht, mich zu konzentrieren. Ich sah etwas nicht, das ich sehen müsste.

Ich drehte das Radio aus und ging in den Besprechungsraum im zweiten Stock, wo ein Fernsehempfänger stand. Einige Gestapobeamte hatten auf den Sesseln der Sitzgruppe Platz genommen und verfolgten die Zeremonie. Auch eine Frau war unter den Zuschauern, Gertrude Pistorius, Dr. Hans-Ulrich Geschkes Sekretärin. Ihre Augen waren gerötet und die Tränen hatten Gräben auf ihren gepuderten Wangen hinterlassen. Sie starrte gebannt auf den Fernsehapparat. Dreihundert Kilometer nordöstlich von Prag wurde Reinhard Heydrich in der Reichskanzlei mit einer Trauerfeier so gigantischen Ausmaßes geehrt, dass man den Eindruck hatte, ein orientalischer König würde zu Grabe getragen. Es fehlte nur noch die Schar Kriegsgefangener, die ihm zu Ehren geopfert wurde. Im Nachhinein betrachtet musste ich einräumen, dass man sogar an dieses Detail gedacht hatte.

Die Kamera war auf den mit der Hakenkreuzfahne umhüllten Sarg Heydrichs gerichtet. An der Wand dahinter prangte, wie im Radio berichtet, die Doppelrune der SS. Ein Feldzeichen des Deutschen Reiches war am Kopf des Sarges angebracht worden und hatte sich leicht nach vorne geneigt, sodass der goldene Adler darauf wie ein Geier aussah, der sich voller Vorfreude über seine fette Beute hermachte. Links und rechts standen Soldaten Ehrenwache. Dramatische Musik wallte durch den Mosaiksaal. Die Kamera entfernte sich und zeigte den Raum, der voller Menschen war, die wie in einer Kirche links und rechts des breiten Mittelgangs auf Stühlen saßen. Mit einem Mal erhoben sich die Trauernden und reckten ihren Arm zum Hitlergruß in die Luft. Der Führer schritt durch den Gang, begleitet von einer Gruppe schwarz uniformierter SS-Männer, die ihm in respektvollem Abstand folgten. Als er in der vordersten Reihe ankam, schüttelte er die Hände einiger Würdenträger, darunter die von Minister Göring. Die Kamera nahm Göring von der Seite ins Bild, sodass seine legendäre Leibesfülle erschreckend gut sichtbar wurde. Die Uniform, die ohnehin schon eine Sonderanfertigung in Übergröße sein musste, spannte über seinem tonnenförmigen Oberkörper. In Berlin erzählte man sich den Flüsterwitz, dass man Göring im Winter einmal nackt durch die Straßen jagen sollte, damit die Menschen endlich einmal wieder Speck und Schwarte zu Gesicht bekämen. Himmler trat mit kummervollem Gesicht an Hitler heran und sagte etwas zu ihm, woraufhin der Führer seine Mütze abnahm und seine Blick nach unten richtete. Die Kamera folgte dem Führerblick und die Zuschauer konnten zwei blonde Jungen sehen, die tapfer die kleinen Arme zum Hitlergruß reckten. Gertrude Pistorius schluchzte auf, als sie die Kinder sah, und wiegte ihren Kopf hin und her wie ein trauriges altes Pferd. Der Führer schüttelte den beiden Söhnen Reinhard Heydrichs die Hand und tätschelte dem jüngeren, Heider, onkelhaft die Wange. Neben den Kindern stand Karl Hermann Frank, dessen zerfurchtes Gesicht ehrliches Mitgefühl ausdrückte. Das Händeschütteln in der ersten Reihe zog sich hin, dann nahm Hitler auf einem leeren Stuhl am Mittelgang Platz und Reichsführer SS Heinrich Himmler erhob sich. Er schritt so würdevoll, wie es ein Mann wie er eben zustande brachte, die drei Stufen zu Heydrichs Sarg hinauf und grüßte.

»So unfassbar für uns der Gedanke ist, dass dieser strahlende, große Mensch nach kaum vollendetem achtunddreißigsten Lebensjahr nicht mehr unter uns weilen und in seiner Freunde Mitte kämpfen soll, so unersetzbar sein einmaliges Können, verbunden mit einem Charakter von seltener Reinheit und einem Verstand von durchdringender Logik und Klarheit ist, so würden wir nicht in seinem Sinne handeln, wenn wir nicht hier an seinem Sarge die heldischen Gedanken von Stirb und Werde, die einstmals unser Volk beim Tode ihrer Liebsten bewegt haben, wieder zu unseren eigenen machen würden.«

Himmler hielt eine nicht enden wollende Lobrede auf den Toten, die vor allem davon handelte, wie er, Himmler, Heydrich entdeckt und gefördert und wie er niemals darin nachgelassen hatte, seinen Schützling zu dem zu machen, was er am Ende gewesen war.

»Am 27. Mai aber traf ihn die hinterhältige Bombe englischer Herkunft, geworfen von einem bezahlten Subjekt aus den Reihen wertlosesten Untermenschentums, und brachte ihn zur Strecke«, wetterte Himmler und setzte zu einer weiteren Lobrede auf die Qualitäten Heydrichs als Vater, Musiker und Sportler an. Er schloss mit den Worten: »Du, Reinhard Heydrich, bist wahrhaft ein guter SS-Mann gewesen!«

Hans-Ulrich Geschkes Sekretärin schluchzte erneut auf und tupfte sich mit einem Tuch im Gesicht herum, was die Verheerung noch verschlimmerte.

Es gab weitere Reden, Kurt Daluege wiederholte die Worte, die er bereits am Donnerstag im Radio verkündet hatte, und machte darin seinen Vorgänger im Amte, den man zu Lebzeiten den »Henker von Prag« genannt hatte, zu einem der größten Wohltäter der Menschheit.

Am Schluss trat Hitler selbst vor den Sarg und ehrte Heydrich posthum mit der obersten Stufe des Deutschen Ordens. Seine improvisierte Rede fiel sehr knapp aus, wofür die Anwesenden sicher dankbar waren. Es folgten wieder Händeschütteln und Wangentätscheln, dann wurde der Sarg zu den Klängen von Beethovens Trauermarsch aus dem Mosaiksaal getragen.

Ich hatte genug gesehen.

In meinem Büro versuchte ich, mich auf die Ermittlungen zu konzentrieren, aber ich musste ständig an die merkwürdige Ladung denken, die Böhme nach Kladno gebracht hatte.

Als es am frühen Nachmittag an meiner Tür klopfte, war mir die Störung sehr willkommen. Es war Kriminalassistent Wolfgang Kieser in Zivil. Da er von der Observierung Jindřiška Novákovás abgezogen worden war, hatte er entweder frei oder seine Schicht schon beendet. Seine Ohren ragten hochrot aus den kurzen blonden Haaren hervor. Er war etwas außer Atem, vermutlich war er die Treppen hinaufgerannt.

»Herr Kriminalrat«, keuchte er, »ich muss mit Ihnen reden.«

»Setzen Sie sich.«

»Der Mann mit dem Gipsbein, nach dem wir suchen … ich habe vielleicht eine Spur gefunden.«

Ich war sprachlos. Es hatte sich außer den Augenzeugen am Tatort kein Mensch bezüglich des Invaliden gemeldet, sodass ich beinahe davon ausging, dass es sich um ein Phantom handelte. Und nun wollte Kieser seine Spur aufgenommen haben?

»Ich habe Ihnen doch von dem Grünstreifen erzählt, wo ich meine Mittagspause verbracht habe, als ich Jindřiška observiert habe.«

Ich nickte. Dort hing eines der Fahndungsplakate mit der Phantomzeichnung des Invaliden.

»Ich hatte heute Frühschicht bis kurz vor Mittag«, sagte er und wurde rot. »Der Grünstreifen in Lieben gefällt mir und ich dachte mir …« Er verstummte.

»Sie haben Ihre Mittagspause dort verbracht?«, fragte ich fassungslos. »Sind Sie noch ganz bei Trost?«

»Ich war als Privatmann dort«, sagte er trotzig.

»Gut, fahren Sie fort.«

»Als ich dort auf meiner Bank saß, dauerte es nicht lange, bis Jindřiška aus dem Haus kam. Ich glaube fast, dass sie vom Fenster aus nach mir Ausschau gehalten hat.«

Dieser Gedanke schmeichelte Kieser offenbar, denn er konnte sich ein Lächeln nicht verkneifen. Ich konnte über solchen Leichtsinn nur den Kopf schütteln.

»Sie ist sehr nett und gescheit, auch wenn sie noch so jung ist. Wir unterhielten uns ein bisschen und ich sagte ihr, dass ich bei der Eisenbahn arbeite. Das gefiel ihr, weil einer ihrer Freunde, Ata, nach der Schule zur Protektoratsbahn gehen will wie sein Vater. Dann zeigte Sie auf das Bild des Gipsbeinigen und sagte etwas Merkwürdiges.«

»Kieser, was um Himmels willen hat Jindřiška gesagt?«

»Sie sagte, dass der Mann auf dem Foto ein bisschen so aussähe wie jemand, dem sie zu Hause bei Ata begegnet sei. Er habe zwar kein Gipsbein gehabt, sich aber von Atas Mutter Krücken ausgeliehen, die der verstorbenen Großmutter gehörten. Die Ähnlichkeit mit dem Mann auf dem Foto sei nicht besonders groß, aber Krücken und Gipsbein würden doch zusammenpassen, meinte sie. Als ob der Mann schon im Voraus gewusst hätte, dass er bald einen Gips tragen würde. Ata nannte den Mann Onkel Jindra oder so ähnlich.«

Ich sprang auf. »Wie heißt dieser Ata mit Nachnamen?«

Kieser zuckte mit den Schultern. »In diesem Moment kam Jindřiškas Mutter dazu. Sie hat mich angeschaut, als wollte sie mir die Augen auskratzen. Dann sind sie wieder ins Haus gegangen.«

Ich zog ein Formular aus der Schublade, füllte die Zeilen aus und setzte meine Unterschrift darunter. Möglicherweise war Kieser nicht nur dem Invaliden auf die Spur gekommen, sondern hatte, ohne es zu wissen, Jindras Fährte aufgenommen. War es möglich, dass sich Jindra als Invalide getarnt hatte, um in den Ablauf des Anschlags einzugreifen? Das würde bedeuten, dass er zum Zeitpunkt des Attentats in Prag gewesen war und sich wegen der strengen Ausreisebestimmungen für Männer immer noch in der Stadt aufhielt. Auch die Spur des verwundeten Angreifers führte zu Atas Familie. Der Mann hatte Eisenbahnerkleidung getragen, als er bei Milada aufgetaucht war. Atas Vater war bei der Protektoratsbahn beschäftigt.

»Wir müssen Jindřiška sofort verhören. Fahren Sie mit zwei Kollegen nach Lieben und bringen Sie sie her und ihre Eltern auch.«

Kieser sah mich entsetzt an. »Was wird Jindřiška von mir denken, wenn sie merkt, dass ich sie belogen habe?«

Ich ignorierte diesen zugegebenermaßen berechtigten Einwand und drückte Kieser den Haftbefehl gegen Familie Novák in die Hand. Hätte ich gewusst, was ich damit anrichtete, hätte ich es vielleicht bleiben lassen.

Dienstag, 9.6.1942, 16.00 Uhr

Ich wartete in meinem Büro auf Kieser und Jindřiška, als eine Gestalt mit bleichem, wie aus grobkörnigem Lehm geformten Antlitz in der Tür erschien. Die unheimliche Erscheinung erinnerte mich an den Golem aus der Josefstadt, der endlich zurückkehrte, um seine Aufgabe zu vollenden. Er sah mich aus leblosen Augen an und öffnete den Mund, als wollte er etwas sagen, doch es kam nur ein knirschendes Geräusch heraus. Endlich erkannte ich, dass es nicht der Golem sein konnte, der mich heimsuchte. Ein Golem trug schließlich keine Uniform der tschechischen Gendarmerie.

Es war Hauptmann Alois Šeda. Aus seinem Gesicht waren Farbe und Spannkraft gewichen, seine Wangen hingen gelblich und schlaff unter den starren Augen. Seine ganze Haltung schien die eines Greises zu sein.

»Herrgott, Šeda, Sie haben mir vielleicht einen Schrecken eingejagt. Was ist denn los mit Ihnen?«

Šeda hielt mir wortlos ein Blatt eng beschriebenes Papier entgegen. Ich griff danach, doch Šedas Hand hatte sich um den dünnen Bogen Papier verkrampft. Ich berührte die riesige Hand des Hauptmanns. Sie war eiskalt.

»Geben Sie mir das Schreiben«, sagte ich, als würde ich zu einem verängstigten Tier sprechen. »Bitte, Alois, lassen Sie los.« Zu meiner eigenen Überraschung schien das tatsächlich zu helfen, denn Šedas Griff löste sich, sodass ich das Papier an mich nehmen konnte. Oben, wo Šeda das Schreiben festgehalten hatte, war es zerknittert, aber ich erkannte den Briefkopf sofort: Ein Adler mit ausgebreiteten Schwingen, dessen Klauen ein Hakenkreuz umklammerten, darunter die Doppelrune der SS.

»Woher haben Sie diesen Brief?«

Endlich fand Šeda seine Stimme wieder. »Wachtmeister Vybíral hat ihn mir als Fernschreiben übermittelt. Er sagt, das Schreiben sei eben für Hauptsturmführer Wiesmann vom Sicherheitsdienst aus Prag gekommen.«

Auf die nicht autorisierte Weitergabe von SS-Dokumenten durch die tschechische Polizei an wen auch immer stand selbstverständlich die Todesstrafe. Wachtmeister Vybíral setzte gerade sein Leben aufs Spiel.

»Lesen Sie«, sagte Šeda. Seine Stimme klang, als hätte er den Mund voller Erde.

Ich las. Die Worte des Schreibens hallten in meinem Kopf wie in einem hohlen Brunnenschacht. Ich las noch einmal, weil ich hoffte, dass meine überspannten Nerven mir einen bösen Streich spielten, doch die Buchstaben blieben dieselben, die sie eben gewesen waren.

»Das ist Wahnsinn. Das kann Böhme nicht tun.« Während ich diese Worte aussprach, brach eine Erkenntnis über mich herein einer Welle kalten Wassers gleich. Einen Moment lang konnte ich in den dunklen Abgrund blicken, den Horst Böhme anstelle einer Seele hatte. Es war wirklich Wahnsinn und genau deshalb würde Böhme es tun. Die Welt schien sich zur Seite zu neigen und wir rutschen langsam, aber unaufhaltsam von ihrem Rand herunter.

Ich ließ Böhmes Schreiben fallen, als sei das Papier mit einer giftigen Substanz überzogen. Es segelte zu Boden und blieb auf den Dielen aus dunklem Holz liegen.

SS-Standartenführer Horst Böhme an SS-Hauptsturmführer Harald Wiesmann: Am 9.6. 1942 teilt mir SS-Grup-

penführer Karl Hermann Frank aus Berlin fernmündlich mit, dass aufgrund einer Führerbesprechung die Ortschaft Liditz folgendermaßen noch am gleichen Tag zu behandeln ist:

1. Alle männlichen Erwachsenen sind zu erschießen,

2. Alle Frauen in ein Konzentrationslager zu überstellen,

3. Die Kinder zu sammeln und, soweit eindeutschungsfähig, an SS-Familien ins Reich zu geben. Der Rest wird einer anderen Verwendung zugeführt,

4. Die Ortschaft ist niederzubrennen und dem Erdboden gleichzumachen. Die tschechische Feuerwehr ist hierbei einzuschalten.

Ich griff nach dem Hörer meines Telefons und hatte die Nummer von Staatssekretär Karl Hermann Frank im Černín-Palast schon zur Hälfte gewählt, als mir einfiel, dass Frank gar nicht in Prag war. Vermutlich sah er in diesem Moment dabei zu, wie der unter Blumen und Fahnen begrabene Sarg Heydrichs in der Erde des Invalidenfriedhofs versank. Angeblich hatte er selbst den Befehl für diese Maßnahme erteilt. Das erschien mir undenkbar. Karl Hermann Frank war ein weiteres Mal ausgespielt worden.

Standartenführer Horst Böhme war an diesem Tag der ranghöchste Offizier in Prag. Ich hatte ihn für dumm gehalten, aber er besaß zweifellos ein instinktsicheres Einfühlungsvermögen in die inneren Gesetze der Diktatur.

Ich legte den Hörer auf und stürmte aus dem Zimmer, um Dr. Hans-Ulrich Geschke Meldung über diesen ungeheuerlichen Plan zu machen. Geschke hatte ebenfalls den Rang eines Standartenführers inne und war in der Position, Böhme Einhalt zu gebieten. Das Büro des Gestapoleiters war nicht weit von meinem entfernt. Doch Geschke war nicht anwesend. Ich traf nur auf Gertrude Pistorius, die immer noch der Radioübertragung der Trauerfeier in Berlin lauschte und murmelte: »Unser armer, armer Reichsprotektor.«

»Wo ist Dr. Geschke?«, fragte ich ohne jede Höflichkeit.

»Standartenführer Geschke ist nach Kladno gefahren«, sagte sie. Ihre Stimme klang belegt.

Ohne ein weiteres Wort ließ ich die Frau stehen und eilte zurück in mein Büro. Auf dem Gang traf ich einen betreten wirkenden Kieser, der mir sagte, dass Jindřiška Nováková und ihre Eltern zum Verhör anwesend seien und in der *Biographie* auf mich warteten. Ich befahl ihm, die Familie Novák bis auf Weiteres festzuhalten und nötigenfalls in Haft zu nehmen, wenn sie sich weigern sollten, freiwillig zu bleiben. Ich würde mich später am Tag darum kümmern.

Alois Šeda stand reglos am Fenster meines Büros und glich mehr denn je dem Golem.

»Wir müssen sofort nach Kladno.«

»Was soll das noch nützen?«, fragte Šeda.

»Dr. Geschke ist dort. Ich werde ihn an Kriminalrat Schultzes Einschätzung erinnern, dass der Fallschirmspringer, der sich in Kladno gestellt hat, nichts mit dem Attentat zu tun hat. Niemand in Liditz hat nach unserer Kenntnis etwas mit dem Attentat zu tun.«

»Glauben Sie, dass das eine Rolle spielt?«, fragte Šeda.

Ich dachte an die gigantische Trauerfeier, die in Berlin in diesen Minuten zu Ende ging. Liditz wäre der letzte Akt dieses Schauspiels.

»Es ist ein Blutopfer, Hauptmann. Böhme hat es seit Heydrichs Tod geplant. Er hat die Scheinwerfer und Kameras mitgenommen, um es für die Nachwelt festzuhalten.«

Dienstag, 9.6.1942, 18.00 Uhr

Als wir Kladno nach einer scheinbar endlosen Fahrt erreichten, wurden wir an der Stadtgrenze von einer Gruppe SS-Männer mit Maschinengewehren im Anschlag angehalten. Ich stieg aus, um mich auszuweisen.

»Ich muss dringend mit SS-Standartenführer Geschke sprechen«, sagte ich mit der überheblichen Autorität, die ich SS-Männern niederen Ranges vorbehielt. »Ich habe eine Vollmacht von Staatssekretär Frank.«

Die Männer murmelten etwas miteinander, dann sagte einer von ihnen: »Fahren Sie durch bis zu dem gelben Gebäude dort drüben. Das ist die Gendarmerie.«

Ich dankte ihnen und wir setzten die Fahrt fort. Es war ein milder Sommerabend, aber die Straßen von Kladno waren vollkommen leer, alle Fensterläden waren fest geschlossen.

Kaum hatte Šeda den Wagen angehalten, öffnete ich die Beifahrertür und sprang die Stufen zum Eingang der Polizeiwache hinauf.

Dr. Hans-Ulrich Geschke saß an einem Tisch im Foyer des kleinen Gebäudes und rührte in einer Tasse Tee. Sein Gesicht war glatt und ausdruckslos wie immer. Als er mich bemerkte, hob er seine Brauen: »Was machen Sie denn hier?«

Ich hielt mich nicht mit Erklärungen auf. »Sie müssen Böhme Einhalt gebieten, Standartenführer. Es gibt keinen einzigen belastbaren Hinweis auf die Beteiligung der Liditzer an dem Attentat. Kriminalrat Schultze wird Ihnen das jederzeit bestätigen.«

»Standartenführer Böhme sieht das anders, Pannwitz. Und wenn es Kriminalrat gegen Standartenführer steht …« Er zuckte mit den Schultern und ließ seine blassen Augen durch den Raum schweifen, als sei er von meinem Auftritt gelangweilt.

»Standartenführer Böhme hat in eklatanter Weise den Dienstweg missachtet«, spielte ich meinen ersten Trumpf. Das Leben einiger hundert Tschechen mochte für Geschke nicht ins Gewicht fallen, der Dienstweg hingegen war ihm heilig. »Er hat den Befehl von Staatssekretär Frank nie erhalten. Frank steht in diesem Augenblick am Grab des Reichsprotektors und …«

»Ich verstehe Ihre Sorge«, sagte Geschke sanft, »aber ich kann Sie beruhigen. Böhme handelt in Führervollmacht. Reichsführer SS Himmler hat alles abgesegnet, das habe ich schriftlich.«

Ich erstarrte. Böhme hatte Himmler am späten Mittwochabend also nicht aus reinem Mitgefühl zum Flughafen begleitet, sondern ihm im Wagen schon die Maßnahmen gegen Liditz vorgeschlagen.

»Ich bitte Sie dringend, die Folgen zu bedenken«, fuhr ich fort.

»Dass ein unbedeutendes Dorf von der Landkarte verschwindet?«, antwortete Geschke mit feinem Spott. Ich wusste, dass das Dorf und seine Bewohner in den Augen Geschkes weniger bedeuteten als der Schmutz unter seinen Nägeln, aber es *gab* Dinge, die bedeutend waren, auch für ihn. Seine berufliche Zukunft zum Beispiel.

»Sie spielen doch nur Beneš in die Hände. Wenn Sie diesen Vergeltungsschlag nicht verhindern, schaffen Sie ein Märtyrersymbol, auf das sich alle Feinde des Deutschen Reiches berufen werden. Können Sie sich die Feindpropaganda vorstellen, die über uns hereinbrechen wird, wenn wir Hunderte von Unschuldigen umbringen?«

»Kein Tscheche ist unschuldig, das wissen Sie genauso gut wie ich. Auf das Gutheißen des Attentats steht die Todesstrafe und jeder Tscheche, dem Sie in sein schwarzes Herz sehen, jubelt heute insgeheim. Alle in Liditz haben den Tod verdient. Darauf werden *wir* uns berufen.«

Ich sagte ihm nicht, dass halb Berlin entvölkert wäre, wenn man jeden dort erschießen würde, der heute insgeheim jubelte, sondern fuhr fort: »Standartenführer, die Aufklärung des Attentats wird so nahezu unmöglich. Niemand aus der tschechischen Bevölkerung wird uns zuarbeiten wollen, wenn Sie *das* nicht verhindern.«

»Dann werden wir Deutschen das eben allein schaffen, wie immer«, sagte Geschke mit einer Geste, die deutlich machte, dass er nicht weiter diskutieren wollte.

»Warum lassen Sie das zu?«, fragte ich. »Sie wissen doch, dass es ein Unrecht ist. Ein Unrecht, das auf uns alle zurückfallen wird, von Generation zu Generation.«

Endlich sah ich eine Regung in Geschkes glattem Gesicht. Er wusste, dass ich recht hatte, aber wir alle steckten schon viel zu tief im Sumpf der Schuld, um noch umzukehren.

»Sie können es verhindern, Standartenführer«, sagte ich.

Hans-Ulrich Geschke, der *summa cum laude* in den Rechtswissenschaften promoviert hatte und nun der gesamten Gestapo in Prag vorstand, sah mich verzagt an: »Böhme hat die Entscheidung bereits getroffen. Wie soll ich einen Mann wie Böhme denn davon abbringen?«

Die Welt neigte sich weiter zur Seite, kippte schließlich und ich rutschte vollends über den Rand hinunter in den Abgrund.

Dienstag, 9.6.1942 22.00 Uhr

Ich würde gerne erzählen, dass ich mich Böhme mutig entgegenstellte und ihn kraft meiner Autorität dazu zwang, seine Männer zurückzurufen und die Kameras und Scheinwerfer so still und heimlich wieder auf die Lastfahrzeuge zu laden, wie sie aufgestellt worden waren. Dass Böhme gedemütigt und mit eingezogenem Schwanz Kladno verließ und ihm seine Leute unverrichteter Dinge zurück nach Prag folgten. Dass Liditz noch steht und die Menschen dort am Leben sind und das kleine Mädchen mit dem merkwürdigen Gesicht, Věnceslava Puchmeltrová, niemals die Reise nach Wien antreten musste. Wir Deutschen haben uns im Lauf der Zeit so daran gewöhnt, die Wahrheit zu verschleiern, dass es mir nicht schwerfallen würde, das zu behaupten. Aber hinter ihrem Schleier lächelt die Wahrheit, weil das Tuch von der Abnutzung so fadenscheinig geworden ist.

Ich ließ mich in einem letzten, verzweifelten Versuch von Hauptmann Šeda nach Liditz fahren. Am Ortseingang stand eine Gruppe von SS-Männern um ihre Fahrzeuge herum, hielt uns an und wollte uns unter keinen Umständen weiterfahren lassen. Ich stieg aus und versuchte es mit Staatssekretär Franks Vollmacht, aber die Männer schüttelten nur die Köpfe. Als ich zu Fuß an ihnen vorbeigehen wollte, hob einer von ihnen seine Waffe und zielte vage in meine Richtung. Ich glaube nicht, dass er mich tatsächlich erschossen hätte, aber wenn man in eine Gewehrmündung blickt, ist es nicht leicht, einen klaren Kopf zu bewahren. Ich blieb stehen. Ein weiteres Auto kam die Straße hinunter. Es hielt an, die Beifahrertür öffnete sich und Standartenführer Horst Böhme wuchtete seinen schweren Leib aus dem Wagen.

»Pannwitz!«, rief er ohne Überraschung.

Ich ging auf ihn zu und begann, auf ihn einzureden.

»Halten Sie den Mund«, schnappte er. »Sie stören hier nur. Fahren Sie einfach nach Hause und gehen Sie ins Bett.«

Ich konnte nicht aufhören, immer mehr Worte hervorzubringen, immer mehr Gründe, warum seine Aktion Wahnsinn war. Er sah mich mit leichtem Bedauern an und verpasste mir einen Faustschlag ins Gesicht, der meine Lippe aufplatzen und mein linkes Auge sofort zuschwellen ließ. Die SS-Männer hatten sich diskret abgewandt und sahen betont gleichmütig in eine andere Richtung. Hauptmann Šeda war vernünftig genug, im Auto sitzen zu bleiben. Ich sah, wie Böhme beinahe zärtlich mit dem Finger den Griff seiner Waffe streichelte.

»Verschwinden Sie von hier«, sagte Böhme leise. »Oder wollen Sie enden wie Rudolf Formis?«

In seiner Stimme lag nicht die Spur von Unsicherheit. Ich wich zurück und ging rückwärts auf unser Auto zu.

»Verschwinden Sie!«, brüllte Böhme und ich gehorchte. Blut tropfte von meiner Lippe auf den Kragen meines Hemdes. Ich fühlte mich wie betäubt, sodass ich auf der trostlosen Fahrt zurück nach Prag gar nicht bemerkte, dass etwas mit Alois Šeda vor sich ging.

Ich habe nicht selbst mit angesehen, was nach Einbruch der Dunkelheit in Liditz geschehen ist, auf dem Dorfplatz und auf der Horák-Farm. Ich konnte es mir lediglich vorstellen und glauben Sie mir, ich hatte weiß Gott genug Gelegenheit dazu. Ich stellte mir vor, wie der Lehrer der Volksschule, den ich gesehen hatte, als er die Kinder von dem bedrohlichen Polizeiauto wegrief, an sein Fenster trat. Ich weiß heute, dass der Mann Zdeněk Petřík hieß. In vielen Nächten im Sommer 1942 träumte ich, *ich* wäre Petřík und stünde am Fenster.

Draußen war es stockfinster. Lehrer Petřík hörte ein Rattern und Dröhnen, das sich durch die Stille der Wiesen und Felder auf ihn zubewegte. Dann erstarben die Geräusche. Von unten war das Klappern von Geschirr zu hören. Seine Frau Jaroslava räumte die abgetrockneten Teller in den Schrank. Petřík war davon überzeugt, dass er gerade einen sehr seltsamen Traum hatte, als es an seiner Tür pochte, drei kurze, wohlerzogene Klopfer mit den Fingerknöcheln. Er hörte, wie seine Frau aus der Küche zur Wohnungstür ging und öffnete. Er wäre am liebsten nach unten gerannt und hätte sie daran gehindert, aber, wie es in einem Traum hin und wieder vorkommt, schienen seine Füße am Boden festzukleben.

Er hörte eine Männerstimme. Er konnte die Worte nicht verstehen, aber es klang nach einer höflich vorgetragenen Bitte.

Endlich lösten sich Petříks Füße vom Boden. Er ging mit tastenden Schritten die dunkle Treppe hinunter.

In der Tür standen drei Männer in grauen Uniformen. Es waren Deutsche, Beamte der Schutzpolizei. Einer sah zu Petřík hinüber und lächelte freundlich. Er sprach sogar gebrochen Tschechisch, als er sagte: »Bitte packen Sie Kleidung für zwei Tage zusammen, am besten auch etwas zu essen. Denken Sie an Ihre Wertgegenstände, Schmuck und Gold, falls Sie welche besitzen.«

Jaroslava fragte: »Wir haben einen kleinen Hühnerstall hinter dem Haus. Was wird in dieser Zeit aus den Hühnern?«

»Keine Sorge«, antwortete der Deutsche gutmütig, »wir kümmern uns darum.«

Jaroslava stellte keine weiteren Fragen. Als sie die wenigen Habseligkeiten der Petříks in eine große Reisetasche gestopft hatten, wobei ihnen die drei Polizisten über die Schulter sahen, warfen sie sich ihre Mäntel über. In den Nächten Anfang Juni konnte es noch ziemlich abkühlen.

Die Polizisten baten sie, sich auf dem Dorfplatz vor der Kirche zu sammeln. Jaroslava sah ihn mit großen, besorgten Augen an, doch Petřík konnte nur mutmaßen, was der Grund für diese nächtliche Überraschung sein mochte. Vielleicht hatte sich ein gefährlicher Krimineller irgendwo in Liditz verschanzt, sodass eine Evakuierung der Bewohner nötig war. Auf den Gedanken, dass er, seine Frau Jaroslava, seine Schüler und Nachbarn, kurz, alle Liditzer die gefährlichen Kriminellen sein könnten, kam er nicht.

Die Petříks fanden sich auf dem Sandplatz vor der Kirche wieder, um sie herum Männer, Frauen, Kinder in hastig übergeworfenen Kleidern. Es war ganz still, kaum einer wagte, ein Wort zu sagen. Die Polizisten in den grauen Uniformen hatten einen lockeren Kreis um die Einwohner von Liditz gebildet und regten sich nicht. Das fahle Sternenlicht machte sie zu Gespenstern. Man hörte einzig ein merkwürdiges Surren, als ob irgendwo Kameras liefen, was die ganze Situation noch unwirklicher erscheinen ließ.

Plötzlich flammte grelles Scheinwerferlicht auf und blendete Petřík. Ein Befehl, den er nicht verstand, zerriss die Stille. Die Polizisten begannen, auf die Menschen zuzugehen, in einer einzigen fließenden Bewegung wie Wellen, die ans Ufer rollen.

Das Geschehen war so surreal, dass Petřík endgültig davon überzeugt war, sich in einem bösen Traum zu befinden. Ein Blick in die Gesichter seiner Nachbarn verriet ihm, dass es ihnen ebenso erging. Die Polizisten in den grauen Uniformen richteten Gewehre und Pistolen auf die Menschen auf dem Dorfplatz und brüllten unaufhörlich auf sie ein, ohne dass die Liditzer mehr als einzelne Brocken verstehen konnten. Die meisten der Polizisten sprachen kein Wort Tschechisch, denn sie waren erst an diesem Abend eigens für die *Aktion Liditz* aus Reinhard Heydrichs Heimatstadt Halle angereist.

Irgendwann wurde klar, was die Polizisten wollten. Die Männer sollten in Richtung der Horák-Farm gehen, die der Familie des Mannes gehörte, der vor einigen Jahren nach England emigriert war. Den Frauen und Kindern wurde befohlen, die Taschen und Koffer in das Schulgebäude zu schleppen. Die Wertsachen waren mit Namen sowie Anschrift der Besitzer zu versehen und abzugeben. Petřík wollte den Frauen und Kindern folgen, denn es waren schließlich *seine* Schule und *seine* Frau, aber er wurde mit einem Gewehrkolben in die entgegengesetzte Richtung geprügelt. Er strauchelte, stürzte und wurde von groben Händen auf die Füße gerissen. Er warf einen letzten Blick auf das Schulgebäude, denn er ahnte, dass der Unterricht morgen nicht stattfinden würde. Morgen nicht, übermorgen nicht, nie mehr. Petřík und die übrigen Männer wurden durch das imposante Tor getrieben, das auf den Gutshof der Horáks führte. Hier waren ebenfalls Scheinwerfer aufgebaut, die alles in grelles Licht tauchten. Petřík sah tatsächlich Männer mit Filmkameras, deren Objektive sich wie die Augen hungriger Zyklopen auf die Männer richteten. Von dort aus jagte man Petřík und die anderen hinab in die Kellergewölbe unter dem Haupthaus, wo sie im Dunkeln saßen, kaum zu atmen wagten und zuhören mussten, wie die deutschen Polizisten das Dorf verwüsteten. Immerhin waren sie noch am Leben, dachte Petřík, vielleicht reichte es den Deutschen ja, die Häuser zu plündern. Die Männer im Keller der Horák-Farm lauschten Stunde um Stunde den Polizisten, die Fensterscheiben einschlugen und das Mobiliar krachend auf die Straße warfen. Sie hörten nicht, dass die Uniformierten alles von Wert einsammelten, säuberlich etikettierten und auf Lastfahrzeuge verluden, aber sie konnten es sich vorstellen. Bücher und Bilder, Kleidung und Kinderspielzeug wurden aus den Fenstern geworfen. Irgendwann, weit nach Mitternacht, zog der Geruch von verbranntem Holz durch die Ritzen der Kellertür. Die Gefangenen verhielten sich völlig still. Womöglich würde man sie ja im Eifer des Gefechts vergessen. Und immerhin waren sie noch am Leben. So vergingen die Stunden. Josef Štemberka, der über siebzig war und der Pfarrer der St.-Martinskirche, hatte begonnen, mit den Männern im Keller zu beten.

Der Morgen war nicht mehr fern und im Osten verblassten die Sterne bereits. Mit sanften Fingern berührte das erste, rosige Licht den Horizont. Das Samtschwarz verblasste zu dunkelblauer Wasserfarbe. Ein neuer Tag brach an und das Violett des Himmels über Liditz verwandelte sich allmählich in Blau. Da wurde die Tür des Kellers aufgerissen, bewaffnete Polizisten drängten hinein und brüllten unverständliche Befehle. Sie zählten die ersten fünf Männer ab, die der Tür am nächsten auf dem Boden kauerten, und zogen sie auf die Beine. Die Männer begannen, ihrerseits auf die Polizisten einzureden, die ebenfalls nichts verstanden. Sie wurden die Treppe hinaufgeführt und verschwanden aus Lehrer Petříks Blickfeld. Kurz darauf hörte man die Männer schreien, ein Kommando ertönte auf dem

Hofplatz, dann krachten Schüsse. Die Schreie brachen ab, als hätte man sie mit einem Messer abgeschnitten. Stille. Wieder kamen Polizisten die Treppe hinunter und wählten fünf der Männer aus, die nun alle versuchten, sich ganz nach hinten in den Schatten des Kellergewölbes zu drängen. Vielleicht reichten ihnen ja fünf oder zehn Männer, dachte Petřík, und sie würden die übrigen am Leben lassen, sobald sie ihnen klargemacht hatten, wer der Herr im Haus war. Wieder Schreie, ein Befehl auf Deutsch, Schüsse, Stille. Die Uniformierten kamen erneut in den Keller, sortierten fünf Männer aus, unter denen sich auch Petřík befand, und zwangen sie die Treppe hinauf. Das grelle Licht der Scheinwerfer blendete den Lehrer. Als sich seine Augen an die Helligkeit gewöhnt hatten, sah er weitere Polizisten auf dem Hof stehen. Sie beachteten Petřík und die anderen nicht, denn sie posierten gerade für ein Erinnerungsfoto. Im Vordergrund würden auf diesem Foto drei lächelnde Polizisten zu sehen sein, im Hintergrund das schwarze Maul des Kellereingangs und an der Seite die Andeutung von aufgestapelten Gegenständen, auf den ersten Blick vielleicht Klafterholz. Erst, wenn man genau hinsah, würde man erkennen, dass es Beine waren, die ins Bild ragten.

An der Wand des Herrenhauses waren Matratzen aufgestellt worden, die von roten und weißen Schlieren besudelt waren. Petřík hatte in seinem ganzen Leben noch kein aus dem Schädel ausgetretenes menschliches Gehirn gesehen, aber er war ein belesener Mann und machte sich keine Illusionen darüber, was an den Matratzen klebte. Er fühlte sich wieder wie in einem Traum, alles war völlig unwirklich. Niemand, nicht einmal die Deutschen, würden alle Bürger eines Dorfes zusammentreiben und vor diesen schäbigen Strohmatratzen erschießen, die Vorstellung war zu verrückt für einen Mann, der sein Leben lang Volksschullehrer gewesen war.

Dann sah Petřík das bleiche Gesicht von František Hejma, dem Ortsvorsteher, der neben einem Polizisten mit einer Liste in der Hand stand. Er zeigte auf Petřík und sagte: »Petřík, Zdeněk, Volksschullehrer.«

Der Polizist nickte und notierte den Namen, dann die Namen der vier anderen, die mit Petřík aus dem Keller geholt worden waren. Es musste ja korrekt zugehen, es gab schließlich Vorschriften und Gesetze. Petřík ahnte, was der Lohn für Hejmas Hilfe sein würde. Er würde das Blutbad auf der Horák-Farm bis zum Schluss mit ansehen dürfen, von seinem Logenplatz neben den Exekutoren, und ganz am Ende würde ihm der letzte Schuss gebühren. Aber das war natürlich alles nur ein Alptraum, dachte Petřík wieder und hätte beinahe gelacht. Wenn er morgen wie gerädert zum Unterricht erschien, würde er sich eine Geschichte einfallen lassen müssen, denn man konnte Kindern wohl kaum von so einem schrecklichen Traum erzählen. Hände packten ihn, drückten ihn mit dem Gesicht an die Wand mit den Matratzen, die unglaublich realistisch nach Blut rochen. Während die vier Männer neben ihm schrien und weinten und flehten, dachte Petřík angestrengt darüber nach, was er den Schülern für eine Lüge auftischen sollte. Gerade als ihm eine großartige Idee kam und er hoffte, dass sie ihm nach dem Erwachen nicht gleich entgleiten würde, wie es Träume oft tun, krachten hinter ihm Schüsse. Eine Kugel durchschlug seinen Schädelknochen und löschte die Idee ebenso aus wie alle anderen Gedanken in Zdeněk Petříks Kopf. Das Letzte, was er empfand, war Erstaunen darüber, warum er denn nicht endlich aufwachte, dann war alles vorbei.

Während die Uniformierten die Leichen von Petřík und

den vier anderen auf den Stapel schichteten und die nächsten fünf aus dem Keller holten, wurden die Frauen und Kinder, die vom Schulgebäude aus die Plünderung der St.-Martinskirche aus nächster Nähe hatten mitverfolgen können, auf Lastwagen gescheucht, um sie nach Kladno zu transportieren. Es gab Diskussionen um einen Jungen, von dem die Mutter behauptete, er sei erst vierzehn Jahre alt, der aber laut Melderegister in der letzten Woche fünfzehn geworden war. Die Polizisten überlegten nicht lange, denn es gab schließlich Vorschriften, und führten den Jungen zur Horák-Farm hinauf, woraufhin die Mutter einen hysterischen Anfall erlitt. Die Polizisten konnten über einen solchen Mangel an Haltung nur die Köpfe schütteln. In Kladno würde man die Kinder ohnehin von den Müttern trennen, denn diejenigen unter ihnen, die sich als arisierungsfähig erwiesen, konnten sich auf eine rosige Zukunft in einer deutschen Familie freuen. Für die übrigen würde man schon eine Verwendung finden. Die Frauen würden im Lager Ravensbrück einige Zeit lang kriegswichtige Arbeit verrichten, bis sie dazu nicht mehr zu gebrauchen waren.

Ein Polizist zeigte auf ein blondes Mädchen, das dem Treiben mit völlig unbewegtem Gesicht zusah, während die anderen Kinder kreischten und weinten und sich an ihre Mütter klammerten.

»Handelt es sich bei diesem Mädchen um eine Schwachsinnige?«, brüllte der Polizist.

Niemand war in der Lage, diese Frage zu beantworten.

Es blieb ihm also nichts anderes übrig, als sich auf sein Gefühl zu verlassen und das Kind gesondert auf einer Liste zu vermerken. Er notierte den Namen, Věnceslava Puchmeltrová, und fügte einen Vermerk hinzu, dass das Kind auf keinen Fall beim Transport zu Schaden kommen dürfe. Man benötigte es für kriegswichtige Forschung. In Wien gab es einen Arzt namens Hans Asperger, der mit Schwachsinnigen eines speziellen Typus arbeitete und eine Methode entwickelt hatte, die Genies unter ihnen, die es hin und wieder gab, auszusondern und mit speziellen Aufgaben zu betrauen. Diejenigen, die der Arzt nicht verwenden konnte, wurden ebenfalls Forschungszwecken zugeführt, zum Beispiel darüber, ob sich Wundbrand tatsächlich mit Sulfonamiden kurieren ließ.

Mittlerweile hatte man auf der Horák-Farm eingesehen, dass es unmöglich war, alle Männer des Dorfes in Fünfergruppen zu erschießen, wenn man im Lauf des Mittwochs mit der Arbeit fertig werden wollte. Man musste also auf Zehnergruppen aufstocken.

In den frühen Morgenstunden kehrte etwa ein Dutzend Männer von der Nachtschicht in der Stahlmühle nach Liditz zurück. Schon von Weitem sahen sie Rauch aufsteigen und fuhren, so schnell sie konnten, über die holprigen Feldwege auf das Dorf zu. Sie sahen Wagen der tschechischen Feuerwehr überall herumstehen, aber niemand schien zu löschen. Als die Männer Liditz erreichten, sahen sie die niedergebrannten Häuser und die verwüstete Kirche. Sie riefen nach ihren Frauen, doch niemand antwortete. Als sie Lärm vom Gutshof der Horáks hörten, eilten sie in Panik durch das Tor, wo sie von grau uniformierten Polizisten in Empfang genommen wurden. Man notierte ihre Namen, und bevor sie begriffen, dass es sich bei den unförmigen Haufen links und rechts des Gutshauses um die Leichen ihrer Väter, Brüder und Nachbarn handelte, wurden sie mit den Gesichtern in die Strohmatratzen gedrückt und erschossen. Als die Polizisten keine Männer mehr fanden, die sie erschießen konnten, mussten sie mit dem Vieh der Horák-Farm Vorlieb nehmen, das seit Stunden im Stall brüllte. Am Schluss kamen die Hunde und Katzen an die Reihe. Die Erschießung der Tiere war zwar nicht ausdrücklich befohlen, aber wenn sie schon einmal dabei waren, wollten sie ihre Aufgabe gründlich erledigen.

Am Mittag kamen schwere Maschinen auf den Dorfplatz gefahren. Es war noch Zeit für weitere Erinnerungsfotos und die Polizisten lächelten erschöpft, jedoch zufrieden in die Kamera. Während die Raupenfahrzeuge damit begannen, die rauchenden Trümmer dessen, was vor wenigen Stunden noch das Dorf Liditz gewesen war, dem Erdboden gleichzumachen, gingen die Polizisten zur Fleischerei Houbová. Da es keinen gab, der ihnen etwas verkaufen konnte, entschieden die Männer nach kurzer Beratung, dass es in Ordnung wäre, sich selbst zu bedienen. Harte Arbeit machte schließlich hungrig und durstig. Sie rollten einige Fässer Bier auf den Dorfplatz, stellten Klapp- und Liegestühle auf und griffen zu, als die Körbe mit den Würsten die Runde machten. Sie beobachteten, wie Soldaten die Grabsteine vom Gottesacker rund um die Kirche rissen und auf Wagen verluden. Granit war ein gefragtes Baumaterial. Am Mittwochabend kamen weitere Fahrzeuge, die Streusalz geladen hatten. Männer mit Schippen standen auf den knirschenden Haufen und schaufelten bis zum Einbruch der Dunkelheit Salz auf die rauchende Erde von Liditz.

Ich weiß nicht, ob alles im Detail so geschehen ist, wie ich es geschildert habe. Aber ich hatte viele Nächte lang Zeit, es mir auszumalen. Nach und nach habe ich die Namen erfahren. Sie standen auf ordentlich geführten Listen. Wir können über jeden einzelnen von ihnen Rechenschaft ablegen, mit Namen, Geburts- und Sterbedatum und gegebenenfalls Verwendungszweck, wenn man denn eine Verwendung für ihn oder sie gefunden hatte.

Mittwoch, 10.06.1942, 17.00 Uhr

Ich hatte den ganzen Tag über versucht, Karl Hermann Frank zu erreichen. Er war nicht im vorgesehenen Sonderzug nach Prag zurückgekehrt, sondern hatte einen Wagen genommen und Klaus und Heider auf Jungfern Breschan bei ihrer Mutter abgeliefert. Danach war er nach Hause gefahren, um sich frisch zu machen. Am späten Nachmittag traf er in Liditz ein, als nur noch Trümmer und Leichen übrig waren. Ich habe nie erfahren, wann genau er von Böhmes Plan in Kenntnis gesetzt wurde, ob noch in Berlin oder erst bei seiner Rückkehr nach Prag. Es war in jedem Fall zu spät für einen Mann wie ihn, noch eine andere Meinung als Hitler zu vertreten, was Liditz betraf. Die Weltöffentlichkeit hatte sich auf das winzige Dorf gestürzt, das mit Stumpf und Stiel von der Karte getilgt worden war. Es war von diesem Tag an nicht länger nötig, von »Umsiedelungen« zu sprechen, wenn man die Ermordung der Ostjuden meinte. Böhmes Rache hatte uns die Maske heruntergerissen. Eine Welle der Feindpropaganda schwappte über uns hinweg. Beneš und seine Leute in London triumphierten. Nicht einmal Goebbels konnte die deutsche Niederlage in Liditz schönreden. »Lügen haben ein zu kurzes Bein«, sagte man im Sommer 1942. Im Lauf des Tages war eine Pressemitteilung erschienen, deren dürre Worte folgendermaßen lauteten:

Amtlich wird bekannt gegeben: Im Zuge der Fahndungen nach den Mördern des SS-Obergruppenführers Heydrich wurden einwandfreie Hinweise dafür gefunden, dass die

Bevölkerung der Ortschaft Liditz bei Kladno dem infrage kommenden Täterkreis Unterstützung und Hilfe leistete. Die betreffenden Beweismittel wurden trotz Befragung ohne Mithilfe der Ortseinwohner erbracht. Die damit bekundete Einstellung zum Attentat wird noch durch weitere reichsfeindliche Handlungen unterstrichen, wie Funde von staatsfeindlichen Druckschriften, Waffen- und Munitionslagern eines illegalen Senders sowie bewirtschafteter Waren in den größten Ausmaßen, und durch die Tatsache, dass Ortseinwohner sich im aktiven Dienste des Feindes im Ausland befinden. Nachdem die Einwohner dieses Dorfes durch ihre Tätigkeit und durch die Unterstützung der Mörder von SS-Obergruppenführer Heydrich gegen die erlassenen Gesetze schärfstens verstoßen haben, sind die männlichen Erwachsenen erschossen, die Frauen in ein Konzentrationslager überführt und die Kinder einer geeigneten Erziehung zugeführt worden. Die Gebäude des Ortes sind dem Erdboden gleichgemacht und der Name der Gemeinde ist ausgelöscht worden. So weit diese Bekanntmachung.

Die Stimmung im Petschek-Palast war gedrückt. An diesem Mittwochnachmittag sprachen wir über Heydrichs Bestattung in Berlin, über das Wetter und darüber, dass – was für ein Jammer! – der britische Schauspieler Stanley Lupino verstorben war, und wir hatten doch immer so über seine Filme gelacht, als es noch erlaubt gewesen war, über britische Filme zu lachen. Über das, was in den vergangenen Stunden geschehen war, sagten wir kaum etwas. Ich glaube, es gab keinen einzigen unter den Männern, der nicht zumindest im tiefsten Inneren wusste, dass wir in Liditz ein himmelschreiendes Unrecht begangen hatten, Führervollmacht hin oder her. Kaum einer, der nicht erleichtert aussah, als er erfuhr, dass es Einheiten der Schupo aus Halle an der Saale gewesen waren, die dort gewütet hatten, und keiner von uns. Aber auch kaum einer, der nicht fühlte, dass die Deutschen nun umso enger zusammenstehen mussten. Minister Goebbels hatte es auf den Punkt gebracht: Wir alle saßen in einem Schnellzug, der sich in rasender Fahrt befand. Wer ausstieg, würde sich das Genick brechen, wer versuchte, die Bremse zu betätigen, würde mitleidlos ausgeschieden.

Ich fühlte mich in jeder Hinsicht elend. Alois Šeda war heute nicht im Petschek-Palast erschienen. Ich hätte gerne mit ihm gesprochen, aber ich konnte verstehen, dass er mir an diesem Tag nicht mehr in die Augen sehen wollte. Ich hatte mir vorgenommen, die Familie Novák zu verhören, die in den Eingeweiden unserer Dienststelle auf mich wartete, aber ich fühlte mich nicht dazu in der Lage. Sie saßen gut verwahrt in ihren Zellen und würden morgen noch da sein. Zumindest dachte ich das am Mittwochabend. Außerdem war mir das Gefühl für die Notwendigkeit abhandengekommen. Wem würde es nützen, Jindra aufzuspüren? Den Leuten von Liditz sicher nicht.

Ich blätterte lustlos in den Akten, die sich auf meinem Schreibtisch häuften. Die Wunde an meiner Lippe war dabei abzuheilen. An meinem Mund hatte sich hässlicher, juckender Schorf gebildet. Mein Kinn tat weh und die Sehnen an meinem Hals fühlten sich seit dem Schlag völlig verkrampft an. Mehr Sorgen machte mir mein Auge. Es war angeschwollen und blutunterlaufen, außerdem sah ich durch den winzigen Schlitz, der mir zum Sehen verblieben war, schwarze Flocken umherwirbeln, als ob mich die Asche von Liditz bis nach Prag verfolgte. Gegen fünf

Uhr sah ich ein, dass es keinen Sinn hatte. Ich musste mich dringend einem Augenarzt vorstellen. Ich ging hinüber zur Straßenbahnhaltestelle am Wenzelsplatz und stieg in die erste Tram, die vorbeikam. Als wäre sie Teil eines höheren Plans, brachte mich die Bahn über eine der Moldaubrücken hinüber auf die Kleinseite. In der Aujeststraße stieg ich aus und wie von unsichtbaren Fäden gezogen bewegte ich mich auf den hübschen Stadtpalast zu, in dem sich Dr. Milada Frantovás Praxis befand. Ein Mann lehnte an einem Laternenpfahl vor dem Haus und blätterte müßig in einer Zeitung. Als ich an ihm vorbeiging, sah er auf, musterte mein geschwollenes Gesicht und entschied, dass der Artikel, den er gerade überflog, interessanter war.

Im Wartezimmer der Praxis saß nur eine einzige Patientin, die mich angstvoll musterte und sich hinter einem zerlesenen Roman zu verstecken versuchte. Als die Sprechstundenhilfe mich bemerkte, bat sie mich sofort, im hinteren Behandlungszimmer auf Frau Dr. Frantová zu warten. Ich tat wie geheißen, obwohl ich das Wiedersehen mit dem grausigen Gemälde der vernichteten Stadt Guernica fürchtete. Heute blickte die ganze Welt auf eben diese Weise nach Liditz.

Milada Frantová betrat das Behandlungszimmer. Zu meiner Überraschung trug sie das seidene Band im Haar, das ich ihr geschenkt hatte. Ich hatte erwartet, dass sie mir mit Furcht oder Abscheu begegnen würde, aber sie kam näher, ohne eine Miene zu verziehen, und begann, mein verletztes Auge zu untersuchen. Dabei sprach sie kein Wort. Als sie fertig war, wusch sie sich die Hände, verschränkte die Arme vor der Brust und sagte in geschäftsmäßigem Ton: »Durch die stumpfe Gewalteinwirkung ist eine Schwellung entstanden. Nicht nur die, die Sie rund um das Auge haben, sondern auch in der Augenhöhle. Diese Schwellung drückt jetzt auf den Sehnerv und beeinträchtigt Ihr Sehvermögen. In den meisten Fällen verschwinden die Beschwerden von allein, sobald die Schwellung zurückgeht. Damit keine Entzündungen entstehen, die den Verlauf verkomplizieren, verschreibe ich Ihnen eine Salbe.«

Dann brach sie in Tränen aus.

»Was habt ihr getan?«, schluchzte sie und vergrub ihr Gesicht in den Händen.

Ich stand auf und ging auf sie zu. Ich rang mit mir, ob ich ihr vielleicht eine Hand auf die Schulter legen sollte, um sie zu beruhigen, da klammerte sie sich an mich und legte ihren Kopf in die Kuhle über meinem Schlüsselbein. Die ungestüme Berührung an dieser Stelle tat weh … aber auch wieder nicht. Sie murmelte etwas, doch ich verstand nicht, was sie sagte, spürte nur ihren warmen Atem an meinem Hals. Wir hielten einander umarmt wie zwei Schiffbrüchige. Eine Locke löste sich aus ihrem Haarknoten und streifte meinen Hals wie die Berührung eines Schmetterlingsflügels. Von ihrem Haar stieg ein süßer Duft auf, der mir im Angesicht der Vernichtung – Guernica auf dem Gemälde vor meinen Augen und Liditz, das sich tief in mein Gehirn gebrannt hatte – sehr tröstlich erschien. Ich neigte meinen Kopf ein wenig, um mehr von diesem warmen Duft in mich aufzunehmen. Sie flüsterte wieder etwas an meinem Hals, ihr Atem war herrlich warm, und dann hob Milada ihren Kopf und sah zu mir auf. Es waren die schönsten und seltsamsten Augen, die ich je gesehen hatte. Obwohl Milada immer noch weinte, war ihr Blick wie eine kühle Hand auf einer fieberheißen Stirn. Plötzlich wurde ich mir sehr deutlich der Tatsache bewusst, dass sie sich an mich drückte und ich spürte warme Verlegenheit in mir aufsteigen.

Milada sah mich mit ihren beunruhigend schönen Augen an und auf einmal fühlte ich mich wie auf einem Wagen, der schneller und schneller fuhr. Mir wurde klar, dass ich die Fahrt bald nicht mehr würde anhalten können. Sie schloss die Augen, aber der Bann brach nicht, im Gegenteil. Ihr Gesicht, die gesenkten Lider, die leicht geöffneten Lippen schienen eine einzige Verheißung zu sein. Ich zog sie enger an mich und sie wich nicht vor mir zurück. Ihr Duft war überall und ich wusste auf einmal, dass ich die Fahrt nicht anhalten *wollte*, so irrsinnig es angesichts unserer Lage auch erscheinen mochte.

Ich küsste sie und sie wich immer noch nicht vor mir zurück. Ihr Körper blieb an meinem. Sie strich mit dem Zeigefinger über die Linie meines Kinns. Ich zuckte unter ihrer Berührung zusammen. Sie senkte den Kopf, sodass ihr Gesicht an meiner Schulter verborgen war.

»Milada«, sagte ich.

»Still.«

»Es ist zu gefährlich«, brachte ich heraus, aber im Grunde war es mir in diesem Moment gleichgültig. Die Berührung ihres Fingers schien das empfindsame Netz der Nerven, die sich unter meiner Haut vereinigten, zu entzünden.

Obwohl ich ihr Gesicht nicht sehen konnte, hörte ich das Lächeln in ihrer Stimme, als sie erwiderte: »Keine Angst. Ich kümmere mich um dich.«

Diese Worte hallten in meinem Verstand wie Steine, die in einen Brunnen geworfen wurden, und dann küsste ich sie wieder. Sie drückte sich noch fester an mich. Sie berührte mich, ich berührte sie und voller Dankbarkeit vergaß ich Liditz für eine kleine Weile.

Donnerstag, 11.06.1942, 9.00 Uhr

Als ich an diesem Morgen im Petschek-Palast erschien, erwartete mich eine böse Überraschung. Von der Eingangshalle begab ich mich in den steinernen Bauch des Gebäudes. Ich kam an einem Gemälde vorbei, das einen Zinnteller mit gelben Quitten und roten Äpfeln zeigte. Obwohl der Gang in schwaches Lampenlicht getaucht war, erschienen mir die Farben des Bildes unangenehm grell. Das Stillleben hing ein wenig schief. Ich verspürte den übermächtigen Drang, es geradezurücken. Das Bild so nach rechts geneigt zu sehen, verursachte mir Übelkeit. Auf der schützenden Verglasung des Gemäldes lag Staub. Ich fuhr mit Zeige- und Mittelfinger über das Glas und hinterließ zwei schmale parallel verlaufende Spuren. Nachdem ich meine Finger an der Jacke abgewischt hatte, ging ich auf die Treppe zu. Auf halbem Weg stand ein leerer Aktenwagen auf Rollen. Ich informierte den Gestapobeamten über meine Ankunft, der für die Bewachung des Kellers zuständig war. Über die Treppe gelangte ich zu den elf Tresorräumen und dem kleinen Verhörzimmer mit dem hübschen Namen *Biographie*. Das Zimmer kam mir heute noch kleiner vor als beim letzten Mal. Hier hatte ich vor einer scheinbaren Ewigkeit Milada zum ersten Mal gesehen. In Wirklichkeit war es nicht einmal zwei Wochen her. Ich bildete mir ein, eine schwache Spur ihres Dufts im Raum wahrzunehmen.

Auf dem Schreibtisch lag eine Liste. Die Familie Novák war in den Räumen acht bis zehn untergebracht worden. Ich klopfte an die Tür der Zelle, in der sich laut der Liste Marie Nováková, die Mutter, befand. Es kam keine Antwort, aber ich hatte auch keine erwartet. Ich würde der Mutter klarmachen müssen, dass es nur eines einzigen Wortes bedurfte, um nach Hause zurückkehren zu dürfen: des Nachnamens von Jindřiškas Freund Ata. Es machte mir keine Freude, Menschen unter Druck zu setzen. Wenn es jedoch nötig war, würde ich ihr androhen müssen, dass man, wenn sie nicht kooperierte, ihre Tochter Jindřiška einer unangenehmen Befragung unterziehen würde, die sie durch einen Sehschlitz in der Tür würde mitverfolgen dürfen. Nach meiner Erfahrung kam es glücklicherweise selten so weit, dass man diese Drohung wahr machen musste. Es ist eine Sache, einer erwachsenen Frau, die Informationen zurückhält, Angst einzujagen, eine ganz andere, einem jungen Mädchen Gewalt anzutun. Dennoch wurde mir mit einem Mal schwindelig. Der Gang schien sich enger zusammenzuziehen, bis er auf die Größe einer der Gefängniszellen geschrumpft war, im nächsten Moment auf die eines Sarges. Ich schloss die Augen, und als ich sie wieder öffnete, hatte alles wieder seine Ordnung.

Ich drehte den Schlüssel im Schloss des Tresorraums und die Tür schwang nach außen auf. Die Zelle war leer. Die schmale Holzpritsche stand verwaist an der grauen Wand. Ich musste mich in der Zellennummer geirrt haben. Ich sah auf das Schild an der Tür. Nummer neun. Ich ging in das Verhörzimmer zurück und sah noch einmal auf die Liste. Marie Nováková sollte in Raum neun sitzen. Ich versuchte es in den Zellen acht und zehn, die beide leer waren. Die übrigen Zellen waren an diesem Tag laut Liste nicht besetzt. Ich überprüfte jede einzelne, um sicherzugehen, dass man die Nováks nicht in anderen Räumen untergebracht hatte. Es war keine Menschenseele anwesend.

Ich sah ein drittes Mal auf die Liste. Der Beginn und das Ende der Haft mussten eingetragen und vom zuständigen

Beamten unterzeichnet werden. Die Ankunft der Familie Novák war am Dienstag, 16.45 Uhr, verzeichnet worden. Kriminalassistent Wolfgang Kieser hatte sie dem diensthabenden Wachmann übergeben. Es gab keinen weiteren Eintrag. Laut der Aufzeichnungen mussten sie hier sein, was offensichtlich nicht der Fall war.

Ich trat auf den Korridor und rief nach dem Beamten. Er hatte seinen Dienst gerade angetreten und war dabei, das karge Frühstück für die Gefangenen in die Vertiefungen von drei Blechtabletts zu füllen. Nach den Insassen hatte er bisher nicht gesehen, wozu auch? Es gab kein Entrinnen aus dem Souterrain des Petschek-Palastes. Er folgte mir in die *Biographie* und blickte bestürzt auf die leeren Zellen, dann auf die Liste und zuckte mit den Schultern.

Ich stürmte in die Eingangshalle und verlangte, dass die Beamten, die seit dem vergangenen Dienstagnachmittag Dienst in der Gefangenenverwahrung gehabt hatten, augenblicklich in die Dienststelle beordert und in mein Büro gebracht wurden. Dies würde einige Zeit in Anspruch nehmen. Ich rief im Hauptquartier der tschechischen Polizei an, um Hauptmann Šeda einzubestellen. Ich hatte ihn über den Funkspruch des Agenten Jindra immer noch nicht in Kenntnis gesetzt, das wollte ich nun nachholen. Angesichts der Kaskade schrecklicher und immer schrecklicherer Ereignisse der letzten Tage war Jindras Bedeutung für mich auf die eines Staubkorns geschrumpft. In den frühen Morgenstunden des heutigen Tages jedoch war mir ein neuer, noch furchterregenderer Gedanke gekommen. Was, wenn Liditz nicht der Schlussakt der Staatstrauer um den ermordeten Heydrich war, sondern der Auftakt einer ganzen Reihe von Vergeltungsschlägen? Möglicherweise wollte die Reichsführung den Tschechen das Gefühl geben, sie hätten die Bewohner von Liditz und weiterer Dörfer, die noch folgen würden, mit eigenen Händen umgebracht, weil sie die Attentäter schützten. Früher oder später würde jemand zusammenbrechen und reden. Aber wie viele Tote würde es bis dahin geben? Um wie vieles tiefer würden wir uns in die Schuld verstricken, die wir unseren Kindern und Enkeln aufbürdeten? Wenn es mir gelang, Jindra aufzuspüren, würde ich ihn davon überzeugen können, mit uns zu kooperieren, dessen war ich mir sicher. Bei der Suche nach der Familie Novák und dem Jungen namens Ata brauchte ich Šedas Hilfe.

Doch Hauptmann Šeda war weder am Mittwoch noch heute zum Dienst erschienen, gab man mir am Telefon zur Auskunft. Es lag keine Krankmeldung vor und Šeda hatte niemanden darüber informiert, ob und wie lange er erkrankt war. Das sei sehr ungewöhnlich, gab die Telefonistin der Prager Gendarmerie zu. Ich fragte nach Hauptmann Šedas Adresse, die sie mir nach kurzem Zögern übermittelte. Eine Telefonnummer gab es nicht. Es blieb mir also nichts anderes übrig, als den Hauptmann in seiner Wohnung aufzusuchen und Nachschau zu halten. Ich machte mir Sorgen um ihn, denn ihm schienen die Ereignisse am Dienstag und Mittwoch noch schlimmer zugesetzt zu haben als mir. Mir fiel auf, wie wenig ich über Alois Šeda wusste. War er verheiratet? Hatte er Kinder? Lebte er allein? Ich erinnerte mich, dass er mir gesagt hatte, er sei erst seit letztem Jahr in Prag. Hatte er dabei seine Familie erwähnt? Ich wusste es nicht mehr. Die Vorstellung, dass er allein war mit dem, was in ihm vorgehen musste, war unerträglich. Ich musste zugeben, dass ich Alois Šeda mochte, trotz seiner schwer erträglichen Art, mir unangenehme Fragen zu stellen.

Ungeduldig wartete ich auf die Polizisten, die den Gefangenentrakt in den vergangenen achtundvierzig Stunden bewacht hatten.

Als ein dürrer Beamter mit abstehenden Ohren in mein Büro trat, konnte ich schon an seinem Gesicht ablesen, dass ich den Schuldigen gefunden hatte. Er starrte auf mein verletztes Auge und gab zu, dass gestern am späten Abend Männer des Sicherheitsdienstes in den Petschek-Palast gekommen waren, mit dem Auftrag, alle im Fall Heydrich Inhaftierten zu einer speziellen Befragung abzuholen. Der dürre Gestapobeamte hatte nicht gewagt zu widersprechen oder auch nur nachzufragen. Der anwesende SD-Offizier hatte durchblicken lassen, dass man immer eine Zelle für widerspenstige Beamte frei habe, die sich dem Sicherheitsdienst gegenüber nicht kooperativ verhielten. In seiner Not hatte er gehofft, dass die Gefangenen nach der Befragung durch den SD zurückgebracht würden, und nichts in die Liste eingetragen. Ich scheuchte den zitternden Beamten aus meinem Büro und griff zum Telefonhörer. Es fiel mir unerträglich schwer, an eine weitere Begegnung mit Böhme zu denken, aber es stand zu viel auf dem Spiel.

Ich wählte direkt Böhmes Durchwahl, um nicht Gefahr zu laufen, von der Telefonzentrale im SS-Hauptquartier abgewimmelt zu werden. Meine Finger zitterten beim Bedienen der Wählscheibe. Nackter, giftiger Zorn tobte wie ein Raubtier in meiner Brust, krallte sich in mein Herz und verbiss sich darin. Böhme mochte mein Vorgesetzter sein, doch er überschritt die Grenzen seiner Befugnisse. Ich hörte den Freiton, einmal, zweimal, dreimal, niemand hob ab. Ich versuchte es ein zweites und ein drittes Mal, vergeblich. Das Raubtier in meiner Brust fauchte und spuckte. Ich stand auf und ging in meinem Büro auf und ab, um es zu besänftigen.

Ich musste Staatssekretär Karl Hermann Frank in dieser Sache einschalten. Von der Telefonistin ließ ich mich durchstellen, aber der Anruf im Černín-Palast war eine einzige Enttäuschung. Frank war über Böhmes Vorgehen empört, sah sich jedoch außerstande, etwas für mich zu tun.

»Standartenführer Böhme hat den Reichsführer SS davon überzeugt, dass er im Fall Heydrich nahezu freie Hand bekommt.«

»Es behindert die Ermittlungen, wenn man wichtige Zeugen entführt«, sagte ich. Wie ein Brenneisen bohrte sich glühende Wut in mein Gehirn.

Frank seufzte. »Ich verstehe Sie, Pannwitz. Es gibt allerdings eine Sache, die Sie nicht wissen. Am Nachmittag nach Heydrichs Beisetzung in Berlin hat der Führer Emil Hácha und mich zu einem Plausch unter Freunden eingeladen. Himmler war natürlich auch dabei, das ist er ja immer. Hitler sprach die Protektoratsregierung mit ruhiger Stimme an, zunächst jedenfalls. Er sagte, er führe diesen Krieg, um Europa endlich Ruhe und Frieden zuteilwerden zu lassen. *Friedensstörer*, wie er die Saboteure nannte, die seinem Werk im Wege stünden, würde er mit allen Mitteln beseitigen. Wer von den Tschechen ein friedliches Zusammenleben nicht wolle, der müsse verschwinden.«

Frank machte eine kurze Pause, dann fuhr er fort: »Pannwitz, kennen Sie den Witz mit den beiden Ärzten, die sich begegnen? Einer ist Internist, einer Psychiater. Der Psychiater begrüßt den Internisten und sagt: ›Heil Hitler!‹, woraufhin der Internist antwortet: ›Du bist doch hier der Psychiater, heil du ihn!‹«

Ich kannte den Witz, aber ich hätte nicht erwartet, dass mir ein Gruppenführer der SS ihn am Telefon erzählen würde. Ich spürte, wie mein Zorn langsam verebbte.

Frank sprach weiter: »Der Führer hat uns ein Spektakel geboten, das dieser Karikatur alle Ehre erweist. Er rang um Fassung, aber er konnte sie nicht bewahren, verstehen Sie? Emil Hácha hatte sich bereits bei den Anfangsworten der Rede so tief in den Sessel verkrochen, dass er aussah wie ein schlecht gestopftes Sofakissen, und als Hitler plötzlich auf ihn losfuhr und tobte, wäre der arme Mann beinahe vor Angst gestorben. ›In diesem Raum hat nur einer Platz. Von beiden Nationen muss eine zurücktreten‹, brüllte Hitler. Auf Háchas Brillengläsern landete dabei ein ganzer Regen von Speicheltropfen.«

Trotz allem hätte ich fast gelacht. Frank imitierte den abgehackten Duktus Hitlers, wenn er erregt war, einfach brillant. Wenn er nach dieser Sache genug von der Politik hatte, könnte er mit dieser Nummer in den besten Varietés auftreten. Aus dem Hörer brüllte ein nahezu perfekter Führer:

»Ich bin fest entschlossen, Böhmen und Mähren nie mehr herauszugeben, und das deutsche Volk wird nicht weichen. Auf dem Spiel steht das Schicksal, das Leben und die Zukunft des tschechischen Volkes. Entweder werden die Zustände in Böhmen und Mähren für mich tragbar oder das tschechische Volk wird aus Europa ausradiert.«

Wir beide schwiegen eine Weile, dann räusperte sich Frank: »Himmler hat ihm natürlich in jeder Hinsicht zugestimmt, denn er pflegt seinem Führer grundsätzlich nicht zu widersprechen. Hácha hat gar nichts gesagt.«

»Und Sie, Herr Staatssekretär?«

Frank seufzte wieder. »Politik ist nicht so einfach, wie Sie sich das vorstellen, Pannwitz. Wir müssen ehrlich sein: Ihre Art zu ermitteln hat bislang zu nichts geführt.«

»Böhmes Art zu vergelten hat die ganze Welt gegen uns aufgebracht«, erwiderte ich.

»Als ob das noch nötig wäre«, sagte Frank verdrossen. »Aber ich will sehen, was ich für Sie tun kann. Reichsprotektor Daluege sollten Sie mit Ihrem Anliegen allerdings nicht belästigen, er steht voll und ganz hinter radikaler Vergeltung.«

Frank versprach mir, dass sich am Nachmittag ein Verantwortlicher des SD mit mir in Verbindung setzen würde, um mich über den Verbleib der Familie Novák zu informieren. Mehr als das könne er nicht bewirken.

Ich legte auf und kämpfte das Bedürfnis nieder, Milada in ihrer Praxis anzurufen, um sie um ein weiteres Treffen zu bitten. Stattdessen machte ich mich auf den Weg zu Hauptmann Šedas Adresse. Er wohnte in der Wratislausstraße im Stadtteil Wyschehrad, ganz im Süden der Stadt. Eine Straßenbahn fuhr mich bis zum Fuß der kleinen Erhebung, auf dem die mittelalterlichen Burgwälle des Wyschehrad seit tausend Jahren allen Widrigkeiten trotzten. Ich nahm den Weg durch den Karlach-Park und kam an den drei Bruchstücken einer riesigen alten Säule vorbei, deren obere Enden sich aneinanderlehnten und eine Art Pyramidenkonstruktion bildeten. Man nannte dieses Relikt aus heidnischer Zeit »Teufelssäule«, weil der Legende nach der Herr der Unterwelt hier eine Wette gegen einen gewitzten Tschechen verloren und vor Wut eine Säule in drei Teile zerschmettert hatte.

Das Haus in der Wratislausstraße sah aus, als hätte sich seit Längerem niemand darum gekümmert. Der Vorgarten war ungepflegt, von der Fassade löste sich stellenweise der Putz. Ich ging den Weg entlang, der durch den Vorgarten zur Haustür führte. Unkraut, das zwischen den geborstenen Ziegelplatten wuchs, streifte meine Knöchel. Dann stand ich vor einer Tür mit eingelassenem Glasfenster. Ein hellgelber dünner Vorhang schützte das Innere vor neugierigen Blicken. Er hatte sich an einer Seite gelöst und hing schief herab. Spinnenweben zogen sich vom Stoff des Vorhangs zur Innenseite der Verglasung. Ich dachte, ich hätte mich in der Hausnummer geirrt, aber sie stimmte mit meinen Notizen überein. Hinter einem wuchernden Buchsbaum neben der Tür entdeckte ich ein angelaufenes Messingschild: »Šeda«. Ich klopfte, doch es tat sich nichts. Hatte der Hauptmann die Adresse gewechselt? So ungepflegt, wie das Haus aussah, konnte er nicht viel Zeit hier verbracht haben, denn er war erst seit letztem Jahr in Prag. Warum hatte er seine neue Anschrift nicht der Verwaltung mitgeteilt? Solche Nachlässigkeit passte gar nicht zu Hauptmann Šeda.

Ich wandte mich ab und ging zurück zum Gehweg, da kam eine alte Frau mit einer Einkaufstasche auf Rollen vorbei. Sie hielt auf das Nachbarhaus zu. Als sie bemerkte, dass ich sie ansah, beschleunigte sie ihre Schritte.

»Verzeihung bitte, gnädige Frau«, sagte ich auf Tschechisch, sodass sie stehen bleiben musste.

»Ja?«, fragte sie und sah mich aus altersgelben Augen lauernd an. Vielleicht jagte ihr mein geschwollenes Gesicht Angst ein.

»Ich möchte meinen Freund Alois Šeda besuchen«, sagte ich. »Wohnt er nicht mehr hier?«

»Alois Šeda wollen Sie besuchen?«, fragte sie und kicherte. »Da sind Sie aber spät dran, junger Mann.«

»Wieso?«, fragte ich. Meine Nerven begannen zu summen.

»Der saubere Herr Šeda ist doch nach England gegangen, schon vor drei Jahren. So hört man es jedenfalls. Hat alles stehen und liegen lassen und ist einfach verschwunden.«

Da ich Alois Šeda vor zwei Tagen gesehen hatte, erschien mir das schlechterdings unmöglich.

»Sie meinen Alois Šeda, den Polizeihauptmann?«, fragte ich noch einmal nach. Vielleicht brachte die Alte ein paar Dinge durcheinander.

»Der Alois Šeda, der hier wohnte, war ein Reserveoffizier, kein Polizist.«

»Können Sie ihn mir beschreiben?«

Die Alte sah mich misstrauisch an. »Was ist eigentlich mit Ihrem Gesicht passiert?«

»Ein SS-Mann hat mir einen Fausthieb verpasst«, sagte ich wahrheitsgemäß. Sie nickte befriedigt. Wenn ein Mann von einem deutschen SS-Mann grün und blau geprügelt worden war, musste er einfach vertrauenswürdig sein.

»Kommen Sie mit, ich habe eine Fotografie, die Alois Šeda bei einem Fest in der Nachbarschaft zeigt.«

Ich begleitete die Frau bis zu ihrem Haus und wartete höflich vor der Tür, bis sie mit einem dicken Album unter dem Arm wieder herauskam. Sie blätterte endlos darin herum und legte mir die verwandtschaftlichen Beziehungen sämtlicher auf den Fotografien abgebildeter Personen dar, deren Tugenden und Laster, bis sie endlich die richtige Seite fand. Man sah eine Ansammlung von etwa fünfzehn Menschen in einem Garten. Im Vordergrund lehnte ein elegant gekleideter Mann an einem Apfelbäumchen, eine Dame in langem weißem Kleid und Sommerhut stand mitten in einer fröhlich spielenden Kinderschar und blickte ernst in die Kamera. Die Alte zeigte mit ihrem krummen Finger auf den Mann im Vordergrund.

»Das ist Alois Šeda.«

Der Mann war dünn und hatte schmale Schultern, eine Halbglatze wie jemand, der schon mit Ende zwanzig seine

Haare verloren hatte, und trug eine Brille. Er ähnelte in nichts dem Hauptmann Šeda, den ich kannte. Es musste sich um eine Verwechslung handeln, die der Verwaltung unterlaufen war. Hier hatte ein anderer Alois Šeda gewohnt, der vor einiger Zeit – wohin auch immer – verschwunden sein mochte, aber mit Sicherheit nicht mein gedrungener Kollege mit dem üppigen Haupthaar und Schnurrbart.

Ich bedankte mich bei der Alten und machte mich auf den Weg zurück zum Petschek-Palast. Wieder musste ich alle Kraft aufbringen, um der Versuchung zu widerstehen, Milada aufzusuchen. Ich war mir nicht einmal sicher, ob sie mich überhaupt wiedersehen wollte.

Vor der Tür meines Büros wartete der dicke junge Staffelbewerber, der mir die Akte von Václav Morávek gebracht hatte. Er schwitzte in seiner schmucklosen Uniform und sah mich nervös an. Mit Sicherheit war er nicht der »Verantwortliche des SD«, den Frank mir versprochen hatte, aber besser als gar nichts. Er hielt mir einen Umschlag entgegen, den ich sofort öffnete. Darin befand sich der Durchschlag eines Formulars, das von Standartenführer Horst Böhme unterzeichnet war. Ich ließ das Blatt sinken und sah fassungslos den dicken Jungen an, der sofort die Flucht ergriff. Bei dem Formular handelte es sich um die Überstellung der Familie Novák in das Gefängnis in der *Kleinen Festung* von Theresienstadt. Das Formular war durch ein Beiblatt an Hauptsturmführer Jöckel ergänzt worden, den Leiter der Haftanstalt. Es enthielt die Anweisung, eigens eine Frauenabteilung einzurichten, da in Zukunft vermehrt mit weiblichen Häftlingen zu rechnen sei. Marie und Jindřiška Nováková hatten die zweifelhafte Ehre, die ersten Frauen zu sein, die in der *Kleinen Festung* inhaftiert waren. Ich rieb mir die Stirn. Dann setzte ich mich an meinen Schreibtisch und setzte einen knappen Brief an Hauptsturmführer Jöckel auf, in dem ich ihm befahl, mir die Häftlinge Novák unverzüglich nach Prag zu überstellen, da sie wichtige Zeugen der Gestapo waren. Am nächsten Morgen würde ich ihre Ankunft im Petschek-Palast erwarten. Diesen Brief ließ ich als Fernschreiben nach Theresienstadt übermitteln. Solange ich auf eine Antwort wartete, rief ich noch einmal bei der tschechischen Polizei an und bat um Auskunft darüber, seit wann Hauptmann Šeda in der Prager Dienststelle beschäftigt war. Ich hörte, wie die Telefonistin mit Papieren raschelte, schließlich sagte sie: »Es tut mir leid, aber hier muss jemandem ein Fehler unterlaufen sein. Es gibt verschiedene Angaben dazu. Ich habe ein Dokument vor mir, nach dem Alois Šeda im vergangenen Sommer in seiner Funktion als Reserveoffizier von der tschechischen Polizei zum Hauptmann berufen wurde und dafür aus Königgrätz nach Prag gezogen ist. Aber laut einem anderen Dokument ist er bereits seit Jahren in Prag gemeldet und bezieht eine Pension der Armee. Möglicherweise haben wir es mit zwei verschiedenen Šedas zu tun, deren Unterlagen durcheinandergeraten sind.«

»Gibt es keine weitere Adresse?«, fragte ich.

»Nein, nur die in der Wratislausstraße«, erwiderte die Telefonistin so schuldbewusst, als hätte sie selbst das Chaos in den Unterlagen der tschechischen Polizei zu verantworten.

»Ich verstehe deine Führung nicht, aber du weißt den Weg für mich«, murmelte ich und legte den Hörer auf die Gabel. Wieder hatte ich das Gefühl, etwas nicht zu sehen, obwohl ich genau darauf schaute. Ich rief ein drittes Mal bei der Prager Gendarmerie an und befahl der Telefonistin, Hauptmann Šeda unverzüglich zu mir zu schicken, wenn er zum Dienst erschien.

Gerade, als ich erneut zum Hörer griff, um mich von dem Fräulein in unserer Telefonzentrale mit der Polizei in Königgrätz verbinden zu lassen, läutete der Apparat erneut. Ein SS-Mann namens Theodor Hohaus, ein Aufseher in der *Kleinen Festung*, war am anderen Ende der Leitung.

»Ich rufe im Auftrag von Hauptsturmführer Jöckel an«, sagte er steif. »Er bedauert sehr, Herr Kriminalrat, dass er Ihrer Anordnung nicht nachkommen kann.«

»Ich habe eine Vollmacht von Staatssekretär Frank und Sie haben meinen Befehlen Folge zu leisten«, blaffte ich, obwohl das so nicht ganz stimmte.

»Ich weiß, Herr Kriminalrat«, sagte Hohaus betroffen. »Ich würde Ihnen die Familie auf der Stelle zurück nach Prag schicken, wenn ich könnte.«

»Wer oder was hindert Sie daran? Ich habe mich Hauptsturmführer Jöckel gegenüber doch klar und deutlich ausgedrückt.«

Hohaus senkte die Stimme. »Im Vertrauen, Herr Kommissar, es geht hier nicht mit rechten Dingen zu.« Er verstummte, weil er sich wohl der Tatsache bewusst wurde, dass er Interna ausplauderte.

»Bitte, sagen Sie mir, was passiert ist«, bat ich ihn. »Alles, was Sie sagen, bleibt unter uns.«

»Ich bin in der *Kleinen Festung* für die Verpflegung der Häftlinge zuständig. Aber als die Nováks hier eintrafen, tauchten sie in der regulären Rationsliste gar nicht auf. Das geschieht sonst nur, wenn es sich um eine Durchgangsstation handelt. Für diese Insassen gibt es eine gesonderte Liste.«

»Ich verstehe nicht. Hat man die Nováks denn bereits nach Prag zurückverlegt?«

Hohaus antwortete nicht. Ich dachte schon, die Verbindung sei unterbrochen worden, als er fortfuhr: »Sie sind heute Vormittag ins Ausland deportiert worden.«

»Wie bitte?«

»Nach Mauthausen in Österreich. Dort gibt es ein Lager nahe der Stadt Linz.«

Ich konnte nicht antworten. Das Lager in Mauthausen war berüchtigt. Es verfügte über einen lagereigenen Granitsteinbruch und gehörte als einzige Einrichtung auf dem Boden des Reiches der Kategorie III an, was bedeutete: *Vernichtung durch Arbeit*. Reinhard Heydrich selbst hatte es in einem Erlass für schwerbelastete, unverbesserliche sowie asoziale Häftlinge vorgesehen. In diese Gruppe fielen die Nováks mit Sicherheit nicht, da sie zum einen bisher völlig unbescholten waren und zum anderen ausschließlich als Zeugen betrachtet wurden.

»Um das Mädchen tut es mir sehr leid«, sagte Hohaus. »Für die Mutter könnte es auch schlimm werden, aber das Mädchen …«

Ich fühlte mich wie betäubt. Es wurde erzählt, dass Heinrich Himmler eine spezielle Abteilung im Lager von Mauthausen erschaffen hatte, in der verdiente und kooperative Häftlinge gewisse Dienstleistungen in Anspruch nehmen konnten, die zu erbringen weibliche Mithäftlinge gezwungen wurden. Ich konnte nur hoffen, dass dieses Gerücht seinen Ursprung in Himmlers freizügiger Einstellung zur männlichen Promiskuität hatte und nicht der Wahrheit entsprach.

»Ich wünschte, ich hätte Ihnen eine andere Nachricht überbringen können«, sagte Hohaus. »Die Nováks schienen feine Menschen zu sein.«

Dass er von ihnen in der Vergangenheit sprach, machte mich wütend. Ich knallte den Hörer auf die Gabel und sprang auf. Die Vorstellung, dass sich Böhme gerade dazu beglückwünschte, die lästigen Zeugen so elegant losgeworden zu sein, erregte mir Brechreiz. Böhme sabotierte offenbar systematisch die Ermittlungen. Irgendwie musste er geahnt haben, dass ich Jindra und damit dem abgefangenen Funkspruch auf die Spur gekommen war. Wenn ich beweisen konnte, dass es eine solche Übertragung gegeben und Böhme sie unterdrückt hatte, wäre das das Ende seiner Karriere. Mit einer Panne, wie sie Böhme und seinem SD unterlaufen war, als er die Ankündigung des Attentats ignorierte, konnte ihm sogar ein weit schlimmeres Schicksal drohen. Hitlers Bemühungen, den eignen verheerenden Zorn im Zaum zu halten, schlugen seit Monaten immer häufiger fehl. Zu wissen, dass man etwas getan hatte, was diesen Zorn auf einen selbst lenken konnte, war so beunruhigend wie das Klicken eines Pistolenhahns im Rücken.

Donnerstag, 11.06.1942, 22.00 Uhr

Wie von selbst hatten meine Füße den Weg hinunter zur Prager Kleinseite eingeschlagen. Das war naheliegend gewesen, denn ich war direkt aus dem Černín-Palast gekommen, wo ich bei Karl Hermann Frank offiziell Beschwerde gegen Böhme eingereicht hatte, wegen Verbrechens im Amte. Frank hatte versucht, mich davon abzubringen.

»Wir müssen gerade in diesen Zeiten zusammenstehen, Pannwitz, begreifen Sie das nicht? Wenn wir nicht geschlossen auftreten, werden die Feinde letztlich triumphieren. Wenn das deutsche Volk geschlossen steht, funktioniert es wie eine gut geölte Maschine. Sie sorgen mit Ihrer Anzeige dafür, dass wir an allen Enden aus dem Takt geraten. Nehmen Sie doch Vernunft an!«

Er hatte sich mit einer fahrigen Bewegung durch das dünne Haar gestrichen. Ich konnte ihn sogar verstehen. Er hatte jahrelang an diesem Kartenhaus mitgebaut und nun kam eine Karte nach der anderen ins Rutschen. Frank konnte nichts tun, als dem drohenden Zusammenbruch zuzusehen.

»Ich bin dem deutschen Gesetz verpflichtet«, erwiderte ich steif.

Frank seufzte. Er sah aus, als hätte er große Sehnsucht nach einer Zigarette, doch er hielt sich im Zaum. Er holte eine Zeitung aus seiner Schreibtischschublade hervor. Es handelte sich um die aktuelle Ausgabe der »New York Times«. Die in großen schwarzen Lettern gedruckte Schlagzeile sprang dem Leser förmlich ins Gesicht: »Nazis Blot Out Czech Village! Kill All Men, Disperse Others!«

Darunter, etwas kleiner, aber umso treffender: »Details of the Lidice massacre for sheer horror surpass anything yet reported from a battle-front!«

Frank nahm ein weiteres Dokument aus der Schublade. Es war zu einer dünnen Papierröhre zusammengerollt. Er zog die Rolle auseinander, sodass ihr schreiend buntes Innenleben zutage kam. Im Vordergrund sah man eine blutrote Faust, die einen ebenso roten Gewehrkolben umklammerte. Darunter stand auf der linken Bildseite in ziegelroten Buchstaben »LIDICE«. Aus den Buchstaben schlugen Flammen, die wild nach dem Gewehr züngelten. Der Hintergrund war zweigeteilt: Die linke Seite war in tiefem Schwarz gehalten, in dem sich die Flammenschrift umso dramatischer von dieser höllischen Finsternis abhob. Die rechte Seite zeigte ein friedliches kleines Dorf unter einem heiteren blauen Himmel, über den Schäfchenwolken dahinzogen. Rechts neben dem brennenden Namen Lidice stand in heller, schwungvoller Schrift: »shall live«.

»Dieses Plakat haben Beneš' Leute entworfen. Unser Nachrichtendienst geht davon aus, dass er wegen dieser hässlichen Angelegenheit in den nächsten Wochen eine gigantische Hetzkampagne gegen uns fahren wird. Mit solchen Flugblättern will er die britischen Stahlarbeiter mobilisieren.«

Ich schwieg dazu. Genau das hatte ich Dr. Geschke vorhergesagt. Die *Aktion Liditz* hatte sich in jeder Hinsicht als Niederlage der Deutschen erwiesen, als moralische, kriminalistische und propagandistische Katastrophe.

»Ich will Ihnen einen Vorschlag machen, Pannwitz. Morgen früh werde ich noch einmal mit dem Führer telefonieren und ihm die Lage schildern.« Frank hatte mich eindringlich angesehen. »Sie halten Ihre Anzeige gegen Böhme zurück, bis die Sache hier ausgestanden ist, und ich werde mit allem Nachdruck eine Generalamnestie einfordern. Ich kann Ihnen allerdings nicht versprechen, dass ich dem Führer mehr als ein paar Tage abringen kann. Wir würden damit alles auf eine Karte setzen.«

Ich hatte Frank meine Hand entgegengestreckt. Er hatte sie ergriffen und wir hatten stumm unsere Abmachung besiegelt.

Auf der Kleinseite setzte ich mich in eine der spät verkehrenden Straßenbahnen und fuhr durch die Karmelitergasse in die Aujeststraße. Die Fenster der augenärztlichen Praxis waren um diese Zeit dunkel, in der kleinen Mansardenwohnung darüber, wo Milada wohnte, brannte jedoch Licht. Ein Mann lehnte an einem Laternenpfahl und studierte im Licht der Gaslampe den »Völkischen Beobachter«, ansonsten war die Straße menschenleer. Ich nickte ihm zu, er grüßte zurück.

Ich sah hinauf zu dem erleuchteten Fenster, dessen warmer Lichtschein mir unfassbar trostreich erschien, nahm allen Mut zusammen und drückte den Klingelkopf.

Freitag, 12.6.1942, 5.00 Uhr

Wir saßen im Halbdunkel und die ersten Geräusche der langsam erwachenden Stadt viele Meter unter uns drangen durch das Fenster. Milada strich mir das Haar aus der feuchten Stirn. Mein Arm war ein wenig taub von ihrem Gewicht, aber ich wollte sie noch nicht loslassen. Draußen erwachten die Vögel, die in den Straßenschluchten Prags heimisch waren. Sie saßen dicht gedrängt auf Dachfirsten und in Baumkronen, unterhielten sich mit ihren schrillen Stimmen wie die Frauen auf dem Marktplatz und auf ein geheimnisvolles, für Menschen nicht wahrnehmbares Signal hin flogen sie alle gleichzeitig auf, verdunkelten den Himmel, um sich kurz darauf anderswo niederzulassen.

Ich versuchte, etwas zu sagen, aber Milada legte mir sanft einen Finger auf die Lippen. Erste Sonnenstrahlen bahnten sich den Weg durch die dünnen Vorhänge und zeichneten ein Muster von hellen Flecken auf ihren Leib. Der Elfenbeinton ihrer Haut schien in diesem Licht von innen heraus zu strahlen. Ihr Mund öffnete sich zu einem Lächeln. Ihr dunkles Haar fiel wie ein seidiger Vorhang über ihre Schultern. Ich wollte ihr so vieles sagen, aber sie verschloss mir die Lippen mit einem Kuss und legte ihre rechte Hand auf meinen nackten Bauch, wo sie heiß wie ein Stück glimmende Kohle lag. Die Hitze ihrer Berührung breitete sich in ringförmigen Wellen in meinem Körper aus. Ich vergaß die Vögel und die Stadt unter mir und alles, was ich ihr sagen wollte.

Später zündete sie sich eine Zigarette an und stieß den Rauch aus. Sie sah plötzlich sehr ernst aus.

»Ich glaube, ich weiß, warum der Attentäter mich ausgewählt hat«, sagte sie in die Stille hinein.

Ich setzte mich ruckartig auf. »Was?«

Sie sog an ihrer Zigarette. »Ich habe es dir nicht erzählt, weil das, was ich getan habe, nicht legal ist.«

Ich zuckte mit den Schultern. Was ich gerade tat, war ebenfalls an der Grenze der Legalität.

»Ich bin zwar Augenärztin, aber ich biete auch eine andere medizinische Dienstleistung an. Für Frauen und Mädchen, die in Schwierigkeiten gebracht worden sind.«

Ich nickte. Sie sprach von Abtreibung. In Deutschland war der Abbruch einer Schwangerschaft für erbgesunde deutsche Frauen untersagt – erbkranken oder rassisch minderwertigen Schwangeren wurde sie aus eugenischen Gründen sogar nahegelegt. Hitler selbst sah keinen Sinn in der Unterscheidung zwischen ehelicher und nichtehelicher Zeugung. Als vom Reichsparteitag, dem auch die jugendlichen Mitglieder der HJ und des BDM beiwohnen durften, etwa neunhundert Mädchen schwanger zurückkehrten – niemand hatte an nach Geschlechtern getrennte Zelte gedacht –, eröffnete die Reichsführung besondere Heime für ledige Mütter, in denen sie ihr Kind auf Kosten des Staates zur Welt bringen und es in Obhut geben konnten, wenn sie sich nicht in der Lage sahen, es selbst aufzuziehen. Die Neugeborenen wurden an Paare vermittelt, die keine Kinder bekommen konnten. Wenn sich die jungen Mütter entschieden, ihren Säugling mit nach Hause zu nehmen, erhielten sie Unterstützung von den Behörden und die abwertende Behandlung solcher Frauen wurde unter Strafe gestellt. Im katholisch geprägten Böhmen war die Lage jedoch anders.

Milada versuchte, meinen Gesichtsausdruck zu deuten, und sagte: »Du findest es nicht richtig.«

Ich zuckte mit den Schultern. Im Finkenwalder Seminar hatte es dazu eine klare Auffassung gegeben. Die Tötung der Frucht im Mutterleib war eine Verletzung des von Gott verliehenen Lebensrechtes. Gott wollte diesen werdenden Menschen haben und eine Abtreibung nahm ihm vorsätzlich das Leben. Verglichen mit den Dingen, die an der Ostfront geschahen, schien eine abgebrochene Schwangerschaft unbedeutend zu sein. Lediglich eine winzige Seele, die ungehört ihr Leben aushauchte. Ich musste an die Toten von Liditz denken und daran, wie billig das Leben war. Abtreibung machte es noch ein wenig billiger.

»Ich finde es auch nicht richtig«, sagte Milada mit solcher Heftigkeit, dass ich zusammenzuckte. »Ich finde es nicht richtig, dass wir trotz all unserer modernen Errungenschaften immer noch in einer Welt leben, in der ein schwangeres Mädchen keinen anderen Ausweg sieht, als ihr Kind abzutreiben. Sie muss Angst davor haben, dass der Geliebte sie verlässt, dass ihre Familie sie verstößt, dass sie keine Arbeit und keine Wohnung findet. Sie erhält in der Messe kein Abendmahl. Manchmal kommen sogar ältere Frauen zu mir, die schon Kinder haben und nicht wissen, wie sie ein weiteres durch den Winter bringen sollen.« Sie funkelte mich an, als hätte ich ihr einen schlimmen Vorwurf gemacht.

»Was hat das mit dem Attentäter zu tun?«, fragte ich.

Milada entspannte sich ein wenig und legte ihren Kopf an meine Brust.

»Vor ungefähr einem Monat kam ein junges Mädchen zu mir, keine zwanzig Jahre alt. Sie stammte aus Prag und hatte von meinem Nebenberuf gehört. Sie sagte, dass ein junger Mann sie in diesen Zustand gebracht habe und das Kind nun nicht haben wolle, obwohl sie einander sehr lieben würden. Er hatte ihr die Ehe versprochen, allerdings erst nach dem Krieg.«

»Ich frage mich, wie viele junge Mädchen jeden Tag dieses Versprechen hören«, sagte ich.

»Schade, dass ich kein Mädchen mehr bin«, erwiderte Milada und lächelte schelmisch. Dann wurde sie wieder ernst. Vielleicht war ihr eingefallen, dass sie bereits verheiratet war.

»Das Mädchen nannte sich Libena und sie erzählte mir eine Geschichte, wie ich sie oft von jungen Frauen höre, die sich in ihrer Lage befinden: Der Geliebte dränge sie zur Abtreibung, um eine wichtige politische Aufgabe nicht zu gefährden, zu der er ausersehen sei.«

Ich dachte an Anna Maruščáková und ihren treulosen Liebhaber, der sie mit einer ähnlich gelagerten Ausrede hatte loswerden wollen. Indem sich ein junger Mann mit dem verruchten Glanz politischen Widerstands umgab, hatte er beinahe uneingeschränkte Macht über seine Geliebte.

»Wieso sollte gerade dieser Mann die Wahrheit gesagt haben?«

»Das Mädchen fasste Vertrauen zu mir. Das sollte man auch, wenn man jemanden mit einer langen Nadel an sich heranlässt. Sie erzählte mir, dass ihr Geliebter als Fallschirmspringer aus England gekommen sei und eine große Sache plane, die größte, die es je gegeben habe. Er würde damit in die Geschichte der Tschechoslowakei eingehen.«

»Hat sie gesagt, wo der Mann gelandet sein soll?«

»Bei Tschelakowitz, wo er mit einem weiteren Fallschirmjäger abgesprungen ist. Drei weitere Männer wurden bis nach Chrudim geflogen.«

Mir waren keine Absprünge in der Gegend von Tschelakowitz oder Chrudim bekannt, aber das musste nichts heißen. Die Tatsache, dass Jindra in Chrudim von dem geplanten Anschlag wusste, sprach dafür, dass das Mädchen, Libena, tatsächlich von einem der Attentäter verführt worden war.

»Hat sie dir eine Adresse genannt? Oder zumindest ihren Nachnamen?«

Milada schüttelte den Kopf. »Das verlange ich von diesen Patientinnen natürlich nicht. Ich weiß nicht einmal, ob Libena ihr richtiger Name ist. Sie hat mich bezahlt und ist danach nicht wiedergekommen. Möglicherweise war der Mann, den ich behandelt habe, der Kindsvater oder einer seiner Gefährten. Das würde erklären, woher er meine Adresse kannte und weshalb er mich für vertrauenswürdig hielt.«

»Kannst du abschätzen, wie lange diese Schwangerschaft schon bestand?«

»Das Mädchen war schon im dritten Monat.«

Ich nickte. Das bestätigte meine Vermutung, dass sich die Attentäter schon seit Monaten im Protektorat aufhielten, was wiederum bedeutete, dass es unter der Stadtbevölkerung Helfer und Mitwisser geben musste. So lange konnten sich die Attentäter nicht völlig im Verborgenen gehalten haben. Wenn Frank tatsächlich die Generalamnestie erwirken konnte, musste die Belohnung so schwindelerregend hoch ausfallen, dass sich zumindest ein einziger von ihnen verführen ließ. Ich dachte an zwanzig Millionen Kronen.

Freitag, 12.6.1942, 15.00 Uhr

Voller Ungeduld starrte ich das Telefon auf meinem Schreibtisch an. In diesem Moment musste Karl Hermann Frank mit Hitler telefonieren und ihm den Vorschlag einer Generalamnestie unterbreiten. Vor mir lagen die Formulare, die ich ausgefüllt hatte, um die Familie Novák aus Mauthausen zu holen. Die Chancen standen jedoch gering, dass das gelang. Wer einmal in einem Lager wie Mauthausen gelandet war, kam dort nicht mehr heraus. Ich unterstrich die Dringlichkeit, mit der die Sonderkommission die Nováks als Zeugen benötigte, aber gleichzeitig fürchtete ich, dass ich ihnen damit noch mehr schaden würde. Wenn Böhme erfuhr, mit welchem Aufwand ich mich um die Rückkehr der Familie nach Prag bemühte, wurde die Wahrscheinlichkeit umso größer, dass sie dort unter tragischen Umständen verstarben wie der unglückliche Portier des Hotels, der Böhme einst eine unangemessene Antwort gegeben hatte.

Ich hoffte inständig, dass es Alois Šeda gut ging. Mich beschlich der Verdacht, dass Böhme auch mit seinem Verschwinden etwas zu tun hatte, doch ich konnte keine Verbindung zwischen den beiden erkennen. Außerdem benötigte ich im Falle einer Generalamnestie Šeda unbedingt an meiner Seite. Ihm konnte ich vertrauen.

Als das Telefon vor mir zu läuten begann, war ich so überrascht, dass ich den Hörer beinahe gar nicht abgenommen hätte.

»Pannwitz«, sagte ich atemlos.

»Hier spricht Karl Frank.«

»Gruppenführer, bitte sagen Sie mir, dass Sie Hitler überzeugen konnten.«

Am anderen Ende der Leitung schwieg Frank. Schließlich sagte er leise: »Wir haben sechs Tage, Pannwitz. Von morgen, Samstag, bis zum kommenden Donnerstag. Wenn wir dann keine Erfolge vorweisen können, ist es aus mit dem Protektorat. Hitler wird die Luftwaffe schicken. Wenn die Deutschen hier nicht leben können, sollen es die Tschechen auch nicht. Das ist der Preis für die Generalamnestie.«

Samstag, 13.6.1942, 9.30 Uhr

Obwohl Samstag war, war ich sehr früh im Petschek-Palast erschienen. Freie Tage oder kurze Schichten waren undenkbar, solange die Attentäter nicht gefasst waren. In einer halben Stunde würde Staatssekretär Frank die Generalamnestie im Rundfunk verkünden, die bis zum kommenden Donnerstagabend jedem Zeugen, der sich meldete, völlige Straffreiheit garantierte, selbst wenn sein Beitrag zur Aufklärung nur marginal war. Sollte ein eingehender Hinweis zur Ergreifung der Täter führen, winkten dem Zeugen zwanzig Millionen Kronen und der Wenzelsorden für besondere Verdienste um das deutsche Volk. Ich hatte angeordnet, dass sich die Gestapo in diesen fünf Tagen mit Durchsuchungen und Verhaftungen zurückzuhalten hatte, um das Vertrauen der Bevölkerung nicht im Keim zu ersticken. Uns blieb nichts anderes, als zu warten. Wenn sich bis zum Ablauf des Ultimatums niemand meldete, würde Hitlers blutige Rache auf das Protektorat niederfahren wie der Zorn Gottes auf die Sodomiter.

Im Treppenhaus traf ich Wolfgang Kieser, der auf dem Weg zu mir war. Er hatte eine Zeitung unter dem Arm.

»Haben Sie etwas von Jindřiška gehört?«, fragte er zögernd. »Seit wir sie zum Verhör abgeholt haben, habe ich sie gar nicht mehr gesehen. Auch den Rest der Familie nicht.«

Ich brachte es nicht über mich, dem jungen Mann zu sagen, dass die Familie Novák gerade ihrer Vernichtung durch Arbeit entgegensah und ich nichts tun konnte, um sie zu retten. Deshalb sagte ich vage, aber im Großen und

Ganzen wahrheitsgemäß: »Ich habe gehört, dass sie aufs Land gefahren sind.«

Kieser sah erleichtert aus. »Gut. Ich hatte schon befürchtet, dass sie in Schwierigkeiten stecken könnten.«

Dazu sagte ich lieber nichts, sondern deutete auf die Zeitung, die unter Kiesers Arm klemmte. »Lesen Sie jetzt sogar tschechische Zeitungen?«

»Was?« Kieser blickte auf das zusammengerollte Exemplar der Tageszeitung. »Nein, so weit bin ich noch nicht.« Er lachte. »Dieses Exemplar ist rein dienstlich. Es geht um die Kleinanzeigen.«

»Die auf den Namen Jindra hin überprüft werden?«

»Genau. Heute ist eine Anzeige erschienen, die diesen Namen erwähnt. Deshalb komme ich zu Ihnen.«

Ich riss dem jungen Kriminalassistenten die Zeitung aus der Hand und schlug den Anzeigenteil auf. Unter *Vermischtes* hatte ein Beamter eine Annonce mit einem roten Kreis markiert. Der Text war auf Tschechisch verfasst und lautete: »Lieber Namensvetter, ich weiß, dass du mich gerne sehen möchtest. Am Sonntag treffen wir uns in der Mauer. Jindra.«

Ich übersetzte den Text für Kieser.

»Bedeutet das, dass wir es mit zwei Jindras zu tun haben?«, fragte er verwirrt. »Und wie kann man sich *in* der Mauer treffen? Vielleicht heißt es ›*auf* der Mauer?‹«

»Hier steht ›*ve zdi*‹, also *in* der Mauer.«

Noch während ich die tschechischen Worte aussprach, wusste ich plötzlich, wo der Treffpunkt war. Und auch, wer der Namensvetter war. Daraus ergab sich wie von selbst der Zeitpunkt, zu dem Jindra *in* der Mauer auftauchen würde. Der schale Geruch, der überall im Petschek-Palast lag, schien auf einmal stärker zu werden, das Licht heller und die Farben klarer und intensiver. Unzählige Gedanken stiegen wie Luftbläschen an die Oberfläche meines Verstandes auf und zerplatzten dort. Ich ließ den verdatterten Kieser auf dem Gang stehen und verließ das Gebäude, um frische Luft zu schnappen, die ich dringend nötig hatte.

Ich war so mit den Gedanken an Jindra beschäftigt, dass ich erst im letzten Augenblick die Limousine bemerkte, die scharf vor mir auf den Bürgersteig fuhr und mir den Weg abschnitt. Eine massige Gestalt in schwarzer Uniform quoll aus dem Fond und baute sich vor mir auf. Eine junge Frau mit einem Kinderwagen, die einige Schritte vor mir lief, erfasste die Situation und wechselte die Straßenseite, so schnell sie konnte. Ohne einen Blick zurück entfernte sie sich mit hastigen Schritten und bog um die nächste Ecke. Ich konnte es ihr nicht verdenken. Die Gasse, in der ich mich befand, war plötzlich menschenleer. Die Geräusche der Stadt schienen mit einem Mal verstummt zu sein. Es war wie vor einem Gewittersturm, wenn sich der Wind völlig legte und die Luft eine unheimliche Farbe annahm. Über mir hing die Sonne am Himmel wie eine geschmolzene Münze, umgeben von märchenhaft schillernden Ringen. Ich spürte die Wellen des Zorns, die von Standartenführer Horst Böhme ausgingen, als er mich mit grobem Griff am Kragen packte.

»Glauben Sie ja nicht, dass Sie damit durchkommen, Pannwitz«, zischte er. Speichel sprühte auf mein Gesicht, aber ich gab ihm nicht die Genugtuung, mir mit der Hand über die Wange zu wischen. Böhmes Gesicht war wächsern, auf seinen Wangen leuchteten rote Flecken. Ich wollte zu einer Antwort ansetzen, doch als ich den Mund öffnete, schlug mir Böhme mit dem Handrücken heftig ins Gesicht. Kleine schwarze Punkte flimmerten vor meinen Augen.

»Mit Ihrer Amnestie werden Sie gar nichts erreichen. Wenn Hitler Prag dem Erdboden gleichmachen lässt, was soll dann verdammt noch mal aus *uns* werden?«

Ich dachte im ersten Augenblick, er würde die Gesamtheit der Deutschen im Protektorat meinen. Dann wurde mir klar, dass er damit sich selbst meinte. Sich selbst und seine Zukunft. Er hatte sich überall Feinde gemacht und war als Leiter des SD im Fall Heydrich katastrophal gescheitert. Wenn auch noch öffentlich bekannt wurde, dass die Vernichtung von Liditz, die den Deutschen so gründlich die Maske vom Gesicht gerissen hatte, seine Idee gewesen war, wäre Böhme politisch gesehen tot.

Ich spürte, wie frisches Blut aus meiner Lippe quoll, die wieder aufgeplatzt war. Nie in meinem Leben war ich so wütend gewesen. Es war, als sei ein Feuer in mir entfacht worden, plötzlich und verzehrend. Ich hätte Böhme am liebsten umgebracht, mit meinen bloßen Händen, mitten auf der Straße. Ich riss mich jedoch zusammen und sagte: »Sie können Ihre Koffer schon packen. Ich habe einen Zeugen ausfindig gemacht, der aussagen wird, dass Sie die abgefangene Übertragung aus Chrudim unterdrückt und damit den Attentätern in die Hände gespielt haben. Letztlich sind Sie für den Tod des Reichsprotektors verantwortlich, genauso wie für das sinnlose Massaker in Liditz, das uns auf ganzer Linie geschadet hat.« Ich lächelte bösartig, während mir Blut auf den Hemdkragen tropfte. »Die Welt ist gegen uns zusammengerückt. Die Engländer schreiben mittlerweile das Wort *Lidice* auf die Bomben, die sie auf deutsche Städte werfen. Vielleicht verlieren wir Ihretwegen sogar den Krieg, Standartenführer.«

Böhme zuckte zusammen, als hätte ich ihn meinerseits geschlagen. Er schien vor unaussprechlichem Hass völlig erstarrt zu sein. Seine Haut war kalkweiß geworden, einzig die Augen, die leer und dunkel waren, hoben sich vom bleichen Oval seines Gesichtes ab. Schlüssellöcher zur Hölle.

Plötzlich verzog er seinen Mund zu einem widerwärtigen Grinsen. »Warten wir es ab, Pannwitz«, sagte er und ließ meine Jacke los. »Sie halten sich für verdammt schlau. Wahrscheinlich sogar für einen Wohltäter. Lassen Sie heute Abend doch mal Ihre Gedanken zu dem Novák-Mädchen schweifen. In Mauthausen gibt es eine besondere Baracke für Häftlinge, die sich gut führen. Wussten Sie das? Die Männer, die dort Zutritt erhalten, sind Schwerverbrecher, Zigeuner und ähnliches Geschmeiß. Aber Himmler ist der Meinung, dass man die Arbeitsproduktivität solcher Subjekte erheblich steigern kann, wenn man ihnen die Freuden des Fleisches nicht verwehrt.« Sein Grinsen wurde breiter. »Die Kleine wird dort gute Dienste leisten.«

Vor meinen Augen flimmerte es. Mir wurde dumpf bewusst, dass ich schnell von hier verschwinden musste, wenn ich nicht wollte, dass mein Verstand von einer unbekannten Kraft ausgeschaltet wurde. Das erschreckte mich – aber gleichzeitig brannte ich vor Verlangen danach. Ich hatte das Gefühl, mein Körper würde zu einer Feuersbrunst oder einem Schneesturm, der alles, was sich ihm entgegenstellte, hinwegfegte. Ich stellte mir vor, wie ich mit aller Kraft nach Böhme trat und man das Geräusch seiner brechenden Rippen hören konnte, wie ich ihn ansprang und über ihn herfiel wie ein tollwütiger Hund, ihn würgte und ihm ganze Büschel von Haaren ausriss. Ich hörte sogar sein Blut auf das Pflaster regnen.

Mit letzter Kraft gelang es dem funktionierenden Teil meines Verstandes, mich zurückzuhalten. Ich wandte mich von Böhme ab, weg von diesem Grinsen, und floh die Gasse hinunter.

Samstag, 13.6.1942, 20.00 Uhr

Ich hatte den restlichen Samstag damit verbracht, unruhig wie ein Panther in seinem Käfig auf und ab zu gehen. Die mörderische Wut, die ich auf Böhme empfunden hatte, war zu Entsetzen über mich selbst geworden, das mich den ganzen Tag über wie ein metallischer Geruch umgab. Es hatte sich an diesem Samstag kein Informant gemeldet, wenn man von den zwei oder drei Verrückten absah, die davon überzeugt waren, dass ein verhasster Verwandter oder unliebsamer Nachbar mit dämonischen Mächten im Bunde stand und den Reichsprotektor mit Hilfe des Teufels umgebracht hatte. Wir gingen zwar jeder dieser Anschuldigungen nach – wir konnten uns nicht erlauben, auch nur den kleinsten Hinweis zu übergehen –, aber keine davon hielt einer ersten oberflächlichen Überprüfung stand.

Ich hatte einen weiteren Versuch unternommen, Hauptmann Šeda über die tschechische Polizei zu erreichen, doch es war vergeblich gewesen. Es machte mich wütend, dass der Hauptmann mich mit den Ermittlungen im Stich ließ. Egal, wie furchtbar sich die Geschehnisse in Liditz in sein Herz gegraben haben mochten, er hatte nicht das Recht, sich einfach wegzustehlen.

Als der Abend über Prag hereinbrach, zog ich mir meinen Mantel an und wollte nach Hause gehen. Ich war müde und meine Beine fühlten sich an wie geschmolzenes Blei, wenn ich an die Begegnung mit Horst Böhme dachte. Außerdem musste ich jederzeit erreichbar sein, falls einem Zeugen tief in der Nacht die Idee kam, dass er mit mir reden wollte. Das Vernünftigste war es heimzugehen, mich ins Bett zu legen und zu hoffen, dass Jindřiška Nováková nicht in meinen Träumen auftauchte.

Als ich aus der Straßenbahn ausstieg, fand ich mich jedoch nicht in der Kopenhagener Straße wieder, sondern vor dem imposanten Stadtpalais, in dem Milada lebte.

Es war bereits dämmrig geworden, die Sonne versank hinter dem Hradschin und ließ den Himmel über der Prager Burg in tiefem Violett leuchten. Unter der Laterne vor Miladas Wohnung lag eine Zeitung, der »Völkische Beobachter«. Ich dachte an den Mann, der dort vorgestern gestanden und die Zeitung offenbar achtlos hatte fallen lassen, als er ihrer überdrüssig geworden war. Ich drehte die Zeitung mit der Fußspitze um, damit ich die Titelseite sehen konnte. Es war nicht die Ausgabe von vorgestern, sondern die vom heutigen Samstag. Beim Anblick der Zeitung auf dem Trottoir begannen sämtliche Nervenstränge meines Körpers, in höchster Anspannung zu vibrieren. Hektisch blickte ich mich um, sah aber nichts außer der Straße, die im Zwielicht der Dämmerung dalag. Eine Leuchtreklame, die für ein Etablissement namens *Royal Court* warb, brummte leise vor sich hin.

In einer einzigen schnellen Bewegung war ich an der Tür und hielt die Klingelknöpfe der Praxis und der Wohnung darüber gedrückt. Ganz leise hörte ich das Schrillen der Glocke durch die Fenster der Praxis. Niemand öffnete. Ich trat einen Schritt zurück und sah nach oben. Weder in der Praxis noch in der Wohnung brannte Licht. Vielleicht ist sie ausgegangen, versuchte ich mir einzureden. Sie war mir schließlich keine Rechenschaft darüber schuldig, was sie tat oder wohin sie ging. Ich klingelte noch einmal, aber es blieb still im Haus. Am liebsten hätte ich bei den anderen Parteien im Haus geläutet, um sie nach dem Verbleib

Frau Dr. Frantovás zu befragen. Ich dachte sogar darüber nach, vor dem Haus auf Milada zu warten, aber wie würde ich dastehen, wenn sie mit einem anderen Mann unterwegs gewesen war und ihn im Lauf des Abends mit nach Hause brachte?

Ich beschloss also, mich auf den Heimweg zu machen, das Bild des »Völkischen Beobachters«, den man achtlos auf das Pflaster hatte fallen lassen, schob sich immer wieder in meine Gedanken und verfolgte mich bis in meine Träume.

Sonntag, 14.6.1942, 5.00 Uhr

Als ich im Morgengrauen erwachte, musste ich einige Zeit in dumpfem Schmerz liegen. Was aus den lichtlosen Tiefen meiner Seele emporkam kam, war finster wie ein schwarzes Segel. Es war nicht nur Angst oder Entsetzen. Es war Grauen, geronnen zu dieser schwarzen, flatternden Form. Als stünde ich am Rand einer Grube voller hastig verscharrter Leichen. Es gelang mir nicht einmal zu beten. Ich lag einige Zeit im Schatten des schwarzen Flügels und fühlte, wie mein Atem in meine Brust strömte und wieder heraus. Erst, als der Morgennebel über der Moldau dem blauen Tag wich, hatte ich die Kraft, mich aus dem Würgegriff um meine Seele zu befreien.

Ich wäre am liebsten zu Milada gefahren, um zu sehen, ob es ihr gut ging, aber ich hatte an diesem Sonntag eine Verabredung. Ich zog meinen besten Anzug an und machte mich wie jeden Sonntag auf den Weg zur Kirche *Sv. Martina ve zdi, St. Martin in der Mauer*.

Der Treffpunkt, den Jindra dem Adressaten seiner Annonce vorschlug, war mir vertraut und auch der Namensvetter war mir sehr gut bekannt. Jindra war die Koseform für Jindrich, auf Deutsch Heinrich. Die deutsche Abkürzung dieses Namens war Heinz. Mein Name.

Irgendwie hatte Jindra erfahren, dass ich nach ihm suchte. Vielleicht hatte er sogar eine Quelle bei der Polizei. Je länger ich darüber nachdachte, desto wahrscheinlicher erschien es mir. Entweder wollte Jindra von der Generalamnestie Gebrauch machen und sich stellen oder er würde mich zumindest darüber ins Bild setzen, was er für eine Zusammenarbeit verlangte.

Die St.-Martinskirche kauerte dunkel und gedrungen zwischen den hochstrebenden Altstadtpalästen, wie sie es seit tausend Jahren tat. Ich trat in das dämmrige Kirchenschiff ein und nahm unter den üppigen Pflanzen- und Tiermotiven der alten Holzdecke Platz. Ich sah dieselben Gesichter, die ich jeden Sonntag hier sah und die mich beruhigten, obwohl ich nicht einmal die Namen der Menschen kannte. Anfangs hatten mich die Gläubigen dieser Gemeinde angesprochen und zu den üblichen Aktivitäten eingeladen, zu denen man sich eben traf, aber mir lag daran, anonym zu bleiben. Irgendwann hatten sie damit aufgehört, sodass wir einander nur noch zunickten oder uns murmelnd einen guten Tag wünschten. Ein unbekanntes Gesicht, das zu Jindras Beschreibung gepasst hätte, konnte ich nicht ausmachen. Ich lauschte der Predigt teilnahmslos, das Vaterunser betete ich mechanisch und ohne Hingabe. Womöglich hatte ich mich getäuscht und Jindras Anzeige war gar nicht an mich adressiert gewesen oder es handelte sich um irgendeinen anderen Jindra, der nichts mit uns zu tun hatte. Der Name war schließlich nicht ungewöhnlich in Böhmen. Das Abendmahl wurde gefeiert, doch ich schmeckte nicht die Nähe Gottes, sondern lediglich altbackenes Brot. Nach den Fürbitten und dem Segen blieb ich wie üblich noch eine Weile sitzen und beobachtete die Gemeinde beim Auszug. Als die kleine Schar der Gläubigen die Kirche verlassen hatte, betrat eine untersetzte Gestalt in dunklem Mantel das Gewölbe. Trotz der Zivilkleidung erkannte ich sofort Hauptmann Alois Šeda, der auf mich zukam. Ich war trotz meines Ärgers über sein wortloses Verschwinden erleichtert, dass ihm nichts zugestoßen war. Ich hielt Böhme für fähig, auch einen Hauptmann der tschechischen Polizei festnehmen zu lassen.

»Šeda!«, rief ich halblaut durch das menschenleere Kirchenschiff und ging ihm mit langen Schritten entgegen. »Wo haben Sie verdammt noch mal gesteckt? Was haben Sie sich dabei gedacht, mich mit alldem sitzenzulassen?«

Ich war bei ihm angelangt, sah in sein Gesicht, in dem sich Scham und Bedauern spiegelten, und musste mich zurückhalten, ihn nicht auf ungebührlich kameradschaftliche Weise zu umarmen. Er hatte mir wirklich gefehlt.

»Was tun Sie hier?«, fragte ich. Er musste die Anzeige ebenfalls gesehen haben. Hatte ich ihn über die Suche nach Jindra überhaupt informiert? Ich konnte mich nicht erinnern, mit ihm über den verdeckten Agenten und die abgefangene Übertragung gesprochen zu haben. Andererseits war Hauptmann Šeda gewieft und hatte bestimmt seine Quellen.

»Haben Sie ihn gesehen?«, fragte ich, als Šeda weiterhin schwieg.

Der Hauptmann nickte. »Er steht vor Ihnen.«

Šeda musste den Verstand verloren haben. Die Erlebnisse der vergangenen Woche schienen ihn völlig aus der Bahn geworfen zu haben.

»Alois«, sagte ich sanft, »setzen wir uns doch.«

»Mein Name ist nicht Alois«, antwortete er. »Alois Šeda ist nach England geflohen. Mittlerweile lebt er in Amerika. Ich beziehe seine Pension, damit sein Verschwinden nicht auffällt.«

Ich dachte an den schmalen Mann mit dem feinen Lächeln, der auf der Fotografie an dem Apfelbaum lehnte. »Ich kenne Alois Šeda«, erwiderte ich. »Aber wer sind dann *Sie*?«

»Ich heiße Ladislav Vaněk. Ich werde von der Gestapo in Brünn und Chrudim als *Sokolführer* gesucht. Deshalb musste ich untertauchen. Als Šeda schon eine Weile in England war, wurde ein Schreiben der Polizei an seine Adresse zugestellt, in dem man ihn aufforderte, die tschechische Gendarmerie zu verstärken. Viele patriotische Beamte hatten Prag verlassen, um sich Beneš anzuschließen, sodass man verdiente Offiziere rekrutierte. Ich fuhr damals etwa alle vier Wochen nach Prag, um seine Pension abzuholen und seinen Briefkasten zu leeren. Die Lage in Chrudim war mir zu heikel geworden, also nutzte ich die Gelegenheit, Šedas Identität anzunehmen. In sein Haus konnte ich natürlich nicht einziehen, die Nachbarn wären misstrauisch geworden.«

Meine Lippen fühlten sich plötzlich sehr trocken an. »Haben Sie unter dem Namen Jindra versucht, Beneš von dieser Wahnsinnstat abzubringen?«

Šeda – oder Vaněk – senkte den Kopf. »Ich habe alles versucht, um das Attentat zu verhindern. Beneš hat mich betrogen. Er hat versprochen, mir bis zum 27. Mai seine Entscheidung mitzuteilen. Er hat sich sogar für meine offenen Worte bedankt.« Vaněk schnaubte. »Seine Antwort hat mich nie erreicht.«

»Woher haben Sie von dem geplanten Attentat erfahren?«

Vaněk sah mich überrascht an. »Von den Attentätern natürlich.«

»Wie bitte?«

»Im April kamen zwei Männer zu mir, die von Beneš' Leuten aus irgendwelchen Gründen beide den Decknamen Zdeněk Vyskočil bekommen hatten. Sie wollten mich sprechen, weil sie ernsthafte Zweifel daran hatten, ob sie den Anschlag wirklich ausführen sollten.«

Ich starrte den Hauptmann an. Ladislav Vaněk nickte und fuhr fort: »Sie bezichtigten Beneš sogar, sie über die

Verhältnisse im Protektorat falsch informiert zu haben. In Anbetracht der einigermaßen sicheren Situation für die Bevölkerung und der Aussicht darauf, dass Deutschland diesen Krieg kaum gewinnen wird, hielten sie es für vernünftiger, eine Eskalation zu vermeiden und lieber ruhig abzuwarten, bis uns die Alliierten die Besatzer früher oder später vom Hals schaffen.«

»Und die Männer haben es dennoch getan? Wider besseres Wissen?«

Ladislav Vaněk sah mich betroffen an. »Diese Männer sind Soldaten, Herr Kriminalrat. Sie haben einen Eid geschworen und konnten sich nicht selbst davon entbinden. Deshalb kamen sie zu mir. Sie wussten, dass ich Beneš' Kontaktmann bin – oder gewesen war. Sie baten mich dringend, in London eine Änderung ihrer Befehle zu erwirken, was ich auch versucht habe. Aber es kam keine Antwort.«

Ich dachte an den Mann mit dem Gipsbein. »Waren Sie am Tatort?«

Er nickte. »Ich kam dazu, um es auf eigene Faust zu verhindern, auch auf die Gefahr hin, bei Beneš auf ewig in Ungnade zu fallen. Doch ich wusste nicht genau, wo der Anschlag stattfinden sollte, die beiden Zdeněks durften es mir nicht sagen.«

»Die Augenzeugen geben an, dass Sie versucht haben, den Reichsprotektor zu retten«, sagte ich leise.

Er sah mich scharf an. »Glauben Sie ja nicht, dass ich der Meinung bin, diese Bestie hätte den Tod nicht verdient. Er ist genauso qualvoll verreckt, wie ich es ihm gewünscht habe.«

Ich nickte. Im Grunde hatte er recht. Eine Frage keimte in mir auf und drängte nach draußen. Ich kniff die Lippen zusammen. Die Frage war nicht dienstlicher Natur.

Vaněk knetete seine gewaltigen Hände und sagte: »Für die Tschechen hätte es nichts Besseres gegeben, als einfach abzuwarten. Hitler ist der Ansicht, dass derjenige Europa beherrscht, der den tschechischen Raum als europäische Mitte in seiner Hand hält. Dass er im Fall von Unruhen sicher vor keinem Mittel zurückschrecken würde, um dieses Territorium zu halten, war uns allen klar. Und auch, dass ein Aufstand gegen die Deutschen glatter Selbstmord ist.« Er ballte seine Pranken zu Fäusten, sodass sich die Nägel tief in sein Fleisch gruben. »Und genau so ist es gekommen. Das Blut der Menschen von Liditz klebt genauso an meinen Händen wie an denen von Böhme.«

Er öffnete seine Fäuste und dünne Rinnsale von Blut flossen aus den kleinen Wunden, die seine Fingernägel geschlagen hatten, über die groben Handflächen.

»Nein«, sagte ich. »Sie tragen keine Verantwortung dafür. Helfen Sie mir jetzt, die Attentäter zu finden, um weitere Vergeltungsschläge zu verhindern.«

»Ich weiß nicht, wo sie sich aufhalten«, sagte der Mann, der bis vor Kurzem Alois Šeda gewesen war.

»Aber Sie kennen Kontaktpersonen der Attentäter«, wagte ich den Schuss ins Blaue.

Er nickte.

»Was ist mit der Familie von Ata, wo Jindřiška Nováková Sie gesehen hat?«, fuhr ich fort.

Vaněk wurde blass. »Sie hat mich wiedererkannt? Was ist mit ihr geschehen?«

»Sie wurde mit ihrer Familie festgenommen«, sagte ich, ohne ins Detail zu gehen.

»Das wollte ich nicht«, sagte er leise.

»Auch das ist nicht Ihre Schuld. Die Attentäter haben Jindřiška dazu verleitet, das Fahrrad abzuholen und sie mit hineingezogen. Wahrscheinlich wusste sie gar nicht, wem sie diesen Gefallen tat.«

Er rieb sich das breite Kinn und schwieg. Auf seinem Gesicht zeichnete sich mühsam kontrollierte Verzweiflung ab, so bodenlos, dass sie den hellen Tag in sich aufsaugen konnte.

»Helfen Sie uns«, bat ich ihn. »Kommen Sie mit mir ins Büro und machen Sie eine Aussage. Der kleinste Hinweis könnte weitere Dörfer vor der Vernichtung retten.«

»Was geschieht mit den Menschen, die den Attentätern geholfen haben?«

»Das wissen Sie doch genauso gut wie ich«, sagte ich und spürte Betroffenheit in mir aufsteigen. »Für Sie als Informant gilt selbstverständlich die Generalamnestie. Was ich für die übrigen Helfer tun kann, weiß ich nicht. Wenn Sie sie dazu bringen, sich freiwillig zu stellen, wäre es am Schluss nur das Blut der Attentäter, das fließen muss. Damit haben sie ja sowieso gerechnet, nicht wahr?«

Ladislav Vaněk nickte langsam und bedächtig, als müsse sich diese Ansicht erst noch in ihm verfestigen. Ich fuhr rasch fort: »Alle anderen würden freigesprochen. Sie würden am Leben bleiben, verstehen Sie? Sie können sie retten.«

Vaněk erhob sich. »Ich verstehe.«

Seine kleinen klugen Augen unter den buschigen Brauen nahmen einen seltsamen Glanz an: »Wenn es mir nicht gelingt, werde ich ein schriftliches Geständnis ablegen, in dem ich die gesamte Verantwortung auf mich nehme, und mich anschließend erschießen. Vielleicht reicht das aus.«

Ich bezweifelte, dass das den Blutdurst der Reichsführung stillen würde. Es wäre vermutlich meine Pflicht gewesen, Vaněk auf der Stelle festzunehmen. Natürlich tat ich es nicht.

»Bis Donnerstagabend haben wir Zeit, danach werden sehr viele Menschen sterben.« Bevor ich es verhindern konnte, entfloh mir die Frage, die ich vorhin nicht hatte stellen wollen. Die entscheidende Frage. »Warum haben Sie sich mir nicht anvertraut?«

Vaněk sah mich an und musste die traurige Antwort gar nicht erst aussprechen. Ich war einer von *denen*, und damit hatte er recht. Egal, welche Bemühungen ich anstellte, um den Schaden zu begrenzen, den die Attentäter verursacht hatten, nichts würde mich von der Schuld reinwaschen, dass ich einer von *denen* war.

Sonntag, 14.06.1942, 23.00 Uhr

Nach dem Gespräch mit Hauptmann Šeda – ich konnte mich nur schwer daran gewöhnen, dass er Ladislav Vaněk hieß – hatte ich den Sonntag in einer Art dumpfer Benommenheit verbracht. Am späten Nachmittag hatte ich ein weiteres Mal versucht, Milada zu treffen, aber niemand hatte mir geöffnet. Die Praxis hatte stumm und verlassen dagelegen, immerhin war Sonntag. Ich lehnte mich an den Laternenpfahl, wie es der Mann mit der Zeitung vor ein paar Tagen getan hatte, und wartete, bis das Licht, das auf das Pflaster fiel, golden wurde.

Milada kam nicht. Vielleicht wollte sie mich nicht mehr sehen, vielleicht war sie ein paar Tage in ihre Heimat gefahren oder vielleicht nach Königgrätz. Dass man sie erneut verhaftet haben könnte, hielt ich für unmöglich. Als Leiter der Sonderkommission wäre ich darüber informiert worden, wenn sie in der *Biographie* säße. Außerdem gab es keinerlei Anlass für eine Verhaftung. Anders als die Familie Novák stellte sie kein Risiko für Böhme dar.

Als die Sonne untergegangen war, hatte ich das Warten aufgegeben und war nach Hause in die Kopenhagener Straße gefahren, wo es nichts und niemanden gab, der mich vor meinen Gedanken schützen konnte.

Montag, 15.6.1942, 8.00 Uhr

Als ich am nächsten Morgen erschöpft und mit einem bohrenden Schmerz im Kopf mein Büro betrat, wurde aus der Beunruhigung, die ich seit Tagen empfand, blankes Entsetzen.

Auf dem Schreibtisch lag ein dicker wattierter Umschlag ohne Absender. »Kriminalrat Heinz Pannwitz« stand in maschinengeschriebenen Buchstaben darauf. Darin befand sich eine schmale Pappschachtel, die genauso aussah wie die, die ich von der Schneiderin Svatoš erhalten hatte. Mit eiskalten Fingern nahm ich sie aus dem Umschlag und betrachtete sie. Ich dachte an meinen eigenen schrecklichen Einfall, Miladas Ringfinger in einer solchen Schachtel an ihren Mann zu schicken. Kalte, feuchte Schauer krochen mir das Rückgrat hinauf. Ich starrte die Schachtel an und mein Blickfeld begann, sich von den Seiten her zusammenzuziehen. Meine Gedanken wanderten zu einer grausigen Szene, die ich als Kind in einem Märchenbuch gelesen hatte. Die junge Frau des reichen Blaubarts, die, getrieben von einer selbstzerstörerischen Neugier, in seiner Abwesenheit die verbotene Kammer öffnete, um dort die verstümmelten Leichen ihrer Vorgängerinnen zu finden.

Ich spürte, wie mein Puls in meinen Schläfen pochte und mein Gaumen trocken wurde, weil ich mit offenem Mund geatmet, nein, *gekeucht* hatte.

Neugier kostet reichlich Reue, dachte ich und öffnete die Schachtel. Mein Verstand hatte sich so sehr bemüht, dem brutalen Schock des Anblicks zuvorzukommen, dass ich den blutigen Finger tatsächlich in der Schachtel zu sehen glaubte.

Doch es lag kein Finger darin.

In der Schachtel befand sich das hellgraue Seidenband mit den Perlmuttapplikationen, das ich Milada geschenkt hatte.

Der Raum um mich herum wurde trüb und einen Moment lang glaubte ich, ohnmächtig zu werden.

Wie in einem schlimmen Traum bewegte ich mich durch die Stadt. Es war ein Wunder, dass mich keine Straßenbahn überfuhr. Vor Miladas Haus kam ich zum Stehen. Jemand hatte einen kleinen Keil aus hellem Holz unter die Tür geschoben, sodass sie nicht zufallen konnte. Jemand, der auf mich wartete. Natürlich wusste der funktionierende Teil meines Verstandes, dass es sich um eine Falle handeln musste, doch es blieb mir keine andere Wahl.

Ich tastete mich durch das Treppenhaus, vorbei an den Wohnungen im Erdgeschoss und im ersten Stock, aus deren Türspionen mir deutlich spürbar Blicke folgten, vorbei an der Praxis, die geschlossen zu sein schien, obwohl Montag war, bis ich in dem Geschoss angelangt war, in dem sich Miladas kleine Wohnung befand. Oben angekommen, blieb ich vor der Tür stehen. Sie stand einen Spaltbreit offen. Ich hielt den Atem an. Aus der Wohnung waren keinerlei Geräusche zu hören, die auf menschliche Anwesenheit schließen ließen. Ich schob die Tür auf und trat einen Schritt in die Wohnung hinein. Im Flur war es still und beinahe dunkel. Die Vorhänge waren vor die Fenster gezogen. Neben mir war im Dunkeln der dürre Umriss eines Kleiderständers mit Messingfüßen zu erkennen. Ich lauschte wieder. Es war nichts zu hören. Ich wagte nicht, die Deckenlampen einzuschalten. Ich konnte Miladas Duft riechen, der in der Wohnung lag, Zigarettenrauch, der schon schal geworden war, und noch etwas anderes, das mir gleichzeitig vertraut, fremd und abstoßend vorkam. Mein Kopf begann zu pochen, als würde mir jemand einen dicken rostigen Eisennagel hineinbohren, und mein Magen verkrampfte sich. Kalte Finger legten sich um meine Schläfen und drückten sanft zu.

Jemand war hier. Ich blickte mich um.

»Milada?«, fragte ich in die stille Wohnung hinein. Niemand antwortete, plötzlich erkannte ich den störenden Geruch. Pomade.

Unvermittelt schien mein ganzer Körper mit einer hellroten, kochenden Flüssigkeit gefüllt zu sein. Die Flüssigkeit war reine, unverdünnte, rasende Wut.

»Böhme!«, brüllte ich und rannte durch die dunklen Zimmer. Ich begann, wie von Sinnen die Vorhänge aufzureißen. Gleißendes Licht fiel herein, die Fensterkreuze malten verzerrte Trapeze auf den Holzboden.

Hinter mir erklang ein Geräusch, ganz leise, aber unmissverständlich. Das Klicken eines Abzugs, der entsichert wurde. Ich erstarrte. Langsam drehte ich mich um.

»Suchen Sie Ihre polnische Hure?«, fragte Standartenführer Horst Böhme und richtete seine Waffe auf meine Stirn, sodass ich genau in die schwarze Mündung blickte, die wie ein drittes Auge vor seinem Gesicht hing.

»Was haben Sie mit Milada gemacht?«, brachte ich hervor.

»Sie wurde verhaftet«, sagte Böhme und lächelte. »Zunächst einmal wegen Prostitution ohne Anmeldung. Das Beweisstück dafür habe ich Ihnen heute bereits zukommen lassen. Nach einem intensiven Gespräch stellte sich heraus, dass die Dame illegal Abtreibungen anbietet. Es ließen sich zwar ausschließlich Behandlungen feststellen, die an Tschechinnen vorgenommen wurden, was nicht direkt unter Strafe steht, aber sie hat diese Dienstleistung weder angemeldet noch ihre Gewinne daraus versteuert. Und drittens steht der Vorwurf der Feindbegünstigung im Raum, der nach Ansicht des Reichsprotektors nicht völlig ausgeräumt ist.«

Böhme zeigte seine erschreckend zahlreichen, spitzen Zähne und schlug mir mit der freien Hand kameradschaftlich auf die Schulter, während er mit der anderen Hand immer noch die Pistole auf mein rechtes Auge richtete. Ich hätte ihm gerne ins Gesicht geschlagen und ihm seine abscheulichen Zähne aus dem widerlichen Grinsen herausgebrochen, aber ich wäre tot gewesen, bevor ich die Faust erhoben hätte. Es bestand nicht der Hauch eines Zweifels daran, dass Böhme seine Waffe auf mich abfeuern würde. Er tätschelte meine Schulter und sagte: »Das alte Mädchen hat ganz schön was auf dem Kerbholz, Pannwitz. Ich hätte nicht gedacht, dass sie sich mit einem wie Ihnen einlässt.« Er pfiff leise durch die Zähne.

Es gelang mir mühsam, mich zu beherrschen. »Wo ist sie?«, fragte ich.

»Aus Sicherheitsgründen ist sie in der *Kleinen Festung* in Theresienstadt untergebracht worden. Es gibt dort seit Kurzem eine Frauenabteilung.« Er kicherte, als hätte er einen gelungenen Scherz gemacht. »Damit es nicht zu peinlichen Szenen unter Eheleuten kommt, ist ihr Mann nach Dresden verlegt worden.«

Eine Welle von heißem Zorn schlug über mir zusammen. Ich war außer mir vor Hass auf Böhme, aber ich konnte nichts tun, außer ihm ins Gesicht zu starren.

»Was verlangen Sie von mir?«, fragte ich. »Was muss ich tun, damit Sie Milada gehen lassen?«

»Das ist ganz einfach«, sagte Böhme. »Als Erstes nehmen Sie Ihre kleinlichen Beschwerden gegen mich zurück und geben Ihr Hirngespinst von einer abgefangenen Funkübertragung auf.«

Ich nickte. Es war mir plötzlich egal. Sollte Böhme Karriere machen, wie und wo er wollte, sollte er Portiers mit Telefonhörern niederschlagen, wann und wie es ihm beliebte, was kümmerte es mich?

Böhmes bleiches Gesicht schwebte wie ein körperloses Grinsen vor mir, die Mündung der Pistole starrte mich unverwandt an wie eine Schlange ihre Beute.

»Zweitens suchen Sie sich fünf oder sechs beliebige junge Männer aus der tschechischen Bevölkerung aus, treiben sie in einer leeren Wohnung zusammen, bringen sie dazu, ein Geständnis zu unterschreiben, und lassen sie anschließend erschießen.«

»Sind Sie wahnsinnig geworden?«, fragte ich. Eine Antwort darauf musste er mir nicht geben. Die starren dunklen Augen, das Haar, das sich trotz der Pomade begann, von seinem Kopf zu sträuben, und die brennend roten Balken auf seinen bleichen Wangen sprachen für sich.

Böhme sah mich mit mildem Tadel an, wie man ein dickköpfiges Kind ansehen würde, das wider besseres Wissen einen vernünftigen Vorschlag ablehnt. »Wir wollen beide nicht, dass Hitler seine Luftwaffe nach Prag aussendet.«

»Ich kann doch unmöglich völlig unbeteiligte Männer erschießen«, erwiderte ich.

»Natürlich können Sie das, Pannwitz«, sagte Böhme ermunternd. »Es ist keine große Sache.«

»Warum tun Sie es dann nicht einfach selbst?«, fragte ich tonlos. »Lassen Sie Milada und mich aus dem Spiel. Erschießen Sie, wen Sie wollen, aber lassen Sie mich damit in Ruhe.«

»Sie sind schwerer von Begriff, als ich dachte«, sagte Böhme und schüttelte bedauernd den Kopf. »Ob Sie es glauben oder nicht, ich habe aus den Fehlern der Vergangenheit gelernt. Beneš ist ein schlauer alter Fuchs. Wenn ich oder meine Leute das tun würden, würde er sofort behaupten, dass die erschossenen Männer zufällig ausgewählte Zivilisten waren und dass es uns nur darum ginge, unser Gesicht nicht zu verlieren. Sie hingegen genießen wegen Ihrer Zimperlichkeit und Engstirnigkeit eine gewisse Reputation in manchen Kreisen. Sie sind zwar nicht in der Lage, das große Ganze im Blick zu behalten, Pannwitz, aber immerhin gelten Sie als gewissenhaft, auch bei den Tschechos. General Heydrich hat sehr genau Buch über Sie geführt. Er hat Sie sogar geschätzt, wussten Sie das?«

Ich schüttelte stumm den Kopf. Mir wäre es lieber gewesen, dieses Detail nie erfahren zu haben.

»Denken Sie darüber nach, Pannwitz«, fuhr Böhme fort und begann wieder, meine Schulter zu tätscheln. Am liebsten hätte ich seine Hand weggeschlagen, doch ich wagte nicht, mich zu rühren. »Ihre Hure bleibt vorerst in einer gemütlichen kleinen Zelle in Theresienstadt und wartet darauf, wie sich ihr Prinz entscheidet. Sie haben bis Donnerstag Zeit.«

Mit einer so schnellen Bewegung, dass ich keine Chance hatte, mich dagegen zu wappnen, versetzte er mir mit der Waffe einen Schlag ins Gesicht. Während ich am Boden lag und verzweifelt darum kämpfte, nicht ohnmächtig zu werden, nahm ich am Rande meines Bewusstseins wahr, wie Böhme, das Horst-Wessel-Lied pfeifend, Miladas Wohnung verließ.

Montag, 15.6.1942, 19.00 Uhr

Die Garnisonstadt Terezín, zu Deutsch Theresienstadt, lag etwa sechzig Kilometer nördlich von Prag. Sie war Ende des achtzehnten Jahrhunderts von Kaiser Joseph II. als Festung erbaut worden, um mögliche Angriffe der Preußen abzuwehren. Ihren Namen hatte sie zu Ehren der Kaiserin Maria Theresia erhalten. Während Teile der Stadt im Laufe der Zeit durch zivile Einrichtungen bewohnbar wurden, überdauerte die *Kleine Festung* als Militärgefängnis sowohl die Habsburger als auch die Tschechoslowakische Republik und wurde von den Deutschen zum selben Zweck weitergeführt. In den bewohnbaren Stadtteilen hatte man im Februar Siedlungen eigens für alte oder kriegsversehrte Juden erbaut, die aus dem deutschen Reich ausgesiedelt worden waren. Auch Juden, die sich im Großen Krieg um Deutschland verdient gemacht hatten, erhielten hier ihr Auskommen. Es gab Werkstätten, Cafés, Bibliotheken, Schulen und Kindergärten. Reichsprotektor Heydrich hatte sogar dafür gesorgt, dass ein Orchester musikalische Werke jüdischer Komponisten zum Besten gab und regelmäßig eine Kinderoper aufgeführt wurde. Nach Feierabend entspannte sich die Bevölkerung beim Gärtnern, Fußballspielen oder Vorträgen zu wissenschaftlichen und künstlerischen Themen. Das jedenfalls war in den Veröffentlichungen zu lesen, die das Propagandaministerium über Theresienstadt herausgab. Ich konnte mich an eine Fotografie einiger gezwungen lächelnder Frauen mit gelben Sternen auf ihren Kittel erinnern, die vor doppelstöckigen Betten aus grob gezimmertem Holz Karten spielten. »Alleinstehende Frauen und Mädchen machen es sich in ihrem Frauenheim gemütlich«, lautete die Bildunterschrift. Der sichtbare Rest des Zimmers, der mehr an ein Lager denn an ein freundliches Heim erinnerte, wirkte allerdings nicht so, als sei er für eine Bewohnung auf Dauer angelegt. Auch die Tatsache, dass seit Beginn des Jahres Tausende von neuen Bewohnern dazugekommen waren, jedoch keine Baumaßnahmen zur Erweiterung bekannt waren, warf die unangenehme Frage auf, was mit den überzähligen Leuten geschah.

Die sogenannte *Alterssiedlung* lag links der Eger, das Militärgefängnis am rechten Ufer. Das Haupttor der *Kleinen Festung* war mit einem schwarz-weißen Schachbrettmuster von der trutzigen Mauer abgesetzt, die die ganze Anlage umgab. Ich wies mich aus und die Wachmänner ließen mich zu meiner Überraschung ohne Widerrede passieren. In der Wachstube erfuhr ich, dass der Lagerkommandant, Hauptsturmführer Jöckel, nicht anwesend war. Ein missmutiger SS-Oberscharführer mit dem Namen Rojko betrachtete nachdenklich mein zerschlagenes Gesicht und gab mir zu verstehen, dass einer Bitte um Herausgabe von Gefangenen auf keinen Fall nachgegeben werden könne, ohne dass Kommandant Jöckel dies ausdrücklich anordnete.

»Ich muss eine Zeugin im Mordfall Heydrich verhören«, sagte ich. »Ich bin der Leiter der Sonderkommission.«

»Das geht nicht«, sagte Rojko knapp. »Verhöre durch Beamte der Prager Gestapo sind vorher anzumelden. Hauptsturmführer Jöckel wird Ihren Antrag prüfen und dann entscheiden, ob ein Verhör überhaupt nötig ist.«

»Es ist wichtig«, begann ich, aber Rojko unterbrach mich. Er sah aus, als würde er sich prächtig amüsieren.

»Das sagen alle. Laut unseren Unterlagen ist die Zeugin bereits mehrfach in der Sache Heydrich verhört worden. Die Vergehen, um derentwillen sie hier ist, werden noch überprüft. Wenn ich mich nicht irre, sitzt sie wegen Prostitution und illegalen Abtreibungen ein.« Er bleckte die Zähne, als er das Wort »Prostitution« aussprach. Ich empfand beinahe körperliche Abscheu vor Rojko.

»Kann ich den Antrag gleich hier ausfüllen?«, fragte ich.

»Das geht nicht. Die Druckerei hat gerade einen Engpass. Sie können sich einen in Prag besorgen.«

»Dann warte ich auf Hauptsturmführer Jöckel und trage ihm mein Anliegen selbst vor«, sagte ich matt.

Rojko zuckte mit den Schultern. »Wie Sie wollen. Im Hof gibt es Bänke.«

Er führte mich aus der Wachstube und zeigte mir den Weg an der Kleiderkammer vorbei zum Hof eins. Über dem Hoftor war ein Schild angebracht, auf dem das beliebte Motto »Arbeit macht frei« zu lesen war. Der Hof war ein kahler Schotterplatz, der von niedrigen gelb gestrichenen Verwaltungsgebäuden und dornigem Gestrüpp umgeben war. Ein paar Bänke standen hier und dort und luden den Besucher ein, den Ausblick auf Zellen und Mauern zu genießen. Rojko verschwand ohne ein Wort des Abschieds.

Ich wartete lange und stellte mir vor, wie Milada keine hundert Meter entfernt von mir in ihrer Zelle auf und ab ging. In meiner Vorstellung trug sie das helle geknöpfte Sommerkleid, das sie bei ihrem ersten Besuch im Petschek-Palast anhatte. Die wenigen Frauen im Theresienstädter Gefängnis durften ihre Zivilkleidung anbehalten, da es noch keine Häftlingstracht für sie gab.

Nach einer Weile öffnete sich die Tür eines der Verwaltungsgebäude, über der ein Schild mit der Aufschrift

»Lebensmittellager« hing. Ein dicker Mann in Uniform mit teigigem Gesicht und abstehenden Ohren trat auf den Hof. Er hatte eine aufgeworfene Nase, die an den alten Philosophen Sokrates erinnerte. Der Mann sah sich um, dann gab er mir ein Zeichen, zu ihm zu kommen. Ich stand auf und schritt über den Hof auf den Mann zu. Er winkte mich in das Gebäude hinein und zog rasch die Tür ins Schloss.

Der Lagerraum war voller Schränke, Regale und Kisten. Säcke mit Mehl und getrockneten Erbsen standen überall auf dem Boden. Ein großes Fass mit Lageräpfeln stand in einer Ecke und verströmte ein süßlich-fauliges Aroma.

»Kriminalrat Pannwitz?«, fragte der Mann. Seine Stimme kam mir bekannt vor.

»Ich bin Theodor Hohaus, wir haben vor ein paar Tagen miteinander telefoniert.«

Wir schüttelten einander die Hände. Hohaus setzte sich auf eine Kiste und zündete sich eine Zigarette an. Ich nahm auf einem niedrigen Fass Platz, das nach eingesalzenem Fisch roch.

»Ich habe gehört, dass Sie auf den Kommandanten warten«, sagte Hohaus und sog an seiner Zigarette.

»Ja«, entgegnete ich, »ich bin hier, um eine der Gefangenen zu verhören.«

»Wir haben noch nicht viele weibliche Häftlinge hier. Meinen Sie die Ärztin aus Prag?«

»Ja, Dr. Frantová.«

»Eine bemerkenswerte Person, diese Frau Doktor«, sagte Hohaus und stieß den Rauch aus. »Nicht unbedingt das, was man sich in Deutschland unter einer wahren Schönheit vorstellt, aber mit ihrem Temperament macht sie alles wieder wett.«

Ich ignorierte diese Vertraulichkeiten und fuhr fort: »Die Zeugin hat einen der Männer behandelt, die das Attentat auf den Reichsprotektor begangen haben. Selbstverständlich ohne sich über seine Identität im Klaren zu sein.«

Bedauern ließ Hohaus' weiches Gesicht erschlaffen und enthüllte für einen Moment, wie er als alter Mann aussehen würde. »Kommandant Jöckel wird Ihnen kein Verhör gestatten. Soweit ich weiß, gibt es einen Sperrvermerk.«

Ich hatte natürlich damit gerechnet, dass Böhme daran gedacht hatte, mir jegliche Kommunikation mit Milada unmöglich zu machen. Dennoch spürte ich Wut und Enttäuschung in mir kochen. Ich bekam Lust, gegen die Fässer mit Fisch und Schmalz zu treten und die Säcke durch den Raum zu werfen, bis sie platzten und sich ihr Inhalt über den ganzen Boden verteilte.

Hohaus sah mich prüfend an. »Wenn es um etwas anderes als ein offizielles Verhör geht, kann ich Ihnen vielleicht helfen.«

»Wie bitte?«, fragte ich gereizt.

»Die Ärztin. Wenn Sie ihr etwas mitteilen wollen, gibt es Mittel und Wege.«

»Wie kommen Sie dazu, mich …?«, begann ich. Doch im Grunde war es egal. »Was können Sie für mich tun und zu welchem Preis?«

Hohaus lachte leise. »Ist es etwas Persönliches?«

Ich zuckte mit den Schultern, Hohaus sah mich abwartend an.

»Ja,« sagte ich. Wie leicht war es doch, sich einem völlig Fremden anzuvertrauen. »Dr. Frantová ist im Lauf der Ermittlungen zu einer Freundin geworden. Dass sie hier ist, verdankt sie allein ihrer Freundschaft zu mir. Ich würde sie gerne wissen lassen, dass ich sie nicht vergessen habe.«

Hohaus nickte. Meine Antwort schien ihn zufriedenzustellen. »Meine Frau arbeitet ebenfalls hier. Sie hat sich bisher um die Küche gekümmert, aber neuerdings ist sie als Aufseherin in der Frauenabteilung tätig.« Er sah mich mit seinen feuchten Augen an. »Sie hat ein gutes Herz. Deswegen hat sie mit Jöckel ständig Streit. Sie findet, dass die Rationen viel zu knapp bemessen sind, und damit hat sie recht.«

»Sie meinen, Ihre Frau könnte Kontakt zu Dr. Frantová aufnehmen?«

»Wenn Sie eine Nachricht für sie hinterlassen wollen, werde ich dafür sorgen, dass sie sie bekommt.«

Das war besser als nichts. Ich zog die Schachtel mit dem Haarband aus meiner Manteltasche. »Dies ist ein Stück aus dem persönlichen Besitz der Gefangenen«, sagte ich wahrheitsgemäß. »Bitte lassen Sie ihr das zukommen.«

»Es ist hoffentlich kein Messer?«, fragte er unsicher und betrachtete die Schachtel.

»Natürlich nicht. Öffnen Sie die Schachtel ruhig.«

Hohaus tat wie geheißen. »Sehr hübsch«, sagte er. »Das geht in Ordnung.«

Ich reichte ihm eine Packung Zigaretten. »Darüber wird sie sich noch mehr freuen als über das Haarband«, sagte ich.

Hohaus stand auf und ging hinüber zu einem kleinen Schrank, der mit einem Vorhängeschloss gesichert war. Er schloss auf und öffnete die Tür. Ich spähte hinein. Im Schrank befanden sich einige dicke Würste, Dauergebäck und eine Tüte Zucker, außerdem Nüsse, Rosinen und andere Trockenfrüchte.

»Das ist mein privater Spind«, sagte er. »Die Rationen sind wie gesagt sehr dürftig. Wenn jemand von den Gefangenen schlimmen Hunger hat, lasse ich ihm aus diesem

Schrank etwas zukommen.« Sein Gesicht nahm einen trotzigen Ausdruck an, als hätte ich ihn dafür gerügt. »Nicht, dass Sie das falsch verstehen: Ich stehle das Essen nicht aus dem Lager. Es ist mein Privatbesitz.«

Er legte das Kästchen mit dem Haarband und die Zigaretten in den Schrank und schloss sorgfältig ab. Ich zog einen Geldschein aus meiner Tasche und wollte ihn Hohaus zustecken, doch er wehrte ab. »Das tue ich nicht für Geld, Herr Kriminalrat. Meiner Frau und mir tun die Leute leid. Sie mögen Kommunisten und Kriminelle sein, aber sie bleiben trotzdem Menschen, oder nicht?«

Ich spürte, wie meine Kehle eng wurde. Mühsam brachte ich ein paar Worte des Dankes heraus.

»Gehen Sie jetzt besser«, sagte Hohaus. »Ich fürchte, dass es die Lage ihrer Freundin eher verschlechtern wird, wenn Sie sich mit Jöckel anlegen. Meine Frau wird auf sie aufpassen.«

Dienstag, 16.6.1942, 11.00 Uhr

Ich starrte mein Telefon an. Während die Minuten und Stunden vergingen, kam es mir so vor, als würde es trotzig zurückstarren. Ich wartete. Gestern war mir Böhmes Vorschlag völlig verrückt vorgekommen. Irgendwann in den frühen Morgenstunden des Dienstags hatte ich begonnen, die verführerische, bizarre Schönheit des Gedankens zu erkennen. Wie einfach wäre es, eine Handvoll beliebiger junger Männer aufzutreiben, ihre Familien zu bedrohen und sie so zum Geständnis einer Tat zu bewegen, die sie nie begangen hatten? Es könnte funktionieren. Ich wusste genug, um eine glaubwürdige Geschichte daraus zu stricken. Löcher und fadenscheinige Stellen würden bleiben, aber wen kümmerte das heutzutage noch? Man würde die blutigen Köpfe der Männer vermutlich auf Spieße stecken und in einer feierlichen Prozession um den Wenzelsplatz herumtragen. Ihre Familien könnte man mit den zwanzig Millionen Kronen entschädigen, die auf die Ergreifung der Täter standen. Danach würde ich Milada abholen und wir würden irgendwohin fahren, wo uns niemand kannte, weit weg von Prag. Wir könnten alles hinter uns lassen, uns ein hübsches kleines Haus suchen und sogar Kinder haben. Eine lebhafte kleine Tochter mit dunklen Locken und blitzenden Augen oder einen stillen, klugen Sohn. Vielleicht beides. Das alles war in greifbarer Nähe. Natürlich gab es einige Details, die noch zu klären waren – allem voran die Frage, ob Milada überhaupt mit mir fortgehen *wollte* –, doch das würde sich schon finden. Ich musste nur auf die Straße gehen und mir ein paar passende Tschechen aussuchen, einen hübschen blonden wie Josef Valčík, einen schmalen mit einer Narbe irgendwo in der Augengegend und einen Mann, dessen besonderes Kennzeichen es war, keinen Regenmantel bei sich zu haben. Das müsste zu schaffen sein. Ich stellte mir vor, einen Mann auf der Straße aufzugreifen und ihn wegen des fehlenden Regenmantels zu verhaften. Böhmes Schergen würden mir sicherlich gerne die unangenehme Arbeit abnehmen, den verwirrten Mann die ganze Nacht lang unter Prügeln zu verhören, bis er am Ende selbst glaubte, irgendetwas mit dem Attentat zu tun zu haben. Ich legte den Kopf in den Nacken und begann, laut zu lachen. Tränen liefen mir die Wangen hinab, mein Bauch begann zu schmerzen, aber ich konnte einfach nicht aufhören. Erst als mir bewusst wurde, dass mein Lachen in dem großen leeren Raum wie das eines Wahnsinnigen klang, brach es ab. Meine Heiterkeit war verflogen, stattdessen fühlte ich Übelkeit in mir aufsteigen, die sich in den letzten zwei Wochen zu einer ständigen Begleiterin entwickelt hatte. Ich war kurz davor, mich in meinen Papierkorb zu erbrechen, da riss mich ein schrilles Klingeln zurück in die Wirklichkeit. Ungläubig blickte ich mein Telefon an, das unbarmherzig vor sich hin schrillte.

»Pannwitz«, sagte ich und erschrak über den heiseren Klang meiner Stimme.

»Herr Kriminalrat!«, hörte ich Wolfgang Kieser so atemlos in den Hörer rufen, als wäre er eine lange Strecke gerannt. »Bitte kommen Sie sofort zum Verhörraum zwei. Hier ist ein Mann, ein Tscheche, und ich verstehe nur so viel, dass er Ihnen etwas über die Aktentasche auf den Bildern mitteilen will.«

Mit einem Mal war mein Kopf völlig klar. »Geben Sie ihm etwas zu trinken und sagen Sie ihm, dass ich sofort da bin.« Ich wollte den Hörer auflegen, dann fiel mir noch etwas ein: »Lassen Sie den Mann nicht aus den Augen, Kieser. Nicht, dass er es sich anders überlegt. Und rufen Sie den Übersetzer an.«

Ich bemühte mich, die Stufen möglichst langsam und ruhig hinabzusteigen. Ich wollte keinesfalls den Eindruck hektischer Erregung vermitteln. Möglicherweise war der Mann ein Wichtigtuer oder ein Verrückter, aber falls er wirklich etwas wusste, sollte er sich nicht sofort darüber bewusst werden, dass er eben den Rubikon überschritten hatte und es für ihn kein Zurück mehr gab. Wenn er etwas wusste, würde er den Petschek-Palast entweder um zwanzig Millionen Kronen reicher verlassen – oder als Leichnam.

Der Mann, der mir angeblich etwas über die Aktentasche der Schneiderin Svatoš zu berichten hatte, saß in sich zusammengesunken auf einer Holzbank vor dem Verhörraum. Er hielt einen Becher mit Kaffee in seiner Hand, schien jedoch völlig vergessen zu haben, daraus zu trinken. Er war um die dreißig und hatte beginnende Geheimratsecken. Sein Gesicht sah sanftmütig und zugleich ein wenig verwegen aus. Ich vermutete, dass er großen Anklang bei jungen Mädchen fand. Leise gab ich Kieser eine Anweisung und er beeilte sich, meinen Befehl auszuführen. Er nickte dem Mann auf der Bank kurz zu und verschwand.

Als ich neben den Mann trat, hob dieser den Kopf und versuchte, etwas zu sagen, doch die Silben schienen ihm im Hals festzustecken. Er sah mich gehetzt an und errötete heftig, was seine Schwierigkeiten beim Sprechen offenbar verschlimmerte. Die ganze Bank unter ihm schien zu beben. Der Kaffee schwappte über den Becherrand und bespritzte ihm Hemd und Hose. Ich setzte mich neben ihn, lehnte mich gegen die dunkelgraue Granitwand in meinem

Rücken und schloss die Augen. Dabei konnte ich spüren, wie er vor Verblüffung einhielt und mich anstarrte. Ich öffnete die Augen und blickte ihm ins Gesicht.

»Guten Tag, mein Name ist Heinz Pannwitz«, sagte ich auf Tschechisch und streckte meine Hand aus.

»K… K… Karel Čurda«, brachte er mühsam hervor und ergriff zögernd meine Hand.

»Ich kann Ihnen helfen«, sagte ich ermunternd. »Es wird Ihnen nichts geschehen, was immer Sie mir zu sagen haben.«

Natürlich wusste ich sofort, wen ich vor mir hatte. Es war der Mann, der die Tasche bei der Schneiderei Svatoš gekauft hatte. Die Schneiderin hatte ihn als Stotterer beschrieben. Ich wollte den Mann nicht in die Enge treiben. Er war schließlich freiwillig zu uns gekommen und würde schon sagen, was er zu sagen hatte – vermutlich sogar viel mehr. Es konnte ungemein erleichternd sein, sich Dinge von der Seele zu reden, wenn man schon einmal dabei war. Das Geld war eine Sache, eine ganz andere war es, eine drückende, quälende Bürde loszuwerden, die mit jedem Tag schwerer wurde.

»Ich kenne die Aktentasche auf dem Bild«, sagte er unter großer Anstrengung und begann wieder zu zittern.

»Dann folgen Sie mir. Mein Kollege hat einige Taschen vorbereiten lassen, darunter die Tasche, um die es geht. Zeigen Sie mir einfach, welche Ihnen bekannt vorkommt.«

Panik zeichnete sich in seinem Gesicht ab.

»Wenn Sie keine der Taschen wiedererkennen, erhalten Sie am Empfang eine Entschädigung für Ihren Aufwand und dürfen gehen«, sagte ich so ruhig wie möglich. Selbstverständlich würde er die Tasche erkennen, aber es würde ihn beruhigen, dass es immer noch ein Schlupfloch gab, wenn ihn der Mut verlassen sollte. Dieses Schlupfloch war allerdings rein hypothetischer Natur, was ich ihm lieber nicht mitteilte.

Karel Čurda schien sich tatsächlich ein wenig zu fangen. Er stand auf und folgte mir in einen Raum, in dem etwa zwanzig Aktentaschen auf einer Reihe von Tischen standen. Nervös sah er sich um und ging die Tische entlang. Er musterte jede der Taschen genau, wobei er seine feuchten Hände knetete. Ich störte ihn nicht mit Fragen oder der Aufforderung, sich zu beeilen. An seinem Blick sah ich, dass er die richtige Tasche bereits gesehen hatte. Er brauchte nur Zeit, auch noch den zweiten Fuß über den Fluss zu setzen.

Es klopfte und der Übersetzer Josef Chalupský trat ein, ein drahtiger kleiner Tscheche mit deutschen Wurzeln. Karel Čurda beachtete ihn nicht. Nach einer Weile des Umherwanderns wies er auf die Svatoš-Tasche und sagte zu mir: »Es ist die dort drüben, Herr Kriminalrat.«

Ich nickte. »Lassen Sie uns zusammen einen Kaffee im Besprechungszimmer trinken.«

Wir saßen zu dritt um den Tisch, Karel Čurda, Josef Chalupský und ich. Eine der Sekretärinnen hatte uns ein Tablett mit Kaffee und Gebäck gebracht und mit beinahe andächtiger Miene den jungen Mann gemustert, der etwas verloren zwischen mir und dem Übersetzer hockte.

Josef Chalupský hatte ihn nach seinen Personalien befragt. Es handelte sich um den ehemaligen Zugsführer der tschechoslowakischen Armee Karel Čurda, geboren am 10.10. 1911 in Stará Hlína. Danach sprachen wir eine Weile über die kleine Stadt Kolín, wo er bei seiner Mutter wohnte. Langsam schien er seine Schwierigkeiten mit dem Stottern zu überwinden. Die Worte und Sätze kamen ihm flüssiger über die Lippen.

»Erzählen Sie uns bitte, in welchem Zusammenhang Sie die Tasche gesehen haben«, kam ich auf den Grund unseres kleinen Kaffeekränzchens zurück.

Čurda sah plötzlich aus wie ein Junge, der auf einem Sprungbrett stand und nicht wusste, ob er sich ins Wasser stürzen sollte. Er nahm einen Schluck Kaffee, um sein Zögern zu verbergen. Dann sprang er. »Ich habe sie selbst gekauft«, murmelte er. »Sie hat nicht viel gekostet, denn sie war schon ziemlich ramponiert. Danach habe ich sie einem Mann namens Josef Gabčík gegeben, der sie repariert hat.«

Ich sah, dass Chalupský eifrig notierte, was Čurda sagte.

»Wer ist dieser Gabčík und woher kennen Sie ihn?«, fragte ich.

Čurda betrachtete eingehend seine Hände und erwiderte: »Gabčík ist Slowake.«

»Und weiter?«

»Außerdem ist er Fallschirmjäger, genau wie ich auch.«

Chalupský ließ den Stift fallen. Er fiel mit leisem Klappern auf die Tischplatte und rollte über den Rand des Tisches auf den Boden, wo er aufschlug und unbeachtet liegen blieb.

»Gabčík und einige weitere Männer sind bereits im Dezember abgesetzt worden und halten sich seitdem in Prag versteckt. Er und ein Unteroffizier der tschechoslowakischen Armee namens Jan Kubiš sind die Attentäter. Gabčík ist der Schütze mit der Sten Gun. Kubiš hat die Bombe geworfen. Ich bin Anfang des Jahres bei Teltsch abgesprungen und habe Kontakt zu Gabčík aufgenommen.«

»Wer ist Ihr Befehlshaber?«

»František Moravec«, antwortete er ohne Zögern. Moravec war einer der ranghöchsten Generäle in Beneš' Exilregierung. »Er koordiniert in Beneš' Auftrag die Operationen *Out Distance* und *Anthropoid.*«

Čurda sah mich mit flackerndem Blick an. Schweißperlen traten auf seine Stirn. Mit der linken Hand fasste er unwillkürlich an die Brusttasche seines Hemdes. Mein Mund wurde trocken.

»Ausziehen«, sagte ich scharf.

Josef Chalupský sah mich an, als wäre ich verrückt geworden. Čurdas Finger wanderten zu dem kleinen elfenbeinfarbenen Knopf, der die Brusttasche verschloss.

»Ausziehen«, brüllte ich und packte die Hand Čurdas, der mich entsetzt anstarrte. Dann füllten sich seine Augen mit Tränen und er senkte den Kopf.

»Ziehen Sie ihm das Hemd aus, Mann«, fuhr ich den Übersetzer an, der vor Schreck zusammenzuckte. Er gehorchte, obwohl ihm anzusehen war, dass er sich ernsthaft um meinen Geisteszustand sorgte. Wir zogen Čurda, der die entwürdigende Prozedur willenlos über sich ergehen ließ, das Hemd aus.

»Holen Sie ihm etwas zum Anziehen«, befahl ich Chalupský, der augenblicklich aus dem Zimmer flüchtete.

Ich griff in die Brusttasche des Hemdes und ertastete einen kleinen harten Gegenstand. Die glatte Oberfläche bestand aus Glas. Ich zog die Kapsel aus der Tasche und betrachtete sie. Čurda hielt den Kopf weiterhin gesenkt.

»Zyankali«, sagte ich und steckte die Kapsel ein.

Čurda nickte. »Jeder von uns hat eine bekommen«, flüsterte er.

Chalupský kam zurück und reichte Čurda ein geknöpftes graues Hemd, das dieser nachlässig über den Kopf zog.

»Gehört ein Josef Valčík zu einer Ihrer Gruppierungen?«

»Ja«, sagte er. »Valčík und ich haben in Pilsen einen Anschlag auf die Škoda-Werke verübt.« Ein Rest von trotzigem Stolz schwang in Čurdas Stimme mit, als er fortfuhr: »Die Produktion lag beinahe eine Woche lang lahm.«

»Hatten Sie Kontakt zu Jindra?«

Čurda sah mich überrascht an. »Sie wissen von Jindra?«

Ich antwortete nicht darauf, sondern fragte weiter: »Wo halten sich die Attentäter jetzt auf?«

Čurda zuckte hilflos mit den Schultern. »Das weiß ich nicht. Ich habe versucht, sie zu finden. Ich war bei einer unserer Anlaufstellen, aber man hat mich abgewiesen.« Zorn über diese Zurückweisung blitzte in seinem Blick auf. »Ich wollte sie dazu bringen, sich zu stellen. Wir hatten alle Zweifel daran, ob Beneš' Plan, Heydrich zu töten, wirklich klug war, doch Gabčík und Kubiš waren der Meinung, dass sie den Befehl keinesfalls verweigern könnten. Sie wollten Jindra bitten, mit Beneš zu sprechen, aber entweder ist Jindra nicht zu ihm durchgedrungen oder Beneš war entschlossen, die Operation um jeden Preis durchzuführen. Ich selbst bin sofort nach dem Anschlag bei meiner Mutter in Kolín untergetaucht, noch bevor die Straßen gesperrt wurden.«

»Gehörte die Familie Novák in Lieben zu Ihren Anlaufstellen?«

»Ja«, sagte Čurda, »aber die Nováks wissen nicht viel. Sie sollten nur das Fahrrad abholen.« Ich dachte an Jindřiška, für die ich nichts mehr tun konnte.

»Kennen Sie einen Jungen namens Ata?«

Čurda nickte. »Ata ist der Sohn von Marie Moravcová. Ihr gehört das Fahrrad und sie hat Gabčík und Kubiš am Abend des Attentats versteckt.«

»Wurde die Wohnung durchsucht?«

»Ja, natürlich. Gabčík und Kubiš standen währenddessen draußen auf dem Vorsprung des Badezimmerfensters, drei Stockwerke über der Erde.«

Wieder kam ich nicht umhin, die Tollkühnheit der beiden Männer insgeheim zu bewundern. Ein Blick auf Chalupský verriet mir, dass er dasselbe dachte.

Ich reichte Čurda einen Stift und ein Blatt Papier.

»Notieren Sie hier die genaue Anschrift der Familie Moravec.«

Ohne zu zögern, ergriff er den Stift und ließ ihn über das Blatt kratzen. Als er Namen und Adresse aufgeschrieben hatte, hörte Čurda nicht auf. Er füllte Zeile um Zeile mit den Namen von weiteren Mitwissern und Helfern. Obwohl ich genau darauf gehofft hatte, kam es mir nun unredlich vor. Dass er die Attentäter und ihre engste Kontaktperson verriet, war ein Akt der Vernunft. Dass er mit jedem Namen, der aus dem Füllfederhalter auf das Papier floss, einen weiteren Menschen tötete, erfüllte mich bis ins Mark mit Verdruss. Wie alle Völker auf Gottes weiter Welt liebten auch die Deutschen den Verrat, doch der Verräter widerte uns an. Ich stand auf und ging ans Fenster. Hinter mir hörte ich Josef Chalupský leise fragen: »Warum tun Sie das?«

»Ich will nicht, dass noch mehr Menschen getötet werden«, antwortete Čurda mechanisch und vielleicht stimmte das auch, aber es hörte sich für mich an wie: »Ich kann die zwanzig Millionen Kronen gut gebrauchen.«

Mittwoch, 17.06.1942, 5.00 Uhr

Ein Sprichwort besagte, dass es, wenn es morgens um fünf an der Tür klingelt, nur der Milchmann sein könne – oder die stalinistische Geheimpolizei GPU. An diesem Morgen war es die Gestapo, welche die Menschen auf Karel Čurdas Liste aus den Betten holte. Überall in der Stadt stürmten Gestapobeamte Schlag fünf Uhr Häuser, Wohnungen, Läden und Werkstätten. Čurda hatte uns rund zehn Anlaufstellen in Prag genannt, außerdem drei in Pilsen, drei in Königgrätz und eine Handvoll weitere im Umland. Als Zugabe hatte er uns sogar den Standort des versteckten Senders im Bezirk Chrudim verraten, von dem aus Jindra nach London gefunkt hatte. Dort würden im Lauf des Hochsommers noch mehr Menschen sterben. Für nur zwanzig Millionen Kronen hatte die Protektoratsregierung eine erstaunliche Menge an Informationen eingekauft. An diesem Morgen konzentrierten wir uns auf die Adressen in Prag. Ich hatte beschlossen, die Durchsuchung bei der Familie Ata Moravecs selbst durchzuführen.

Um kurz vor fünf Uhr in der Frühe stand ich mit vier Gestapomännern und Josef Chalupský vor einem dunkelbrauen Wohnblock in der Biskupečstraße im Prager Stadtteil Žižkov. Auf der anderen Straßenseite sah ich eine Bewegung im Schatten der Mauern. Dort ging eine zweite Gruppe von Beamten vor einem Haus in Stellung, in dem ein weiterer Helfer der Attentäter mit Frau und Sohn lebte. Jeder in der Biskupečstraße, der in diesem Moment aus einem Fenster geschaut hätte, wäre überzeugt gewesen, es sei noch tiefe Nacht, doch in Wirklichkeit schlich die Morgendämmerung schon auf Zehenspitzen heran. In einem großen Ahornbaum an der Straßenecke sah ich ein rotes Eichhörnchen, das gleichgültig die schlafenden Häuser betrachtete. Auf dem Rand eines steinernen Trinkbrunnens hatte sich ein Spatz niedergelassen und verspritzte perlende Wassertropfen. Ein schwacher Lichtstreifen tauchte den Himmel im Osten in zartes Rosa. Die Fledermäuse, die in den Dachgeschossen der alten Häuser lebten, flatterten über unseren Köpfen durch Luken und Spalten in ihre Dachböden zurück. Irgendwo schlug eine Kirchturmuhr fünf Mal. Ich setzte mich in Bewegung. Das Eichhörnchen hob den Kopf und verschwand flink in seinem Kobel an der Gabelung des Ahorns. Einer der Beamten machte sich an der Haustür zu schaffen. Das Türschloss war kein nennenswertes Hindernis. Lautlos schoben wir uns durch das dunkle Treppenhaus, bis wir die Wohnung der Familie Moravec erreichten. Ein von Kinderhand gefertigtes Schild aus glasiertem Ton war neben der Tür angebracht. »Hier wohnen Alois, Marie, Miroslav und Vlastimil Moravec.«

Vlastimil war der jüngere Sohn der Moravecs. Sein Spitzname lautete Ata. Miroslav, der ältere Bruder, war nach England emigriert. Die Beamten zogen ihre Waffen. Es war nicht ausgeschlossen, dass sich die Attentäter immer noch bei den Moravecs versteckt hielten.

Ich streckte die Hand aus und hämmerte gegen die Tür. Das Geräusch klang dumpf und furchterregend in dem kahlen, dunklen Treppenhaus.

Die Tür öffnete sich einen Spaltbreit und ein müdes, verwirrtes Männergesicht erschien. Sofort stürmten die Beamten los, drückten die Tür auf, stießen in die Wohnung vor und drückten den Mann, bevor er überhaupt begriff, was vor sich ging, gegen die Wand der Diele, wo er bebend stand, die Arme auf den Rücken gedreht, die Waffe eines Polizisten an seiner Schläfe. Die Lichter in der Wohnung flammten auf, zwei Beamte zerrten eine Frau mittleren Alters im Nachthemd aus ihrem Schlafzimmer. Ihre von ersten grauen Strähnen durchzogenen dunklen Haare standen wild nach allen Seiten ab. Sie wurde neben ihren Mann an die Wand gestellt.

»Lassen Sie Ata in Ruhe!«, schrie die Frau. »Er ist noch ein Kind.«

In diesem Moment kam ein blonder Jungendlicher aus seinem Zimmer gestolpert. Sein Gesicht war so weiß wie sein Schlafrock. »Mama!«, rief er und wollte seiner Mutter zu Hilfe kommen, aber er wurde gepackt und mit einer Waffe am Kopf neben seinen Vater gestellt. Zwei Polizisten und der Übersetzer Chalupský bewachten die Familie Moravec, die beiden anderen Männer begannen, die Wohnung zu durchsuchen.

»Wo sind die Agenten?«, fragte ich auf Tschechisch.

»Ich kenne keine Agenten«, antwortete Alois Moravec so ruhig, als hätte ich ihn nach der Uhrzeit gefragt.

»Ihnen geschieht nichts, wenn Sie uns das Versteck verraten«, sagte ich leise, obwohl ich wusste, dass ich dieses Versprechen nicht halten konnte. Vielleicht konnte ich zumindest den Jungen heraushalten. »Wenn Sie jetzt kooperieren, können Sie Ihre Frau und Ihren Sohn noch retten. Es ist Ihre letzte Chance.«

»Hören Sie auf, uns zu belästigen«, zischte die Frau. »Wir haben nichts mit Agenten zu schaffen. Suchen Sie ruhig in der ganzen Wohnung. Sie werden nichts finden.«

»Wir haben neuerdings einen gemeinsamen Freund, Frau Moravcová. Er heißt Karel Čurda.«

Marie Moravcovás Gesicht wurde vor Verblüffung schlaff. Dann flammte Wut darin auf – und noch etwas anderes. Sie trat einen Schritt auf mich zu und sagte: »Mein Mann und mein Sohn hatten keine Ahnung, dass die Männer, die hier für ein paar Tage untergekommen sind, Fallschirmspringer waren. Ich habe sie belogen und gesagt, es seien meine Neffen aus Mähren.«

Es wurde ganz still im Flur. Vater und Sohn wechselten einen Blick und schwiegen. Marie Moravcová taumelte und musste sich mit einer Hand an die Wand stützen. Ich wollte sie festhalten, doch sie fauchte mich an wie eine Katze. Schließlich sagte sie: »Mir wird übel, ich glaube, ich muss mich übergeben.«

Sie strauchelte auf eine Tür zu, hinter der sich das Badezimmer befand. Ein Beamter packte sie am Arm, riss sie zurück und versetzte ihr eine so heftige Ohrfeige, dass ihr Kopf zur Seite geschleudert wurde.

»Sind Sie wahnsinnig geworden?«, brüllte ich den Mann an. Der Polizist ließ vor Überraschung Marie Moravcovás Arm los. Sie nutzte diesen Moment der Unachtsamkeit, rannte auf das Badezimmer zu und warf die Tür hinter sich ins Schloss. Ich stürmte hinterher und versuchte, die Tür zu öffnen, aber sie war von innen verriegelt worden.

»Frau Moravcová, kommen Sie heraus!«, schrie ich, was sie natürlich nicht tat. Sie war schließlich eine kluge Frau. Alois und Ata Moravec betrachteten das Schauspiel stumm und mit bleichen Gesichtern. In Atas Augen schimmerten Tränen.

»Schaffen Sie die beiden raus«, wies ich zwei der Polizisten an. »Bringen Sie sie sofort in den Petschek-Palast!«

Vater und Sohn ließen sich widerstandslos abführen. Wie zwei Schlafwandler folgten sie in ihren Nachthemden den

Beamten hinaus. Ata drehte sich auf der Türschwelle noch einmal um und sah zu mir herüber. Ich rüttelte gerade mit aller Kraft am Knauf der Badezimmertür, doch sein Blick ließ meine Hände kalt und schwer werden. Alle Kraft floss aus mir heraus. Dann drehte der Junge sich von mir weg und verschwand im Treppenhaus.

»Brechen Sie die Tür auf«, sagte ich zu den beiden Beamten, die bei mir und Chalupský geblieben waren. Chalupský sprach in eindringlichem Ton durch die Tür auf Marie Moravcová ein, niemand erwartete, dass sie die Tür öffnete.

Einer der Polizisten warf sich mit der Schulter gegen das billige Holz, die Angeln gaben nach, das Schloss brach. Der Mann wurde von seinem eigenen Schwung ins Badezimmer getragen, wo Marie Moravcová aufrecht stand und lächelte. Es war ein wildes, stolzes, triumphierendes Lächeln. Dann verdrehten sich ihre Augäpfel, bis man nur noch das Weiße sah. Ihre Lippen begannen, sich dunkel zu verfärben. Schaumflöckchen bildeten sich in ihren Mundwinkeln. Sie konnte sich nicht auf den Beinen halten und sank vor der Badewanne zu Boden. Ein starker Geruch nach Bittermandeln ging von ihr aus. Ich schrie nach Wasser und versuchte, die Frau mit einer Herzmassage am Leben zu erhalten, aber es war zu spät. Sie verkrampfte sich unter meinen Händen, ihr Atem setzte aus. Ein dünnes Rinnsal hellroten Blutes lief aus ihrem Mund. Beim Zerbeißen der Giftkapsel hatte sie sich in die Zunge oder die Innenseiten der Wange geschnitten. Ihr linker Fuß zuckte.

Wut packte mich, eine ziel- und namenlose Wut, die so übermächtig war, dass ich der sterbenden Marie Moravcová am liebsten ins Gesicht geschlagen hätte. Eine letzte Spur des wilden Lächelns lag auf ihren Zügen und ich musste mich abwenden. Ein furchtbarer, nachtschwarzer Gedanke kam über mich. Was sich da in meinem Kopf formte, war entsetzlich und beschämend, gleichzeitig sah ich das Bild so kristallklar und deutlich vor mir, als hätte ich es bereits getan.

Ich wartete, bis Marie Moravcovás Körper zu zucken aufhörte und sich ihre Haut hellrot zu verfärben begann. Chalupský kniete sich neben die Tote und schloss ihr die Augen, eine versöhnliche Geste, zu der ich in diesem Moment nicht fähig war. Dann gab ich die Anweisung, die Leiche Marie Moravcovás ebenfalls in den Petschek-Palast zu bringen und nicht etwa zur Gerichtsmedizin. Chalupský und die beiden Polizisten sahen mich schockiert an, niemand wagte, mir zu widersprechen.

Mittwoch, 17.6.1942, 10.00 Uhr

»Ich weiß wirklich nicht, wovon Sie sprechen«, sagte der Junge. Er bemühte sich mit aller Macht, gelassen zu wirken, aber seine Hände zitterten. Das blonde Haar stand am Hinterkopf in einem Zipfel ab wie die Schwanzfedern einer Ente. Sein linkes Auge war zugeschwollen, wie es meines vor wenigen Tagen gewesen war. Die gespannte Haut schimmerte lila. Laut Protokoll war er bei seiner Verhaftung unglücklich gestürzt. »Lassen Sie mich endlich mit meinen Eltern reden.«

»Vlastimil«, begann ich, »Wenn du deinen Eltern helfen willst, dann musst du mir erzählen, was du über die Männer weißt, die bei euch gewesen sind.«

»Ich weiß überhaupt nichts«, sagte er trotzig. »Meine Mutter hat gesagt, es seien die Söhne ihrer Cousine aus Brünn.«

»Wann hast du sie zum ersten Mal gesehen?«

Ata Moravec wand sich auf seinem Stuhl. »Das weiß ich nicht mehr genau. Im Frühjahr.«

»Haben sie bei euch gewohnt?«

»Nein, meiner Mutter ging es damals nicht gut. Sie sind bei meinem Lehrer untergekommen.«

Ich nickte und sah zu Josef Chalupský, dem Übersetzer, hinüber. Damit bestätigte der Junge Karel Čurdas Behauptung, dass der Mann, der den Moravecs gegenüber wohnte, ebenfalls in das Attentat verwickelt war. Es handelte sich dabei um den Lehrer Jan Zelenka, der bis zum Verbot der *Sokol-Bewegung* in einer Gruppe namens *Masaryk-Liga gegen Tuberkulose* tätig gewesen war. Ich hatte gerade erfahren, dass sich Zelenka in einem Akt bemerkenswert geistesgegenwärtiger Kühnheit wie Marie Moravcová mit einer Giftkapsel dem Zugriff der Gestapo entzogen hatte. Erneut flammte Zorn in mir auf. Mutter Moravcová hatte sich aus der Affäre gezogen und Mann und Kind mit dieser Bürde sitzenlassen. Vater Alois Moravec wurde in einem anderen Raum verhört und brachte die Beamten dort mit seiner stoischen Ruhe zur Verzweiflung. Er leugnete, irgendetwas von dem Treiben seiner Frau gewusst zu haben. Ich befürchtete, dass die nächste Station seiner Reise ein gewisser, hermetisch verriegelter Raum im Pankrác-Gefängnis sein würde und der nächste Mensch, dem er gegenübersaß, Paul Soppa, der gefragteste Verhörspezialist unserer Behörde.

»Bitte, kann ich mit meiner Mutter sprechen?«, sagte Ata. Seine Stimme klang dünn wie die eines kleinen Kindes.

»Später«, sagte ich. »Zuerst müssen wir noch einige Fragen klären.«

»Aber ich weiß doch gar nichts«, schluchzte der Junge.

»Ata«, sagte ich und sah ihn eindringlich an. »Du könntest der Retter des ganzen Protektorats sein. Wenn wir die Attentäter zu fassen bekommen, dann hört das alles auf. Es wird wieder wie früher.«

Ich dachte an Milada, deren Leben möglicherweise ebenfalls davon abhing, was Vlastimil Moravec zu sagen hatte. Sie saß ohne Grund in einer engen Zelle und ich konnte nichts dagegen tun, außer den Jungen zum Reden zu bringen. »Hilf uns, Ata.«

Er sah mich trotzig an und strich sich das Haar aus der Stirn. »Nicht, wenn ich nicht mit meiner Mutter sprechen darf.«

Sein Trotz machte mich noch wütender. Zahllose Menschenleben standen auf dem Spiel. Und natürlich das von Milada. Bevor ich wusste, was ich tat, holte ich aus und schlug ihm ins Gesicht. Chalupský schrie leise auf. Blutiger Speichel spritzte auf den Tisch zwischen uns. Ata hob die Hand und befühlte seinen Mund. Er betrachtete staunend seine Fingerspitzen, an denen Blut klebte. Dann kniff er die Lippen zusammen. »Ich will mit meiner Mutter sprechen.«

Kurz darauf stand ich auf dem fensterlosen Gang in den dunklen Tiefen des Petschek-Palastes und versuchte, das Zittern meiner Hände in den Griff zu bekommen. Josef Chalupský hatte unter einem Vorwand die Flucht ergriffen, nachdem ich eine Verhörpause angeordnet hatte. Ich konnte es ihm nicht verübeln. Ich empfand dumpfen Schock und Ekel vor mir selbst, aber gleichzeitig eine elektrisierende Erregung, die die Welt um mich herum in brillante Farben tauchte. Ich nahm jede kleinste Furche in der Granitwand so deutlich wahr, als sei sie eine tiefe Schlucht. Das feine Summen der elektrischen Lampen, das leise Rauschen des Stadtverkehrs irgendwo über mir, verzerrte Stimmen aus den Gängen und den Räumen der *Biographie* – all diese Eindrücke prasselten auf mich ein und ließen die Welt in überirdischer Klarheit erscheinen. Ich spielte mit dem Gedanken zu beten, aber in meinem Inneren wusste ich, dass Gott sich in diesem dunklen Moment von mir abgewandt hatte.

Ein Mann kam durch den Gang auf mich zu. Der breitschultrige und untersetzte Besucher trug die Uniform eines Hauptmanns der tschechischen Gendarmerie. Mein überfordertes Gehirn musste ein Trugbild des Mannes erschaffen haben, nach dessen Gegenwart ich mich am meisten sehnte. Das Gespenst kam näher und legte mir eine gewaltige Hand auf den Oberarm. Die Berührung fühlte sich unheimlich echt an.

»Herr Kriminalrat«, sagte Hauptmann Alois Šeda und nickte. Ich begriff plötzlich, dass es kein Trugbild war, kein Hirngespinst, das mich heimsuchte. Ich war fassungslos.

»Was machen Sie denn hier?«

»Ich bin ein Hauptmann im Dienst der tschechischen Polizei, dem Sie, Herr Kriminalrat, uneingeschränkten Zutritt zum Petschek-Palast gewährt haben.«

»Sie bringen sich in Lebensgefahr«, zischte ich.

»Niemand hier weiß, was Sie wissen«, sagte Šeda – nein, Vaněk, so hieß er in Wirklichkeit. In seiner Stimme lag eine Spur von Unsicherheit. Er konnte nicht wissen, ob ich sein Geheimnis nicht verraten hatte und ihn auf der Stelle festnehmen lassen würde. Ich musste an den römischen Hauptmann denken, der zu Jesus gekommen war, im vollsten Vertrauen darauf, dass der seinen todkranken Knecht heilen würde, obwohl sie auf dem Papier Feinde waren. Leider war ich nicht im Mindesten Jesus Christus. Dennoch hatte Vaněk mit seiner Vermutung recht.

»Ich habe erfahren, dass Sie die Moravecs verhaftet haben«, fuhr er fort.

»Ein Mann namens Čurda hat sie angezeigt.«

Vaněk wurde blass. »Dieser verdammte Hund«, zischte er.

»Er will das Morden beenden«, sagte ich scharf.

Vaněk zuckte zusammen. Offenbar war ihm bewusst, dass er selbst daran gescheitert war.

»Marie Moravcová hat Selbstmord begangen«, sagte ich und genoss für einen Moment den Schmerz in Vaněks Miene. »Der Ehemann gibt sich ahnungslos. Der Junge muss sagen, was er weiß.«

»Lassen Sie mich mit ihm reden«, erwiderte Vaněk. »Ich kenne Ata. Mir wird er es sagen, wenn er weiß, wo sich die Attentäter aufhalten.«

»Er weiß nicht, dass seine Mutter tot ist«, sagte ich. »Bitte sagen Sie ihm nichts davon.«

Vaněk nickte nachdenklich. Wir gingen zurück in den Verhörraum, in dem Ata saß. Die Augen des Jungen weiteten sich vor Überraschung, als er Vaněk erkannte.

»Onkel Jindra, was machst du denn hier?« Dann biss er sich auf die Lippe und sah zu mir.

»Ich weiß Bescheid«, sagte ich knapp. »Du kannst frei mit ihm sprechen.«

»Ich sage gar nichts«, erwiderte Ata verdrossen. »Nicht, wenn ich nicht mit meiner Mutter sprechen kann.«

»Würden Sie uns einen Moment allein lassen?«, fragte Ladislav Vaněk und sah mich an.

Das verstieß selbstverständlich gegen jede Vorschrift. Ich nickte und verließ den Raum. Auf dem Gang lehnte ich mich an die Wand neben der Tür und schloss die Augen. Hatte ich mich eben noch hellwach gefühlt, war ich nun zu Tode erschöpft. Ich lauschte den dumpfen Stimmen, die durch die Tür drangen. Ich konnte kein Wort verstehen. Ladislav Vaněks tiefe Stimme sprach beruhigend auf Ata ein. Der Junge anwortete nur wenig, und wenn, dann in knappen Worten. Vaněks Stimme wurde lauter und auch die des Jungen. Die beiden schienen in Streit zu geraten. Mit einem Mal flog die Tür auf und Vaněk verließ mit hochrotem Gesicht das Verhörzimmer.

»Er hat mir Vorwürfe gemacht, dass ich mit der Gestapo kooperiere. Einen Verräter hat er mich genannt und gedroht, mich anzuzeigen.«

»Sie wissen, dass er das tatsächlich tun könnte«, sagte ich vorsichtig. »Sie sind hier nicht sicher, Ladislav.«

»Ich bin nirgendwo sicher«, murmelte er.

»Wir kommen bei Ata nicht weiter«, stellte ich fest.

Vaněk schüttelte seinen schweren Kopf. »Er weigert sich, etwas zu sagen, bevor er nicht seine verdammte Mutter zu Gesicht bekommt.« Er rieb sich die Schläfen. »Marie, was hast du da nur getan?«

Ich nickte. Es machte mich krank, dass sich Marie Moravcová aus der Verantwortung gestohlen hatte. Die Erinnerung an ihr triumphierendes Lächeln machte mich krank. Aber mehr als alles andere machte mich krank, dass der Junge wie ein trotziges Kleinkind wenige Meter von mir entfernt saß und mit Sicherheit genau wusste, wo die Attentäter sich aufhielten. Er spielte mit Miladas Leben, als bedeutete es nichts. Ein Teil meines Verstandes versuchte, mir zu vermitteln, dass Ata nicht ahnen konnte, was Böhme getan hatte, aber er drang nicht zu meinem Herzen durch. Vaněk spürte offenbar den Zorn, der wie eine giftiger Dampf von mir ausging.

»Was haben Sie vor?«, fragte er.

»Er will seine Mutter sehen? Das kann er haben.«

»Wie meinen Sie das?«

»Genau so, wie ich es sage.«

Vaněk legte mir wieder eine Hand auf den Arm, doch ich schüttelte sie ab. »Der Junge ist noch ein Kind, Heinz. Er wird schon reden, wenn Sie ihm die nötige Zeit geben.«

»Wir haben diese Zeit nicht«, sagte ich. »Morgen läuft die Amnestie aus. Wenn wir nur noch mehr lose Ende vorweisen können, wird hier alles in Flammen aufgehen.«

»Das habe ich ihm auch gesagt«, erwiderte Vaněk. »Aber es ist nutzlos.«

»Bitte gehen Sie jetzt«, sagte ich. »Ich möchte nicht, dass Sie das sehen.«

»Was sehen?«

Ich schüttelte den Kopf. Der Gedanke, der mir heute Morgen beim Anblick der toten Marie Moravcová gekommen war, war zu unaussprechlich. Nichtsdestotrotz stand das Bild in hellster Klarheit vor meinen Augen.

»Ich flehe Sie an«, begann Vaněk. »Er ist ein Kind.«

»Gehen Sie«, wiederholte ich, aber im Grunde war es mir egal. Der schreckliche Gedanke nahm allen Raum ein. Die Tatsache, dass es einen Ladislav Vaněk gab, erschien mir auf einmal unbedeutend.

Miladas abgetrennter Finger in einer mit Seidenpapier ausgekleideten Pappschachtel.

Ein schmerzhaftes Prickeln breitete sich von den Fingerspitzen her in mir aus. Meine Hände fühlten sich eiskalt und glühend heiß zugleich an. Ich stürmte ohne ein weiteres Wort den Gang hinunter. Vaněk sah mir nach, aber er folgte mir nicht. Ich erreichte den Raum, in dem sich Marie Moravcovás Leiche befand und ging vorüber. Es gab ein paar Dinge, die ich erledigen musste, bevor ich mich mit ihr befassen würde.

Mittwoch, 17.6.1942, 13.00 Uhr

Ata Moravec saß in derselben trotzigen Haltung auf seinem Stuhl, in der ich ihn verlassen hatte. Ich schob den Aktenwagen, den ich bei meinem letzten Abstieg in die labyrinthischen Gänge des Petschek-Plastes gefunden hatte, in das Verhörzimmer. Statt Akten oder Erfrischungen stand ein Kasten darauf, der mit einem Tuch bedeckt war. Bei dem Kasten handelte es sich um einen Würfel aus Glas, der in jede Richtung etwa vierzig Zentimeter maß. Das Tuch war ein altes Tischtuch aus cremefarbenem Damast.

»Was ist das?«, fragte Ata.

Ich ließ mich auf den Stuhl ihm gegenüber sinken. Mir war schwindelig und übel. Das Prickeln in meinen Gliedern war einer dumpfen Taubheit gewichen, als hätte ich lange Zeit in eisigem Wasser gelegen. Obwohl ich mir frische Kleidung angezogen und Hände sowie das Gesicht gründlich gewaschen hatte, kam ich mir besudelt vor.

»Was ist denn mit Ihnen los?« wollte Ata wissen. Er rutschte auf dem Holzstuhl hin und her. »Was haben Sie da auf dem Wagen?« Der Junge sah zutiefst beunruhigt aus. Offenbar hatte er ein gutes Gespür.

Ich deutete auf den Würfel. »Sieh selbst nach.«

Ata musterte den Kasten. So musste Blaubarts jüngste Frau ausgesehen haben, als sie vor der verbotenen Tür stand. Instinktive Besorgnis und selbstzerstörerische Wissbegier spiegelten sich in seinem Gesicht. Ich wusste, dass er es tun würde, noch bevor er die Hand hob und zaghaft einen Zipfel des Tischtuchs ergriff.

»Zieh es herunter«, forderte ich ihn auf. Ich empfand nichts außer dieser fremdartigen Taubheit. Ein hoher Ton schrillte in meinen Ohren, aber das war bedeutungslos für mich. Der Junge schluckte und zog an dem Zipfel. Das Tuch rutschte hinunter und glitt beinahe lautlos zu Boden, wo es unbeachtet liegen blieb.

Ata begann zu schreien.

In dem gläsernen Würfel auf dem Servierwagen befand sich ein Erinnerungsstück der besonderen Art. In einer Lösung aus Formalin schwamm der Kopf der Frau, die Ata geboren und ihm die Brust gegeben hatte, die ihn gewiegt und geküsst und getröstet hatte, wenn er sich das Knie aufschlug. Aus dem grob zerschnittenen Fleisch des Halses ragten blutige Sehnen heraus, die sich in der Lösung wogten wie Blätter von Wasserpflanzen in einer sanften Strömung. Die Augenlieder waren halb geöffnet und gaben den Blick auf blutunterlaufene weiße Augäpfel frei. Der Mund mit den violetten Lippen stand ein Stück offen und die geschwollene Zunge drängte hinaus. Es war viel leichter gewesen, als ich dachte, Marie Moravcovás Kopf vom Rumpf zu trennen. Bei der SA hatten wir diese Praxis an verendeten Rehen geübt. Der *Serbenscheider*, ein von den Solinger Gebrüdern Gräfrath produziertes Garbenmesser, war erschreckend schnell und beinahe widerstandslos durch das tote Fleisch geglitten. Die Wirbelsäule hatte ein gewisses Hindernis dargestellt, das allerdings nicht unüberwindlich war. Dennoch waren alle Muskeln in meinem Arm und meinem Nacken völlig verkrampft.

Ata drehte den Kopf zur Seite und übergab sich auf den Fußboden. Wenn ich das nicht bereits hinter mir gehabt hätte, hätte ich es ihm gleichgetan. Ich kämpfte den Drang nieder, mich vor ihm auf den Boden zu werfen und ihn um

Vergebung zu bitten. Nach Liditz hatte ich angenommen, es könnte nicht schlimmer werden. Es war vielleicht der einzige Trost, dass es einfach nichts Schlimmeres geben konnte. Diese Annahme war der Grund, warum man überhaupt weiterzumachen vermochte. Aber es war schlimmer geworden. Ich hatte in diesem Augenblick das Gefühl, dass es für mich nie wieder Freude geben konnte und dass alles, worauf ich hoffte, durch meine Tat unerreichbar geworden war. Und dennoch machte ich weiter. Was blieb mir denn anderes übrig?

»Es liegt in deiner Hand, ob wir noch den Kopf deines Vaters hinzufügen«, sagte ich mit meinen seltsam tauben Lippen.

Ata presste die Fäuste so fest gegen den Mund, dass sich die Fingerknöchel in die Oberlippe gruben. All mein Zorn, den ich eben empfunden hatte, fiel wie Asche in sich zusammen.

Ata fand seine Stimme. »Nein«, flüsterte er. »Bitte nicht.«

»Sag mir, was du weißt.«

Ata vergrub sein Gesicht in den Händen und begann zu weinen. Ein gewaltiges Schluchzen schüttelte seinen mageren Körper. Vielleicht wünschte er sich ebenfalls, tot zu sein, aber er machte weiter. Marie Moravcová blickte teilnahmslos aus ihrem Bassin auf ihren schluchzenden Sohn. »Meine Mutter hat mir gesagt, dass ich in Zeiten größter Not in die Karl-Borromäus-Kirche gehen soll«, brachte er heraus. »Das ist alles, was ich weiß. Lassen Sie meinen Vater am Leben!«

Ich stand auf, verließ den Raum und ließ Ata mit dem abgetrennten Kopf seiner Mutter zurück.

Mittwoch, 17.6.1942, 23.00 Uhr

Ich hatte gerade das geschmiedete Tor an der Südseite des Černín-Palastes passiert, an dem man vor Kurzem den aufgebahrten Leichnam Reinhard Heydrichs vorbeigetragen hatte, als sich aus dem Schatten einer Gruppe akkurat geschnittener Buchsbäume eine Gestalt schob und sich mir in den Weg stellte. Ich umklammerte die Aktentasche, die ich bei mir hatte, und hob sie in Brusthöhe, um einen möglichen Schlag abzuwehren. Es kam keiner.

Standartenführer Horst Böhme bot einen furchterregenden Anblick. Seine sonst sorgfältig an den Kopf gekämmten Haare standen unordentlich vom Schädel ab, die fahlen Wangen waren rau von schwarzen Stoppeln. Unter seinen Augen zeichneten sich violette Schatten ab. Insgesamt sah eher *er* aus wie ein Mann, der gerade einer toten Frau den Kopf abgeschnitten hatte, um ihn ihrem Sohn zu präsentieren. Dieser Gedanke brachte mich zum Lachen. Ich warf den Kopf in den Nacken und lachte zum sternklaren Himmel hinauf.

Böhme packte mich grob am Oberarm und schüttelte mich. »Seien Sie endlich still«, zischte er.

Es dauerte eine Weile, bis mein Lachen verebbte. Böhme bewegte sein Gesicht nahe an meines heran, so nahe, dass ich das Bier in seinem Atem riechen konnte und einen heißen, metallischen Gestank, der ihm aus allen Poren drang. »Ich will unsere Abmachung um eine Kleinigkeit erweitern, Pannwitz«, sagte er leise. »Sie mögen der Leiter der Sonderkommission sein, aber hier bahnt sich eine militärische Aktion an. Sie werden das Kommando an Treuenfeld abgeben.«

Karl von Treuenfeld war Kommandeur der Waffen-SS sowie Generalmajor der bewaffneten Kräfte im Protektorat und hatte bereits im letzten Krieg unter General Ludendorff gedient. Die blamable Tatsache, dass er vor etwa zehn Jahren mit seiner Importfirma in großem Stil falliert war, hatte seinem anmaßenden und herrischen Auftreten keinen Abbruch getan. Wenn ein Mann wie von Treuenfeld das Kommando über die bewaffneten Kräfte innehatte, konnte sich Böhme sicher sein, dass es hinterher keine unangenehmen Zeugen mehr geben würde, die Angaben über irgendwelche Versäumnisse des Sicherheitsdienstes machen konnten.

»Habe ich eine Wahl?«, fragte ich Böhme.

»Natürlich nicht. Daluege und Frank werden Sie jedoch nach Ihrer Einschätzung befragen.« Er wies mit einer leichten Bewegung seines Kopfes auf die erleuchteten Fenster des Černín-Palastes.

»Ich gebe das Kommando in Treuenfelds Hände, wenn Sie auf der Stelle in der *Kleinen Festung* anrufen und den Transport Dr. Frantovás nach Prag anordnen.«

Böhmes Gesicht wurde dunkel vor Zorn. »Sie missverstehen mich, Pannwitz. Ich habe Sie nicht nach Ihren Bedingungen gefragt.«

»Ich dachte nur, dass Sie meine Bedingung lieber gleich hier hören möchten, bevor wir vor den Herren Frank und Daluege über die sehr nachlässige Art zanken müssen, mit der Sie Ihren Dienst verrichten.«

Ich sah ihm an, dass er mich gerne ein weiteres Mal geschlagen hätte. Jedoch funktionierte der hinterhältige, berechnende Teil seines Verstandes gut genug, dass er sich nicht in die Verlegenheit brachte, dem neuen Reichsprotektor erklären zu müssen, warum der leitende Kommissar mit einer frischen Gesichtsverletzung im Černín-Palast auftauchte. Obwohl ich den Hass spürte, der in heißen Wirbeln von ihm ausging, zuckte er gleichmütig mit den Schultern. »Wenn Ihnen so viel an Ihrem Polackenliebchen liegt, bitte sehr.«

Wir betraten das riesige lang gestreckte Gebäude. Es war so still in den Gängen, dass unsere Schritte gespenstisch von den Wänden hallten. Vor der schweren Sandsteinskulptur eines nackten, keulenbewehrten Herkules riss Böhme eine Tür auf, hinter der sich die Telefonzentrale des Palastes befand. Eine einsame Telefonistin hatte Dienst und machte einen erschrockenen Satz auf ihrem Stuhl, als Böhme in den Raum stürmte. Sie war sehr jung und trug eine Brille mit dicken Gläsern, die ihre Augen eulenhaft vergrößerten. »Verbinden Sie mich mit der *Kleinen Festung* in Theresienstadt«, bellte Böhme. Die Telefonistin führte mit zitternden Fingern seinen Befehl aus. Kaum hatte sie die Nummer gewählt, da riss er ihr den Hörer aus der Hand. Das Mädchen ergriff die Flucht und eilte aus dem Zimmer, wobei sie vergaß, die Tür hinter sich zu schließen. Das Geräusch ihrer kleinen, flachen Schuhe tönte durch den Gang.

»SS-Standartenführer Böhme«, knurrte er unfreundlich in den Hörer, »ich will sofort SS-Hauptsturmführer Jöckel sprechen.«

Er wartete eine Weile schweigend, dann sagte er: »Hauptsturmführer Jöckel, Sie erinnern sich an den Transport der Gefangenen Frantová, Milada, über den wir gesprochen haben? Morgen früh, sechs Uhr, werden Sie die Verlegung der Frau einleiten. Wiederholen Sie das.« Er winkte mich zu sich heran und hielt den Hörer ein Stück von seinem Ohr weg, sodass ich hören konnte, wie der Hauptsturmführer am anderen Ende antwortete: »Verstanden, Standartenführer. Morgen früh um sechs Uhr wird der Transport der Gefangenen Frantová, Milada eingeleitet. Heil Hitler.«

Böhme warf den Hörer auf die Gabel. »Sind Sie jetzt endlich zufrieden, Sie Querulant?«

Ich nickte, obwohl ich nicht behaupten konnte, irgendeine Art von Zufriedenheit zu empfinden.

Reichsprotektor Kurt Daluege und Staatssekretär Karl Hermann Frank erwarteten uns im Goldenen Salon. Die zierlichen Barockstühle mit ihren vergoldeten Beinen und Lehnen waren achtlos zur Seite geschoben worden, um einem wuchtigen Tisch in der Mitte des Raumes Platz zu machen. Auf diesem Tisch lagen Ordner, Mappen und Karten in wildem Durcheinander. Daluege und Frank saßen auf zwei eleganten Stühlen und rauchten ungeachtet des ausdrücklichen Verbotes, das der Schonung des riesigen Rokoko-Wandteppichs dienen sollte. Daluege sah aus, als stünde er kurz vor einem weiteren Herzanfall. Auf seiner bleigrauen Stirn glänzten Schweißperlen, der Kragen seines Hemdes über der zu eng gebundenen Krawatte hatte sich dunkel verfärbt, um den Mund herum war die Haut aschfahl. Frank wirkte mit seiner gelblichen Haut, die sich straff über den knochigen Schädel spannte, erschöpft und kränklich. Vermutlich bot ich einen ähnlich unerfreulichen Anblick, aber ich konnte mir immerhin zugutehalten, dass ich einer Frau vor wenigen Stunden den Kopf vom Rumpf geschnitten hatte. Ich spürte, wie das hyänenhafte Lachen wieder in mir aufsteigen wollte, und biss mir so fest auf die Zunge, dass ich warmes Blut im Mund schmeckte. Es befanden sich noch zwei weitere Männer im Raum. Dr. Hans-Ulrich Geschke blickte ohne erkennbares Interesse auf die Dokumente, die auf dem Schreibtisch verteilt waren. Wie immer zeigte sein

Gesicht nicht die geringste Regung. Er sah weder müde noch aufgebracht noch erregt aus, als trüge er eine hauchdünne aus hellrosa Wachs oder Gummi gefertigte Maske. Der vierte Mann im Raum war ein hochgewachsener Offizier mit dunkelblondem Haar, der hinter Staatssekretär Frank stand und mich abschätzend musterte. Auf den ersten Blick sah er jünger aus als der Staatssekretär, vielleicht vierzig, höchstens fünfundvierzig Jahre alt. Seine Haltung war tadellos und so preußisch, wie nur irgendetwas auf Erden preußisch sein konnte. Bei genauerer Betrachtung sah man das feine Netz von Falten um die Augen herum, die ihn als einen Mann verrieten, der auf Messers Schneide zwischen Ende fünfzig und Anfang sechzig tanzte. Es war Generalmajor Theodor Friedrich Karl von Treuenfeld, Kommandant der Waffen-SS. Ich konnte ihn vom ersten Augenblick an nicht leiden.

Böhme und ich grüßten, worauf Frank und Daluege zu uns aufsahen und den Gruß erwiderten. Treuenfeld hingegen schwieg und ließ seinen eisigen Blick auf mir ruhen, was mich zum Frösteln brachte.

Daluege wuchtete seinen viel zu massigen Körper aus dem engen Stuhl, auf dem er Platz genommen hatte, und sagte ohne Umschweife: »Sie gehen also davon aus, dass sich mindestens drei, vermutlich aber mehr Terroristen in einer Kirche versteckt halten, mitten im Herzen von Prag.«

Ich nickte. »Es handelt sich um die Karl-Borromäus-Kirche in der Resselgasse, eine kleine orthodoxe Kirche, die in erster Linie von russischen Ehefrauen tschechischer Legionäre aus dem letzten Krieg besucht wird.«

»Kommen Sie zur Sache«, unterbrach mich Daluege.

»Drei der Attentäter sind uns namentlich bekannt. Es handelt sich um die Fallschirmjäger Jan Kubiš, Josef Gabčík und Josef Valčík, die verschiedenen Kommandounternehmen der Beneš-Regierung angehören. Außerdem vermute ich drei oder vier weitere Mitglieder dort. Sie sind mit Sicherheit bewaffnet, aber noch wissen sie nicht, dass wir ihr Versteck kennen. Wenn allerdings bis morgen früh die Person, die sie versorgt, nicht erscheint, werden sie misstrauisch werden.«

»Was ist mit dieser Person?«, wollte Daluege wissen.

Ihr Kopf dekoriert einen der Verhörräume im Petschek-Palast, das ist in diesem Sommer der letzte Schrei, wollte ich sagen, aber ich schaffte es, mich zusammenzureißen. »Sie ist tot, Oberst-Gruppenführer. Suizid.«

Daluege nickte abwesend und wandte sich an Treuenfeld. »Brigadeführer, die Kirche ist nicht besonders groß. Es dürfte keine Schwierigkeit darstellen, dort einzudringen und die Attentäter zu vernichten.«

Treuenfeld und Böhme wechselten einen Blick. Dann sagte Treuenfeld: »Wir werden die Ehre der deutschen Polizei noch vor Sonnenaufgang wiederherstellen, Oberst-Gruppenführer.«

Die Adern an meinem Hals begannen zu pochen. Ich versuchte, eine Regung in Dr. Geschkes Miene zu erkennen, aber der betrachtete so gelassen den Wandteppich, als besuche er gerade ein Kunstmuseum. Wann immer ich später an die Gefährlichkeit und Dummheit des Führungsprinzips in Deutschland dachte, kamen mir Hans-Ulrich Geschke und Karl von Treuenfeld in den Sinn. Vertraut mit den inneren Gesetzen der Diktatur und auf ihre Machtfülle bauend, trafen Männer wie Geschke und Treuenfeld Entscheidungen, die aus ihrem begrenzten Egoismus geboren dumm und verbrecherisch waren und einem ganzen Volk als Bürde auferlegt wurden.

Geschke erwiderte nichts auf diese Ungeheuerlichkeiten, sondern tat weiterhin so, als studiere er die feine Knüpftechnik des Teppichs – oder noch schlimmer, studierte sie vielleicht *tatsächlich* –, da trat ich vor und stellte meine Aktentasche auf den Tisch.

Sie enthielt ein Bündel von Dokumenten, die ich im Lauf des Abends zusammengestellt hatte. Es waren Baupläne der Katakomben und der Kanalisation, die Einschätzung des Chefs des Stadtbauamtes und des Kirchenbaurates.

»Brigadeführer, wir müssen davon ausgehen, dass die Männer schwer bewaffnet sind und sich in der Kirche verschanzt haben. Sie werden sich bestimmt nicht ohne Widerstand ergeben. Außerdem sollten wir Fluchtmöglichkeiten einkalkulieren und die Abflüsse der Kanalisation in die Moldau abriegeln. Wenn Sie einfach in die Kirche einmarschieren, werden die Attentäter entweder fliehen, wenn sie eine Möglichkeit dazu haben, oder sie werden aus der Deckung heraus das Feuer auf Sie eröffnen.«

Von Treuenfeld kniff die Mundwinkel zusammen und sagte mit der kühlen Herablassung, zu der ihn sein Rang und seine adelige Geburt berechtigten: »Lassen Sie diese Details bitte meine Sorge sein, Kommissar Pannwitz.«

»Haben Sie dabei bedacht, dass wir die Attentäter lebend benötigen?«

»Das ist für uns nicht von Belang. Wir sind heute das Gesicht des bewaffneten Deutschlands, das sich gegen feige Angriffe dieser Art mit aller Gewalt zur Wehr setzt.«

Böhme warf ein: »Wenn Ihre Ermittlungsergebnisse ausreichen, um die Schuld der Männer in der Kirche einwandfrei zu beweisen, spielt es keine Rolle, ob sie leben oder tot sind. Zweifeln Sie schon selbst an Ihrer Arbeit?«

»Nein, das tue ich nicht, aber …«

»Dann halten Sie sich zurück, Kriminalrat«, schnitt Daluege mir das Wort ab. »Ein Zivilist hat nicht zu bestimmen, wenn die bewaffnete Macht handelt. Merken Sie sich das.«

Ich sah von Daluege zu Treuenfeld und dann zu Böhme. Dalueges Miene war steinern, während ich in Böhmes Augen ein Lächeln zu erkennen glaubte. Treuenfeld schien mich bereits vergessen zu haben, denn er sah durch mich hindurch, als wäre ich Luft.

»Standartenführer«, begann ich, an Hans-Ulrich Geschke gewandt, »es liegt doch im Interesse der Gestapo, dass wir die Verschwörung restlos aufklären.«

Geschke unterbrach seine Untersuchung des Wandteppichs und bedachte mich mit einem Blick, der zum Ausdruck brachte, dass ihm das Insistieren seines Untergebenen peinlich war.

»Pannwitz, begleiten Sie mich doch kurz hinaus«, sagte er. Ich folgte ihm auf den Gang, der von einer schwachen elektrischen Lampe beleuchtet wurde. Geschkes Gesicht schwebte im Halbdunkel.

»Sie verstehen gar nichts, Pannwitz«, fuhr er mich an. Seine Stimme war leise und kalt. »Bisher gibt es keinen neuen Chef der Sicherheitspolizei. Nach Heydrichs Tod ist ein Kampf um den freigewordenen Platz ausgebrochen – um alle anderen Plätze übrigens auch – und daher halte ich mich aus taktischen Gründen in dieser Angelegenheit zurück. Sie sollten das ebenfalls tun, wenn Sie sich nicht demnächst in einem Schützengraben an der Ostfront wiederfinden möchten.«

Er musterte mich mit seinen farblosen Augen und ich verstand sehr gut. Geschke hatte nicht vor, sich nach irgendeiner Seite hin Schwierigkeiten zu schaffen, um vor dem kommenden Herrn unbelastet zu sein. Heydrich hatte mit seinem Ableben als letzte bedeutende Tat den Kampf um die Plätze weiter oben eröffnet. »Ich würde Ihnen also raten, einfach abzuwarten und zu tun, was die ranghöheren Offiziere anordnen. Zurzeit besteht die Möglichkeit, dass Widerworte als Sabotage betrachtet werden.«

Ich musste die Hände tief in den Taschen meines Mantels vergraben, um sie davon abzuhalten, Geschke an den schmalen Schultern zu packen und Dummheit und Feigheit aus ihm herauszuschütteln. Ich wandte mich von Geschkes kaltem Blick ab und ließ ihn wortlos stehen.

»Haben Sie verstanden, was ich sage, Pannwitz?«, zischte er mir hinterher. Ich betrat den Goldenen Salon. Daluege, Böhme und Treuenfeld standen um den Tisch herum und erörterten die Stürmung der Karl-Borromäus-Kirche. Karl Hermann Frank hatte sich an ein Fenster mit prächtigen goldenen Vorhängen gestellt und umklammerte seine Zigarette wie ein Ertrinkender eine Planke. Ich ging zu ihm hinüber. Die Offiziere am Tisch schenkten mir keinerlei Beachtung.

»Herr Staatssekretär, erinnern Sie sich noch an unser erstes Gespräch gleich nach dem Anschlag? Dass wir aufklären und nicht vergelten wollen?«

Frank verzog die schmalen Lippen. »Die Lage hat sich eben geändert. Ich bin selbst nicht gerade glücklich darüber.«

Ich beugte mich zu ihm herüber, so nah, dass ich den leichten kupferigen Geruch von Angst wahrnehmen konnte, der von ihm ausging, und flüsterte: »Wie oft wollen Sie sich noch übergehen lassen? Heydrich hat sich einfach auf den Platz geschoben, der Ihnen zugestanden hätte. Dass Sie sich gegen ihn nicht zur Wehr gesetzt haben, kann jeder Mensch auf Erden nachvollziehen. Niemand wäre so verrückt, offen in Konkurrenz mit Reinhard Heydrich zu treten.«

Frank nickte und zog an seiner Zigarette.

»Aber lassen Sie sich nicht von Daluege ausbooten. Böhme hat Ihnen schon genug damit geschadet, dass er Ihnen die Schweinerei mit Liditz in die Schuhe geschoben hat. Lassen Sie nicht zu, dass Sie am Ende als der Mann dastehen, der durch Unüberlegtheit die Aufklärung des Anschlags verhindert hat. Wir können durch die Aussagen der Attentäter beweisen, dass Beneš seinen Offizieren in England vorgaukelt, es gäbe im Protektorat einen nennenswerten zivilen Widerstand, der durch einen Funken zum verheerenden Großbrand werden könnte. Sie könnten der Mann sein, der Böhmen und Mähren Frieden und Versöhnung bringt. Hitler wird es am Schluss zu schätzen wissen, wenn Sie hier allen Widrigkeiten zum Trotz die Produktion aufrechterhalten.«

In Franks Augen glitzerte es. Er war darüber hinaus, sich Hoffnungen auf einen der Plätze ganz oben zu machen, aber es würde ihm sicher gefallen, derjenige zu sein, der zuletzt lachte.

»Aber wie wollen Sie denn den Attentätern ein Geständnis abringen, Pannwitz? Das sind Tschechen und die ergeben sich bekanntlich nie. Davon kann ich Ihnen ein Lied singen.« Er setzte ein schiefes Lächeln auf, das ihn beinahe sympathisch machte. »Ich hoffe, Sie lernen eines Tages meine Karola kennen.«

»Ich werde mit ihnen verhandeln, Herr Staatssekretär. Dazu brauche ich aber Ihre Rückendeckung.«

»Das ist doch verrückt, Pannwitz«, sagte Frank. »Es wird ein Blutbad in dieser Kirche geben, egal, was Sie tun.

Warum sollten die Attentäter Ihnen glauben? Sie sind bei der Gestapo und das reicht aus, sich den unversöhnlichen Hass dieser Männer zuzuziehen. Sie sind ihr Feind und wenn sie die Möglichkeit dazu haben, werden sie Sie genauso umbringen, wie sie es mit Heydrich getan haben.«

»Ich könnte es ihnen nicht verübeln«, erwiderte ich.

Frank stieß Rauch aus und lachte. »Ich auch nicht.«

»Es gibt einen tschechischen Agenten, der sich mit Beneš wegen des Attentats überworfen hat. Er hatte Kontakt zu den Fallschirmspringern. Der Mann ist sicher kein Freund der deutschen Besatzung, aber er will die Sache mit Rücksicht auf die tschechische Bevölkerung schnell beenden.«

»Weil er der Ansicht ist, dass wir den Krieg ohnehin verlieren«, stellte Frank nüchtern fest.

Ich nickte.

»Ihr Agent scheint ja ein klarsichtiger Mann zu sein«, sagte Frank und lachte freudlos. »Dann wird er bei der Wahl einer Gegenleistung hoffentlich vernünftig geblieben sein. Weitere Amnestien außer der für Ihren Informanten kann ich nicht zugestehen, Pannwitz. Das werden Sie sicher einsehen.«

»Jindra weiß, dass wir jemanden brauchen, den wir in der Arena niedermetzeln können«, sagte ich. »Er macht sich keine Illusionen über das Schicksal der Männer in der Karl-Borromäus-Kirche.«

Ich dachte an den Schmerz in Ladislav Vaněks Augen, als wir darüber gesprochen hatten, was nach der Verhaftung mit den Attentätern geschehen würde.

»Also, was verlangt Ihr Jindra?«

»Der *Sokol* will an der Gestaltung der Innenpolitik im Protektorat teilhaben. Jindra fordert, mit Ihnen persönlich in Kontakt zu treten, und wünscht ein Mitspracherecht bei Maßnahmen, die das Leben der tschechischen Bevölkerung betreffen.«

Frank seufzte und kratzte sich am Kopf. Dicke, gelbliche Hautschuppen lösten sich von seinem Schädel und blieben in seinem schütteren Haar hängen. Er sah zu Daluege hinüber, dessen trommelförmige Brust sich unter der Uniform schwerfällig hob und senkte. »Der neue Reichsprotektor ist eher auf Meriten als auf Arbeit aus«, sagte Frank leise. »An ihm vorbeizuregieren dürfte sogar in seinem Sinne sein, wenn er hinterher nur gut dasteht.«

»Darüber hinaus hat sich Jindra bereit erklärt, uns die bestehenden Funkverbindungen nach England zur Verfügung zu stellen. Er würde sie als Spiel weiter betreiben, sodass wir von Beneš' Unternehmungen auf tschechischem Boden nicht mehr überrascht werden. Er verlangt, dass die Agenten, die hier abgesetzt werden, bis zum Kriegsende verhaftet, aber nicht bestraft werden.«

»Ein gerissener Mann, Ihr Jindra«, sagte Frank. »Weiß Dr. Geschke von Ihrem tschechischen Freund?«

Ich schüttelte den Kopf. »Jindra ist das Ass in unserem Ärmel, Herr Staatssekretär.«

»Geschke wird fuchsteufelswild werden, wenn Sie das hinter seinem Rücken arrangieren«, erwiderte Frank. Ich glaubte, einen Funken von Belustigung in seiner Miene zu erkennen.

Die Vorstellung, Geschke zumindest einmal in meinem Leben mit etwas anderem als dem Ausdruck blanker Gleichgültigkeit zu sehen, war tatsächlich nicht ohne Reiz.

»Das ist mir egal«, sagte ich. »Ich weiß nicht, ob ich nach Beendigung dieser Sache überhaupt noch im Polizeidienst bleiben werde.«

Ich hatte Widerspruch erwartet, aber Frank nickte nur. Vielleicht dachte er das Gleiche von sich selbst. Einen Moment lang stellte ich mir vor, wie Frank, seine tschechische Frau Karola, Milada und ich gemeinsam auf einer sonnenbeschienenen Terrasse saßen und den Kindern beim Spielen zwischen niedrigen blühenden Obstbäumen zusahen. Die Kinder waren deutschen, tschechischen und polnischen Blutes, aber das kümmerte niemanden mehr. Über die Dinge, die in jenem schrecklichen Sommer 1942 geschehen waren, sprachen wir nur wie über einen lange zurückliegenden bösen Traum. Womöglich würde ich dann sogar vergessen haben, wie es sich angefühlt hatte, als der *Serbenschneider* durch Marie Moravcovás totes Fleisch glitt und Sehnen und Knorpel durchtrennte. Doch das lichtdurchflutete Bild zerfaserte und zerfiel vor meinen Augen zu Asche. Ich weiß, dass Karl Hermann Frank büßen muss für alles, was er getan hat – und auch für das, was andere in seinem Namen getan haben –, aber ich hoffe für ihn, dass es schnell geht.

»Ich autorisiere Sie, einen Verhandlungsversuch zu unternehmen«, sagte Frank, »aber wenn die Sache schiefgeht, werde ich Böhme und Treuenfeld nicht aufhalten können.«

Donnerstag, 18.6.1942, 4.15 Uhr

Wie gespenstische Tänzer, die einer unhörbaren Melodie folgten, fanden sich dunkle Gestalten im Schatten der schlafenden Stadtpaläste zusammen, bildeten schweigende Figuren und strebten lautlos wieder auseinander, bis sie mit der Finsternis verschmolzen. Drei Absperrungsringe aus schwarzgekleideten Leibern und Fahrzeugen ohne Licht zogen sich um ein kleines Areal im Herzen Prags zusammen, in dessen Zentrum die Karl-Borromäus-Kirche lag. Jeder Ausgang der Kanalisation wurde bewacht, jedes Abwasserrohr, das in die Moldau führte, jede Einfahrt, jeder Torbogen, auf jedem Dach rund um die Kirche bezogen Scharfschützen Position, die sich gegen den dunkelgrau dämmernden Himmel wie finstere Raubvögel abhoben. Alles geschah in geisterhafter Stille. Von der Moldau wehte ein fauliger Geruch hinüber. Die kühle Morgenluft ließ mich erschauern, als Ladislav Vaněk in der Uniform eines tschechischen Polizeihauptmanns, der Übersetzer Chalupský und ich in Zivil vom Karlsplatz in die Resselgasse kamen. Der Häuserblock, in dem die Karl-Borromäus-Kirche lag, war bereits abgeriegelt. Keiner der schwarzgekleideten Männer aus Treuenfelds Reservebataillon durfte ohne meinen ausdrücklichen Befehl schießen. Es war so still, dass ich das Knirschen der Ledermäntel hören konnte. Alles schien sich in unendlicher Langsamkeit abzuspielen. Ich sah mich nach Ladislav Vaněk um, der bleich und sorgenvoll aussah. Unter seinen Augen lagen tiefe Schatten. Die Karl-Borromäus-Kirche war von einem schmiedeeisernen Gitter umgeben.

Finstere Engel aus Stein starrten von der Fassade auf uns Eindringlinge hinab.

Ich verstehe deine Führung nicht, aber du weißt den Weg für mich, dachte ich. Doch spürte ich nichts, was auf die Anwesenheit Gottes schließen ließ. Wenn er überhaupt noch da war in dieser dunklen Zeit, dann hatte er sich mit der Wahl dieses Ortes einen besonders gehässigen Scherz erlaubt. Mit Chalupský, Vaněk und zwei Beamten stieg ich die wenigen Stufen zu der eisernen Pforte hinauf. Einer der steinernen Engel schien sich mir zuzuneigen, als wolle er mich beschwören, von diesem heiligen Ort abzulassen, aber ich sah schnell in eine andere Richtung. Das Haus des Küsters befand sich direkt links der Pforte. Ich wies einen der Beamten an, an der Tür zu läuten. Einige Sekunden lang war das Schrillen der Klingel zu hören, dann nichts mehr. Der Beamte senkte gerade ein weiteres Mal den Finger auf den Klingelknopf, da öffnete sich die Tür und ein hagerer Mann im Nachthemd blinzelte uns verwirrt entgegen. Als er erkannte, mit wem er es zu tun hatte, weiteten sich seine Augen. Bevor er uns die Tür vor der Nase zuschlagen konnte, hatten ihn die Beamten gepackt, ihm die Arme auf den Rücken gedreht und Handschellen angelegt. Der Mann, mutmaßlich der Küster der Gemeinde, stöhnte. Ich sah, wie tief ihm das Metall ins Fleisch seiner Handgelenke schnitt.

»Bitte führen Sie uns in die Kirche«, sagte Chalupský leise. »Wir wollen nur sehen, ob dort alles in Ordnung ist.«

»Da ist alles in Ordnung«, wimmerte der Küster. »Ich habe alle Fenster und Türen verschlossen.«

»Bitte«, sagte ich mit Nachdruck.

Der Küster sah sich gehetzt um, aber sein Blick fand nichts, woran er sich klammern konnte.

»Da lang«, sagte er. »Kommen Sie.«

Wir durchquerten einen schmalen Korridor, der das Küsterhaus mit dem Kirchenschiff verband. Die nackten Wände ließen unsere Schritte unheimlich verzerrt klingen. Der Korridor erschien mir eng wie ein Sarg. Ich spürte plötzlich sehr deutlich, wie erstickend sich meine Krawatte um meinen Hals schloss und wie unangenehm ihr Knoten sich in meine Kehle bohrte. Wir erreichten einen Nebenraum der Kirche, in dem eine karge Liege und ein großes Holzkreuz standen. Es gab ein fleckiges Waschbecken an der Wand und eine weitere Tür auf der gegenüberliegenden Seite, die ins Kirchenschiff führte. Auf der Liege, halb bedeckt von einer grauen Wolldecke, lag ein Kirchendiener. In dem Moment, in dem wir den Raum betraten, fuhr der Mann hoch und sah uns an, als wären wir eben seinem schlimmsten Traum entsprungen. Genau genommen traf das wohl zu. Der Küster erklärte ihm eilig den Grund unseres Besuchs, woraufhin der Kirchendiener mit seiner Wolldecke zu verschmelzen schien. Einer der Beamten zog ihn von der Liege hoch und legte ihm ebenfalls Handschellen an.

»Hier ist nichts Ungewöhnliches vorgefallen«, sagte der Mann. »Alles in bester Ordnung.«

»Dürfen sich meine Kollegen bitte umsehen?«, fragte ich auf Tschechisch.

»Ich weiß nicht«, stammelte der Kirchendiener. »Das hat Kaplan Petřek zu entscheiden.«

»Wo befindet sich der Kaplan?«, fragte Vaněk, aber ich hörte die Antwort des Kirchendieners nicht. Meine Nerven surrten so durchdringend wie Wespen an einem Sommertag. Etwas war hier *nicht* in Ordnung. In die Wände des kargen Nebenraums waren einige kleine Fenster eingelassen, die alle mit Gittern geschützt waren. Alle – bis auf eines. Das Gitter war herausgebrochen worden und lehnte an der Wand unter dem Fenster. Kleine Stücke von Putz und Mauerwerk lagen auf dem Steinboden herum.

»Was ist da passiert?«, fragte ich.

Der Kirchendiener sah den Küster hilflos an und schüttelte den Kopf.

Chalupský stellte ihm meine Frage ein weiteres Mal, der Mann war erstarrt. Ich nahm den Geruch der Angst wahr, der von ihm ausging.

»Das war schon immer so«, stammelte er. Ich wechselte einen Blick mit den Beamten. Einer von ihnen zog sich durch den Korridor zurück, wir anderen blieben mit dem Küster und Kirchendiener in dem kargen Raum. Keiner sagte ein Wort. Der Küster begann in seinem Nachthemd zu zittern. Nach scheinbar endlosen Minuten kam der Beamte zurück und er war nicht allein. Eine Handvoll weiterer Männer in Zivil war ihm gefolgt. Ihre Mäntel schimmerten im Licht der nackten Glühbirne wie die Panzer großer schwarzer Insekten. Sie hatten Maschinenpistolen bei sich und sahen nicht aus, als würden sie lange fackeln. Bis auf das leise Echo ihrer Schritte bewegten sie sich beinahe lautlos. Ich deutete zur Tür auf der anderen Seite des Raumes. Während einer der Männer mit den gefesselten Kirchenmännern durch den Korridor zurück in das Küsterhaus ging, folgten mir die übrigen in das düstere Kirchenschiff hinein. Draußen dämmerte der Morgen und graues Licht drang durch die Fenster in den Innenraum. Goldene Heiligenbilder schimmerten im Halbdunkel. Am Eingang zum Kircheninneren postierte sich ein Mann mit dem Gewehr im Anschlag, ein weiterer glitt lautlos durch das Schiff und bezog am Hauptportal Stellung. Das Geräusch der

Schritte wurde von üppigen roten Teppichen verschluckt, die sich ungehörig weich unter meinen Füßen anfühlten. Der Geruch von kaltem Weihrauch lag in der Luft. Keiner von uns sagte ein Wort. Ich konnte die Anwesenheit der Männer spüren, die ich seit Wochen suchte. Ich sah sie nicht, ich hörte sie nicht, aber ich wusste, dass sie hier waren – und dass sie ihrerseits wussten, dass ich hier war. Die nächsten Augenblicke würden über das Schicksal des Protektorats entscheiden. Die Beamten schwärmten geräuschlos durch das Kirchenschiff, gingen die Bankreihen entlang und sahen hinter den Heiligenbildern nach. Alles geschah in völliger Stille und so rasch, dass ich mich in einem Stummfilm glaubte, denn sogar die Farben waren durch das matte Dämmerlicht zu stumpfen Grautönen geworden. Dieses Gefühl war für einen Augenblick so überwältigend, dass ich mich beinahe auf eine der teppichbedeckten Altarstufen gesetzt und dem bizarren Treiben zugesehen hätte. Die Beamten kehrten zurück und schüttelten stumm die Köpfe, aber ich wusste, dass sie sich irrten. Die Attentäter waren irgendwo in der Kirche und sie beobachteten mich.

Mein Blick fiel auf eine Gittertür im Chorraum, hinter der eine Treppe zu erkennen war. Ich sah nach oben und erkannte schräg über mir eine schmale Galerie, die direkt unterhalb des Daches über dem Chor prangte wie ein Schwalbennest an einer Scheunenwand. Die Galerie hatte kein Geländer, sondern eine niedrige Brüstung, aus der links und rechts des Altarraums steinerne Pfeiler wuchsen, die das Deckengewölbe stützten. Wenn jemand auf dem Boden der Galerie lag, verbarg ihn die Brüstung vor unseren Blicken.

Ich sah, dass auch Vaněk, der neben mir stand, die Empore bemerkt hatte und sich nach einem Aufgang umsah. Ich deutete stumm auf die Treppe hinter der Gittertür. Er nickte und winkte Chalupský zu sich.

»Besorgen Sie beim Küster den Schlüssel«, flüsterte er dem Übersetzer zu.

Chalupský verschwand im Korridor zum Küsterhaus. Ich fixierte die Galerie. Das Gefühl, beobachtet zu werden, war fast körperlich zu spüren. Es war, als berührten mich die Blicke der Männer, die dort oben saßen.

Nach endlosen Minuten im Halbdunkel hörte ich Schritte im Korridor, entschlossene Schritte schwerer Stiefel. Ich schloss die Augen und hoffte, dass es nur das hohle Gewölbe war, das die Schritte Chalupskýs durch irgendeinen geheimnisvollen akustischen Effekt verstärkte, aber natürlich wusste ich es besser.

Horst Böhme schob sich durch den schmalen Durchgang ins Kircheninnere, ohne sich besondere Mühe zu geben, leise zu sein. Er hatte eine Maschinenpistole bei sich. Rasch ging ich auf ihn zu, um zu verhindern, dass er mit seiner schieren Anwesenheit alles gefährdete, doch er schob mich einfach beiseite, zeigte auf Vaněk und blaffte: »Was macht der denn hier? Das ist eine deutsche Angelegenheit. Jeder Tscheche, der sich in dieser Kirche befindet, wird sie nur tot verlassen.«

»Staatssekretär Frank hat mir die Befugnis erteilt, einen Verhandlungsversuch zu unternehmen«, zischte ich. Ich nahm die Blicke der Attentäter in meinem Nacken wahr und ihre heiße Wut auf uns. In diesem Moment wäre ich lieber bei ihnen auf der Empore gewesen als bei Horst Böhme.

»Sie wollen einen tschechischen Hauptmann für sich sprechen lassen, Sie Wahnsinniger?«

»Seien Sie doch endlich still«, fuhr ich ihn an.

»Ich bin gekommen, um diese Mission zu retten, bevor

Sie mit Ihren lächerlichen Verhandlungsversuchen die Ehre des deutschen Volkes gänzlich verspielen«, erwiderte Böhme. »Ihr Übersetzer kam gerade heraus, um den Küster nach einem Schlüssel zu fragen, aber der Mann ist im Moment nicht in der Lage, solche Bitten zu erfüllen.« Böhme grinste und hob die rechte Faust. Ich sah, dass die Knöchel seiner Finger mit rostfarbenen Schlieren überzogen waren, die anzutrocknen begannen. »Dabei hatte ich erst angefangen, ihn über die Terroristen zu befragen«, sagte er mit leisem Bedauern. »Kaum zu glauben, wie wenig die Geistlichkeit heutzutage einstecken kann. Und der Mann will ein Tscheche sein?«

Er schnaubte ein Lachen, als er meinen Blick bemerkte. »Keine Sorge, Pannwitz, ich bin ja hier, um Ihnen zu helfen.«

Er sah sich um und entdeckte die vergitterte Tür im Chorraum. »Das haben wir gleich«, sagte er, und während ich ihm nur voller Entsetzen nachschauen konnte, strebte er auf die Gitterpforte zu, drehte in einer einzigen fließenden Bewegung seine Maschinenpistole und zertrümmerte das Schloss mit einem einzigen wuchtigen Hieb des Kolbens. Dann trat er einen Schritt zurück und deutete eine galante Verbeugung an.

»Sie haben freie Bahn.«

In diesem Augenblick peitschten Schüsse von der Empore hinab in den Kirchenraum. Hätten die Attentäter das Feuer drei oder vier Sekunden früher eröffnet und Böhme auf dem Weg zur Apsis durchsiebt, wäre vielleicht alles anders gekommen. Doch sie hatten gezögert und Böhme, der schon wieder auf dem Rückweg war, ließ sich auf den Boden fallen und kroch auf allen Vieren in Richtung des Seitenschiffes, um Deckung zu suchen. Der

Kugelhagel von oben dauerte an. Einer der Beamten im Mittelschiff schrie auf. Ich drehte mich zu ihm um und sah, dass Blut aus seiner Hand hervorsprudelte. Im Halbdunkel glänzte es schwarz wie Öl. Ich versuchte, die Schützen auf der Empore zu erkennen, aber sie wurden von der Brüstung verdeckt. Weitere Salven zischten durch die weihrauchgeschwängerte Luft und die Beamten im Innenraum suchten Schutz hinter Säulen und Bänken, so gut es ging. Ein birnengroßer Gegenstand flog von der Galerie in den Chor, kam klappernd auf den Stufen des Altars auf und explodierte mit einem erstickten Knall. Die Druckwelle schloss meine Ohren und ein durchdringendes Pfeifen erfüllte meinen Kopf. Bunte Glassplitter regneten auf uns herab, die Detonation hatte zwei Fenster zum Bersten gebracht, in die Szenen aus dem Leben der Heiligen Kyrill und Method eigelassen waren. Einige der SS-Männer standen vornübergebeugt im Querschiff und pressten sich die Hände auf die Ohren. Ich sah, dass die Granate keinen von ihnen getroffen hatte, aber das Altartuch und der Teppich im Chorraum waren in Brand geraten. Rauchschwaden zogen durch die Kirche und hüllten die Galerie über unseren Köpfen in einen dichten Schleier, der gezielte Schüsse von beiden Seiten unmöglich machte. Nichtsdestotrotz feuerten die unsichtbaren Schützen von der Empore auf uns herab und die Beamten mit den Maschinengewehren erwiderten das Feuer, was angesichts der hervorragenden Deckung durch die steinerne Brüstung völlig sinnlos war.

»Rückzug!«, brüllte ich in den Raum und die Beamten bewegten sich rückwärtsgehend auf das Hauptportal und den Seiteneingang zu, manche widerwillig, die meisten offensichtlich erleichtert. Vaněk war dicht bei mir geblieben, Böhme jedoch hatte ich aus den Augen verloren. Während die Verletzten auf den winzigen Kirchhof gebracht wurden, wo bereits Sanitäter warteten, um sie zu versorgen, gab ich die Anweisung, dass sich ein neuer Trupp bewaffneter Männer sammeln und vor der Kirche auf mein Kommando warten sollte. Begleitet von zwei Gestapo-Männern mit Maschinenpistolen betraten Vaněk und ich ein weiteres Mal das Kircheninnere. Die beiden Bewaffneten gingen in Stellung, sodass sie die Empore im Blick hatten. Im Kirchenraum war es ganz still, die Flammen waren erloschen und der Rauch begann, durch die zersprungenen Fenster abzuziehen, der Teppichboden schwelte noch immer und verbreitete einen beißenden Gestank. Wir suchten hinter einer dicken Granitsäule Deckung, die das Dach des Seitenschiffes stützte. Im Schatten der Abseite waren wir für die Attentäter auf der Empore kein leichtes Ziel. Eine einsame Maschinenpistole, die einer unserer Männer dort hatte stehen lassen, lehnte neben einer Tür an der Wand. Die Tür stand einen Spaltbreit offen. Sie führte zu einem kleinen Raum, in dem die Gläubigen ihre Beichte ablegten. Der Anblick der Waffe ließ ein unangenehm grelles Glöckchen in meinem Gehirn schrillen, aber ich kämpfte mein Unbehagen nieder. Darum würde ich mich später kümmern. Vaněk stand neben mir. Sein kantiges Gesicht unter dem Schnurrbart sah elend aus.

Ich rief in die Stille der Kirche hinein: »Mein Name ist Heinz Pannwitz. Ich will mit Ihnen reden.«

Die Männer auf der Galerie gaben eine Salve von Schüssen in meine Richtung ab. Sie wollten mich nicht einmal treffen.

»Gabčík, Kubiš, Valčík! Wenn Sie jetzt aufgeben, werden wir Sie wie Kriegsgefangene behandeln!« In diesem Moment hielt ich die Worte, die mir auf Tschechisch erstaunlich leicht über die Lippen kamen, für eine Lüge, aber angesichts der Tatsache, dass von unseren drei Millionen russischen Kriegsgefangenen schon nach dem ersten Winter mehr als zwei Millionen nicht mehr am Leben waren, entsprachen sie wohl der Wahrheit. Die Agenten über unseren Köpfen blieben einen Augenblick lang still. Vielleicht mussten sie den Schock erst verdauen, den das Nennen der Namen ihnen versetzt hatte – auch wenn ich damit nicht ganz richtiglag. Dann ertönte hysterisches Gelächter von der Empore. Sie wussten natürlich, dass ich sie belogen hatte. Vaněk warf mir einen Blick zu, aus dem Verachtung sprach. Zu meiner Verteidigung kann ich nur vorbringen, dass wir Deutschen es 1942 schlicht verlernt hatten, die Wahrheit zu sagen. Jede noch so verrückte Lüge kam uns leichter über die Lippen. Schließlich eröffneten die Attentäter das Feuer auf uns und wir gingen hinter der Säule in Deckung.

Ich rief: »Sie haben allen Grund, mir nicht zu vertrauen. Ja, Sie werden sterben. Aber wenn Sie sich ergeben, können Sie vielleicht weitere Menschenleben retten!«

Die Antwort war eine neuerliche Gewehrsalve, die sich in die Säule grub. Winzige Steinsplitter spritzten an meinem Gesicht vorbei.

Vaněk trat einen Schritt vor, hob die Hände über den Kopf und rief: »Kameraden! Ich bin es, Jindra. Ich flehe euch im Namen des tschechischen Volkes an, euch zu ergeben.«

Ein Gesicht tauchte über der Brüstung auf, einen Moment nur, und ich erkannte im Halbdunkel einen zerzausten dunklen Haarschopf und ein Paar vor Erstaunen geweitete Augen. Einer der beiden bewaffneten Beamten gab einige Schüsse ab und das Gesicht verschwand wieder.

»Lassen Sie das«, herrschte ich den Schützen an. »Niemand schießt ohne meinen ausdrücklichen Befehl.«

»Das da oben war der Mann, der die Bombe geworfen hat«, flüsterte Vaněk. Er klang beinahe andächtig. Wenn Vaněk recht hatte, handelte es sich bei dem Dunkelhaarigen um Jan Kubiš. So hatte Karel Čurda den Mann genannt, der letztlich Heydrichs Todesengel war. Einen Augenblick lang verspürte ich dieselbe feierliche Andacht, die ich eben in Vaněks Stimme gehört hatte. Ich stand dem Bezwinger der blonden Bestie gegenüber.

»Hast du uns verraten?«, rief eine Stimme von oben.

»Čurda war es«, sagte Vaněk ruhig. Er stand ohne Deckung vor der Säule, die Hände erhoben. Eine Salve von Kugeln schlug über seinem Kopf in den Stein, er zuckte nicht einmal.

»Du lügst!«, erwiderte die Stimme. »Du bist ein Verräter!«

»Er sagt die Wahrheit«, rief ich. »Karel Čurda ist zu uns gekommen. Jindra ist von mir enttarnt worden. Er hat bis zum Ende versucht, Sie zu schützen. Er ist Ihr Freund.«

»Ihr beide habt uns verkauft«, antwortete eine andere Stimme. »Čurda hat das Geld bekommen, oder? Die zwanzig Millionen. Aber was war dein Preis, Jindra?«

»Das Leben hunderter oder tausender Menschen«, sagte Vaněk ungerührt. »Wenn ihr euch ergebt, nehmen wir gemeinsam die Schuld auf uns. Die Deutschen brauchen Schuldige. Wenn sie sie nicht bekommen, nehmen sie sich einfach welche. Ihr habt doch von Liditz erfahren, oder nicht?«

Gedämpftes Murmeln kam von der Empore, dann rief eine dritte Stimme: »Wenn wir uns stellen, werden sie uns foltern und zwingen, immer mehr Schuldige zu benennen.

Sie werden jeden, der uns nur zufällig auf der Straße zugenickt hat, als Mitwisser ermorden. Sie da, der Deutsche da unten! Können Sie das leugnen?«

Ich dachte an Jindřiška Nováková und ihre Eltern, an Ata und Marie Moravcová, an Anna Maruščáková, die in der Taschenlampenfabrik gearbeitet hatte und an ihren Geliebten, die beide nichts mit dem Attentat zu tun hatten und vermutlich dennoch sterben würden. Ich konnte es nicht leugnen. Ein beunruhigender Gedanke stieg in mir auf. Ich sah auf dem gekachelten Boden eines düsteren Raumes ein graues Seidenband liegen, das mit großen roten Flecken besudelt war, und unterdrückte die grauenvolle Vorstellung, so gut es ging.

»Nein«, sagte ich lahm. »Aber zumindest wird uns ein zweites Liditz erspart.«

»Das können Sie nicht wissen«, rief die erste Stimme von oben.

»Sie haben recht«, sagte ich, »das kann ich nicht.«

»Was ist mit Marie Moravcová?«, fragte der Zweite. »Sie ist seit Dienstag nicht mehr hier gewesen. Čurda muss sie verraten haben. Lassen Sie sie und ihre Familie frei und wir überlegen es uns.«

Vaněk und ich wechselten einen Blick. Wir wussten nichts darauf zu sagen.

»Was ist?«, rief der Erste.

»Frau Moravcová hat sich das Leben genommen«, sagte ich. Meine Stimme klang hohl in der düsteren Kirche. Schockierte Stille senkte sich über uns. Ein erstickter Laut kam von der Galerie. Dem folgte eine weitere Salve von Schüssen auf Vaněk und mich und diese Schüsse waren ernst gemeint. Vaněk stieß einen leisen Schrei aus. Blut sickerte aus seinem Haar an seiner Wange hinab, doch er schien nicht schwer getroffen zu sein. Die Kugel hatte ihn nur gestreift. Wir gingen hinter der Arkade in Deckung, die das Seitenschiff vom Hauptraum trennte, und ließen uns auf dem Boden des Seitenschiffes nieder. Mein Blick fiel unwillkürlich auf die verlassene Maschinenpistole. Etwas stimmte nicht. Als ich den Mund öffnete, um etwas zu sagen, hörte ich ein Geräusch, das mir wie ein albtraumhaftes Déjà-vu in den Ohren klang. Das Klicken einer Waffe, die entsichert wurde.

Eine körperlose Hand hatte sich aus dem Beichtraum geschoben. Sie hielt eine Pistole, der Zeigefinger lag auf dem Abzug. Auf den Knöcheln der Hand klebte eingetrocknetes Blut, das Blut des Küsters. Die Mündung war wenige Zentimeter von Vaněks Kopf entfernt. Böhme murmelte: »Schön sitzen bleiben. Ihr tschechisches Haustierchen ist also der geheimnisvolle Jindra. Sehr gerissen, Pannwitz, aber Ihr Spiel endet genau hier.« Ich konnte Böhmes Gesicht nicht sehen, denn er war hinter der Tür verborgen, aber ich hörte das Grinsen in seiner Stimme.

Vaněk schloss in Erwartung eines Schusses die Augen. Immer noch lief ein dünnes Rinnsal Blut an seiner Wange hinab und sammelte sich an der harten Linie seines Kinns zu dicken Tropfen, die auf den Kragen seiner Uniform fielen, wo der dunkle Stoff sie gierig aufsog.

Ich blickte zu Böhmes Maschinenpistole hinüber, die an der Wand lehnte. Wenn ich schnell genug danach greifen würde, könnte ich Böhme vielleicht überrumpeln. Ich stellte mir vor, wie ich die Waffe herumriss und Böhmes Gesicht mit Dutzenden von Kugeln durchsiebte, sodass sich sein widerliches Grinsen von einem Ohr zum anderen erstreckte. Ich hielt es nicht für wahrscheinlich, dass es mir gelingen würde, doch es war nicht ausgeschlossen, dass ich ihn niederstreckte, bevor er Vaněk erschießen konnte. Ich zögerte. Konnte ich einen deutschen Standartenführer umbringen, um einen tschechischen Agenten zu schützen? Man sollte meinen, dass ein Mann, der vor wenigen Stunden einer toten Frau den Kopf abgetrennt hatte, weniger Skrupel in solchen Fragen gehabt hätte. Der Moment verstrich.

»Bleiben Sie ruhig, Pannwitz«, sagte Böhme leise, als hätte er meine Gedanken erraten. »Ich habe nicht vor, Ihrem Schoßhündchen ein Haar zu krümmen. Ich werde ihn festnehmen und Geschke übergeben, sodass Ihre Illoyalität ans Licht kommt. Sie sind eine Schande für uns, Pannwitz, eine Schande für unser ganzes Volk.«

»Ich werde Geschke von Ihrer Panne mit dem abgefangenen Funkspruch erzählen«, sagte Vaněk ruhig. Er hielt die Augen immer noch geschlossen.

Böhme kicherte. »Dafür gibt es keinen einzigen Beweis mehr, du Idiot. Es ist nichts als der klägliche Versuch eines enttarnten Agenten, seinen Kopf aus der Schlinge zu ziehen, indem er einen verdienten deutschen Offizier anschwärzt.«

»Ich werde Sie da rausholen«, flüsterte ich Vaněk zu. Er wandte sein Gesicht zu mir und öffnete die Augen. Sein Blick verfolgt mich bis heute.

»Ja, das werden Sie, mein Freund«, erwiderte er ebenso leise.

Böhme schob sich aus dem Beichtraum, den Lauf der Pistole auf Vaněks Kopf gerichtet. Er packte Vaněk grob am Arm und zog ihn auf die Füße. »Raus hier«, schnappte er und zerrte Vaněk in Richtung des Seiteneingangs. Der Agent folgte ihm ohne jedes Widerstreben.

»Was ist da unten los?«, rief einer der Männer von der Galerie herunter und schoss ein paar Projektile ab.

»Spart euch die Kugeln, ihr Idioten«, brüllte Böhme, »fangt lieber an, zum heiligen Wenzel zu beten, denn wenn wir zurückkommen, seid ihr erledigt!«

Weitere Schüsse peitschten durch die Kirche und Holzsplitter flogen durch die Luft, als eine der Kugeln eine Sitzbank traf und eine Furche in die Lehne riss. Die beiden bewaffneten Beamten erwiderten das Feuer, doch aus ihrer Position hatten sie keine Chance, die Attentäter zu treffen. Im Korridor zum Küsterhaus zischte Böhme: »Pannwitz, Sie bleiben hier, halten einfach den Mund und sammeln die Leichen der Terroristen ein, wenn alles vorbei ist. Lassen Sie sie so herrichten, dass unser Freund Čurda sie identifizieren kann. Danach kann Frank ihm das Geld auszahlen. Und dich …«, er wandte sich an Ladislav Vaněk, der ihn ohne ein erkennbares Zeichen von Angst oder Schrecken ansah, »… lassen wir, ohne viel Aufsehen zu erregen, ins Hauptquartier des SD bringen. Wenn die Köpfe deiner feigen Freunde erst einmal auf dem Tor der Prager Burg aufgespießt sind, führe ich dich Geschke vor. Bis dahin kannst du darüber nachdenken, ob du deine Lage noch verschlimmern willst, indem du haltlose Beschuldigungen gegen den Mann vorbringen willst, der gerade die Mörder Reinhard Heydrichs zur Strecke gebracht hat.«

Vaněk brachte es zustande, so zu tun, als gäbe es weder Böhme noch die Mündung der Pistole, die auf sein Gesicht gerichtet war, und streckte mir seine Hand entgegen. Ich ergriff sie und drückte sie für einen Moment, bevor Böhme den einzigen Freund, den ich in Prag hatte, durch den Korridor nach draußen zerrte.

Donnerstag, 18.6.1942, 6.30 Uhr

Die Sonne war über den Dächern Prags aufgegangen und ließ sie in warmen Goldtönen schimmern. Zu dieser Stunde ging es an gewöhnlichen Tagen bereits so geschäftig zu wie in einem Ameisenbau, doch an diesem Morgen lag eine gespannte Stille über der Resselgasse und der ganzen Innenstadt. Jeder, der Augen hatte zu sehen und Ohren zu hören, beobachtete, wie die tollkühnen Attentäter, die Prag von der »blonden Bestie« erlöst hatten, die Gestapo, die SS und sogar das Militär zum Narren hielten. Seit drei Stunden hatten Hundertschaften von bewaffneten Kräften die Karl-Borromäus-Kirche in ihrer stählernen Umklammerung und drei junge Männer auf einer Empore, die mit nichts als ein paar englischen Maschinenpistolen und dem Mut der Verzweiflung bewaffnet waren, widerstanden der geradezu erdrückenden Übermacht.

Ein Dutzend von Treuenfelds Männern, die sich mit Stahlhelmen ausgerüstet hatten, drang durch den Haupteingang in das Kircheninnere ein, man hörte Schüsse, Schreie und eine dumpfe Explosion, welche die verbliebenen Fenster der Kirche erzittern ließ. Kurz darauf stürzten die Soldaten in wildem Aufruhr aus dem Portal hinaus. Sie hatten versucht, die enge Treppe zur Galerie einzunehmen, doch einer der Attentäter bewachte den Aufgang und nahm jeden unter Beschuss, der auch nur einen Fuß auf die unterste Stufe setzte. Eine Handgranate in die zaudernde Gruppe im Altarraum hatte ihr Übriges getan, die Angreifer zu vertreiben. Einige der Männer hatten Verletzungen davongetragen, die auf dem Hof der Kirche versorgt wurden. Mittlerweile war Karl Hermann Frank eingetroffen, der noch elender aussah als vor sechs Stunden. Er stand unter einem der steinernen Engel auf der Treppe zum Kirchhof und presste die Lippen so fest um seine Zigarette zusammen, dass sie beinahe abbrach. Böhme schäumte vor Wut, als er die Männer unverrichteter Dinge aus der Kirche taumeln sah. Er brüllte auf die Verletzten ein und bellte Befehle über den Hof, die keiner befolgen konnte oder wollte. Es dauerte eine ganze Weile, bis er auf die Idee kam, selbst mit Granaten zu kämpfen. Ich hatte mich in den Korridor zum Küsterhaus zurückgezogen, als eine ganze Abteilung bewaffneter Männer in die Kirche stürmte – einer von ihnen fiel von einem Schuss der Attentäter getroffen zu Boden. Die Stürmenden warfen Handgranaten in Richtung der Empore. Einige der Geschosse trafen die Säulen, sodass Granitsplitter durch die Luft sirrten, das goldverzierte Kreuz wurde umgeworfen und zerbrach hinter dem Altar, der Teppich geriet von Neuem in Brand und das große Fenster hinter der Galerie zerbarst zu einem funkelnden Regen bunter Scherben, der im sanften Licht der Morgensonne beinahe hübsch aussah. Wenn es jemanden gegeben hätte, der in diesem Moment für die glitzernde Schönheit der Glassplitter empfänglich gewesen wäre. Die Ostseite der Karl-Borromäus-Kirche bot ein Bild der Verwüstung. Wo eben erhabene Ikonen gestanden hatten, waren nur noch Ruß und Staub zu sehen, ein Trümmerfeld, das eine beängstigende Erinnerung an die St.-Martinskirche von Liditz wachrief.

Das Feuer von der Empore erstarb.

Von Treuenfeld, der am Haupteingang stand, um die Aktion zu überwachen, deutete auf einen seiner Soldaten. »Sie da!«

Der junge Mann versuchte, sich unter dem Zeigefinger seines Generals wegzuducken, damit es einen anderen träfe. Vergeblich.

»Sie sind unser Freiwilliger, der die Treppe hochsteigt und nach den Attentätern sieht.«

Der Soldat schluckte und versuchte, mit der steinernen Mauer hinter ihm zu verschmelzen, aber von Treuenfeld wedelte ungeduldig mit der Hand. »Wird's bald?«

Langsam schritt der Soldat auf die Treppe zu, bereit, sich bei einer neuerlichen Salve zwischen die Kirchenbänke zu werfen, doch es blieb still. Ich konnte die zögerlichen Schritte des Soldaten hören, der sich über die knirschenden Trümmer hinweg seinen Weg zu der Treppe bahnte. Als er sie erreichte, sah er sich noch einmal um und Treuenfeld rief noch mal: »Wird's bald?«

Der junge Mann hob seine Waffe und verschwand durch die Tür die Treppe hinauf. Die Sekunden vergingen. Endlich hörte man ihn rufen: »Sie sind tot!«

Sofort setzten sich die übrigen Männer im Kircheninneren in Bewegung, als der Soldat auf der Empore rief: »Halt, einer lebt noch!«

Ich war so überrascht, dass ich beinahe im Korridor stehen geblieben wäre. Dann sprang ich an den Soldaten und den Beamten vorbei und stürmte die Treppe hinauf. Ich schob den jungen Mann zur Seite, der neben einem der Attentäter kniete. Zwei Tote mit glasigen Augen lehnten links an der Wand der Empore in einer immer größer werdenden Lache dunklen Blutes. Beide hatten kleine Löcher in der Schläfe und beide hielten ihre Waffen in erschlafften Händen. An ihren Nasenlöchern und in den Mundwinkeln hatte sich Schaum gebildet. Der rechte Arm des Älteren der beiden war völlig zerschmettert, sodass er sich mit der linken Hand hatte erschießen müssen. Die Brust des dritten Attentäters, der zwischen dem Schutt auf dem Boden der Empore lag, hob und senkte sich langsam. Die linke Hälfte seines Gesichts war eine blutüberströmte Ruine, das Auge auf dieser Seite war geplatzt und die Gallertmasse des Glaskörpers klebte auf seiner Wange. Er hatte offenbar die volle Sprengwirkung einer Handgranate abbekommen. Seine Beine waren mehrfach gebrochen und standen in einem so widernatürlichen Winkel von ihm ab, dass mir übel wurde. Blut durchtränkte seine Jacke. Dass ein Mensch mit so entsetzlichen Verletzungen überhaupt noch atmete, war ein Wunder. Ein kleiner Gegenstand klemmte zwischen seinen blutigen Lippen. Ich schob den Zeigefinger in den Mundwinkel des Verletzten und öffnete vorsichtig seine Lippen, wobei ich mit der anderen Hand nach der Giftkapsel griff und sie herauszog. Der Mann hatte nicht mehr die Kraft gehabt, sie zu zerbeißen. An dem Bittermandelgeruch, der von den beiden Männern an der Wand ausging, merkte ich, dass die anderen Attentäter auf der Empore es geschafft hatten, das Gift zu nehmen, bevor sie sich erschossen. Ich legte dem Verletzten eine Hand auf die Brust. Trotz seines schrecklich verheerten Gesichts erkannte ich in ihm den Mann, dessen dunkler Haarschopf für einen Augenblick über der Brüstung erschienen war. Es war Jan Kubiš, der die schicksalhafte Bombe auf Heydrich geworfen hatte.

»Halten Sie durch, Jan«, sagte ich auf Tschechisch, doch der Mann zeigte keine Reaktion. Ohne zu wissen, warum, beugte ich mich zu ihm herunter. »Es tut mir leid«, flüsterte ich, aber der sterbende Kubiš konnte mir keine Absolution erteilen. Das konnte niemand mehr.

»Sanitäter!«, brüllte ich von der Galerie hinab ins Kircheninnere, wo die Männer ratlos herumstanden. Niemand hatte sich bisher mit dem Gedanken befasst, dass uns die Attentäter womöglich lebendig in die Hände fielen.

Der junge Soldat beeilte sich, die Treppe hinabzusteigen, um etwas zu tun. Vielleicht hatte er einfach etwas Anstand. Ich hätte gerne mit Jan Kubiš gesprochen und ihm das Sterben ein wenig leichter gemacht, jedoch war er nicht bei Bewusstsein. So saß ich schweigend neben ihm, eine Hand auf seine Brust gelegt, bis ich die schrillen Sirenen eines Rettungswagens hörte. Endlich kamen die Sanitäter, die nichts für Kubiš tun konnten. Zwei Rettungskräfte brachten eine Trage, auf den sie den Sterbenden hoben, ihn festschnallten und die Treppe hinunterbugsierten. Ich sah von der Empore aus zu, wie Kubiš zum Portal hinausgetragen wurde. Sein Gesicht schimmerte schneeweiß und blutrot unter den dunklen Haaren im trüben Kirchenraum. Er kam nicht wieder zu Bewusstsein, stand später im Bericht der Notärzte.

Dann wandte ich mich den beiden Toten an der Wand zu. Keiner von ihnen war Josef Valčík, dessen Gesicht ich von dem Foto in Václav Moráveks Tasche kannte. Auf keinen von beiden passte die Beschreibung des Maschinengewehrschützen Josef Gabčík. Es tat mir leid, dass ich ihre Namen nicht kannte. Das Einzige, was ich für sie tun konnte, war, ihnen die Augen zu schließen. Einige Beamte kamen die Treppe hinauf und transportierten die Leichen ab. Es war vorbei.

Als ich die Galerie verließ, sah ich eine dunkle Jacke auf dem Boden liegen, ähnlich der, die Kubiš getragen hatte. Ich blickte den beiden Toten nach, die einige Meter unter mir durch den Mittelgang geschleift wurden. Beide trugen Jacken. Drei Männer, vier Jacken. Ich verstehe deine Führung nicht, aber du weißt den Weg für mich, dachte ich wieder, aber ich erhielt keine Antwort. Drei Männer, vier Jacken. Es war *nicht* vorbei. Ich folgte dem Leichenzug aus der Kirche hinaus auf den Hof. Karel Čurda, der aussah, als müsse er sich jeden Moment übergeben, stand über den Toten, die auf dem Pflaster lagen.

»Adolf Opálka«, wimmerte er. »Er hat *Out Distance* angeführt.«

»Wer ist der andere?«, fragte Frank und zeigte auf den jüngeren der beiden Toten, der höchstens zwanzig Jahre alt war.

Čurda würgte, aber er gewann den Kampf gegen seinen rebellierenden Magen. Er senkte den Kopf und murmelte: »Josef Bublík. Er gehört zu *Bioscop*. Der dritte, der eben in die Klinik gebracht wurde, heißt Jan Kubiš. Er hat die Bombe geworfen.«

»Gut«, sagte Frank. »Ich unterschreibe Ihren Scheck, sobald man die Leichen hier weggeschafft hat.«

Standartenführer Böhme trat an die beiden Toten heran und setzte Opálka einen Fuß auf die Brust, wie man es bei erlegtem Großwild tat. »Das habt ihr davon, ihr feigen Hunde«, sagte er befriedigt. Dann rief er zu den SS-Männern und den Soldaten hinüber: »Die Sache wäre erledigt. Rühren!«

Drei Männer, vier Jacken, dachte ich. Karel Čurda öffnete den Mund.

»Nein«, sagte ich, aber niemand hörte mich.

»Es fehlen Gabčík und Valčík. Vielleicht noch ein paar andere.«

»Wie bitte?« Böhme packte Čurda am Kragen und schüttelte ihn.

»Das sind nicht alle!«, schrie Čurda schrill.

»Holt diesen verdammten Petřek«, brüllte Böhme.

Zwei Bewaffnete schleiften einen bärtigen Mann im Ornat eines Kaplans auf den Hof. Seine Hände waren auf den Rücken gefesselt. Böhme trat auf ihn zu, griff das bärtige Kinn des Mannes zwischen Daumen und Zeigefinger und brüllte auf ihn ein, der Kaplan schien kein Wort zu verstehen. Chalupský löste sich aus der Menge der Beamten und begann, leise zu übersetzen.

Petřek schwieg.

»Sagen Sie ihm, dass ich den Küster und den Kirchendiener auf der Stelle eigenhändig erschieße, wenn er nicht sofort die Wahrheit sagt«, herrschte Böhme den Übersetzer an. Chalupský redete leise mit dem Kaplan und Petřek senkte den Kopf.

»Ich habe den Küster und den Kirchendiener dazu genötigt, die Attentäter zu verstecken«, erwiderte Petřek. »Ich habe ihnen einen Eid abgenommen, sie konnten nicht anders handeln. Sie dürfen sie nicht bestrafen.«

»Sie erteilen mir keine Befehle«, bellte Böhme. »Sie haben zu antworten, oder wollen Sie das Gehirn Ihrer Weihrauchschwenker vom Pflaster kratzen?«

»Es sind insgesamt sieben Männer gewesen«, gab Petřek zu.

»Wo sind die anderen vier?«, fragte ich auf Tschechisch. »Wären Sie bereit, sie zum Aufgeben zu bewegen?«

Petřek sah mich überrascht an. »Ich könnte es versuchen«, sagte er. Er ging auf das Portal zu und betrat das verwüstete Kircheninnere, begleitet von mir und zwei Beamten, die ihre Waffen auf ihn richteten. Trümmer lagen auf dem Mittelgang und irgendwo schwelte noch ein Teppich. Petřek blieb in der Vierung stehen und rief mit der volltönenden Stimme eines Geistlichen, der es gewöhnt ist, zu einer Gemeinde zu sprechen: »Sie sagen, ihr sollt euch ergeben. Wenn ihr herauskommt, wird euch nichts geschehen.«

Er erhielt keine Antwort.

Böhme schnappte den Kaplan und drehte ihn grob zu sich herum. »Wo sind sie, verdammt noch mal?«

Petřek war mit Sicherheit ein kluger Mann, dessen Kopf bereits fieberhaft an einem Plan arbeitete, wie er die Männer retten konnte, die noch irgendwo in dieser Kirche versteckt waren. Doch seine Augen verrieten ihn. Für einen winzigen Moment wanderten sie zu einem quadratischen Teppich vor der Apsis und blieben dort hängen. Auch Böhme hatte es bemerkt. Er riss den Teppich zur Seite. Darunter erschien eine in den Boden eingelassene Falltür, gerade so breit, dass sich ein schmaler Mensch hindurchzwängen konnte.

»Wohin führt diese Luke, Mann?«, brüllte Böhme, während er den Kaplan schüttelte. Speichel spritzte aus seinem Mund und sein Gesicht war zu einer talgigen Grimasse verzerrt, in der seine Augen wie glänzende schwarze Käfer saßen. Er schien völlig außer sich zu sein. Ein beißender Geruch ging von ihm aus, Schweiß, Angst und Brillantine. Vielleicht sah er die Attentäter bereits durch dunkle Kanalrohre in den Eingeweiden Prags kriechen, vielleicht hörte er ihr spöttisches Lachen und wie sie Witze über ihn machten.

»Das ist der Eingang zur Krypta«, sagte Petřek und versuchte, gelassen zu klingen. »Dort ruhen seit Jahrhunderten die Gebeine verblichener Mönche.«

Chalupský übersetzte und Böhme wieherte ein furchterregendes Lachen in das verwüstete Kirchenschiff, das von den Wänden widerhallte. »Verblichene Mönche! Dass ich nicht lache!«

Er winkte einen Mann in SS-Uniform zu sich, aus dessen Miene sich ablesen ließ, dass er genau wusste, was ihm blühte.

»Aufmachen!«, schnappte Böhme.

Der Mann ging neben der Falltür am Boden in die Hocke und nestelte an dem bronzenen Ring herum.

»Gibt es außer dieser Luke einen Weg aus den Katakomben?«, fragte ich Petřek. Der schüttelte den Kopf. »Es ist ein Grab«, murmelte er.

»Warten Sie«, rief ich dem SS-Mann zu. »Die Agenten sitzen da unten in der Falle. Sie können nicht heraus und sind mit Sicherheit ebenso bewaffnet wie ihre Kameraden auf der Galerie.«

Der Gedanke daran, dass ihm beim Öffnen der Falltür Dutzende von Kugeln den Schädel zerfetzen würden, ließ den Mann zögern. Ratlos sah er zu Böhme hinauf.

»Aufmachen!«, brüllte dieser. »Befehlsverweigerer werden auf der Stelle erschossen!«

Der Mann zog an dem Ring und die Falltür schwang nach oben auf. Nichts geschah.

»Runter mit Ihnen«, befahl Böhme und der SS-Mann gehorchte. Auf seiner Stirn standen trotz der Kühle im Kirchenschiff Schweißperlen. Er ließ seine Beine in die schwarze Öffnung gleiten und kniff in Erwartung dessen, was kommen musste, die Augen zusammen.

Eine dumpfe Salve von Schüssen ertönte, der Mann stieß ein grelles Heulen aus und versuchte, sich wieder nach oben zu ziehen. Ich griff nach seiner Hand und zerrte ihn aus der Luke heraus. Er blieb auf dem mit Trümmern bedeckten Boden der Kirche liegen. Blut sickerte aus seinen Hosenbeinen und grub Spuren in den Staub. Er heulte schrill wie ein Schwein, das ein ungeschickter Metzgerlehrling mit einem stumpfen Messer traktierte. Zwei Beamte packten den Verwundeten an den Schultern und schleppten ihn, immer noch schreiend, aus der Kirche hinaus. Seine Beine hinterließen im Mittelgang eine schmutzigrote Schleifspur. Böhme sah aus, als wäre er am liebsten persönlich in die Luke gesprungen, um die Attentäter mit bloßen Händen zu zerreißen, aber selbst er sah ein, dass jeder Angreifer, der sich durch die Falltür wagte, augenblicklich unter Beschuss genommen würde.

Ich nickte dem Kaplan zu, der noch einmal halbherzig rief: »Ich bitte euch, meine Söhne, euch zu ergeben!«

»Verschwinden Sie von hier, Vater«, rief eine Stimme aus der Finsternis zu unseren Füßen. »Hier könnte es gleich ungemütlich werden.«

Ich kniete mich seitlich neben die Luke, sodass mich die Agenten nicht ins Visier nehmen konnten und sagte: »Sie können nicht heraus, wir können nicht hinein. Früher oder später werden Ihnen die Kugeln ausgehen, das Wasser, die Vorräte …«

»Aber bis dahin erschießen wir so viele von euch wie möglich«, rief es von unten.

»Rückzug«, rief ich über die Schulter, und bevor ich ausgesprochen hatte, wandte sich der Großteil der Männer in der Kirche zum Gehen. Niemand hatte Lust, in das Loch im Boden hinabgelassen zu werden.

»Hiergeblieben«, befahl Böhme scharf. Ein Teil der SS-Leute stellte sich taub und hielt auf das Portal zu, einige wenige zögerten und verlangsamten ihre Schritte.

Böhme deutete auf einen der Zauderer und zitierte ihn zur Luke. Der Mann gehorchte mit aschfahlem Gesicht und in dem Augenblick, in dem der untere Teil seines Körpers in die Krypta glitt, ertönten erneut Schüsse, ein

Schmerzensschrei und ein weiterer Verwundeter wurde aus der Kirche geschleift. In der Zwischenzeit hatten alle, die nicht zum nächsten Freiwilligen bestimmt werden wollten, das Gebäude fluchtartig verlassen. Ich ließ Böhme stehen und ging den Mittelgang hinunter, wo tröstliches Tageslicht in das Kircheninnere flutete.

Donnerstag, 18.6.1942, 8.30 Uhr

»Wie bitte?« Karl Hermann Frank sah mich an, als hätte ich den Verstand verloren.

Böhme konnte sich ein Grinsen nicht verkneifen. »Endlich ein vernünftiger Vorschlag, Pannwitz. Die Attentäter einfach ersäufen wie Ratten, die sie ja auch sind. Könnte von mir sein.«

»Ich will sie nicht ersäufen. Wenn es tatsächlich keinen anderen Zugang zur Krypta gibt, können wir es ihnen da unten ungemütlich machen. Wenn sie bis zur Hüfte in kaltem Wasser stehen, sind die Attentäter vielleicht zugänglicher für ein Angebot von unserer Seite.«

»Haben Sie die verrückte Idee, mit den Terroristen zu verhandeln, immer noch nicht aufgegeben?«, erwiderte Böhme.

Frank sagte in dem schulmeisterlichen Ton, mit dem er Männer wie Böhme in den Wahnsinn treiben konnte: »Sie werden einsehen, Standartenführer, dass sie uns lebendig mehr nützen als tot.«

»Jawohl, Gruppenführer«, knurrte Böhme. »Aber wenn das Ansehen der Deutschen verspielt wird, weil ein Weichling von Kommissar nicht wagt durchzugreifen, dann sehe ich mich gezwungen …«

»Das werden wir ja sehen«, kanzelte Frank Standartenführer Böhme ab, ich sah, dass sein Blick flackerte. Frank hatte ebenfalls Angst, das Ansehen der Deutschen zu verspielen. Was, wenn wir Männer von der Gestapo und der SS doch nicht die effizienten Tötungsmaschinen waren, für die man uns hielt? Hätte die Welt dann noch genügend Angst vor uns, sich uns unterwerfen zu lassen? Wenn wir es heute vermasselten, kämen die Tschechen vielleicht auf den Gedanken, dass wir auch andere Dinge vermasseln könnten.

»Tote können wir sofort haben, Herr Staatssekretär. Aber Sie selbst haben angeordnet, dass wir den Anschlag zur Gänze aufklären«, sagte ich ruhig.

»Schon gut, Pannwitz«, gab Frank zurück, doch ich sah, dass der Muskel um sein rechtes Auge herum zuckte. »Ich verständige die Feuerwehr.«

Als die Wagen der tschechischen Feuerwehr eine halbe Stunde später vor der Kirche eintrafen, hatten sich bereits unzählige Schaulustige eingefunden, die immer wieder unter Androhung von Prügeln vertrieben werden mussten. Kaum hatte sich eine der Gruppen aufgelöst, sammelte sich an anderer Stelle eine neue. Frank stand das Unbehagen über die Zaungäste ins Gesicht geschrieben. Von Treuenfeld blickte mit eisiger Miene über die Häupter der Zuschauer hinweg. Ich vermutete, dass er beim geringsten Anlass einen der ungebetenen Gäste erschießen lassen würde. Die Umstehenden schienen es auch zu ahnen, denn sie verhielten sich völlig still und schauten über die Absperrungen, so gut sie konnten.

Aus den rot lackierten Löschzügen stiegen Feuerwehrmänner, denen anzusehen war, dass sie den Befehl am liebsten verweigert hätten. Die Männer, die den »Henker von Prag« beseitigt hatten, in einem dunklen Loch zu ertränken wie einen unerwünschten Wurf Katzen, ging über ihre Vorstellung von Kollaboration hinaus. Ich versuchte, ihnen klarzumachen, dass wir nicht vorhatten, die Attentäter dort unten ertrinken zu lassen. Es lag auf der Hand, dass sie mir nicht glaubten. Sie musterten uns voller Abscheu, wagten jedoch letztlich nicht, sich zu verweigern. Sie rollten mit versteinerten Mienen den ersten Schlauch aus und versuchten, ihn durch das Portal der Kirche bis zur Falltür zu ziehen, aber er war zu kurz. Auch die anderen Schläuche reichten nicht aus.

Ich ging um die Kirche herum und entdeckte auf Höhe der Bordsteinkante schmale Fensterschlitze, welche die Belüftung der Katakomben sicherstellen sollten, um Schimmel und Fäulnis im Bauch der Kirche zu verhindern. Sie waren so eng, dass nicht einmal ein kleines Kind sich hindurchzwängen könnte, doch für einen Feuerwehrschlauch würde es reichen. Die Löschzüge fuhren an die Längsseite der Kirche, wo die Feuerwehrmänner verdrossen begannen, die Schläuche erneut auszurollen. Der Kommandant gab den Befehl, das Wasser aufzudrehen, und man begann mit der Flutung der Katakomben. Es ging unglaublich langsam voran, denn das Wasser schien irgendwo in der Krypta zu versickern. Hin und wieder stiegen die Attentäter zu den Fensterschlitzen hinauf, stießen die Schläuche aus der Öffnung und eröffneten das Feuer auf jeden, der versuchte, sie wieder an Ort und Stelle zu bringen. Die umzingelnde SS schoss zurück und es kostete mich einige Mühe, die Beamten davon abzuhalten. Die Männer waren reizbar. Die Nervosität griff auf ihre Anführer über. Von Treuenfelds Miene war wie das Meer an einem düsteren Tag. Unter der Belastung begannen wir zu bröckeln wie das von Kugeln durchsiebte Mauerwerk der Karl-Borromäus-Kirche. Von irgendwoher hatte man einige große Lautsprecher herangeschafft, aus denen eine unangenehm quäkende Stimme in Endlosschleife und ohrenbetäubender Lautstärke verkündete, dass man die ganze Kirche sprengen würde, wenn die Attentäter nicht freiwillig herauskämen. Das Rezitativ zerrte an den Nerven aller, die um die Kirche herum Stellung bezogen hatten. Einzig die Attentäter im Bauch des alten Gemäuers schienen davon unbeeindruckt.

»Wie ist der Wasserstand da unten?«, fuhr Böhme den Feuerwehrkommandanten an. Der schaute ratlos und Chalupský übersetzte.

»Ich weiß es nicht, aber ich würde schätzen, dass er etwa einen halben Meter beträgt, wenn nicht allzu viel Wasser abläuft.«

»Das reicht nicht«, schnaubte Böhme. »Statt des Wassers nehmen wir Gas, dann findet diese beschämende Aufführung endlich ein Ende.«

»Ich erinnere Sie daran, dass wir die Agenten lebend brauchen«, wandte ich ein. Aus kriminalistischer Sicht schien es mir immer noch geboten, die Männer zu verhören, die den Anschlag verübt hatten. Aber damit endete es nicht. Ich wollte nicht, dass sie starben. Es war nicht ihre Tollkühnheit, mit der sie diese tödliche Mission angenommen hatten, die mich für sie einnahm, und auch nicht ihre Entschlossenheit, mit der sie uns, aller Aussichtslosigkeit zum Trotz, Widerstand leisteten. Diese Dinge erkannte ich an, ich respektierte sie, doch das würde sie nicht retten, sondern höchstens dazu führen, dass sie einen würdigen Tod und kein elendes Krepieren tief unter der Erde erhalten würden. Ich wollte nicht, dass sie starben, weil wir vielleicht doch kein Volk von Mördern sein mussten. Es gab unter den Deutschen – wie in jedem anderen Volk – Mörder und solche, die es nicht waren. Wahrscheinlich gab es im Sommer 1942 in Deutschland mehr Mörder als anderswo, aber es war uns nicht in die Wiege gelegt, verstehen Sie? Diejenigen, die keine Mörder waren, hatten sich unsichtbar gemacht. Ich glaube, sie waren selbst nicht in der Lage, sich zu sehen, denn sie *fühlten* sich als Mörder, egal, ob sie es guthießen oder verabscheuten, was die wirklichen Mörder unter uns taten. Die Kettenglieder der Schuld hatten uns aneinandergefesselt, aber vielleicht waren sie nicht unzerstörbar. Vielleicht reichte ein gerettetes Leben aus, um uns vor der ewigen Verdammnis zu bewahren. Die Absurdität dieser Gedanken war mir durchaus bewusst, doch diese Erkenntnis hielt mich nicht davon ab, sie weiterzuspinnen. Wenn es mir gelang, die Männer lebend zu ergreifen, würde ich Frank vielleicht zu weiteren Zugeständnissen bewegen können. Vielleicht …

Böhme unterbrach meine lächerlichen Phantasmagorien. »Es geht um unser Ansehen, begreifen Sie das denn nicht? Vor den Augen der ganzen Welt stehen wir da wie unfähige Versager, wenn wir Heydrichs Mörder nicht umgehend neutralisieren.«

Der Klang dieses letzten Wortes ließ mich vor Wut und Abscheu erstarren. Bevor ich etwas erwidern konnte, hatte mich Böhme stehen gelassen und befahl, die Männer in den Katakomben mit Giftgas aus ihrer Deckung zu zwingen – entweder würden sie herauskommen oder dort unten ersticken, Böhme war das gleich. Ich hielt nach Frank Ausschau, auf dem Gelände um die Kirche herum herrschte mittlerweile ein heilloses Durcheinander, jeder schrie irgendeinem anderen über zwanzig Köpfe hinweg Befehle zu, die ohnehin nicht ausgeführt werden konnten. So musste ich zusehen, wie Böhmes Männer kleine Fässer mit Gas in das Kircheninnere transportieren. Arthur Nebe hätte sicher seine Freude an diesem kleinen Experiment auf geweihtem Boden gehabt, dachte ich im Stillen, doch kam es anders. Einige Minuten später taumelten schwarz uniformierte Beamte aus dem Kirchenportal,

Sie rangen nach Luft, einige blieben auf dem Kirchhof stehen, beugten sich vorneüber und übergaben sich auf das sonnenbeschienene Pflaster, wo ihr Mageninhalt im Laufe des Vormittags zu einer hässlichen Kruste trocknete. Das Gas war durch die Lücken im Fußboden in das Kirchenschiff gestiegen, während die Attentäter, die sich in die Sargnischen zurückgezogen haben mussten, von der fatalen Wirkung des Giftes verschont geblieben waren. Dass sie noch am Leben und bei Kräften waren, konnten wir leicht an den Gewehrsalven aus dem schmalen Fenster und der Luke erkennen.

»Das Gas ist viel zu leicht«, murmelte eine Stimme in meinem Rücken. Karl Hermann Frank hatte sich zu mir gesellt. Die Angst stand ihm deutlich ins Gesicht geschrieben. Wenn die Attentäter aus dieser tödlichen Falle entkamen, war nicht nur sein Rang in Gefahr. Vermutlich würde er sich sogar der Sabotage bezichtigen lassen müssen, der Feindbegünstigung und des Volksverrates. Im Sommer 1942 war allein dieser Vorwurf so gut wie ein Todesurteil, sogar, wenn man Karl Hermann Frank hieß.

»Wenn man ein Betäubungsgas hätte, das …«, fuhr er fort.

Die Uhr des Kirchturms schlug in diesem Augenblick elf Uhr. Seit fast sieben Stunden belagerten wir die Kirche und alles, was wir erreicht hatten, waren zwei tote Agenten und einer, der so schwer verletzt war, dass er den Abend nicht mehr erleben würde.

»Warten Sie«, sagte ich. »Wir unterbrechen die Aktion. Halten Sie die Attentäter eine Stunde lang hin. Ich muss telefonieren.«

»Sind Sie verrückt geworden? Wir sollen eine Stunde lang gar nichts tun?«

»Es spielt doch keine Rolle. Die Agenten kommen dort nicht heraus, wir kommen nicht hinein. Sie können auch eine Stunde weiter so verfahren, wie wir es gerade tun, Sie kommen zum gleichen Ergebnis.«

»Nur, dass wir dann noch mehr Verwundete auf unserer Seite haben«, stellte Frank mit der trockenen Klarheit fest, die ihm eigen war. »Was haben Sie vor?«

»Ich muss mit Dr. Dick sprechen, dem Leiter des Bulovka-Krankenhauses.«

»Wozu denn das?«, rief er mir nach, aber ich war bereits die Stufen zur Resselgasse hinuntergesprungen und rannte mit wehendem Mantel und unter den verstohlenen Blicken der Schaulustigen die Straße in Richtung des Petschek-Palastes entlang.

Donnerstag, 18.6.1942, 11.20 Uhr

Von der Karl-Borromäus-Kirche bis zum Petschek-Palast war es nur etwa ein Kilometer durch die Gassen Prags. Dass sich die Attentäter die ganze Zeit in meiner unmittelbaren Nähe befunden hatten, erschien mir unglaublich.

Das düstere Gebäude kauerte wie ein steinernes Ungetüm zwischen der Bredauer Gasse und der Rosengasse und schien selbst an diesem sonnigen Morgen mit Schatten übergossen zu sein.

Die Wachmänner am Eingang traten rasch zur Seite, als sie mich erblickten. Sie starrten mich an, als hätte ich den Verstand verloren. Vielleicht lagen sie damit nicht völlig daneben.

Im Eingangsbereich stand Wolfgang Kieser, der unruhig und besorgt wirkte.

»Gut, dass Sie kommen, Herr Kommissar …«, begann er, doch ich ließ ihn stehen und stürmte in die Telefonzentrale im Erdgeschoss. Dort wies ich eine der Telefonistinnen an, mich mit dem Bulovka-Krankenhaus zu verbinden, und wenige Minuten später hatte ich Dr. Dick am anderen Ende der Leitung.

»Und wenn man das Gas mit einer leichten Sprengwirkung in der Krypta verteilen würde? Möglicherweise mit einer kleinen Handgranate?«

»Das wird nicht funktionieren, Herr Kriminalrat. Unser Betäubungsgas ist eine flüchtige Flüssigkeit, die bei etwas über sechzig Grad zu Gas wird. In der Klinik können wir sie ohne Weiteres auf die Temperatur erwärmen, aber dort unten ist es sehr viel kühler. Die Flüssigkeit hat eine größere

Dichte als Wasser, sie ist also schwerer und würde unter den Wasserspiegel sinken. Unter Einfluss einer Handgranate zersetzt sich unser Gas durch das grelle Licht und den Sauerstoff in der Krypta in seine Bestandteile.«

»Gibt es denn eine andere Möglichkeit?«

Dr. Dick schwieg einen Moment, dann sagte er: »Es tut mir leid, dass ich Ihnen nicht helfen kann.«

Ich legte auf und verließ den Raum. Ich fühlte mich unendlich erschöpft. Nun blieb nur noch, die Zeit für uns spielen zu lassen. Wenn sie lange genug frierend und nass im Dunkeln gesessen hatten, würden die Attentäter vielleicht herauskommen. Wenn nicht, dann …

»Bitte, Herr Kriminalrat, hören Sie mir zu«, murmelte Kieser, der vor der Telefonzentrale auf mich gewartet hatte.

»Wissen Sie denn nicht, dass ich mit der Festnahme der Attentäter beschäftigt bin?«, fuhr ich Kieser an, der ein Stück vor mir zurückwich.

»Natürlich, Herr Kriminalrat, es ist nur …«

Ich zuckte mit den Schultern. Was sollte ich im Augenblick tun, das uns weiterbrachte? »Was gibt es?«

»Seit heute früh versucht ein Mann, Sie zu erreichen, der …«, Kieser zog einen Zettel aus seiner Tasche, »… sich Theodor Hohaus nennt. Er klang sehr erregt und bat um umgehenden Rückruf in der *Kleinen Festung*. Er hat es bestimmt fünf- oder sechsmal versucht.«

»Milada«, flüsterte ich und sah Kieser entsetzt an. Sie musste längst zurück in Prag sein. Ich hatte seit der unheilvollen Vision in der Karl-Borromäus-Kirche nicht mehr daran gedacht.

»Wie bitte?«, erwiderte Kieser. Er musterte mich mit demselben Blick, mit dem mich die Wachmänner vor dem Eingang betrachtet hatten. Mit einer Hand fuhr ich durch mein wirres, schweißnasses Haar. Ich konnte mir vorstellen, was er sah.

»Ist heute Morgen eine Gefangene aus Theresienstadt eingetroffen? Wissen Sie etwas davon?«

»Nicht, dass ich wüsste. Aber der SD hat angeblich einen tschechischen Hauptmann festgesetzt, zumindest habe ich das gehört. Das ist unvorstellbar, oder?«

»Sicher«, sagte ich, aber ich konnte mich nicht damit aufhalten, ihm zu erklären, was es mit Alois Šeda auf sich hatte.

Ich kehrte in die Telefonzentrale zurück und ließ mich mit dem Polizeigefängnis in Theresienstadt verbinden. Es dauerte endlose Augenblicke, bis man endlich den Wachmann Theodor Hohaus ans Telefon geholt hatte.

»Es ist etwas Beunruhigendes geschehen«, sagte er leise, als fürchte er, belauscht zu werden. »Heute Morgen in aller Frühe kam ein Lieferwagen, der einige Gefangene abgeholt hat. Ihre Freundin, Dr. Frantová, war unter ihnen.«

»Ich weiß, Herr Hohaus. Dieser Transport ist von mir selbst angeordnet worden. Ich weiß zu schätzen, dass Sie sich um Frau Dr. Frantová sorgen.«

»*Sie* haben es angeordnet?«, fragte Hohaus. »Ich frage nur, weil ... nun, dann wird es wohl seine Richtigkeit haben.«

Etwas in seiner Stimme gefiel mir ganz und gar nicht. Die kleine Glocke in meinem Kopf begann wieder zu schrillen.

»Was gibt Ihnen Anlass, daran zu zweifeln?«, fragte ich.

»Der Fahrer des Lieferwagens war früher hier als erwartet und hatte Zeit für eine Zigarette, die ich ihm angeboten habe. Und als ich ihn fragte, wohin es denn heute ginge, wie man das eben fragt unter uns kleinen Lichtern, da sagte er, heute sei nicht viel zu tun, er müsse nur ein paar Gefangene in einen Zug verfrachten.«

»In einen Zug? Für die kurze Strecke nach Prag?«

»Nach Prag?« Hohaus klang verwirrt. »Doch nicht nach Prag. Die Gefangenen sollen unter dem Aktenzeichen AAh zur Sonderbehandlung nach Mauthausen überführt werden.«

Ich spürte, wie mir der Hörer aus der Hand glitt. Er schlug scheppernd auf den Holzdielen auf, ein Stück der Kunststoffverkleidung sprang ab und rutschte über den Boden.

»Hallo?«, hörte ich Hohaus' gespenstisch verzerrte Stimme aus dem Hörer quäken. »Herr Pannwitz?«

Das Fräulein von der Telefonzentrale war aufgesprungen und beeilte sich, den Hörer aufzuheben. Als sie ihn mir reichen wollte, wandte ich mich ab. Ich hatte genug gehört. Böhme hatte mich ein weiteres Mal ausgespielt. Mein Kopf summte und dröhnte. Als mich die Telefonistin am Arm berührte und ich mich zu ihr umdrehte, machte sie einen erschreckten Satz zurück und wäre beinahe über die Rollen ihres Stuhls gestolpert. In der Fensterscheibe mir gegenüber sah ich ein verzerrtes Gesicht, das von so unaussprechlichem Hass entstellt war, dass es kaum etwas Menschliches hatte. Innerhalb einer Viertelstunde hatte ich drei Leute dazu gebracht, an meinem Geisteszustand zu zweifeln, und das durch meinen bloßen Anblick. Die lodernden Flammen des Zorns löschten jedes Nachdenken aus. Ich beschloss, Böhme umzubringen, und wenn es mir heute nicht gelang, dann an einem anderen Tag, aber ich würde ihn töten.

Doch der jämmerliche Teil meines Verstandes, der nicht ganz krank vor Hass war, hielt mich davon ab, mit einer Pistole im Anschlag den Kilometer zurück zur Karl-Borromäus-Kirche zu marschieren und wohlig dabei zuzusehen, wie Böhmes Grinsen in einer Wolke aus Blut und Knochensplittern verschwand. Zunächst einmal musste ich mich darum kümmern, dass Milada sofort nach ihrer Ankunft in Mauthausen in den nächsten Zug zurück nach Prag gesetzt wurde. Ich befahl dem Fräulein, mich mit Mauthausen zu verbinden. Es gelang ihr erst im dritten Anlauf, weil ihre Finger so sehr zitterten.

In Mauthausen war man auf einen Transport aus der Tschechei vorbereitet, jedoch nicht über Einzelheiten informiert. Der Kommandant des Lagers, Sturmbannführer Ziereis, war nicht zu sprechen, aber ich gab seinem Untergebenen deutlich zu verstehen, dass wir Dr. Frantová dringend zur Identifizierung des Attentäters benötigten, der mit ihr Kontakt gehabt hatte. Ich befahl ihm, sofort einen Rücktransport zu organisieren, sobald die Gefangenen in Mauthausen eintrafen. Der Gedanke drängte sich in mein Bewusstsein, dass die lagereigenen Granitwerke einen gewaltigen Aufschwung erfahren hatten, seit man Häftlinge dort als Zwangsarbeiter einsetzte. Ich hatte gehört, dass die Insassen, die zur Arbeit im Steinbruch verurteilt worden waren, auf ihrem Rücken zentnerschwere Granitblöcke schleppen mussten, und zwar in einer Kolonne, sodass, wenn einem die Last entglitt, sie dem hinter ihm gehenden Häftling die Beine zertrümmerte, was Anlass gab, gleich beide zu erschießen. Es war unerträglich, mir Milada auch nur eine Sekunde lang einer solchen Tortur ausgesetzt vorzustellen. Ich nahm mir vor, nötigenfalls persönlich nach Mauthausen zu fahren, wenn ich bis zum Nachmittag keine Rückmeldung von Ziereis oder seinen Untergebenen erhielt. Vielleicht konnte ich dort sogar etwas für die Familie Novák tun, deren Tochter immerhin Kontakt zu einem der Agenten gehabt hatte. Solange die Attentäter allerdings in der Krypta saßen, war es mir unmöglich, Prag zu verlassen.

Als ich eine Viertelstunde später wieder in der Resselgasse eintraf, schlug mir die Druckwelle einer Detonation entgegen.

Donnerstag, 18.6.1942, 12.00 Uhr

»Sie haben *was*?«

Fassungslos stand ich auf dem Innenhof der Karl-Borromäus-Kirche, aus deren geborstenen Fenstern Rauch und Staub wallte. Die Leichen Adolf Opálkas und Josef Bublíks lagen immer noch auf dem Pflaster. Die Sonne, die durch das hohe, eiserne Gitter des Kirchhofs fiel, zeichnete wilde Muster auf ihre vom Zyankali geröteten Gesichter. Niemand hatte es bisher für nötig gehalten, die Toten fortzuschaffen. Man hatte sie lediglich zur Seite geschleift wie Möbelstücke, damit sie nicht im Weg lagen.

»Herrgott, Pannwitz, uns läuft die Zeit davon. Was hätte ich denn tun sollen? Sie sehen übrigens furchtbar aus, wissen Sie das?« Frank sog so gierig an seiner Zigarette, dass es mich nicht gewundert hätte, wenn er sie gleich zur Gänze verschluckt hätte. Er sah ebenfalls nicht besonders gut aus.

»Und deshalb haben Sie ein *Loch* in den Boden des Altarraums gesprengt?«

»Von Treuenfeld hat gesagt, dass wir uns hier nur blamieren. Der Schaden ist nicht auszudenken, wenn siebenhundert Mann der bewaffneten Einheiten an vier Tschechen in den Katakomben einer Kirche scheitern.«

»Gabčík ist Slowake, Herr Staatssekretär«, sagte ich verdrossen.

Frank nickte.

Immerhin waren wir uns in diesem Punkt einig.

»Ich kann nicht glauben«, fuhr ich fort, »dass Sie vor Treuenfelds dummem militärischem Schneid kapituliert haben.«

»Mäßigen Sie sich, Pannwitz«, erwiderte Frank, es klang halbherzig. Er war klug genug, den Unsinn seines Befehls selbst zu erkennen, aber nun schämte er sich offenbar, ihn vor aller Ohren zurückzunehmen. »Im Moment sind unsere Männer dabei, die Trümmer wegzuschaffen«, sagte Frank in geschäftsmäßigem Ton. »Wir können davon ausgehen, dass die Bodenplatte, unter der sich die Krypta befindet, durch die Detonation zersprungen ist.«

»Tote hätte ich Ihnen auch vor sechs Stunden liefern können. Wir hätten ein Dutzend Handgranaten in die Krypta werfen können, um ihnen die Lungen zu zerfetzen. Aber das war nicht meine Aufgabe.«

Ich sah zu, wie staubbedeckte Einsatzkräfte zerborstene Holzbalken und Trümmer der steinernen Säulen aus dem Portal schleppten. Dann hörte man wieder Schüsse und Schreie. Kurz darauf wurden zwei blutende Beamte aus der Kirche geschleppt, ein bedrückendes Déjà-vu, auf das ich gerne verzichtet hätte.

Brigadeführer von Treuenfeld trat zu uns. Wie gewöhnlich ignorierte er mich und wandte sich an Staatssekretär Frank: »Wir werden so lange Männer durch die beiden Öffnungen schicken, bis den Terroristen die Munition ausgeht. Ein mobiles Lazarett ist auf dem Weg hierher. Wenn sie ihr Pulver verschossen haben, greifen wir zu. Sie können dort unten nicht unendlich Magazine gelagert haben.«

Aus der Kirche waren wieder Schüsse zu hören.

»Glauben Sie nicht, Brigadeführer, dass sich die Agenten eine Kugel für besondere Zwecke aufsparen werden?«

Von Treuenfeld wandte sein unbewegtes Gesicht zu mir und tat, als sähe er mich zum ersten Mal. Dann sagte er zu Frank: »Der Zivilist hat den Mund zu halten, wenn die bewaffnete Macht handelt. Ihr Befehl wird selbstverständlich vollständig ausgeführt, Gruppenführer.«

»Es ist doch Ihr eigener Befehl, den Sie dem Staatssekretär in den Mund gelegt haben«, fuhr ich auf, doch Treuenfeld verschwendete keinen Blick an mich, sondern ging seiner Wege, um sein unsinniges Vorhaben weiterzuführen.

»Ist Böhme da drin?«, fragte ich Frank und deutete mit dem Daumen auf das Kirchenportal.

»Standartenführer Böhme hat vor zehn Minuten einen Funkspruch von Reichsführer SS Himmler erhalten und macht ihm gerade Meldung. Er ist irgendwo da drüben«, erwiderte Frank und machte eine vage Handbewegung in keine bestimmte Richtung. Ich war nach wie vor entschlossen, Böhme zur Rechenschaft zu ziehen, aber mittlerweile hatte ich eingesehen, dass es nicht besonders klug wäre, ihn vor aller Augen zu erschießen.

Ein SS-Mann näherte sich mit schnellem Schritt.

»Gruppenführer«, rief er atemlos. »Befehle von Himmler!«

»Ja bitte?« Frank sah nicht begierig aus, die neusten Anweisungen seines Chefs entgegenzunehmen.

»Hinhalten«, keuchte der Mann. »Himmler sagt, wir sollen die Attentäter unbedingt hinhalten und zur Aufgabe bewegen. Es spielt keine Rolle, ob es bis in die Nacht oder bis morgen dauert. Auf keinen Fall neutralisieren!«

Frank fuhr sich durch das schüttere Haar. »Verdammt«, stöhnte er. Ich sah mich um und erblickte Treuenfeld, der im Sonnenschein vor dem Portal auf und ab stolzierte, als präsentiere er die neue Sommerkollektion der Generalmajorsuniformen.

»Rückzug!«, rief ich ihm zu, doch er ignorierte mich.

»Befehlen Sie ihm, seine Männer zurückzurufen«, sagte ich zu Frank, der unschlüssig von einem Fuß auf den anderen trat. Seine Autorität war dahin, egal, was er tat. Endlich gab er sich einen Ruck und machte einige Schritte auf Treuenfeld zu, als wir vier Schüsse hörten, deren Klang von den jahrhundertealten Mauern gedämpft wurde.

Frank und ich sahen uns an und Stille legte sich über die Resselgasse wie ein Leichentuch.

Donnerstag, 18.6.1942, 14.00 Uhr

Ich würde Ihnen gerne erzählen, dass die Beamten der Gestapo, Böhmes SS und Treuenfelds Soldaten sich in den Schatten der Altstadtpaläste zurückzogen hätten. Dass es irgendeinem klugen und bedächtigen Mann, womöglich mir, gelungen sei, die Attentäter zur Aufgabe zu bewegen und als Kronzeugen gegen die Exilregierung Edvard Beneš', den Drahtzieher des Anschlags, aussagen zu lassen. Das wäre ein gutes und gnädiges Ende für diese ganze verdammte Geschichte, das einzig denkbare gute Ende. Natürlich war es nicht so, das wissen Sie. Die einzige Gnade, die mir an diesem Tag zuteilwurde, war ein Schwächeanfall auf dem Kirchhof, nachdem die vier dumpfen Schüsse gefallen waren. Die Welt begann, sich von den Rändern her zusammenzuziehen, mein Magen verkrampfte sich und hätte ich die Kraft gehabt, hätte ich mich womöglich auf Opálka und Bublík übergeben, die ihr letztes Sonnenbad auf dem Pflaster genossen. Ich lehnte mich schwer gegen die kühle Steinmauer der Kirche, um nicht umzufallen. Am Rande meines Bewusstseins nahm ich wahr, dass mich zwei Sanitäter auf eine Liege bugsierten. Ich bin nicht stolz darauf, aber immerhin ersparte mir der Schwächeanfall den Anblick der vier auf dem knietiefen Wasser in der Krypta treibenden Leichen von Gabčík, Valčík und ihren beiden Kameraden. Als ihnen die Munition ausgegangen war, hatte jeder von ihnen eine Kugel, die er vielleicht in seiner Brusttasche aufbewahrte, herausgeholt. Sie hatten sich tapfer geschlagen, das wussten sie, doch nun war es Zeit zu gehen. Aufgeben hatte für sie nie zur Debatte gestanden, glaube ich. Sie haben es alle im selben Augenblick getan.

Während ich darum kämpfte, nicht in Ohnmacht zu fallen, fischte man die Attentäter aus der überfluteten Krypta und legte sie in die Sonne neben ihre toten Kameraden. Irgendwer flößte mir eine scharf schmeckende Flüssigkeit ein, an der ich mich verschluckte. Ich musste husten, bis ich dachte, meine Lunge würde zerreißen. Im Kircheninneren sammelten die Beamten Waffen, Handgranaten und Patronenhülsen zusammen, die zur Untersuchung nach Berlin geschickt wurden. Einige Zeit später saß ich auf einer steinernen Bank vor dem Portal und sah zu, wie Angestellte des gerichtsmedizinischen Instituts kamen, die Toten aus allen möglichen Blickwinkeln fotografierten und schließlich abtransportierten. Jan Kubiš, so erfuhr ich, war bereits auf dem Weg in die Klinik gestorben und erwartete seine Freunde in der Pathologie. Man würde die Männer einigermaßen herrichten, sodass unsere Zeugen sie identifizieren konnten.

Ich sprang auf, doch mir wurde sofort schwarz vor Augen und ich ließ mich wieder auf die Bank sinken. Zur Not würde ich auf allen Vieren zum Petschek-Palast kriechen. Das war jedoch nicht nötig. Ein Polizeiauto fuhr vor, die Absperrungen waren mittlerweile entfernt worden. Zwei Beamte, darunter Wolfgang Kieser, stiegen aus und gingen auf mich zu. Sie stützten mich so unauffällig wie möglich, um mich nicht weiter zu beschämen, und führten mich zu ihrem Wagen.

»Ich muss telefonieren«, sagte ich. Meine Stimme klang wie die eines Betrunkenen.

»Wir bringen Sie nach Hause«, sagte Kieser. »Wann haben Sie denn zuletzt etwas gegessen oder gar geschlafen?«

Ich konnte mich weder an das eine noch das andere erinnern.

»Ich habe mir Sorgen gemacht, als Sie vorhin im Petschek-Palast waren«, fuhr Kieser fort und reichte mir eine Papiertüte, in der sich einige Stücke Brot befanden. »Sie sahen nicht besonders gut aus.« Der andere Beamte warf ihm einen warnenden Blick zu, woraufhin Kieser errötete und schnell hinzufügte: »Was angesichts der Umstände natürlich völlig normal ist. Ich dachte nur …«

»Ist gut, Kieser. Ich danke Ihnen. Aber ich bestehe darauf, dass wir ins Büro fahren.«

»Das dachte ich mir«, erwiderte er. »Natürlich, Herr Kriminalrat.«

Als wir vor dem Petschek-Palast eintrafen, fühlte ich mich etwas besser – oder zumindest kräftiger. Ich glaubte nicht, dass es je wieder *besser* werden könnte. Wenn man erst einmal am Ende der Schrecken angelangt ist, kommt einem jede Aussicht auf ein *Besser* vor wie ein Luftschloss, aber man tröstet sich damit, dass es zumindest nicht mehr schlimmer werden kann. Aber es sollte sich zeigen, dass ich mit dieser Annahme falschlag. Ich schaffte es, die Treppen zu meinem Büro zu bewältigen, und fiel auf den Sessel hinter dem Schreibtisch. Der Raum war groß und vollkommen still. Er erschien mir so fremd, als wäre ich zum ersten Mal darin. Ich sollte nicht hier sein, dachte ich. Dies war kein guter Ort, für niemanden. Eigentlich hätte Hochstimmung im Petschek-Palast herrschen müssen. Wir hatten die Mörder des Reichsprotektors gestellt und zur Strecke gebracht. Heydrichs Tod war mit ihrem Blut gesühnt worden, die Ehre der deutschen Gestapo war wiederhergestellt und wir konnten uns der Vorstellung hingeben, dass die Gerechtigkeit immer siegte. Dennoch fühlte ich mich elend und das lag nicht nur an der Erschöpfung oder der Tatsache, dass ich mich an meine letzte Mahlzeit nicht erinnern konnte, wenn man von den Brotstückchen absah, die Kieser mir gegeben hatte. Sieben Menschen waren heute in der Karl-Borromäus-Kirche gestorben, die für ihre Tat in jedem Land der Welt zum Tode verurteilt worden wären – und gleichzeitig wusste ich, dass sie sieben bleiche Zeugen mehr waren, die am Ende der Zeit gegen uns sprechen würden. Ich würde sie unter den Hunderttausenden anderen, deren Tod wir zu verantworten hatten – ein russischer General teilte mir kürzlich mit, es seien sogar Millionen gewesen, aber wer weiß das schon? – sofort wiedererkennen. Was würde ich zu meiner Verteidigung vorbringen können, das nicht wie eine lächerliche Ausflucht klang? Dass ich lediglich meine Pflicht getan hatte? Ich stellte mir vor, wie Kubiš, Gabčík und ihre Kameraden mit ihren starren Fingern stumm auf mich zeigen würden. Mit Sicherheit wäre auch Marie Moravcová anwesend, den Kopf unter den Arm geklemmt. Die Vorstellung reichte aus, um jeden Anflug von Hochstimmung auszulöschen, die ich über die Ergreifung der Attentäter hätte empfinden können. Einzig der Gedanke an ein kleines weißgetünchtes Haus irgendwo weit weg von Prag oder Berlin, vielleicht in Pommern, schien wie ein weit entferntes, gerade noch erkennbares Leuchtfeuer durch die Dunkelheit in mir.

Ich griff zum Hörer und bat die Telefonistin, mich noch einmal mit dem Lager in Mauthausen zu verbinden. Falls es dieselbe Telefonistin war, die Dienst hatte, ließ sie sich nichts anmerken, sondern gehorchte mit unverbindlicher Freundlichkeit meiner Anweisung.

In Mauthausen war Standartenführer Ziereis immer noch nicht zu sprechen, aber man gelobte, mich umgehend zurückzurufen, wenn der Transport mit den Häftlingen aus Theresienstadt angekommen und ordnungsgemäß registriert sei.

Ich zog ein Blatt Papier heraus und spannte es in die Schreibmaschine. In den nächsten Tagen würde mich eine unendliche Flut von Papieren, Dokumenten und Protokollen überrollen, aber über all dem standen drei Schriftstücke, die ich anfertigen musste. Es hatte etwas Zwangsläufiges an sich. Ich betrachtete einige Zeit lang das leere Blatt.

»Anzeige wegen Verbrechen im Amte«, tippte ich schließlich. Die Worte fraßen sich wie eine tiefschwarze Flammenschrift ins Papier. Mein Belsazar trug den Namen Horst Böhme. Ich las die Überschrift noch einmal und dann geschah es. Wie entfesselt tanzten meine Finger über die Tasten, die unter den Anschlägen klapperten. Die Worte kamen von selbst und fanden beinahe ohne mein Zutun den Weg auf die Blätter, während ich dasaß und mit verhaltener Neugierde zusah, wie Zeile um Zeile auf dem leeren Weiß entstand. Ich wusste nicht, ob es reichen würde, um Böhme Kopf und Kragen zu kosten, für eine Suspendierung sollte es allemal reichen. Wenn er nicht aus Prag verschwand, würde ich ihn erschießen, und das wollte ich mir ersparen. Draußen ging das weiße Licht des Mittags langsam in ein warmes Goldgelb über.

Ich packte die Blätter mit der Anzeige gegen Böhme in einen Umschlag und spannte neues Papier ein.

»An das Oberkommando der Wehrmacht, Generalfeldmarschall W. Keitel«, tippte ich. Ich hatte erfahren, dass man händeringend nach neuen Unteroffizieren für den geplanten Angriff auf Stalingrad im Spätsommer suchte, da die Beliebtheit eines Einsatzes an der Ostfront seit dem letzten Winter drastisch nachgelassen hatte. Das Papier füllte sich wie von Zauberhand mit Buchstaben, Wörtern und Sätzen. Ich nahm es heraus, unterschrieb es und steckte es in einen zweiten Umschlag.

Für das dritte Dokument, das ich anfertigen musste, benötigte ich eine spezielle Schreibmaschine, die ich mir in den nächsten Tagen besorgen würde – eine Schreibmaschine mit besonders großen Buchstaben, damit auch ein Mann mit schwachen Augen lesen konnte, was ich schrieb. Als Ladislav Vaněk für mich noch Alois Šeda gewesen war, hatten wir darüber gescherzt. Es war vielleicht zwei Wochen her, dass mich der Hauptmann nach Schlan begleitet hatte, um dem Taschenlampenfabrikanten Pála auf den Zahn zu fühlen, aber es kam mir vor, als sei es nicht nur unendlich lange her, sondern gänzlich in einer anderen Welt geschehen. In einer Welt, in der Liditz noch stand.

Wieder griff ich zum Telefon und sprach zum dritten Mal an diesem Tag mit einem Angestellten des Lagers Mauthausen, der mir nicht weiterhelfen konnte und mich auf den kommenden Morgen vertröstete. Ich erwog, mich auf der Stelle ins Auto zu setzen und durch die hereinbrechende Nacht nach Österreich zu fahren. Ich müsste mir eine oder zwei Stunden Schlaf genehmigen, bevor ich fahren konnte. Die Stadt Linz, vor deren Toren das Lager Mauthausen lag, war zweihundertfünfzig Kilometer entfernt, und die Strecke galt als schwierig.

Ich nahm den Hörer ab und legte ihn neben das Telefon. Ich wollte nicht gestört werden, während ich mich einen Moment lang der Ruhe hingab. Ich legte die Arme auf den Schreibtisch und bettete meinen Kopf darauf, lauschte dem gleichförmigen Freizeichen, das leise aus dem Hörer drang, und versuchte, nicht an Gabčík, Valčík oder Kubiš zu denken, nicht an Jindřiška Nováková oder an die Sehnen, die aus Marie Moravcovás Hals ragten. Meine Lider wurden schwer und ich spürte, wie mein Verstand endlich den Griff lockerte, mit dem er sich an die Wirklichkeit klammerte. Eine Stunde Ruhe, dann würde ich aufbrechen.

Freitag, 19.6.1942, 8.30 Uhr

Ich lag in der Dunkelheit und lauschte dem Summen, bis ich merkte, dass die Dunkelheit gar nicht dunkel war. Sie war rötlich, bewegt und friedlich. Ein Morgen in einem Haus am Rande der großen Stadt, an dem man nach eigenem Belieben erwachen durfte. Man lag mit geschlossenen Augen da und sah nichts als die rote Dunkelheit, die entstand, wenn die Sonne durch die dünne Haut der Augenlider drang. Man lauschte dem Rauschen der alten Platanen vor dem Haus, dem Zwitschern der Vögel und dem Summen der Mutter, die in der Küche das Frühstück vorbereitete. Man war acht Jahre alt und wusste nicht viel von all den Scheußlichkeiten, die auf der Welt vor sich gingen.

Ich fuhr hoch. Ich war nicht acht Jahre alt, sondern dreißig, und ich lag nicht im Bett meiner Kindheit, sondern fand mich steif und kalt auf dem Fußboden unter meinem Schreibtisch im Petschek-Palast wieder. Schwaches Licht fiel durch die Fenster. Aus dem Hörer, der neben dem Telefon auf dem Tisch lag, drang das stete Summen, das mich aus dem Schlaf in die Wirklichkeit begleitet hatte. Auf den Gängen draußen herrschte Betrieb, ich konnte leise Stimmen und Schritte hören. Ein neuer Tag hatte begonnen.

Ich erhob mich mit schmerzenden Gliedern von den Holzdielen. Die Muskeln in Nacken und Schultern fühlten sich gleichzeitig eiskalt und brennend an. Ein dumpfer, bitterer Geschmack hatte sich in meinem Mund ausgebreitet. Ich suchte die Toiletten im zweiten Stock auf, wusch mir das Gesicht und nahm einen Schluck Wasser aus der Leitung, das schal schmeckte und das Gefühl in meinem Mund nicht verbesserte.

In meiner Tasche fand ich die Papiertüte, die mir Wolfgang Kieser gegeben hatte. Es waren noch einige Stücke Brot darin, die hart und trocken waren und nach Sägemehl schmeckten, aber das war besser als nichts. Ich hatte eine lange Fahrt vor mir.

Zurück in meinem Büro beschloss ich, meinen Besuch telefonisch anzukündigen, um allen Beteiligten peinliche Szenen zu ersparen.

Endlich gelang es mir, mit Sturmbannführer Franz Xaver Ziereis zu sprechen. Ich kannte ihn nicht persönlich, aber seine Stimme klang wie eine geballte Faust.

Nachdem ich mich vorgestellt hatte, begann ich: »Es geht um die Gefangene Frantová, Milada, die gestern eingetroffen ist. Die Deportation ist irrtümlich vorgenommen worden. Die Frau ist eine wichtige Zeugin, um die Mörder Reinhard Heydrichs zu identifizieren.«

»Frantová, Milada sagen Sie?« Ich hörte, wie Ziereis mit Papier raschelte.

»Ja. Die Prager Gestapo erklärt sich bereit, die Gefangene selbst abzuholen, um Ihnen alle weiteren Mühen zu ersparen. Die Identifizierung muss so schnell wie möglich abgeschlossen werden.«

»Da haben Sie recht« sagte Ziereis, aber er klang, als meine er das Gegenteil. »Man hört, dass der tschechische Rundfunk aus London bereits meldet, Sie hätten irgendwelche Partisanen in der Kirche zusammengetrieben und erschossen, um der Öffentlichkeit endlich Ergebnisse zu liefern.« Er lachte meckernd, als sei die Vorstellung, dass so etwas geschehen könnte, völlig absurd. Ich wusste es besser, sagte jedoch nichts dazu.

Ziereis fuhr fort: »Leider ist es uns nicht möglich, Ihrem Anliegen nachzukommen, Kriminalrat Pannwitz.«

Ich seufzte. »Es gibt vermutlich einen Sperrvermerk von einem Standartenführer namens Horst Böhme, aber lassen Sie sich gesagt sein, dass …«

»Nein, so etwas wie Sperrvermerke haben wir hier nicht«, unterbrach mich Ziereis unfreundlich. »Das ist im Regelfall nicht nötig, denn niemand will je die Leute zurückhaben, die man uns bringt.«

»Und warum wollen Sie Frau Dr. Frantová dann nicht herausgeben? Wenn es um Schadenersatz für die bereits ausgegebene Verpflegung geht oder andere Kosten entstanden sind …«

»Diese Kosten werden normalerweise aus dem Vermögen der Häftlinge oder ihrer Familien beglichen«, belehrte mich Ziereis. »Im Falle der Gefangenen Frantová, Milada sind nur geringe Kosten entstanden, die man vernachlässigen könnte – wenn man von dem Arbeitsaufwand absieht, den die Beseitigung der ganzen Sauerei verursacht hat.«

»Wovon sprechen Sie?«, fragte ich, aber im selben Augenblick traf mich die Wahrheit wie der Schlag einer riesigen Keule. Ich wollte den Hörer auf die Gabel schleudern, um Ziereis' Antwort nicht hören zu müssen, aber mein Arm war wie gelähmt.

»Es gab einen Irrtum seitens der Verwaltung und ich muss Ihnen mitteilen, dass Frantová, Milada heute Morgen um 7.30 Uhr erschossen worden ist.« Er klang tatsächlich ein wenig beschämt darüber, dass es unter seinem Kommando zu Irrtümern kommen konnte.

Schwärze breitete sich um mich. Etwas zerbrach. Ich war endlich am Ende der Schrecken angelangt. Ziereis sagte irgendetwas, vermutlich etwas, das von seinem Versagen ablenken sollte, aber ich hörte seine Stimme nur dumpf wie durch dichten Nebel. Dann fand ich die Kraft, den Hörer aufzulegen.

Was in den Tagen nach dem Tod der Attentäter geschah, ist schnell erzählt. Nicht, weil es einfach war oder ein gutes Ende nahm, sondern weil ich es selbst nur erlebte wie ein Zuschauer in einem dunklen Kinosaal, der so müde oder betrunken war, dass er hin und wieder einnickte und den Film deshalb in Sprüngen wahrnahm. Ich funktionierte dennoch tadellos, das kann ich Ihnen versichern.

Am selben Nachmittag fand ich mich in einem großen halbkreisförmigen, gut beleuchteten Raum wieder. In der Mitte stand ein langer mit Blech beschlagener Tisch. Chalupský und ich standen am Fenster. Eine Vielzahl von Personen wurde in den Raum geführt, einer nach dem anderen, alle von Karel Čurda benannte Zeugen oder Angehörige der Attentäter. Chalupský sagte den Zeugen, sie sollten um den Tisch herumgehen und sorgfältig schauen, was sich darauf befinde. Ein sehr junger Mann, an beiden Händen gefesselt, betrat den Raum. Ich sah, wie ihm vor Schreck der Atem stockte, als er auf den Tisch schaute. Er sah aus wie Ata Moravec, nachdem er mit eigener Hand den Kopf seiner Mutter enthüllt hatte.

»František Kubiš«, sagte ein Beamter laut und deutlich und ein anderer machte ein Kreuz auf einer Liste. Der junge Mann machte einen unsicheren Schritt auf den Tisch zu. Auf dem Blech, das als Platte diente, steckten Menschenköpfe auf einem Gestell wie Kerzen auf einem Adventskranz. Sie sahen erstaunlich gut aus, denn die Gerichtsmedizin der Universität Prag verstand sich auf Leichentoilette. Der wochenlange Aufenthalt in einer feuchten, kalten Gruft und die nervenzerfetzenden letzten Stunden ihres

Lebens waren ihnen nicht anzusehen – nur Jan Kubiš hatte nicht zu seinem alten Aussehen zurückgefunden. Die Verletzungen waren zu verheerend gewesen. Ich fragte mich, wer die undankbare Aufgabe gehabt hatte, die Köpfe von den Leibern zu trennen. Ich hätte ihm vielleicht ein paar Tipps geben können. Wie im Traum ging František Kubiš, der, wie ich später feststellte, der jüngste Bruder des Bombenwerfers Jan Kubiš war, um den grausigen Tischschmuck herum. Es kam mir vor, als würde er unendlich lange gehen, als drehe sich der Tisch in Gegenrichtung in genau demselben Tempo, sodass der Junge niemals am Ende seiner Runde ankäme. Hin und wieder sah er auf und warf mir mit tränenverschleierten Augen einen Blick zu, der so glasig war, dass man nicht sagen konnte, ob František Kubiš überhaupt begriff, was hier vor sich ging. Wenn ich ehrlich sein soll, war es auch nicht zu begreifen.

»Kennst du jemanden?« brüllte ein SS-Mann – ich glaube, er hieß Knöchlein – den Jungen an, der kein Wort verstand. Chalupský übersetzte. Der Junge schüttelte langsam den Kopf. Der SS-Mann wedelte mit der Hand und ließ František Kubiš um den Tisch herum langsam zurückgehen. Er hatte seine Runde beinahe beendet, als der Beamte die Geduld verlor. Er packte den dritten Kopf von rechts, der Jan Kubiš gehörte, bei den Haaren, riss ihn hoch und drückte ihn dem Jungen beinahe ins Gesicht. František stieß einen hohen, fiependen Entsetzensschrei aus und wich zurück.

»Erinnert der dich nicht an jemanden?«, brüllte Knöchlein, aber der Junge schüttelte vehement seinen Kopf.

»Ich kenne keinen von diesen Männern«, wimmerte er, aber der Schmerz in seinem Gesicht sagte das Gegenteil.

»Abtreten!«, brüllte Knöchlein und František Kubiš

taumelte zur Tür hinüber. Die übrigen Angehörigen der Familie Kubiš leugneten ebenfalls, dass sich ihr Bruder und Sohn Jan unter den Toten befand, aber etwa fünfundzwanzig Zeugen identifizierten bis zum Ende des Tages jeden der Agenten.

In der Kirche waren außer den Waffen, mit denen sich die Attentäter zur Wehr gesetzt und schließlich erschossen hatten, zehn weitere Pistolen, darunter diejenige, mit der Kubiš dem Chauffeur Klein das Knie zerschossen hatte.

Wie erwartet bestritt die Exilregierung in London, dass die Männer ihre Agenten gewesen waren, und so kam ein quälender, langwieriger Prozess ins Rollen, der die Identität der Fallschirmspringer belegen musste. Immer weitere Zeugen wurden verhört und verschwanden nach ihrer Aussage in der *Kleinen Festung*, wo, wenn sie Glück hatten, Theodor Hohaus und seine Frau sich ihrer annehmen mochten. Die meisten von ihnen gingen den gleichen Weg, den auch Milada gegangen war. Von Theresienstadt brachte man sie nach Mauthausen und am Ende des erbarmungslosen Sommers 1942 waren sie alle tot. Reichsprotektor Daluege, der sonst den Kopf am liebsten nicht höher als seine Schreibtischplatte hielt, befahl einen Schauprozess gegen Kaplan Petřek, den Küster und den Kirchendiener. Irgendwie war es mit Karel Čurdas Hilfe gelungen, die Geliebten von Kubiš und Gabčík aufzuspüren. Tatsächlich hieß eines der Mädchen, das gerade neunzehn Jahre alt war, Libena Fafek und gab zu, sich einer Abtreibung unterzogen zu haben. Dr. Milada Frantová hatte sie durchgeführt. Gabčík, ihr Geliebter, hatte sie dazu überredet, um das höhere Ziel des Attentats nicht zu gefährden. Das machte Milada posthum zu einer Helfershelferin der Agenten und auch sie wurde – wie die Geistlichen, die beiden Mädchen, die Schneiderin Svatoš und ihr Mann, die Familie Novák und andere – zum Tode verurteilt. »Urteil bereits vollstreckt«, hatte jemand in Miladas Akte gestempelt. Die drei Agenten auf der Empore hatten mit ihrer Behauptung ins Schwarze getroffen. Wer immer ihnen auf der Straße auch nur zugenickt hatte, überlebte den Sommer nicht. Lediglich die Familie Josef Gabčíks, die in der Slowakei lebte, blieb verschont, denn dort duften keine Festnahmen durchgeführt werden. Als ironische Pointe der Geschichte ließ Kurt Daluege die Geistlichen der Karl-Borromäus-Kirche in der Haarnadelkurve der Kirchmayerstraße erschießen. Staatssekretär Frank sah ich in dieser Zeit nicht oft. Er war gerade Vater eines halbtschechischen Kindes geworden und hielt sich im Hintergrund. Auch Reinhard Heydrich wurde in diesem Sommer zum vierten Mal Vater – daran, dass die kleine Marte durch und durch Arierin war, zweifelte natürlich niemand. Dr. Hans-Ulrich Geschke machte mir schwere Vorhaltungen wegen des tschechischen Agenten Ladislav Vaněk und drohte mit einer Degradierung, aber es gab in diesen Tagen kaum etwas, das mich weniger gekümmert hätte. Meinen Freund Ladislav bekam ich nie mehr zu Gesicht. Ich hatte im Sommer 1942 nicht mehr die Kraft, für ihn zu kämpfen. Ich ließ mir regelmäßig über ihn berichten und einiges Geld wechselte den Besitzer, um Vaněk den Aufenthalt in seiner Zelle erträglicher zu gestalten. Die Tage vergingen wie ein Film, der bald zu langsam, bald zu schnell von der Rolle gespult wurde, es gab Stellen, die ruckelten, und solche, wo der Film gerissen war und Szenen fehlten. Ich erinnere mich jedoch gut daran, wie ich abends im Schein der Lampe auf einer Schreibmaschine mit großem Schriftsatz an einem speziellen Abschlussbericht schrieb und Seite um Seite mit den Einzelheiten füllte.

Auch Standartenführer Horst Böhme sah ich nicht wieder. Aufgrund einer Beschwerde wegen »Verbrechens im Amte« war er als Attaché nach Bukarest versetzt worden, wo er, wie man hörte, erfolgreich die *Einsatzgruppe B* leitete und damit tatkräftig zum Erreichen des Endziels beitrug. Ich denke immer noch oft an ihn.

Karel Čurda bekam sein Geld, einen schönen neuen Namen und eine deutsche Frau, die sich freute, ihrem Vaterland damit einen Dienst erweisen zu dürfen.

Der Spätsommer kam und ging, und als wir den Fall im Herbst offiziell abschlossen, kam die Antwort des OWK, das mich als Unteroffizier an die Ostfront berief.

Ich schickte meinen Abschlussbericht in mehrfacher Ausführung ab – einen erhielt Dr. Geschke, einer ging an »Gestapo-Müller« nach Berlin, der dritte landete auf dem Schreibtisch des Führers persönlich. Hans-Ulrich Geschke bekam dem Vernehmen nach einen Tobsuchtsanfall – ich vermute, seine Oberlippe hat kurz gezuckt –, weil ich unter völliger Missachtung des Dienstweges Hitler selbst Bericht erstattete und darin Vorwürfe gegen ihn und Horst Böhme erhob.

Natürlich bekam niemand von ihnen schmerzhafte Konsequenzen zu spüren, aber das spielte keine Rolle. Unter einer gefälschten Feldnummer und von einem Schützengraben an der Ostfront aus beobachtete ich das Ringen um die oberen Plätze in Prag und Berlin.

Ich habe Ihnen alles so ausführlich berichtet, wie es mir möglich ist. Ich weiß, dass nicht viele von Ihnen an Gott glauben oder an die Unsterblichkeit der Seele, aber bedenken Sie bitte, dass sie alle wiederkommen – all die Toten, die unter unseren Händen gestorben sind. Sie sitzen jede Nacht bei mir. Milada trägt ihr blutiges Haarband.

Wenn ich aufwache, zeichnet sich mein Körper in dunklen Schweißspuren auf dem Laken ab, die im Laufe des Tages zu einem feinen, weißen Salzumriss trocknen, mit leichten Abweichungen zu den anderen, schwach erkennbaren Umrissen der vergangenen Nächte. Es ähnelt einem aufgefächerten Kartenspiel.

Für Milada kann niemand mehr etwas tun. Sie liegt in einem Massengrab bei Linz, gemeinsam mit Jindřiška Nováková und Ata Moravec und den anderen.

Ich bin nur aus diesem einen Grund hier in der Lubjanka und nicht an einem Ort auf Erden, wo man uns Deutschen aufgrund unserer bemerkenswerten Taten oder gegen schlichtes Geld freundlicher gesonnen ist: Lassen Sie Ladislav Vaněk gehen.

NACHWORT DER AUTORIN

Die Ermittlungen zum Attentat auf Reinhard Heydrich wurden im September 1942 offiziell abgeschlossen. Im Zusammenhang mit dem Anschlag wurden nach neueren Erkenntnissen des tschechischen Verteidigungsministeriums mindestens 1.500 Menschen hingerichtet, darunter die Familie Novák, die Angehörigen des Attentäters Jan Kubiš, Ata Moravec sowie die Schneiderin Svatoš und ihr Mann sowie die Geistlichen der Kirche, in der sich die Attentäter versteckt gehalten hatten. Das jüngste Opfer der Vergeltungsmaßnahmen war Jindřiška Nováková, die im Mai 1942 vierzehn Jahre alt geworden war. Einige von ihnen wurden in Prag erschossen, die meisten jedoch starben im Konzentrationslager Mauthausen; ganz gleich, wie schwerwiegend ihre Verwicklung in Planung und Ausführung des Attentats gewesen war.

Die Kollaborateure Karel Čurda und William Gerik überlebten ihre ehemaligen Kameraden nur um fünf Jahre: Im April 1947 wurden sie als Verräter in Prag gehängt, die kurze Notiz ihres Todes in der Zeitung Free Lance-Star ist alles, was von ihnen bleibt.

Horst Böhme wurde zwar wegen seines »Verbrechens im Amte« aus Prag entfernt, doch seiner Karriere tat dies keinen Abbruch. Im Gegenteil: 1943 wurde er Leiter der berüchtigten Einsatzgruppe B, die für massenhafte Erschießungen von Zivilisten in Russland verantwortlich war; im August 1944 wurde er zum Oberst der Polizei, im November zum SS-Oberführer befördert. Seine Spur verliert sich im April 1945 in der Gegend um Königsberg.

Kurt Daluege trat 1943 aus gesundheitlichen Gründen von allen Ämtern zurück und zog sich auf ein ihm von Hitler überlassenes Landgut zurück – und ein weiteres Mal wurde Karl Hermann Frank bei der Neubesetzung der Protektorenstelle übergangen. Wilhelm Frick, bisher Reichsinnenminister und seit 1940 in Differenzen mit Hitler verstrickt, wurde auf diese Weise nach Prag verschoben, um den Innenministerposten für Himmler freizumachen. Für Frank blieb das Amt des Staatsministers von Böhmen und Mähren übrig, das er bis Kriegsende bekleidete. Sowohl Daluege als auch Frank wurden nach ihrer Verhaftung durch die britische beziehungsweise amerikanische Militärpolizei 1945 an die Tschechoslowakei ausgeliefert, damit ihnen dort der Prozess gemacht werden konnte. Beide beendeten ihr Leben 1946 öffentlich am Würgegalgen.

Dem Kommandanten Heinrich Jöckel und zahlreichen Aufsehern des Polizeigefängnisses Theresienstadt wurde 1946 in Litoměřice der Prozess gemacht. Viele dieser Verhandlungen endeten in Todesurteilen, ausgenommen die der Eheleute Hohaus, zu deren Gunsten so viele ehemalige Häftlinge aussagten, dass die Anklage wegen Verbrechen gegen die Menschlichkeit fallengelassen wurde.

Ladislav Vaněk blieb bis zum Kriegsende 1945 in Haft und wurde danach als leitender Mitarbeiter des Bildungsministeriums Teil der Regierung. Einige Jahre später kehrte er als Chemielehrer in den Schuldienst zurück und starb 1993 in Prag. Ein gegen ihn am sogenannten Ehrengerichtshof angestrengter Prozess wegen seiner Zusammenarbeit mit der Gestapo wurde nicht zum Abschluss gebracht.

Heinz Pannwitz überlebte seinen Einsatz an der Ostfront, kehrte zurück und wurde Leiter eines weiteren Sonderkommandos, bis er sich 1945 in russische Gefangenschaft begab. 1955 wurde er entlassen und lebte mit seiner Frau und vier Kindern zwanzig Jahre lang unauffällig als Handelsvertreter in Ludwigsburg.

Pannwitz' Geschichte und seine Rolle bei den Ermittlungen im Fall Heydrich wäre vielleicht nie bekannt geworden, wäre der tschechisch-amerikanische Historiker Stanislav Berton 1981 nicht auf den scheinbar unglaublichen Vorgang aufmerksam geworden, dass der ehemalige Sokol-Funktionär Ladislav Vaněk versuchte, Kontakt zum ehemaligen Gestapo-Kommissar Heinz Pannwitz aufzunehmen, um ihn um Mitarbeit bei der Niederschrift seiner Erinnerungen zu bitten. Der Verfolgte und sein Verfolger, einträchtig vereint beim Verfassen ihrer Memoiren? Berton forschte nach und erfuhr, dass Pannwitz zwar bereits 1975 verstorben war, doch konnte er dessen Witwe davon überzeugen, ihm die Aufzeichnungen ihres Mannes zu überlassen. Darunter befand sich ein auf März 1959 datierter, etwa vierzigseitiger Bericht, der detailliert die Vorgänge im Zusammenhang mit dem Attentat auf Reinhard Heydrich beschreibt – diesen Bericht hat Stanislav Berton 1985 in den »Vierteljahresheften für Zeitgeschichte« (Bd.4) in kommentierter Form herausgegeben. Es stellte sich heraus, dass der bisher anonyme amtliche Abschlussbericht im Fall Heydrich, der im New Yorker YIVO-Institute for Jewish Research hinterlegt ist, von Pannwitz stammte – verfasst auf einer Schreibmaschine mit besonders großen Buchstaben für die kurzsichtigen Augen Adolf Hitlers.

Einen Roman zu schreiben, der in diesen dunkelsten Zeiten der deutschen Geschichte spielt, ist für sich genommen schon eine sensible Angelegenheit: Darf Literatur zu einem entsetzlichen Thema wie der Vernichtung ganzer Ortschaften und ihrer Bewohner fiktional sein, ohne dass sie sich dem Vorwurf aussetzt, sich an Nazi-Gräueln ergötzen zu wollen?

Die meisten Vorgänge, die in diesem Roman beschrieben werden, sind tatsächlich so passiert. Einige Lücken wurden mit Fiktion gefüllt, einige Personen handeln aus dramaturgischen Gründen zeitversetzt. Die größten Freiheiten habe ich mir bei der Figur des Ladislav Vaněk herausgenommen: Der Gymnasiallehrer und Sokol-Aktivist musste 1941 untertauchen, um der Verhaftung zu entgehen, und nahm die Identität eines in die USA emigrierten Offiziers namens Alois Šeda an, von dessen Pension er lebte. Unter dem Decknamen Jindra organisierte er die Kommunikation mit der Exilregierung in London und sprach sich nachdrücklich gegen die Durchführung des Attentats aus – aus den im Roman geschilderten Gründen. Die Behauptung, er habe sich, getarnt mit einem falschen Gipsbein, am Ort des Attentats befunden, wurde zwar von dem Historiker Rudolf Ströbinger erhoben, Vaněk selbst hat sie jedoch vehement zurückgewiesen. Dass er sich als Alois Šeda in den Polizeidienst begeben habe, ist allerdings reine Fiktion. Dennoch war Vaněk hervorragend über die Gestapo informiert: Er war in der Lage, die deutsche Polizei so genau auszukundschaften, dass er seine Jäger bei seiner Verhaftung mit korrektem Namen, Rang und entsprechender Funktion ansprechen konnte. Was der historische Vaněk nach seiner Festsetzung durch die Gestapo Pannwitz gegenüber geäußert hat, entspricht dennoch dem, was Vaněk im Roman ausspricht. Zwischen ihm und Pannwitz scheint sich im Laufe der Zeit ein zumindest von gegenseitigem Respekt, wenn nicht sogar von freundschaftlichen Gefühlen geprägtes Verhältnis entsponnen zu haben: 1964 fand ein Briefwechsel zwischen Pannwitz und Vaněk statt, der Stanislav Berton an einen Austausch unter alten Bekannten erinnerte.

Ins Reich der Dichtung gehört die Liebesaffäre zwischen der Augenärztin Milada Frantová, die den verletzten Jan Kubiš in den Stunden nach dem Attentat behandelt hatte. Den Tatsachen entspricht, dass ihr Ehemann, Jiří Franta, Professor für Augenheilkunde in Königgrätz, 1940 wegen seiner Beteiligung an einer Widerstandsgruppe verhaftet und nach Theresienstadt gebracht wurde. Milada Frantová zog infolgedessen nach Prag und eröffnete dort ihre Praxis. Nachdem sie Kubiš behandelt hatte, meldete sie sich bei der Gestapo, wurde verhaftet und wieder entlassen, bis der Fund eines Folgerezeptes mit dem Stempel ihrer Praxis in der Jackentasche des toten Jan Kubiš ihr Schicksal besiegelte. Milada Frantová wurde verhaftet und deportiert; sie war die erste der am Attentat beteiligten Personen, die in Mauthausen ermordet wurde: Dieser traurige Umstand entspricht den Tatsachen.

Einen Roman über diese dunkelsten Zeiten zu schreiben, der fiktive Elemente enthält, ist, wie gesagt, eine sensible Angelegenheit. Einen Roman aus der Perspektive eines Gestapo-Kommissars zu schreiben, der Jagd auf die Menschen macht, die unter Einsatz ihres Lebens einen der schlimmsten Verbrecher ihrer Zeit getötet haben, wirft jedoch besonders heikle Fragen auf: Darf dem Blickwinkel der Täter und Vollstrecker überhaupt Raum gegeben werden? Wie viel Glauben darf man ihren Berichten schenken? Wie viel Sympathie darf man ihnen entgegenbringen? Und vor allem: Darf man sie als Menschen darstellen, die über ihre Funktion als Handlanger des Bösen hinaus Eigenschaften und Charakterzüge haben?

Einen möglichen Schlüssel zu diesen Fragen hat Heinz Pannwitz selbst hinterlassen. In seinem Bericht, obgleich aus der Distanz von mehr als fünfzehn Jahren und in sachlichem Ton verfasst, blitzt immer wieder die Zerrissenheit des Gestapo-Kommissars zwischen seiner Auffassung von Pflichterfüllung und seinem tiefen Widerwillen gegen die offenkundig dummen und unmenschlichen Befehle seiner Vorgesetzten auf. Überraschend ist sein klarer, analytischer Blick auf die Kopf- und Sinnlosigkeit vieler der unternommenen Maßnahmen und sein Mut, nicht nur gegen den Willen seiner Vorgesetzten auf den Erlass einer Generalamnestie zu beharren, sondern sich auch über deren Köpfe hinweg an die Spitze des RSHA zu wenden. Unerwähnt hingegen bleiben in Pannwitz' Aufzeichnungen die hässlichen, blutigen Spuren seines Vorgehens: Dass Pannwitz dem siebzehnjährigen Ata Moravec den abgetrennten Kopf seiner Mutter präsentierte, geht erst aus dem Bericht Vlastimils hervor, den der Historiker Cestmir Amort 1965 veröffentlichte. Auch die Zahl der Menschen, die der Vergeltung zum Opfer fielen, korrigiert Pannwitz – sei es bewusst oder unbewusst – dramatisch nach unten. Gerade diese Ambivalenz jedoch macht Pannwitz zu einer spannenden Figur, durch deren Augen wir die Gräueltaten der deutschen Besatzer im »Protektorat« als das betrachten können, was sie waren: Unsägliche Verbrechen einerseits, andererseits alltäglicher Bestandteil der Wirklichkeit, mit der die Menschen leben mussten – die Opfer wie auch die Täter.

EX LIBRIS